三體第I部

三體

劉慈欣◎著

貓頭鷹

一、科學邊界

汪淼覺得，來找他的這四個人是一個奇怪的組合：兩名警察和兩名軍人，如果那兩個軍人是武警還算正常，但這是兩名陸軍軍官。

汪淼第一眼就對來找他的警察沒有好感。其實那名穿警服的年輕人還行，舉止很有禮貌，但那位便衣就讓人討厭了。這人長得五大三粗，一臉橫肉，穿著件髒兮兮的皮夾克，渾身菸味，說話粗聲大嗓，是最令汪淼反感的那類人。

「汪淼？」那人問，直呼其名令汪淼很不舒服，況且那人同時還在點菸，頭都不抬一下。不等汪淼回答，他就向旁邊那位年輕人示意了一下，後者向汪淼出示了警官證，他點完菸後就直接向屋裡闖。

「請不要在我家裡抽菸。」汪淼攔住了他。

「喔，對不起，汪教授。這是我們史強隊長。」年輕的警官微笑著說，同時對姓史的使了個眼色。

「成，那就在樓道裡說吧。」史強說著，深深地吸了一大口，手中的菸幾乎燃下去一半，之後竟不見吐出煙來。「你問。」他又向年輕警官偏了一下頭。

「汪教授，我們是想了解一下，最近你與『科學邊界』學會的成員有過接觸，是吧？」

「『科學邊界』是一個在國際學術界很有影響的學術組織，成員都是著名學人。這樣一個合法的學術組織，我怎麼就不能接觸了呢？」

「你看看你這個人！」史強大聲說，「我們說它不合法了嗎？我們說不讓你接觸了嗎？」他說著，剛才吸進肚子裡的煙都噴到汪淼臉上。

「那好，這屬於個人隱私，我沒必要回答你們的問題。」

「還啥都成隱私了，像你這樣一個著名學人，總該對公共安全負責吧。」史強把手中的菸頭扔掉，又從壓扁了的菸盒裡抽出一根。

「我有權不回答，你們請便吧。」汪淼說著要轉身回屋。

「等等！」史強厲聲說，同時朝旁邊的年輕警官揮了一下手，「給他地址和電話，下午去走一趟。」

「你要幹什麼！」汪淼憤怒地質問，這爭吵引得鄰居們也探出頭來，想看看出了什麼事。

「史隊！你說你——」年輕警官生氣地將史強拉到一邊，顯然他的粗俗不只是讓汪淼一人不適應。

「汪教授，請別誤會。」一名少校軍官急忙上前，「下午有一個重要會議，要請幾位學人和專家參加，長官讓我們來邀請您。」

「我下午很忙。」

「這我們清楚，長官已經向超導中心領導打了招呼。這次會議上不能沒有您，實在不行，我們只有把會議延期等您了。」

史強和他的同事沒再說話，轉身下樓了，兩位軍官看著他們走遠，似乎都長出了一口氣。

「這人怎麼這樣兒。」少校小聲對同事說。

「他劣跡斑斑，前幾年在一次劫持人質事件中，他罔顧人質的死活擅自行動，結果導致一家三口慘死在罪犯手中；據說他還和黑社會打得火熱，用一幫黑道勢力去收拾另一幫；去年又搞刑訊逼供，使一名嫌疑人傷殘，因此被停職了……」

「這種人怎麼能進作戰中心？」

「長官點名要他，應該有什麼過人之處吧。不過，對他限制挺嚴，除了公安方面的事務，幾乎什麼都不讓他知道。」

作戰中心？那是什麼？汪淼不解地看著面前的兩位軍官。

接著汪淼的汽車駛進了城市近郊的一座大院，從那只有門牌號碼沒有單位名牌的大門，汪淼知道這裡是軍方而不是警方的地盤。

會議是在一個大廳裡舉行的，汪淼一進去就對這裡的紛亂吃驚不小。大廳周遭是一圈胡亂安放的電腦設備，有的桌子上放不下就直接擱地板上，電線和網路線糾纏著散在地上；一大落網路交換器沒有安裝在機架內，而是隨手堆放在伺服器上；有好幾個投影機的大螢幕，在大廳的角落裡呈不同角度隨意立著，像吉普賽人的帳篷；煙霧像晨霧般在半空浮了一層……。汪淼不知道這是否就是那名軍官所說的作戰中心，有一點他可以肯定：這裡在處理的事情，已經讓人們顧不上其他了。

臨時拼湊的會議桌上也是堆滿了檔案和雜物，與會者大都神情疲憊，衣服皺巴巴的，有領帶的都扯開了，好像熬了一夜。主持會議的是一位叫常偉思的陸軍少將，與會者有一半是軍人。經過簡單的介紹，他知道還有少部分警方人員，其他的人都是和他一樣參加會議的專家學人，其中有幾位還是很有名望的科學家，而且是研究基礎科學的。

令他感到意外的是還有四個外國人，這些人的身分令他大吃一驚：其中的兩個人也是軍人，分別是美軍空軍上校和英國陸軍上校，職務是北約聯絡員；另外兩人居然是美國中央情報局的官員，在這裡的職務是什麼觀察員。

從所有人的臉上，汪淼都讀出了一句話：我們已經盡力了，快他媽的結束吧！

汪淼看到了史強，他倒是一反昨天的粗魯，向汪淼打招呼，但那一臉傻笑讓汪淼愉快不起來。他不想挨著史強坐，但也只有那一個空位，他只好坐過去，屋裡本來已經很濃的菸味更加重了。

發檔案時，史強湊近汪淼說：「汪教授，你好像是在研究什麼……新材料？」

「奈米材料。」汪淼簡單地回答。

「我聽說過，那玩意兒強度很高，不會被用於犯罪吧？」從史強那帶有一半調侃的表情上，汪淼看不出他是不是開玩笑。

「什麼意思？」

「呵，聽說那玩意兒一根頭髮絲粗就能吊起一輛大卡車，犯罪分子要是偷點兒去做把刀，那一刀就能把一輛汽車砍成兩截吧。」

「哼，根本不用做成刀，用那種材料做一根只有頭髮絲百分之一粗細的線，攔在路上，就能把過往的汽車像切起司那樣切成兩半……。啥不能用於犯罪？刮魚鱗的刀都能！」

史強把面前的檔案從袋中抽出一半又塞了回去，顯然沒了興趣。「說得對，魚都能犯罪呢！我辦過一個殺人案，一個娘們兒把她丈夫的那玩意兒割下來了。知道用的是什麼？冰櫃裡冷凍的吳郭魚！魚凍硬後，背上的那排刺就跟一把快刀似的……」

「我沒興趣，怎麼，讓我來開會就是為這事兒？」

「魚？奈米材料？不，不，與那些都沒關係。」史強把嘴湊到汪淼耳邊，「別給這幫傢伙好臉，他們歧視咱們，只想從咱們這裡掏情報，但什麼都不告訴咱們。像我，在這兒混了一個多月，還和你一樣什麼都不知道。」

「同志們，會議開始。」常偉思將軍說，「在全球各戰區，我們這裡現下成為焦點。首先把當前情況向與會的同志們介紹一下。」

「戰區」這個不尋常的術語令汪淼迷惑，他還注意到，長官好像並沒有打算向他這樣的新人介紹來龍去脈，這倒是印證了史強的話。在常將軍這簡短的開場白中，他兩次提到了「同志們」，汪淼看看對面的兩名北約軍人和兩個美國中情局官員，感覺將軍似乎漏掉了「先生們」。

「他們也是同志，反正這邊的人都是這麼稱呼的。」史強低聲地對汪淼說，同時用手中的菸指了指那四個外國人。

在迷惑的同時，汪淼對史強的觀察力留下了些印象。

「大史，你把菸熄了，這兒的菸味夠濃了。」常偉思說，低頭翻著檔案。

史強拿著剛點著的菸四下看看，沒找到菸灰缸，就「吱啦」一聲扔到茶杯裡了。他抓住這個機會舉手要求發言，沒等常偉思表態就大聲說道：「長官，我提個要求，以前提過的——訊息對等！」

常偉思將軍抬起頭，「沒有任何一個軍事行動是訊息對等的，這點也請到會的專家學人們諒解，我們不可能給你們介紹更多的背景資料。」

「但我們不一樣。」史強說，「警方從作戰中心成立之初就一直參與，可直到現下，我們連這個機構到底是幹什麼的都不知道。而且，你們正在把警方排擠出去，你們一步步熟悉我們的工作，然後把我們一個個趕走。」

與會的另外幾名警官都在低聲制止史強。史強敢對常偉思這樣級別的長官這麼說話，汪淼有些吃驚，而後者的反擊更犀利。

「我說大史，現下看來，你在部隊上的老毛病還沒改。你能代表警方嗎？你因為自己的惡劣行為已被停職好幾個月了，馬上就要被清除出公安隊伍。我調你來，是看重你在城市警務方面的經驗，你要珍惜這次機會。」

大史用粗嗓門說：「那我是戴罪立功了？你們不是說那都是些邪門歪道的經驗嗎？」

「但有用。」常偉思對史強點點頭，「有用就行，現下顧不上那麼多了，這是戰爭時期。」

「什麼都顧不了了，」一位中情局的情報官員用標準的國語說，「我們不能再用常規思維。」

那位英軍上校顯然也能聽懂中文，他點點頭：「To be or not to be……」

「他說什麼？」史強問汪淼。

「沒什麼。」汪淼機械地回答。這些人似乎在夢囈，戰爭時期？戰爭在哪兒？他扭頭望向大廳的落地窗，透過窗子可以看到遠處大院外面的城市：春天的陽光下，街道上車流如織；草坪上有人在遛狗，還有幾個孩子在玩耍……

裡面和外面的世界，哪個更真實？

常將軍講道：「最近，敵人的攻擊明顯加強了，目標仍是科學界高層，請你們先看一下檔案中的那份名單。」

汪淼抽出檔案中最上面的那張紙，是用大號字列印的，名單顯然擬得很倉促，中文和英文姓名都有。

「汪教授，看到這份名單，您有什麼印象？」常偉思看著汪淼問。

「我知道其中的三人，都是物理學最前沿的著名學人。」汪淼答道，有些心不在焉，他的目光鎖定在最後一個名字上，在他的潛意識中，那兩個字的色彩與上面幾行字是不同的。怎麼會在這裡看到她的名字？她怎麼了？

「認識？」大史用一根被煙熏黃的粗指頭指著檔案上的那個名字問。見汪淼沒有反應，他迅速做出回應，道：「呵，不太認識。想認識？」

現下，汪淼知道常偉思把他以前的這個戰士調來是有道理的，這個外表粗俗的傢伙，眼睛跟刀子一樣。他也許不是個好警察，但確實是個狠角色。

那是一年前，汪淼是「中華二號」高能加速器項目奈米零件部分的負責人。那天下午在良湘的工地上，一次短暫的休息中，他突然被眼前的一幅構圖吸引了。作為一名風景攝影愛好者，現實的場景經常在他眼中形成一幅幅藝術構圖。構圖的主體就是他們正在安裝的超導線圈，那線圈有三層樓高，安裝到一半，看上去是一個由巨大的金屬塊和亂麻般的超低溫製冷劑管道組成的怪物，彷彿一堆大工業時代的垃圾，顯示出一種非人性的、科技的冷酷和鋼鐵的野蠻。就在這金屬巨怪前面，出現了一個年輕女性纖細的身影。這構圖的光線分布也很絕：金屬巨怪淹沒在臨時施工頂棚的陰影裡，更透出那冷峻、粗糙的質感；而一束夕陽金色的光，透過頂棚的孔洞正好投在那個身影上，柔和的暖光照著她那柔順的頭髮，照著工作服領口上白皙的脖頸，看上去就像一場狂暴的雷雨後，巨大的金屬廢墟上開出了一朵嬌柔的花……

「看什麼看，幹活兒！」

汪淼嚇了一跳，然後發現奈米研究中心主任說的不是他，而是一名年輕工程師，後者也和自己一樣呆呆地望著那個身影。汪淼從藝術中回到現實，發現那位女性不是一般的從業人員，因為總工程師陪同著她，在向她介紹著什麼，一副很尊敬的樣子。

「她是誰？」汪淼問主任。

「你應該知道她的，」主任說，用手畫了一大圈，「這個投資二百億的加速器建成後，第一次運作的可能就是驗證她提出的一個超弦模型。要說在論資排輩的理論研究圈子，本來輪不到她的，可那些老傢伙不敢先來，怕丟人，就讓她撿了個便宜。」

「什麼？楊冬是……女的?!」

「是的，我們也是在前天見到她時才知道。」主任說。

那名工程師問：「她這人是不是有什麼心理障礙，要不怎麼會從來不上媒體呢？別像是錢鍾書似的，到死大家也沒能在電視上看上一眼。」

「可我們也不至於不知道錢鍾書的性別吧？我覺得她童年一定有什麼不尋常的經歷，以致得了自閉症。」汪淼說，多少有一些酸葡萄心理。

楊冬和總工程師走過來，在經過時，她對他們微笑著點點頭，沒說一句話，但汪淼記住了她那清澈的眼睛。

當天晚上汪淼坐在書房裡，欣賞著掛在牆上的、自己最得意的幾幅風景攝影，他的目光落在一幅塞外風光上——那是一個荒涼的山谷，雪山從山谷的盡頭露出一抹白；山谷的這一端，半截滄桑的枯木占據了幾乎三分之一的畫面。汪淼在想像中把那個縈繞在他腦海中的身影疊印到畫面上，讓她位於山谷的深處，看去很小很小；這時汪淼驚奇地發現，整個畫面甦醒過來，彷彿照片中的世界認出了那個身影，彷彿這一切本來就是為她而存在。他又依次在想像中將那個身影疊印到另外幾幅作品上，有時還將她那雙眼睛作為照片上空曠蒼穹的背景，那些畫面也都甦醒過來，展現出一種汪淼從未想像過的美。以前，汪淼總覺得自己的攝影作品缺少某種靈魂；現下他知道了，缺的是她。

「名單上的這些物理學家，在不到兩個月的時間裡，先後自殺。」常偉思說。

晴天霹靂，汪淼的大腦一片空白。後來這空白中漸漸有了圖像，那是他那些黑白風景照片，照片中的大地沒有了她的身影，天空抹去了她的眼睛，那些世界死了。

「是……什麼時候？」汪淼呆呆地問。

「在不到兩個月的時間裡。」常將軍重複道。

「你是指最後一位吧。」坐在汪淼旁邊的大史得意地說，然後壓低聲音，「她是最後一位自殺者，前天晚上，服過量安眠藥。她死得很順溜，沒有痛苦。」

剎那間，汪淼居然對大史有了那麼一絲感激。

「為什麼？」汪淼問，那些照片上死去的風景畫仍在他的腦海中幻燈似的循環浮現。

常偉思回答道：「現下能肯定的只有一點：促使他們自殺的原因是相同的。但原因本身在這裡很難說清，也可能對我們這些非專業人士根本就說不清。檔案中附加了他們遺書的部分內容，各位會後可以仔細看看。」

汪淼翻翻那些遺書的複印件，都是長篇大論。

「丁儀博士，您能否把楊冬的遺書給汪教授看一下？她的最簡短，也最有概括性。」

那個一直低著頭沉默的人半天才有所回應，掏出一個白色的信封隔著桌子遞給汪淼，大史在旁邊低聲說：「他是楊冬的男友。」汪淼這才想起自己在良湘的高能加速器工地中也見過丁儀，他是理論組的成員，這名物理學家因在對球狀閃電*的研究中發現宏原子而聞名於世。汪淼從信封中抽出一片散發出清香的東西，形狀不規則，不是紙，竟是一片白樺樹皮，上面有一行娟秀的字：

一切的一切都導向這樣一個結果：物理學從來就沒有存在過，將來也不會存在。我知道自己這樣做是不負責任的，但別無選擇。

連簽字都沒有，她就走了。

「物理學……不存在？」汪淼茫然四顧。

常將軍合上檔案夾，「有一些相關的具體訊息與世界上三台新的高能加速器建成後取得的實驗結果有關，很專業，我們就不在這裡討論了。我們首先要調查的是『科學邊界』學會。聯合國教科文組織將二〇〇五年定為世界物理年，這個組織就是在這一年國際物理學界頻繁的學術會議和交流活動中逐漸誕生的，是一個鬆散的國際性學術組織。丁博士，您是理論物理專業的，能進一步介紹一下它的情況嗎？」

丁儀點點頭說：「我與『科學邊界』沒有任何直接聯繫，不過這個組織在學術界很有名。它的宗旨是：自上個世紀下半葉以來，物理學古典理論中的簡潔有力漸漸消失了，理論圖像變得愈來愈複雜、模糊和不確定，實驗驗證也愈來愈難，這標誌著物理學的前沿探索似乎遇到了很大的障礙和困難。『科學邊界』試圖開闢一條新的思維途徑，簡單地說就是試圖用科學的方法找出科學的局限性，試圖確定科學對自然界的認知在深度和精度上是否存在一條底線——底線之下是科學進入不了的。現代物理學的發展，似乎隱隱約約地觸到

* 此處參見作者二〇〇四年出版的《球狀閃電》。

了這條底線。」

「很好。」常偉思說，「據我們了解，這些自殺的學人大部分與『科學邊界』有過聯繫，有些還是它的成員。但沒有發現諸如邪教精神控制或使用違法藥物這類的犯罪行為。也就是說，即使『科學邊界』對那些學人產生過影響，也是透過合法的學術交流途徑。汪教授，他們最近與您有聯繫，我們想了解一些情況。」

大史粗聲粗氣地開口說：「包括聯繫人的姓名、見面地點和時間、談話內容，如果交換過文字資料或電子郵件的話……」

「大史！」常偉思厲聲制止了他。

「不吱聲沒人拿你當啞巴！」旁邊一位警官探過身去對大史低聲說，後者拿起桌上的茶杯，看到裡面的菸頭後，「咚！」的一聲又放下了。

大史又令汪淼像吃了蒼蠅一樣難受，剛才那一絲感激消失得無影無蹤。但他還是克制著回答了這個問題：「我與『科學邊界』的接觸是從認識申玉菲開始的，她是一名日籍華裔物理學家，現下為一家日資公司工作，就住在這個城市。她曾在三菱電機的一家實驗室從事奈米材料研究，我們是在今年年初的一次技術研討會上認識的。透過她，又認識了幾位物理專業的朋友，都是『科學邊界』的成員，國內、國外的都有。和他們的交往時，談的都是一些很……怎麼說呢……很終極的問題，主要就是丁博士剛才提到的，科學底線的問題。

我一開始對這些問題沒有太大的興趣，只是作為消遣。我是搞應用研究的，在這方面水準不高，主要是聽他們討論和爭論。這些人思想都很深刻，觀點新穎，自己感覺同他們交流，思想開闊了許多，漸漸變得很投入了。但討論的話題僅限於此，都是天馬行空的純理論，沒有什麼特別的。他們曾邀請我加入『科學邊界』，但那樣的話，參加這樣的研討會就變成了一項義務，我因為精力有限就謝絕了。」

「汪教授，我們希望您接受邀請，加入『科學邊界』學會，這也是我們今天請您來的主要目的。」常將軍說，「我們希望能透過您這個管道，得到一些這個組織的內部訊息。」

「您是說讓我去臥底嗎？」汪淼不安地問。

「哇哈哈，臥底！」大史大笑一聲。

常偉思責備地看了大史一眼，對汪淼說：「只是提供一些情況，我們也沒有別的管道。」

汪淼搖搖頭，「對不起，長官。我不能幹這事。」

「汪教授，『科學邊界』是一個由國際頂尖學人構成的組織，對它的調查是一件極其複雜和敏感的事，我們真的是如履薄冰。沒有知識界的幫助，我們寸步難行，所以才提出了這個唐突的要求，希望您能理解。不過我們也尊重您的意願，如果不同意，我們也是能夠理解的。」

「我……工作很忙，也沒有時間。」汪淼推託道。

常偉思點點頭，「好的，汪教授，那我們就不再耽誤您的時間了，謝謝您能來參加這次會議。」

汪淼愣了幾秒鐘，才明白他該離開了。

常偉思禮貌地把汪淼送到會議室門口時，大史在後面大聲說：「這樣挺好，我壓根兒就不同意這個方案。已經有這麼多書呆子尋了短見，讓他去不是『肉包子打狗』嗎？」

汪淼返身回去，走到大史身旁，努力克制著自己的憤怒，「你這麼說話實在不像一名合格的警官。」

「我本來就不是。」

「那些學人自殺的原因還沒有搞清楚。你不該用這麼輕蔑的口氣談論他們，他們用自己的智慧為人類社會做出的貢獻，是任何人都不可替代的。」

「你是說他們比我強？」大史在椅子上仰頭看著汪淼，「我總不至於聽人家忽悠幾句就去尋短見。」

「那你是說我會？」

「總得對您的安全負責吧。」大史看著汪淼，又露出他招牌式的傻笑。

「在那種情況下我比你安全得多，你應該知道，一個人的鑑別能力是和他的知識成正比的。」

「那不見得，像您這樣的……」

「大史，你要再多說一句，也從這裡出去好了！」常偉思嚴厲地喝斥道。

「沒關係，讓他說，」汪淼轉向常將軍，「我改變主意了，決定按您的意思加入『科學邊界』。」

「很好，」大史連連點頭，「進去後機靈點兒，有些事順手就能做，比如瞄一眼他們的電腦，記個郵件位址或網址什麼的……」

「夠了！夠了！你誤會了，我不是去臥底，只是想證明你的無知和愚蠢！」

「如果您過一陣兒還活著，那自然也就證明了。不過恐怕……嘿嘿。」大史仰著頭，傻笑變成了獰笑。

「我當然會一直活下去，但實在不想再見到你這號人了！」

常偉思一直把汪淼送下了樓梯，並安排車送他，在道別時說：「史強就那種脾氣，其實他是一名很有經驗的刑警和反恐專家。二十多年前，他曾是我連裡的一名戰士。」

走到車前，常偉思又說：「汪教授，你一定有很多問題要問。」

「剛才您說的那些，與軍方有什麼關係？」

「戰爭與軍方當然有關係。」

汪淼迷惑地看看周遭明媚春光中的一切：「可戰爭在哪兒？現下全球一處熱點都沒有，應該是歷史上最和平的年代了。」

常偉思露出了高深莫測的笑容：「你很快就會知道一切的，所有人都會知道。汪教授，你的人生中有重大的變故嗎？這變故突然完全改變了你的生活，對你來說，世界在一夜之間變得完全不同。」

「沒有。」

「那你的生活是一種偶然，世界有這麼多變幻莫測的因素，你的人生卻沒什麼變故。」

汪淼想了半天還是不明白：「大部分人都是這樣嘛。」

「那大部分人的人生都是偶然。」

「可……多少代人都是這麼平淡地過來的。」

「都是偶然。」

汪淼搖頭笑了起來：「得承認今天我的理解力太差了，您這豈不是說……」

「是的，整個人類歷史也是偶然，從石器時代到今天都沒什麼重大變故，真幸運。但既然是幸運，總有結束的一天；現下我告訴你，結束了，做好思想準備吧。」

汪淼還想問下去，但將軍與他握手告別，阻止了他下面的問題。

上車後，司機開口問汪淼家地址，汪淼告訴他後，隨口問道：「喔，接我來的不是你？我看車是一樣的。」

「不是我，我是去接丁博士的。」

汪淼心裡一動，便向司機打聽丁儀的住處，司機告訴了他。當天晚上，他就去找丁儀。

二、撞球

推開丁儀那套嶄新的三居室的房門，汪淼聞到了一股酒味，看到丁儀躺在沙發上，電視開著，他的雙眼卻望著天花板。汪淼四下打量了一下，看到房間還沒怎麼裝修，也沒什麼家具和陳設，寬大的客廳顯得很空，最顯眼的是客廳一角擺放的一張撞球檯。

對汪淼的不請自來，丁儀倒沒表示反感，他顯然也想找人說話。

「這套房子是三個月前買的，」丁儀說，「我買房子幹什麼？難道她真的會走進家庭？」他帶著醉意笑著搖搖頭。

「你們……」汪淼想知道楊冬生活中的一切，但又不知該如何問。

「她像一顆星星，總是那麼遙遠，照到我身上的光也總是冷的。」丁儀走到窗前看著夜空，像在尋找那顆已逝去的星辰。

汪淼也沉默下來。很奇怪，他現下就是想聽一聽她的聲音，一年前那個夕陽西下的時刻，她同他對視的那一瞬間沒有說話，他從來沒有聽到過她的聲音。

丁儀一揮手，像要趕走什麼，將自己從這哀婉的思緒中解脫出來。「汪教授，你是對的，別跟軍方和警方糾纏到一塊兒，那是一群自以為是的白痴。那些物理學家的自殺與『科學邊界』沒有關係，我對他們解釋過，可解釋不清。」

「他們好像也做過一些調查。」

「是，而且這種調查還是全球範圍的，那他們也應該知道，其中的兩人與『科學邊界』沒有任何來往，包括——楊冬。」丁儀說出這個名字時顯得很吃力。

「丁儀，你知道，我現下也捲進這件事裡了。所以，關於使楊冬做出這種選擇的原因，我很想知道，我想你一定知道一些。」汪淼笨拙地說道，試圖掩蓋他真正的心跡。

「如果知道了，你只會捲得更深。現下你只是人和事捲進來了，知道後，連精神也會捲進來，那麻煩就大了。」

「我是搞應用研究的，沒有你們理論派那麼敏感。」

「那好吧，打過撞球嗎？」丁儀走到了撞球檯前。

「上學時隨便玩過幾下。」

「我和她很喜歡打，因為這讓我們想到了加速器中的粒子碰撞。」丁儀說著拿起黑白兩個球，將黑球放到洞旁，將白球放到距黑球僅十公分左右的位置，問汪淼：「能把黑球打進去嗎？」

「這麼近誰都能。」

「試試。」

汪淼拿球桿，輕擊白球，將黑球撞入洞內。

「很好，來，我們把球桌換個位置。」丁儀招呼一臉迷惑的汪淼，兩人抬起沉重的球桌，將它搬到客廳靠窗的一角。放穩後，丁儀從球袋內掏出剛才打進去的黑球，將它放到洞邊，又拾起那個白球，再次放到距黑球十公分左右的地方：「這次還能打進去嗎？」

「當然。」

「打吧。」

汪淼再次輕而易舉地將黑球打入洞內。

「搬。」丁儀揮手示意，兩人再次抬起球桌，搬到客廳的第三個角，丁儀又將黑白兩個球擺放到同樣的位置，「打吧。」

「我說，我們……」

「打吧。」

汪淼無奈地笑笑，第三次將黑球擊入洞內。

他們又搬了兩次撞球檯，一次搬到了客廳靠門的一角，最後一次搬回了原位。丁儀又兩次將黑白球擺到洞前的位置，汪淼又兩次將黑球擊入洞內。這時兩人都有些出汗了。

「好了，實驗結束，讓我們來分析一下結果。」丁儀點上一支菸說，「我們總共進行了五次試驗，其中四次在不同的空間位置和不同的時間，兩次在同一空間位置但時間不同。您不對結果震驚嗎？」他誇張地張開雙臂：「五次，撞擊試驗的結果居然都一樣！」

「你到底想表達什麼？」汪淼喘著氣問。

「你現下對這令人難以置信的結果做出解釋，用物理學語言。」

「這……在五次試驗中，兩個球的質量是沒有變化的；所處位置，當然是以球桌面為參照系來說，也沒有變化；白球撞擊黑球的速度向量也基本沒有變化，因而兩球之間的動量交換也沒有變化，所以五次試驗中黑球當然都被擊入洞中。」

丁儀拿起撂在地板上的一瓶白蘭地，把兩個髒兮兮的杯子分別倒滿，遞給汪淼一杯，後者謝絕了。「應該慶祝一下，我們發現了一個偉大的定律：物理規律在時間和空間上是均勻的。人類歷史上的所有物理學理論，從阿基米德原理到弦論，以至人類迄今為止的一切科學發現和思想成果，都是這個偉大定律的副產品，與我們相比，愛因斯坦和霍金才真是搞應用的俗人。」

「我還是不明白你想表達什麼。」

「想像另一種結果：第一次，白球將黑球撞入洞內；第二次，黑球走偏了；第三次，黑球飛上了天花板；第四次，黑球像一隻受驚的麻雀在房間裡亂飛，最後鑽進了您的衣袋；第五次，黑球以接近光速的速度飛出，把撞球檯沿撞出一個缺口，擊穿了牆壁，然後飛出地球，飛出太陽系，就像艾西莫夫描寫的那樣*。這時您怎麼想？」

丁儀盯著汪淼，後者沉默許久才問：「這事真的發生了，是嗎？」

丁儀將手中的兩杯酒都仰頭灌下去，兩眼直勾勾地看著撞球檯，彷彿那是個魔鬼：「是的，發生了。近年來，基礎理論研究的實驗驗證條件漸漸成熟，有三個昂貴的『撞球檯』被造了出來，一個在北美，一個在歐洲，還有一個你當然知道，在中國良湘，你們奈米中心從那裡賺了不少錢。

這些高能加速器將實驗中粒子對撞的能量提升了一個數量級，這是人類以前從未達到過的。在新的對撞能級下，同樣的粒子，同樣的撞擊能量，一切試驗條件都相同，結果卻不一樣。不但在不同的加速度上不一樣，在同一加速器不同時間的試驗中也不一樣，物理學家們慌了，把這種相同條件的超高能撞擊試驗一次次地重複，但每次的結果都不同，也沒有規律。」

「這意味著什麼呢？」汪淼問，看到丁儀盯著自己不做聲，他又補充道：「喔，我搞奈米，也接觸物質微視架構，但比起你們來要淺好幾個層次，請指教一下。」

「這意味著物理規律在時間和空間上不均勻。」

「這又意味著什麼呢？」

「往下您應該能推論出來吧，那個將軍都想出來了，他真是個聰明人。」

汪淼看著窗外沉思著，外面城市的燈海一片燦爛，夜空中的星星被淹沒得看不見了。

「這就意味著宇宙普適的物理規律不存在，那物理學……也不存在了。」汪淼從窗外收回目光說。

---

* 這裡指艾西莫夫的科幻小說《撞球》（*The Billiard Ball*）。

「『我知道自己這樣做是不負責任的，但別無選擇。』」丁儀緊接著說，「這是她遺書的後半部分，您無意中剛說出了前半部分，現下多少能夠理解她吧。」

汪淼從撞球檯上拿起剛才他打過五次的那個白球，撫摸了一會兒輕輕放下：「這對一個前沿理論的探索者確實是個災難。」

「在理論物理這個領域要想有所建樹，需要一種宗教般的執著，這很容易把人引向深淵。」

告辭時，丁儀給了汪淼一個地址。「你如果有空，拜託去看看楊冬的母親。楊冬一直和她住在一起，女兒是她生活的全部，現下就一個人了，很可憐。」

汪淼說：「丁儀，你知道的顯然比我多，就不能再透露一點嗎？你真的相信物理規律在時空上不均勻？」

「我什麼都不知道……」

丁儀與汪淼對視了好長時間，最後說：「這是個問題。」

汪淼知道，他不過是接下了那位英軍上校的話：生存還是死亡，這是個問題。

三、射手和農場主

第二天是周末，汪淼反而起得很早，帶上相機騎著單車出去了。作為一名攝影愛好者，他最嚮往的題材是人跡罕至的荒野，但人到中年，已經沒有精力進行這種奢侈的享受了，大多數時間只能在城市裡拍風景。他有意無意地選取城市中那些散發著蠻荒氣息的角落，如公園中乾涸的湖底、建築工地上翻出的新土、鑽出水泥縫隙的野草等。為了消除背景上城市的俗豔色彩，他只使用黑白底片，沒想到竟自成一派，漸漸小有名氣，作品入選了兩次大攝影展，還加入了攝影家協會。每次出去拍攝，他就這樣騎著單車在城市裡隨意亂轉，捕捉著靈感和他需要的構圖，有時一轉就是一整天。

今天，汪淼的感覺有些異樣。他的攝影以古典風格的沉穩凝重見長，但今天，他很難再找到創造這種構圖所需要的穩定感，在他的感覺中，這座正在晨曦中甦醒的城市似乎建立在流沙上，它的穩定是虛幻的。在剛過去的那一夜，那兩顆撞球一直占據著他長長的夢境，它在黑色的空間中無規則地亂飛，在黑色的背景上黑球看不見，它只有在偶爾遮擋白球時才顯示一下自己的存在。

難道物質的本原真的是無規律嗎？難道世界的穩定和秩序，只是宇宙某個角落短暫的動態平衡？只是混亂的湍流中一個短命的漩渦？

不知不覺中，他已騎到了新落成的CCTV大廈腳下。他停下車，坐到路邊，仰望這A字形的巍峨建築，試圖找回穩定的感覺，順著大廈在朝陽中閃爍的尖頂的指向，他向深不見底的藍色蒼穹望去，腦海中突然浮現出兩個詞：射手、農場主。

在「科學邊界」的學人們進行討論時，常用到一個縮寫詞：SF，它不是指科幻，而是上面那兩個詞的縮寫。這源自兩個假說，都涉及到宇宙規律的本質。

「射手」假說：有一名神槍手，在一個靶子上每隔十公分打一個洞。設想這個靶子的平面上生活著一種二維智能生物，牠們中的科學家在對自己的宇宙進行觀察後，發現了一個偉大的定律：「宇宙每隔十公分，必然會有一個洞。」牠們把這個神槍手一時興起的隨意行為，看成了自己宇宙中的鐵律。

「農場主假說」則有一層令人不安的恐怖色彩：一個農場裡有一群火雞，農場主每天中午十一點來給牠們餵食。火雞中的一名科學家觀察這個現象，一直觀察了近一年都沒有例外，於是牠也發現了自己宇宙中的偉大定律：「每天上午十一點，就有食物降臨。」牠在感恩節早晨向火雞們公布了這個定律，但這天上午十一點食物沒有降臨，農場主進來把牠們都捉去殺了。

汪淼感到腳下的路面像流沙般滑動，A字形大廈彷彿搖晃起來，他趕緊收回目光。

僅僅是為了擺脫不安，汪淼強迫自己拍完了一個底片，午飯前回到了家。妻子帶著孩子出去玩，中午不回來了。往常，汪淼一定會迫不及待地把底片沖出來，但今天他一點興致都沒有。簡單地吃過午飯後，他倒頭便睡，由於昨天夜裡沒睡好，一覺睡醒後都快五點了。他這時才想起上午拍的底片，便鑽到那間由壁櫥改成的狹窄暗房裡去沖洗。

底片很快沖出來了，他開始檢視哪張值得放大洗成照片，在第一張就發現了一件離奇的事。這張拍的是一個大商場外的一小片草地，他看到底片正中有一行白色的東西，細看是一排數字：1200:00:00。

第二張底片上也有數字：1199:49:33。

整捲底片，每張底片上都有小小的一排數字！

第三張：1199:40:18；第四張：1199:32:07；第五張：1199:28:51；第六張：1199:15:44；第七張：1199:07:38；第八張：1198:53:09；……第三十四張：1194:50:49；第三十六張，也是最後一張：1194:16:37。

汪淼立刻想到是底片的問題。他使用的是一九八八年產的萊卡M2型相機，全機械手動，沒有任何自動化功能，更不可能往底片上疊印日期一類的數字。僅憑其品性卓絕的鏡頭和機械構造，即使在數位時代，也是專業相機中的貴族。

重新檢視每張底片，汪淼很快發現了這些數字的第一個詭異之處：它們自動適應背景。如果背景是黑色，數字則為白色，白色背景上的數字就是黑色，似乎是為了形成最大的反差便於觀察者看清。當汪淼再看第十六張底片時，心跳加快了，感到暗房中有一股寒氣沿著脊背升上來：

這張拍的是以一面老牆為背景的一棵枯樹，老牆斑駁一片，在照片上黑白相間。在這樣的背景上，那行數字以正常的位置無論是黑是白都不可能顯示清楚，但它竟豎了起來，且彎曲自身，沿著枯樹深色的樹身呈白色顯示，看上去彷彿是附著在枯樹上的一條細蛇！

汪淼開始研究那些數字的數學關係，起初他以為是某種編號，但每組數字的間隔並不相同，他很快明白這是以小時、分、秒為單位的計時。他拿出了拍攝筆記，上面詳細記錄了每張照片的拍攝時間，精確到分。他發現兩張照片上計時的差值與它們實際拍攝的時間間隔是一致的。很明顯，這捲底片上反向記錄了某個以現實的速度流逝的時間。汪淼馬上明白了它是什麼。

一個倒數計時。

倒數計時從一千兩百小時開始，到現下還剩餘一千一百九十四小時。

現下？不，是拍完底片最後一張那一時刻。這個倒數計時還在繼續嗎？

汪淼走出暗房，取出一捲新的黑白底片裝到萊卡相機上，在房間裡飛快地隨意拍攝起來，最後又到陽台上拍了幾張室外的畫面。底片拍完後，他把它從相機裡取出來，一頭鑽進暗房沖洗。沖出來的底片上，那數字幽靈般地在每一張底片上不斷顯示出來，第一張是 1187:27:39，從上一捲最後一張拍攝到拍這捲的第一張，正好是間隔這麼長時間。以後的每一張的計時間隔為三到四秒，1187:27:35、1187:27:31、1187:27:27、

1187:27:24……是他快速拍攝的間隔。

倒數計時仍在繼續。

汪淼再次給相機裝上新底片，飛快地亂拍起來，有幾張他是故意扣上鏡頭蓋拍的。當他將拍完的底片取出時，妻子和孩子回來了。在去沖洗前，他給萊卡裝上第三捲底片，把相機遞給妻子：「來，拍完這捲。」

「拍什麼？」妻子驚詫地看著丈夫。以前，他是絕不允許其他人碰自己的相機，當然她和兒子對那玩意兒也沒興趣，在他們眼裡，那是一個兩萬多元買來的乏味的老古董。

「什麼都行，隨便拍。」汪淼把相機塞到妻子手中，一頭鑽進了暗房。

「那，豆豆，我給你拍吧。」妻子把鏡頭對準了兒子。

汪淼的腦海中突然浮現出幽靈般的數字像一條張開的絞索橫在孩子面容前的幻象，他不由微微顫慄了一下。「不，別拍兒子，隨便拍別的什麼吧。」

快門「咔嚓」一聲，妻子拍了第一張，然後叫道：「這怎麼按不動了？」

汪淼教妻子扳了一個手柄，「這樣，每次都要倒捲。」然後鑽進了暗房。

「真麻煩。」身為醫生的妻子不能理解，在千萬級像素的數位相機已經普及的今天，還有人用這種過時的昂貴玩意兒，而且拍的還是黑白底片。

底片沖出來後，對著暈暗的紅燈，汪淼看到那幽靈倒數計時仍在繼續，在一張張隨意拍出的混亂畫面上，包括那幾張扣著鏡頭蓋拍的，清晰地顯示出：1187:19:06、1187:19:03、1187:18:59、1187:18:56……

妻子敲了兩下暗房的門，告訴他拍完了。汪淼出門抓過相機，取底片時他的手明顯地在顫抖。無視於妻子異樣的目光，他拿著底片又回到暗房，死死地關上門。他幹得很忙亂，顯影液、定影液灑了一地，底片很快沖出來了，他閉上雙眼，默默祈禱：別出現，不管是什麼，別在現下出現，別輪到我……

他用放大鏡沿著濕漉漉的底片看去，倒數計時消失了，底片上只有妻子拍出的室內畫面，在低速光圈下，她那不專業的操作拍出的畫面一片模糊，但汪淼覺得這是他看過的最賞心悅目的照片了。

汪淼走出暗房，長出一口氣，發現汗水已浸濕了全身。妻子去廚房煮菜了，兒子也到自己的房間去玩，他一個人坐在沙發上，開始了稍微冷靜的思考。

首先，這組在不同的拍攝間隔精確地記錄時間流逝，並顯示出智能跡象的數字，不可能是預留在底片上的，只能是某種力量使其感光，那會是什麼呢？是相機的問題嗎？是某種裝置被有意無意地放置到了相機中嗎？他將鏡頭卸下來，把相機拆開，用放大鏡仔細地觀察著相機內部，檢查著每個一塵不染的光潔機件，沒有發現任何異常。那麼，聯想到那幾張扣上鏡頭蓋後拍攝的畫面，最可能的感光源是外界某種穿透力很強的射線，但這在技術上同樣是不可能的：射線源在哪兒？如何瞄準？

至少以現有科技而言，這種力量是超自然的。

為了進一步確定幽靈倒數計時已經消失，汪淼又在萊卡相機中裝上了一捲底片，開始一張張地隨意拍起來。當這次的底片沖出來後，剛剛稍微平靜了一會兒的他又被推到了瘋狂的邊緣：幽靈倒數計時又出現了，從畫面顯示的時間看，它根本就沒有停止過，只是在妻子拍的那捲上沒有顯示而已。

1186:34:13、1186:34:02、1186:33:46、1186:33:35……

汪淼衝出暗房，衝出家門，猛敲鄰居的門，開門的是退休的張教授。

「老張，你家有沒有相機？喔，不要數位的，要用底片的！」

「你這大攝影家朝我借相機？那個兩萬多的壞了？我只有數位的……你不舒服？臉色這麼難看。」

「借我用用。」

老張很快拿來一架很普通的柯達數位相機。「給，裡面的幾張刪掉就行……」

「謝謝！」汪淼抓過相機和底片，匆匆返回屋裡。其實家裡還有三架底片相機和一架數位相機，但汪淼覺得從別處借更可靠些。他看著攤放在沙發上的兩架相機和幾捲黑白底片，略一思考後，又給萊卡裝上了底片，然後將數位相機遞給正在端飯的妻子：

「快，拍幾張，就像剛才一樣！」

「這是幹什麼？看你的臉色……你到底怎麼了?!」妻子驚恐地望著他。

「妳別管，拍！」

妻子放下手中的碟子，走過來看著丈夫，眼中的驚恐又加上了憂慮。

汪淼把柯達相機塞到過來吃飯的六歲兒子手裡，「豆豆，你幫爸爸拍。就按這個，對，這是一張；再按一下，對對，又是一張；就這樣一直拍，對著哪兒都行。」

兒子很快掌握了，小傢伙很感興趣，拍得很快。汪淼轉身從沙發上拿起自己的萊卡，也拍了起來，父子倆就這樣「咔嚓！咔嚓！」地瘋狂拍著，丟下妻子在頻頻閃光中不知所措，眼淚湧了出來。

「汪淼，我知道你最近工作壓力很大，你可別……」

汪淼把萊卡相機的底片拍完，又從孩子手中搶過數位相機。他想了一下，為了避開妻兒的干擾，走到臥室中，自己用數位相機也拍了幾張。他拍的時候用的是觀景窗，沒用液晶螢幕，因為怕看到結果，雖然遲早要看。

汪淼取出萊卡裡的底片鑽進暗房，緊緊地關上門工作起來。沖洗完成後，他細看底片，因手在顫抖，他只能用雙手握著放大鏡——底片上，幽靈倒數計時在繼續。

汪淼衝出暗房，開始檢查數位相機上的照片，從液晶螢幕上看到，剛才拍的數位照片中，兒子拍的部分沒有顯示倒數計時；而在自己拍的那部分，倒數計時清晰地顯示出來，並且與底片上的影像同步變化。

汪淼使用不同的相機拍攝，目的是排除問題出在相機或底片上的可能性，但他無意中讓孩子拍攝，加上之前讓妻子拍攝，得出了一個更加詭異的結果：用不同相機和不同底片拍攝，別人拍出的都正常，幽靈倒數計時只會在他拍攝的照片上出現！

汪淼絕望地抓起那堆底片，像抓著一團糾纏在一起的蛇，又像一團難以掙脫的絞索。他知道，僅憑自己的力量是無法解決這個問題的，那麼去找誰呢？大學和研究所裡的同事是不行的，他們與自己一樣，都是技術型思維的人；直覺告訴他，這件事已超出了技術之外。他想到了丁儀，可現下這人自己也陷入精神危機之中。他最後想到了「科學邊界」，那是一群思想深刻而且活躍的人。於是，他撥通了申玉菲的電話。

「申博士，我這裡有些事，必須到你那裡去一趟。」汪淼急促地說。

「來吧。」申玉菲只說了這兩個字就掛斷了電話。

汪淼吃了一驚，申玉菲平時說話也十分精簡，以至於「科學邊界」的一些人戲稱她為「女海明威」。但這次，她竟連是什麼事都不問，汪淼不知該感到安慰還是更加不安。

他將那團底片塞進一個提包，並帶上那架數位相機，在妻子焦慮的目光中衝出家門。本來可以開車去的，但即使在這燈火燦爛的城市，他在路上也想有人陪伴，於是叫了計程車。

申玉菲住在新城鐵線附近的一個高檔別墅區，這裡的燈光稀疏了許多，別墅群環繞著幾個能垂釣的小人工湖，晚上有一種鄉村的感覺。申玉菲顯然很富有，但汪淼一直搞不清她的財產來源，她以前的研究職位和現下公司中的職位都掙不到這麼多錢。不過她的別墅中並沒有豪華享受的痕跡，那裡是「科學邊界」的一個聚會場所，其中的陳設很像一個帶會議室的小圖書館。

在客廳裡，汪淼見到申玉菲的丈夫魏成。這個四十歲左右的男人，一副敦厚的知識分子模樣，汪淼對他的了解僅限於其姓名，申玉菲介紹時也只說了這些。他似乎沒有工作，成天待在家裡，對「科學邊界」的討論不感興趣，對家裡頻繁來往的學人們也習以為常。

但他並非無所事事，顯然在家研究著什麼東西，整天沉浸在思考中，見到任何人都是心不在焉地打個招呼，然後回到樓上的房間裡，他一天的大部分時間都待在那裡。一次，汪淼在樓上無意中從半開的房門向裡瞥了一眼，看到一個令人驚奇的東西：一台HP小型機。他不會看錯的，因為這台設備與他工作的超導研究中心那台一樣，黑灰色機箱，是四年前出品的 RX8620。把這台價值上百萬的設備放在家裡似乎很奇怪，魏成每天一個人守著它到底在幹什麼？

「玉菲在上面有點事，您稍等一會兒吧。」魏成說，然後走上樓。汪淼本打算等的，但實在坐不住，也跟著走上樓去，看到魏成正要進入他那個放著小型機的房間。他看到汪淼跟來似乎並不反感，指指對面的一個房間說：「喔，就在那個房間裡，你去找她吧。」

汪淼敲門，門沒鎖，開了一個縫，他看到申玉菲正坐在電腦前玩遊戲，令汪淼驚奇的是她竟穿著一套「V裝具」。這是目前在遊戲玩家中很流行的玩意兒，由一個全視角顯示頭盔和一套感應服構成，感應服可以使玩家從肉體上感覺到遊戲中的擊打、刀刺和火燒，能產生出酷熱和嚴寒，甚至還能逼真地類比出身體暴露在風雪中的感覺。汪淼走到她後面，由於遊戲是在頭盔中以全視角模式顯示的，在顯示器上什麼都看不到。這時，汪淼想起大史讓他記網址和郵件位址的事，無意中掃了一眼顯示器，那個遊戲登入界面上的英文名很特別，他記住了。

申玉菲摘下顯示頭盔，又脫下了感應服，戴上她那副在瘦削的臉上顯得很大的眼鏡，面無表情地對汪淼點點頭，一個字都沒說，等著他說話。汪淼拿出那團底片，開始講述發生在自己身上的詭異事件。申玉菲注意聽著，對那些底片，只是拿起來大概掃了幾眼，並沒有細看——這令汪淼很震驚，現下他進一步確定申玉菲對此事並非完全不知情，這幾乎令他停止了講述，只是申玉菲幾次點頭示意他繼續，才將事情講完了。這時申玉菲才說出了他們見面後的第一句話：

「你領導的奈米計畫怎麼樣了？」

這不著邊際的問題令汪淼十分吃驚。「奈米計畫?它與這有什麼關係?」他指指那堆底片。

申玉菲沒有說話，只是靜靜地看著他，等他回答自己的問題。這就是她的談話風格，從不多說一個字。

「把研究停下來。」申玉菲說。

「什麼?」汪淼認為自己聽錯了，「你說什麼?」

申玉菲沉默著，沒重複自己的話。

「停下來?!那是國家重點項目!」

申玉菲仍不說話，只是看著他，目光平靜。

「妳總得說出原因吧!」

「停下來試試。」

「妳到底知道些什麼?告訴我!」

「我能告訴你的就這些了。」

「計畫不能停，也不可能停!」

「停下來試試。」

關於幽靈倒數計時的簡短談話就到此為止，之後，不管汪淼如何努力，申玉菲再也沒有說出一個與此有關的字，只是重複那句話:「停下來試試。」

「我現下明白了，『科學邊界』並不是像你們宣稱的那樣是一個基礎理論的學術交流組織，它與現實的關係比我想像的要複雜得多。」汪淼說。

「相反，你得出這個印象，是因為『科學邊界』涉及的東西比你想像的更基礎。」

絕望的汪淼沒有告辭，起身就走，申玉菲默默地一直送他到庭院的大門處，並看著他坐進了計程車。正在這時，另一輛汽車疾馳而來，在門前煞住了。一個男人下車，藉著別墅中透出的燈光，汪淼一眼就認出了他。

這人是潘寒，是「科學邊界」裡最著名的人物之一。作為一名生物學家，他成功地預言了長期食用基因改造農產品造成的後代遺傳畸形，還預言了基因改造作物可能造成的生態災難。與那些空洞地危言聳聽的學人不同，他的預言充滿了具體的細節，且都一一精確兌現，其準確度達到令人震驚的程度，以至於有傳言說他來自未來。

他使自己聞名於世的另一個創舉，是創建了國內第一個實驗社會。與西方那些旨在回歸自然的烏托邦社團不同，他的「中華田園」不是處於荒野之地，而是置身於最大的城市中。社團沒有一分錢財產，包括食物在內的所有生活用品，均來自城市垃圾。與人們最初的預想不同，「中華田園」不但生存下來，而且迅速壯大，其固定成員已達三千多人，不定期到其中體驗生活的人更是不計其數。

以這兩個成功為基礎，潘寒的社會思想也日益具有影響力。他認為，科技革命是人類社會的一種病變，科技的爆炸性發展與癌細胞的飛速擴散相當，最終的結果都是耗盡有機體的養分，破壞器官，導致其寄宿體的死亡。他主張廢除那些「粗暴的」科技，如石化能源和核電，保留「溫和的」科技，如太陽能和小水電。將大城市逐步解散，人口均勻分布於自給自足的小村鎮中，以「溫和科技」為基礎，建立「新農業社會」。

「他在嗎？」潘寒指指別墅的二樓問。

申玉菲沒有回答，沉默地擋在他面前。

「我要警告他，當然也要警告妳，別逼我們！」潘寒冷冷地說。

申玉菲仍沒回答他，只是對計程車裡的汪淼說：「走吧，沒事。」然後示意司機開車。車發動後，汪淼再也沒有聽到他們說什麼，他回頭遠遠地看到，燈光下申玉菲一直沒讓潘寒走進別墅。

回到家已是深夜，汪淼在小區的門口走下計程車，一輛黑色桑塔納緊貼著他煞住，車窗搖下，一股煙噴了出來，是大史，粗壯的身軀將駕駛座擠得滿滿的。

「哇，汪教授，汪院士！這兩天過得可好？」

「你在跟蹤我？真無聊！」

「別誤會，我要是直直開過去不就完了，講個禮貌打個招呼你還當成驢肝肺了。」大史露出他的特色傻笑，一副無賴相：「咋的，那邊看到什麼有用的訊息沒，交流交流？」

「我說過，我和你們沒關係了，今後請不要跟蹤我！」

「得——」大史開動了車子，「好像我願意掙這兩夜班外勤費似的，球賽都耽誤了。」

汪淼走進家門，妻兒已經睡了，他聽到妻子在床上不安地翻身，嘴裡發出模糊不清的聲音，丈夫今天怪異的舉動，不知道會給她帶來怎樣的噩夢。汪淼吃了兩片利眠靈，躺到床上，過了很長時間才艱難地進入夢鄉。

他的夢境很紛亂，但其中的一個東西卻恆定地存在著：幽靈倒數計時。其實，倒數計時在夢中出現是汪淼早就預料到的事。夢境中，他瘋狂地擊打懸浮在半空的倒數計時，撕它，咬它，但一切擊打都無力地穿透了它，它就懸在夢境正中，堅定地流逝著。它使汪淼煩躁至極，終於從夢中醒來。

他睜開眼，看到了模糊的天花板，外面城市的燈光透過窗簾，在上面投出黯淡的光暈。但有一樣東西從夢中跟隨他回到現實中：幽靈倒數計時。倒數計時仍在他睜開的眼睛前顯現，數字很細，但很亮，發出一種燒灼的白光。

1185:11:34、1185:11:33、1185:11:32、1185:11:31……

汪淼轉轉頭，看到了臥室中模糊的一切，確認自己已經醒來，倒數計時沒有消失。他閉上雙眼，倒數計時仍顯現於他那完全黑暗的視野中，像黑天鵝絨上發亮的水銀。他再次睜眼，並揉揉眼睛，倒數計時仍沒有消失，不管他的視線如何移動，那一串數字穩穩地占據著視野的正中央。

一股莫名的恐懼使汪淼猛地坐起來，倒數計時死死跟隨著他。他跳下床，衝到窗前，扯開窗簾，推開窗。外面沉睡中的城市仍然燈光燦爛，倒數計時就在這廣闊的背景前顯現著，像電影畫面上的字幕。

一時間，汪淼感到自己窒息了，不由得發出一聲低沉的驚叫。面對被驚醒的妻子恐慌的探問，他努力使自己鎮定下來，安慰妻子說沒什麼，又躺回床上，閉上眼睛，在幽靈倒數計時的照耀下，艱難地度過了剩下的夜晚。

清晨起床後，汪淼努力使自己在家人面前顯得正常些，但妻子還是看出了異樣，問他的眼睛怎麼了？是不是看不清東西？

早飯後，汪淼向奈米中心請了假，開車去醫院。一路上，幽靈倒數計時無情地橫在他眼中的現實世界前面，這東西會自動調節自己的亮度，在不同的背景上都清晰地顯現出來。汪淼甚至盯著初升的太陽，試圖使倒數計時被強光暫時隱沒一會兒，但沒有用，那串魔鬼數字竟在日輪上顯現出來，這時它不是增加亮度，而是變成黑色，更加恐怖。

同仁醫院很難掛號，汪淼直接找了妻子的一個同學，一位著名的眼科專家。他沒有說病情，而是先讓醫生檢查自己的眼睛。仔細檢查了汪淼的雙眼後，醫生告訴他沒有發現什麼病變，眼睛一切正常。

「我的眼睛總是看見一個東西，不管你看哪裡，這個東西都在。」汪淼說。同時，那串數字就橫在醫生臉前。

1175:11:34、1175:11:33、1175:11:32、1175:11:31……

「飛蚊症。」醫生說，同時抽出處方簽開始寫，「我們這年紀的常見眼病，晶狀體混濁。不太好治，但沒什麼要緊的，開些碘藥水和維他命D吧，也許能吸收掉，但希望不大。不過，這確實沒什麼要緊的，只要你習慣了忽略視野裡的那些雜物，對視力沒什麼影響。」

「你說的飛蚊症，那些……東西看上去是什麼樣子？」

「不規則，因人而異，有時是小黑點兒，有時像蝌蚪。」

「如果看到的是一串數字呢？」

醫生寫處方的筆停了。「你看到一串數字？」

「是的，橫在視野中心。」

醫生推開紙和筆，關切地看著他，「一進來我就看出，你過度勞累。上次同學聚會，李瑤向我提起你，說你的工作壓力很大。到我們這歲數，應該注意了，健康可透支不起了。」

「你是說，我這是精神因素所致？」

醫生點點頭，「要是一般的病患，我就建議他去精神科了，其實沒必要，沒什麼要緊的，就是太累了。休息幾天吧，去度幾天假，和李瑤、孩子，叫什麼來著？豆豆吧?!一起去。放心，很快會恢復的！」

1175:14:02、1175:14:01、1175:14:00、1175:13:59……

「我告訴你我看到的是什麼，一個倒數計時！一秒一秒，在精確地走！這會是精神因素？」

醫生寬容地笑笑，「想知道精神因素能對視力影響到什麼程度嗎？上個月我們收治了一個女孩兒，十五六歲吧，她在教室裡突然間什麼都看不見了，完全失明。可經過所有檢查，眼睛在生理上完全正常。後來精神科的專家對她進行了一個月的心理治療，又是突然間，她的眼睛恢復到正常的視力水準。」

汪淼知道在這裡是浪費時間，他起身要走，最後說：「好吧，不管我的眼睛，我只有一個問題想請教你：有什麼外力，能透過遠程作用使人看到什麼嗎？」

醫生想了想說：「有，我前一陣兒參加『神舟十九號』的醫療組，曾有太空飛行員報告說，他們在艙外工作時看到了並不存在的閃光。以前國際太空站上的太空飛行員報告過類似情況，都是在太陽活動劇烈的時候，太空中的高能粒子打到視網膜上，人就看到閃耀。不過你說的看到數字，還是倒數計時，絕無可能是這個原因。」汪淼恍惚地走出醫院，倒數計時就在他眼前，他似乎在跟著它走，跟著一個死死纏著他的鬼魂。

他買了一副墨鏡戴上，僅僅是為了不讓別人看到自己夢遊般迷離的眼神。

汪淼走進奈米中心的主體實驗室，進門之前沒忘記把墨鏡摘下來，儘管這樣，遇見他的同事都對他的精神狀態露出擔心的神色。

在實驗大廳中央，汪淼看到反應黑箱仍在運作中。這台巨型設備的主體是匯集了大量管道的一個球體。代號叫「飛刃」的超強度奈米材料已經生產出來，但是用分子建築術製造的，就是用分子探針將材料分子像砌磚那樣一個個壘砌起來，這樣的工藝要耗費大量的資源，那些產品可以說是世界上最貴重的珍寶了，根本無法進行量產。

實驗室現下做的，就是試圖透過一種催化反應來代替分子建築法，使巨量的分子在反應中同時完成築砌。試驗就是在反應黑箱中進行的，這台設備可以在數量龐大的成分組合上進行反應試驗，這樣數量的組合如果用傳統的人工操作可能上百年也做不完，但在反應黑箱中可以快速自動進行。同時，這是一種集現實反應與數字類比一體化的設備，當合成進行到一定程度時，電腦會根據反應的階段性結果建立起合成反應的數字模型，將剩下的反應進程用數字類比代替，大大提升了實驗效率。

實驗主任見到汪淼後，急匆匆走過來，開始會報反應黑箱剛出現的一系列故障。這是近來汪淼一上班就遇到的事。現下，反應黑箱連續運作了一年多，許多傳感器靈敏度下降，誤差增大，急需停機維護。但身為計畫首席科學家的汪淼堅持做完第三批合成組合再停機，工程師們只好在反應黑箱上加入愈來愈多的補償修正裝置，到現下這些裝置本身也需要補償修正，搞得整個計畫組疲憊不堪。但主任小心翼翼地沒提停機和暫停試驗的事，怕汪淼又像上幾次那樣大發雷霆。他只是把困難都擺出來，意思也很明白。

汪淼抬頭看看反應黑箱，覺得它像一個子宮，工程師們正圍著它忙碌，艱難地維持著正常的運作。在這場景前面，疊現著幽靈倒數計時。

1174:21:11、1174:21:10、1174:21:09、1174:21:08……

停下來試試。汪淼腦海中突然響起申玉菲的話。

「全面更新外圍傳感系統需要多長時間？」他問。

「四五天吧，」實驗主任突然看到了希望，趕緊加一句，「快些幹，三天就行，汪總，我保證！」

我並沒有屈服，設備確實需要維修，因而試驗必須暫停，與別的無關。汪淼在心裡對自己說，然後轉向主任，透過倒數計時的數字看著他，「把試驗停下來吧，停機維修，就照你說的時間表。」

「好的，汪總，我會很快給你一份更新方案，下午就能停機了！」主任興奮地說。

「現下就停吧。」

主任像不認識似的看著汪淼，但旋即恢復了興奮狀態，好像生怕失掉這個機會似的。他拿起電話下了停機命令，計畫組裡那些疲憊的研究員和工程師一下子都興奮起來，開始按程式扳動上百個複雜的開關，眾多的監控螢幕一個接一個地黑了下來，最後，主監控螢幕上顯示了停機狀態。

幾乎與此同時，汪淼眼前的倒數計時停止了走動，數字固定為 1174:20:35。幾秒鐘後，數字閃動了幾下，消失了。

當沒有幽靈倒數計時覆蓋的現實重現眼前時，汪淼長出了一口氣，像剛從水底掙扎出來一樣。他無力地坐下，很快意識到旁邊還有人在看著他。

他對實驗主任說：「系統更新是設備部的事，你們實驗組的人就好好休息幾天吧，這一陣大家都辛苦了。」

「汪總，你也太累了，這裡有張總工程師盯著，你也回家好好休息一下吧。」

「是啊，太累了。」汪淼無力地說，待實驗主任離開後，拿起電話，撥了申玉菲的號碼，只響了一聲鈴她就接了。

「你們背後是什麼？」汪淼問，儘量使自己的聲音冷靜一些，但沒有做到。

沉默。

「倒數計時的盡頭是什麼？」

沉默。

「妳在聽嗎？」

「在。」

「高強度奈米材料怎麼了？這不是高能加速器，只是一項應用研究，值得這樣關注嗎？」

「什麼值得關注，不應由我們來判斷。」

「夠了！」汪淼大吼一聲，心中的恐懼和絕望突然化為瘋狂的怒氣，「你們以為這點小魔術就能騙得了我？就能阻止科技進步?!我承認一時無法做出科學上的解釋，但那是因為我還沒有繞到那個可恥魔術師的背後！」

「你的意思，是想在更大的尺度上看到倒數計時？」

申玉菲的話讓汪淼愣了一下，他對這個問題沒有準備，於是強迫自己冷靜下來，以免落入圈套。「收起妳那套把戲吧。大尺度又怎麼樣，你們同樣可以玩魔術！可以向天空投映全像圖，就像上一次戰爭中北約做的那樣，強力雷射甚至可以將圖像映滿整個月球表面！射手和農場主應該能夠玩弄人類力不能及的更大尺度，比如，倒數計時能夠顯示到太陽表面嗎？」話剛說完，汪淼吃驚地張大了嘴，他竟在下意識中說出了那兩個這時應十分忌諱的名詞，還好，沒有說出更忌諱的那個。他想爭取更多的主動性，於是接著說：「考慮到某種我還沒想到的可能性，即使在太陽的尺度上，你們那個可恥魔術師仍有可能耍魔術，那種力量要真正令人信服，顯示的尺度還需更大些。」

「問題是你能承受得了嗎？我們是朋友，我想幫你，別走楊冬的路。」

聽到這個名字，汪淼不由得打了個寒顫，但隨之而來的憤怒又使他罔顧一切了：「能接受這個挑戰嗎？」

「三天後，也就是十四日，在凌晨一點鐘至五點鐘，整個宇宙將為你閃爍。」

沉默良久，這個為某種超出人類理解力的力量代言的女人，冷酷地封死了汪淼的一切出路。

「我將在什麼尺度上看到它？」

「那倒數計時將繼續。」

「當然，三天以後。」

「我知道奈米研究計畫已經停了，你打算重新啟動它嗎？」

「這是……幹什麼呢？」

「在以後的兩天內，設法找到一個能夠觀測宇宙背景輻射的地方。具體的請看我隨後發給你的電子郵件。」

「我不明白，這是……」

汪淼看到網頁上顯示的只是一張摩斯電碼對照表。

「你旁邊有上網的電腦嗎？好，進這個網址：http://www.qsl.net/bg3tt/zl/mesdm.htm，打開了嗎？把網頁列印出來，隨身帶著。」

「妳想怎麼樣？」汪淼的聲音變得無力了。

「能。」

四、三體、周文王、長夜

汪淼撥通了丁儀的電話，對方接聽後，他才想起現下已是凌晨一點多了。

「我是汪淼，真對不起，這麼晚打擾。」

「沒關係，我正失眠。」

「我……遇到一些事，想請你幫個忙。你知道國內有觀測宇宙背景輻射的機構嗎？」汪淼產生了一種傾訴的欲望，但旋即覺得幽靈倒數計時之事目前還是不要讓更多的人知道為好。

「宇宙背景輻射？你怎麼對這個有雅興？看來你真的遇到一些事了……。你去看過楊冬的母親嗎？」

「啊——真對不起，我忘了。」

「沒關係，現下科學界，很多人都……像你說的那樣遇到了一些事，心不在焉的。不過你最好還是去看看她，她年紀大了，又不願僱僕婦，要是有什麼費力氣的事麻煩你幫幫忙……喔！宇宙背景輻射的事，你正好可以去找楊冬的母親問問，她退休前是搞天體物理專業的，與國內的這類研究機構很熟。」

「好好，我今天下班就去。」

「那先謝謝了，我是真的無法再面對與楊冬有關的一切了。」

打完電話後，汪淼坐到電腦前，開始列印網頁上顯示的那張很簡單的摩斯電碼對照表。這時他已經冷靜下來，將思緒從倒數計時上移開，想著關於「科學邊界」和申玉菲的事，想到她玩的網路遊戲。關於申玉菲，他能肯定的唯一一件事就是她不是愛玩遊戲的人，這個說話如電報般精簡的女人給他唯一的印象就是冷，她的冷與其他的某些女性不同，不是一張面具，而是從裡到外冷透了。

汪淼總是下意識地將她與早已消失的作業系統DOS聯繫在一起，一面空蕩蕩的黑螢幕，只有一個簡單得不能再簡單的「C:>」提示符在閃動，你輸入什麼它就輸出什麼，一個字都不會多，也不會有變化。現下他知道，「C:>」提示符後面其實是一個無底深淵。

她真會有興致玩遊戲，而且是戴著V裝具玩兒？她沒有孩子，那套V裝具只能是自己買回去用的，這有些不可思議。

汪淼在瀏覽器的位址欄中輸入那個很容易記住的遊戲網址：www.threebody.com，網頁上顯示該遊戲只支援V裝具模式。汪淼想起了奈米中心的職工娛樂室裡好像有一套V裝具，就走出已經空蕩蕩的中心實驗大廳，去值班室要了鑰匙，在娛樂室中穿過一排撞球檯和健身器材，在一台電腦旁找到了V裝具，費了很大勁才把感應服穿上，然後戴上顯示頭盔，啟動電腦。

啟動遊戲後，汪淼置身於一片黎明之際的荒原，荒原呈暗褐色，細節看不清楚，遠方地平線上有一小片白色的曙光，其餘的天空則群星閃爍。一聲巨響，兩座發著紅光的山峰砸落到遠方的大地上，整個荒原籠罩在紅色光芒之中。被激起的遮天蔽日的塵埃散去後，汪淼看清了那兩個頂天立地的大字：三體。

隨後出現了一個註冊界面，汪淼用「海人」這個ID註冊，然後成功登入。

荒原依舊，但V裝具感應服中的壓縮機嘶嘶地啟動了，汪淼感到一股逼人的寒氣。前方出現了兩個行走的人影，在曙光的背景前呈黑色的剪影。汪淼追了上去，他看到兩人都是男性，披著破爛的長袍，外面還裹著一張骯髒的獸皮，都帶著一把青銅時代那種又寬又短的劍，其中一人背著一隻有他一半高的細長的木箱子。那人扭頭看看汪淼，他的臉像那獸皮一樣髒和皺，雙眼卻很有神，眸子映著曙光。「冷啊。」他說。

「是，真冷。」汪淼附和道。

「這是戰國時代，我是周文王。」那人說。

「周文王不是戰國時代的人吧？」汪淼問。

「他一直活到現下呢，紂王也活著。」另一個沒背箱子的人說，「我是周文王的追隨者，我的ＩＤ就叫『周文王追隨者』，他可是個天才。」

「我的ＩＤ是『海人』，」汪淼說，「您背的是什麼？」

周文王放下那隻長方形木箱，將一個立面像一扇門似的打開，露出裡面的五層方格，藉著晨曦的微光，汪淼看到每層之間都有高低不等的一小堆細沙，每格中都有從上一格流下的一道涓細的沙流。

「沙漏，八小時漏完一次，顛倒三次就是一天，不過我常常忘了顛倒，要靠追隨者提醒。」周文王介紹說。

「你們好像是在長途旅行，有必要背這麼笨重的計時器嗎？」

「那怎麼計時呢？」

「拿個小型的日晷多方便，或者乾脆只看太陽也能知道大概的時間。」

周文王和追隨者面面相覷，然後一起盯著汪淼，好像他是個白痴：「太陽？看太陽怎麼能知道時間？這可是亂紀元。」

汪淼正要詢問這個怪異名詞的涵義，追隨者哀鳴道：「真冷啊，冷死我了！」

汪淼也覺得冷，但他不能隨便脫下感應服，一般情況下，那樣做會被遊戲註銷ＩＤ的。他說：「太陽出來就會暖和些的。」

「你在冒充偉大的先知嗎？連周文王都不算先知呢！」追隨者衝汪淼不屑地搖搖頭。

「這需要先知嗎？誰還看不出來太陽一兩個小時後就會升起。」汪淼指指天邊說。

「這是亂紀元！」追隨者說。

「什麼是亂紀元？」

「除了恆紀元，都是亂紀元。」周文王說，像回答一個無知孩童的提問。

果然，天邊的晨光開始暗下去，很快消失了，夜幕重新籠罩了一切，蒼穹星光燦爛。

「原來現下是黃昏不是早晨？」汪淼問。

「是早晨，早晨太陽不一定能升起，這是亂紀元。」

寒冷使汪淼很難受：「看這樣子，太陽要很長時間以後才會升出來。」他哆嗦著指指模糊的地平線說。

「你怎麼又會有這種想法？那可不一定，這是亂紀元。」追隨者說著轉向周文王：「姬昌，給我一些魚乾吃吧。」

「不行！」周文王斷然說道，「我也是勉強吃飽，要保證我能走到朝歌，而不是你。」

說話間，汪淼注意到另一個方向的地平線又出現了曙光，他分不清東南西北，但肯定不是上次出現時的方向。這曙光很快增強，不一會兒，這個世界的太陽升起來了，是一顆藍色的小太陽，很像增強了亮度的月亮，但還是讓汪淼感到了一絲溫暖，並看清了大地的細節。但這個白晝很短暫，太陽在地平線上方畫了一道淺淺的弧形就落下了，夜色和寒冷又籠罩了一切。

三人在一棵枯樹前停下，周文王和追隨者拔出青銅劍來砍柴，汪淼將碎柴收集到一塊。追隨者拿出火鐮，「劈啪、劈啪」打了好一陣，生起了一堆火。汪淼的感應服的前胸部分變暖和了，但背後仍然冰冷。

「燒些脫水者，火才旺呢。」追隨者說。

「住嘴！那是紂王幹的事！」

「反正路上那些散落的，都破成那樣，泡不活了。如果你的理論真能行，別說燒一些，吃一些都成，與那理論相比，幾條命算什麼。」

「胡說！我們是學人！」

篝火燃盡後，三人繼續趕路。由於他們之間交談很少，系統加快了遊戲時間的流逝速度，周文王很快將背上的沙漏翻了六下，轉眼間兩天過去了，太陽還沒有升起過一次，甚至天邊連曙光的影子都沒有。

「看來太陽不會出來了。」汪淼說，同時調出遊戲界面來看了一下自己的HP，它正因寒冷而迅速減小。

「你又冒充偉大的先知了……」追隨者說，汪淼和他一起說出了後半句：「這是亂紀元！」

這話說完不久，天邊真的出現了曙光，並且迅速增強，轉眼間太陽就升了起來。汪淼發現這次升起的是一顆大太陽，當它升至一半時，直徑占了視野內至少五分之一的地平線。暖流撲面而來，令汪淼心曠神怡，但他看周文王和追隨者時，發現他們都一臉驚恐，彷彿魔鬼降臨。

「快，找陰涼地兒！」追隨者大喊，汪淼跟著他們飛奔，跑到了一處低矮的岩石後面蹲下來。岩石的陰影在漸漸縮短，周遭的大地像處於白熾狀態般刺眼，腳下的凍土迅速融化，由堅硬如鐵變成泥濘一片，熱浪滾滾。汪淼很快出汗了。當大太陽升到頭頂正上方時，三人用獸皮蒙住頭，強光仍如利箭般從所有縫隙和孔洞中射進來。三人繞著岩石挪到另一邊，躲進那邊剛剛出現的陰影中……

太陽落山後，空氣依然異常悶熱，大汗淋漓的三人坐在岩石上，追隨者沮喪地說：「亂紀元旅行，真是在地獄裡走路，我受不了了；再說我也沒吃的了，你不分我些魚乾，又不讓吃脫水者，唉——」

「那你只能脫水了。」周文王說，一手用獸皮搧著風。

「脫水以後，你不會扔下我吧？」

「當然不會，我保證把你帶到朝歌。」

追隨者脫下了被汗水浸濕的長袍，赤身躺到泥地上。在落日的餘暉中，汪淼看到追隨者身上的汗水突然增加了，他很快知道那不是出汗，這人身體內的水分正在被徹底排出，這些水在沙地上形成了幾條小小的溪流，追隨者的整個軀體如一根融化的蠟燭在變軟變薄……。十分鐘後水排完了，那軀體化為一張人形的軟皮一動不動地鋪在泥地上，面部的五官都模糊不清了。

「他死了嗎？」汪淼問。他想起來了，一路上不時看到有這樣的人形軟皮，有的已破損不全，那就是不久前追隨者想要用來燒火的脫水者。

「沒有。」周文王說著，將追隨者變成的軟皮拎起來，拍了拍上面的土，放到岩石上將他（它）捲起來，就像捲一隻放了氣的皮球一般。「在水裡泡一會兒，他就會恢復原狀活過來，就像泡乾蘑菇那樣。」

「他的骨骼也變軟了？」

「是的，都成了乾纖維，這樣便於攜帶。」

「這個世界中的每個人都能脫水嗎？」

「當然，你也能，要不，在亂紀元是活不下去的。」周文王將捲好的追隨者遞給汪淼，「你帶著他吧，扔到路上不是被人燒了，就是吃了。」

汪淼接過軟皮，很輕的一小捲，用胳膊夾著倒也沒有什麼異樣的感覺。

汪淼夾著脫水的追隨者，周文王背著沙漏，兩人繼續著艱難的旅程。同前幾天一樣，這個世界中的太陽運行得完全沒有規律，在連續幾個嚴寒的長夜後，可能會突然出現一個酷熱的白天，或者相反。兩人相依為命，在篝火邊抵禦嚴寒，泡在湖水中度過酷熱。好在遊戲時間可以加快，一個月可以在半小時內過完，這使得亂紀元的旅程還是可以忍受的。

這天，漫漫長夜已延續了近一個星期（按沙漏計時），周文王突然指著夜空歡呼起來：

「飛星！飛星！兩顆飛星！」

其實，汪淼之前就注意到那種奇怪的天體，它比星星大，能顯出桌球大小的圓盤形狀，運行速度很快，肉眼能明顯地看到它在星空中移動，只是這次出現了兩個。

周文王解釋說：「兩顆飛星出現，恆紀元就要開始了！」

「以前看到過的。」

「那只有一個。」

「最多只有兩個嗎？」

「不，有時會有三個，但不會再多了。」

「三顆飛星出現，是不是預示著更美好的紀元？」

周文王用充滿恐懼的眼神瞪了汪淼一眼：「你在說什麼呀，三顆飛星……祈禱它不要出現吧。」

周文王的話沒錯，他們嚮往的恆紀元很快開始了，太陽升起落下開始變得有規律，一個晝夜漸漸固定在十八小時左右，日夜有規律地交替使天氣變得暖和了一些。

「恆紀元能持續多長時間？」汪淼問。

「一天或一個世紀，每次多長誰都說不準。」周文王坐在沙漏上，仰頭看著正午的太陽，「據記載，西周曾有過長達兩個世紀的恆紀元，唉，生在那個時代的人有福啊。」

「那亂紀元會持續多長時間呢？」

「不是說過嘛，除了恆紀元都是亂紀元，兩者互為對方的間隙。」

「那就是說，這是一個全無規律的混亂世界?!」

「是的，文明只能在較長的、氣候溫暖的恆紀元裡發展。大部分時間裡，人類集體脫水儲存起來，當較長的恆紀元到來時，再集體浸泡復活，生產和建設。」

「那怎樣預知每個恆紀元到來的時間和長短呢？」

「做不到，從來沒有做到過。當恆紀元到來時，國家是否浸泡取決於大王的直覺，常常是：浸泡復活了，莊稼種下了，城鎮開始修築，生活剛剛開始，恆紀元就結束了，嚴寒和酷熱就毀滅了一切。」周文王說到這裡，一手指向汪淼，雙眼變得炯炯有神：「好了，你已經知道了這個遊戲的目標：就是運用我們的智力和悟性，分析研究各種現象，掌握太陽運行的規律，文明的生存就維繫於此。」

「在我看來太陽運行根本就沒有規律。」

「那是因為你沒能悟出世界的本原。」

「你悟出來了？」

「是的，這就是我去朝歌的目的，我將為紂王獻上一份精確的萬年曆。」

「可這一路上，沒看到你有這種能力。」

「對太陽運行規律的預測只能在朝歌做出，因為那裡是陰陽的交會點，只有在那裡取的卦才是準確的。」兩人又在嚴酷的亂紀元跋涉了很長時間，其間又經歷了一次短暫的恆紀元，終於到達了朝歌。

汪淼聽到一種不間斷的、類似於雷聲的轟鳴。這聲音是朝歌大地上許多奇怪的東西發出的，那是一座座巨大的單擺，每座都有幾十公尺高。單擺的擺錘是一塊塊巨石，被一大束繩索吊在架於兩座細高石塔間的天橋上。每座單擺都在擺動中。驅動它們的是一群群身穿盔甲的士兵，他們和著奇怪的號子（勞動時為統一全體動作唱的民歌），齊力拉動繫在巨石擺錘上的繩索，維持著它的擺動。汪淼發現，所有巨擺的擺動都是同步的，遠遠看去，這景象怪異得使人著迷，像大地上豎立著一座座走動的鐘錶，又像從天而降的、許多巨大、抽象的符號。

在巨擺的環繞下，有一座巨大的金字塔，夜幕中如同一座高聳的黑山，這就是紂王的宮殿。汪淼跟著周文王走進了金字塔基座上的一個不高的洞門，門旁幾名守衛的士兵在黑暗中如幽靈般無聲地徘徊。他們沿著一條長長的隧道向裡走，隧道窄而黑，間隔很遠才有一支火炬。

「在亂紀元，整個國家在脫水中，但紂王一直醒著，陪伴著這片沒有生機的國土。要想在亂紀元生存，就得居住在這種牆壁極厚的建築中，幾乎像住在地下，才能避開嚴寒和酷熱。」周文王邊走邊對汪淼解釋。

走了很長的路，才進入了紂王位於金字塔中心的大殿，其實這裡並不大，很像一個山洞。身披一大張花獸皮坐在一處高台上的人顯然是紂王了，但首先吸引汪淼目光的是一位黑衣人，他的黑衣幾乎與大殿中濃重的陰影融為一體，那張蒼白的臉彷彿是浮在虛空中。

「這是伏羲。」紂王對剛進來的周文王和汪淼介紹那位黑衣人，彷彿他們一直就在那兒似的，而黑衣人才是新來的。「他認為，太陽是脾氣乖戾的大神，他醒著的時候喜怒無常，是亂紀元；睡著時呼吸均勻，是恆紀元。伏羲建議豎起了外面的那些大擺，日夜不停地擺動，聲稱這對太陽神有強烈的催眠作用，能使其陷入漫長的昏睡。但直到現下，我們看到太陽神仍醒著，最多只是不時打打盹兒。」

紂王揮了一下手，有人端來一個陶罐，放到伏羲面前的小石台上——汪淼後來知道，那是一罐調味料。伏羲長嘆一聲，端起陶罐喝下去，那「咕咚咕咚」的聲音彷彿黑暗深處有一顆碩大的心臟在跳動。喝了一半後，他將剩下的調味料倒在身上，然後扔下陶罐，走向大殿角落的一口架在火上的青銅大鼎，爬上鼎沿；他跳進大鼎，激起了一大團蒸氣。

「姬昌坐下，一會兒就開宴。」紂王指指那口大鼎說。

「愚蠢的巫術。」周文王朝大鼎偏了下頭，輕蔑地說。

「你對太陽悟出了什麼？」紂王問，火光在他的雙眸中跳動。

「太陽不是大神，太陽是陽，黑夜是陰，世界是在陰陽平衡中運轉的，這不在我們的控制之中，但可以預測。」周文王說著，抽出青銅劍，在火炬照到的地板上畫出了一對大大的陰陽魚，然後以令人目眩的速度在周遭畫出了六十四卦，看上去如同火光中時隱時現的大年輪。「大王，這就是宇宙的密碼，借助它，我將為您的王朝獻上一部精確的萬年曆。」

「姬昌啊，我現下急需知道的，是下一個長恆紀元什麼時候到來。」

「我將立刻為您占卜。」周文王說著，走到陰陽魚中央盤腿坐下，抬頭望著大殿的頂部，目光彷彿穿透了厚厚的金字塔看到了星空，他的雙手手指同時在進行著複雜的運動，組合成一部高速運轉的計算機。寂靜中，只有大鼎中的湯發出「咕嘟咕嘟」的聲響，彷彿煮在湯中的巫師在夢囈。

周文王從陰陽圖中站起來，頭仍仰著，說：「下面將是一段為期四十一天的亂紀元，然後將出現為期五天的恆紀元，接下來是為期二十三天的亂紀元和為期十八天的恆紀元，然後是為期八天的亂紀元，當這段亂紀元結束後，大王，您所期待的長恆紀元就到來了，這個恆紀元將持續三年零九個月，其間氣候溫暖，是一個黃金紀元。」

「我們首先需要證實一下你前面的預測。」紂王不動聲色地說。

汪淼聽到上方傳來一陣「轟隆隆」的聲音，大殿頂上的一塊石板滑開，露出一處正方形的洞口，汪淼調整方向，看到這個方洞通到金字塔的外面，在這個方洞的盡頭，汪淼看到了幾顆閃爍的星星。

遊戲的時間加快了，由兩名士兵看守的周文王帶來的沙漏幾秒鐘就翻動一次，標誌著八小時的流逝。上方的視窗無規律地閃爍起來，不時有一束亂紀元的陽光射進大殿，有時很微弱，如月光一般；有時則十分強烈，投在地上的方形光斑白熾明亮，使所有的火炬黯然失色。汪淼數著沙漏翻動的次數，當翻到一百二十次左右時，陽光投進視窗的間隔變得規則了，預測中的第一個恆紀元到來。沙漏再翻動十五下後，視窗的閃爍又紊亂起來，亂紀元又開始了。然後又是恆紀元，然後又是亂紀元，它們的開始和持續時間雖然有些小誤差，但與周文王的預測已是相當地吻合了。當最後一段為期八天的亂紀元結束後，他預言的長恆紀元開始了。汪淼數著沙漏的翻動，二十天過去了，射進大殿的日光仍遵循著精確的節奏。這時，遊戲時間的流逝被調整到正常。

紂王向周文王點點頭：「姬昌啊，我將為你豎起一座豐碑，比這座宮殿還要高大。」

周文王深鞠一躬：「我的大王，讓您的王朝甦醒吧，繁榮吧！」

紂王在石台上站起身，張開雙臂，彷彿要擁抱整個世界似的，他用一種很奇怪的、歌唱般的音調喊道：「浸泡——」

聽到這號令，大殿內的人都跑向洞門。在周文王的示意下，汪淼跟著他沿著長長的隧道向金字塔外走去。走出洞門，汪淼看到時值正午，太陽在當空靜靜地照耀著大地，微風吹過，他似乎嗅到了春天的氣息。周文王和汪淼一同來到了距金字塔不遠的一處湖畔，湖面上的冰已融化了，陽光在微波間跳動。

先出來的一隊士兵高呼著：「浸泡！浸泡！」都奔向湖邊一處形似穀倉的高大石砌建築。在來的路上，汪淼不時在遠處看到過這種建築，周文王告訴他那是「乾倉」，是儲存脫水人的大型倉庫。士兵們打開乾倉的石門，從中搬出一捲捲落滿灰塵的皮捲，他們每人都抱著、夾著好幾個皮捲，走向湖邊，將那些皮捲扔進湖中。那些皮捲一遇到水，立刻舒展開來，一時間，湖面上漂浮著一片似乎是剪出來的薄薄的人形。每一張「人片」都在迅速吸水膨脹，漸漸地，湖面上的「人片」都變成了圓潤的肉體，這些肉體很快具有了生命的跡象，一個個掙扎著從齊腰深的湖水中站立起來。他們睜大如夢初醒的眼睛看著這風和日麗的世界。「浸泡！」一個人高呼起來，立刻引來了一片歡呼聲：「浸泡！浸泡！」……這些人從湖中跑上岸，赤身露體地奔向乾倉，將更多的皮捲投入湖中，浸泡復活的人一群群從湖中跑出來。這一幕也發生在更遠處的湖泊和池塘中，整個世界在復活。

「噢，天啊！我的指頭——」

汪淼順著聲音看去，見一個剛浸泡復活的人站在湖中，舉著一隻手哭喊道，那手缺了中指，血從手上斷指處滴到湖中。其他復活者紛紛湧過他的身邊，興高采烈地奔向湖岸，沒有人注意他。

「行了，你就知足吧！」一個經過的復活者說，「有人整條胳膊腿都沒了，有人腦袋被咬了個洞，如果再不浸泡，我們怕是都要被亂紀元的老鼠啃光了！」

「我們脫水多長時間了？」另一位復活者問。

「看看大王宮殿上積的沙塵有多厚就知道了，剛聽說現下的大王已不是脫水前的大王了，不知是他的兒子還是孫子。」

浸泡持續了八天才完全結束，這時所有的脫水人都已復活，世界又一次獲得了新生。這八天中，人們享受著每天二十個小時、周期準確的日出日落。沐浴在春天的氣息裡，所有人都衷心地讚美太陽、讚美掌管宇宙的諸神。第八天夜裡，大地上的篝火比天上的星星都密，在漫長的亂紀元中荒廢的城鎮又充滿了燈火和喧鬧，同文明以前的無數次浸泡一樣，所有人將徹夜狂歡，迎接日出後的新生活。

但太陽再也沒有升起來。

各種計時器都顯示日出的時間已過，但各個方向的地平線都仍是漆黑一片。又過了十個小時，沒有太陽的影子，連最微弱的晨光都見不到。一天過去了，無邊的夜在繼續著；兩天過去了，寒冷像一隻巨掌在暗夜中壓向大地。

「請大王相信我，這只是暫時的，我看到了宇宙中的陽在聚集，太陽就要升起來了，恆紀元和春天將繼續！」金字塔的大殿裡，周文王跪在紂王端坐的石台下哀求道。

「還是把鼎燒上吧。」紂王嘆了口氣說。

「大王！大王！」一名大臣從洞門裡跌跌撞撞地跑進來，帶著哭腔喊道，「天上，天上有三顆飛星！」

大殿中的所有人都驚呆了，空氣彷彿凝固了，只有紂王仍然不動聲色。他轉向以前一直不屑於搭理的汪淼：「你還不知道出現三顆飛星意味著什麼吧？姬昌啊，告訴他。」

「這意味著漫長的嚴寒歲月，冷得能把石頭凍成粉末。」周文王長嘆一聲，說。「脫水——」紂王又用那歌唱般的聲音喊道。其實，在外面的大地上，人們早已開始陸續脫水，重新變成人乾以度過漫漫長夜，他們中的幸運者被重新搬入乾倉，還有大量的人乾被丟棄在曠野上。周文王慢慢站起身，朝著架在火上的青銅大鼎走去，他爬上鼎沿，跳進去之前停了幾秒鐘，也許是看到伏羲煮得爛熟的臉，正在湯中衝他輕笑。

「用文火。」紂王無力地說，然後轉向其他人，「該 EXIT 的就 EXIT 吧，遊戲到這兒已經沒什麼玩頭了。」

洞門上方出現了發著紅光的 EXIT 標誌，人們紛紛向那裡走去。汪淼也跟隨而去，穿過洞門和長長的隧道來到了金字塔外，看到黑夜裡大雪紛飛，刺骨的寒冷使他打了個冷顫。天空的一角顯示出遊戲的時間又加快了。

十天後，雪仍在下著，但雪片大而厚重，像是凝結的黑暗。有人在汪淼耳邊低聲說：「這是在下二氧化碳乾冰了。」汪淼扭頭一看，是周文王的追隨者。

又過了十天，雪還在下，但雪花已變得薄而透明，在金字塔洞門透出的火炬的微光中呈現出一種超脫的淡藍色，像無數飛舞的雲母片。

「這雪花已經是凝固的氧、氮了，大氣層正在絕對零度中消失。」

金字塔被雪埋了起來，最下層是水的雪，中層是乾冰的雪，上層是固態氧、氮的雪。夜空變得異常晴朗，群星像一片銀色的火焰。一行字在星空的背景上出現：

這一夜持續了四十八年，第一三七號文明在嚴寒中毀滅了，該文明進化至戰國層次。

文明的種子仍在，它將重新啟動，再次開始在三體世界中命運莫測地進化，歡迎您再次登入。

退出前，汪淼最後注意到的是夜空中的三顆飛星，它們相距很近，相互圍繞著，在太空深淵中跳著某種詭異的舞蹈。

五、葉文潔

汪淼摘下V裝具後，發現自己的內衣已被冷汗浸透了，很像是從一場寒冷的噩夢中醒來。他走出奈米中心，下樓開車，按丁儀給的地址去楊冬的母親家。

亂紀元，亂紀元，亂紀元……

這個概念在汪淼的頭腦中縈繞。為什麼那個世界的太陽運行會沒有規律？一個顆狀星的行星，不管其運行軌道是正圓還是偏長的橢圓，其圍繞恆星的運動一定是周期性的，全無規律的運行是不可能的……。汪淼突然對自己很惱火，他使勁地搖頭想趕走頭腦中的這一切，不過是個遊戲嘛，但他失敗了。

亂紀元，亂紀元，亂紀元……

見鬼！別去想它！為什麼非想它不可？為什麼?!

很快，汪淼找到了答案。他已經有很多年沒有玩過電子遊戲了，這些年來電子遊戲的軟硬體技術顯然已經進化了很多，其中的虛擬現實場景和附加效果都是他學生時代所無法比擬的。但汪淼明白，「三體」的真實不在於此。記得在大三的一次資訊課中，教授掛出了兩幅大圖片，一幅是畫面龐雜精細的《清明上河圖》，另一幅是一張空曠的天空照片，空蕩蕩的藍天上只有一縷似有似無的白雲。教授問這兩幅畫中哪一幅所包含的訊息量更大，答案是後者要比前者大一至兩個數量級！

「三體」正是這樣，它的海量訊息是隱藏在深處的，汪淼能感覺到，但說不清。他突然悟出，「三體」的不尋常在於，與其他的遊戲相比，它的設計者是反其道而行之——一般遊戲的設計者都是盡可能地增加顯示的訊息量，以產生真實感；但「三體」的設計者卻是在極力壓縮訊息量，以隱藏某種巨大的真實，就像那張看似空曠的天空照片。

汪淼放鬆了思想的韁繩，任其回到「三體」世界。飛星！關鍵在於不引人注意的飛星，一顆飛星，二顆飛星，三顆飛星……這分別意味著什麼？

正想著，車已開到他要去的小區大門了。

在要去的那棟樓門口，汪淼看到一位六十歲左右、頭髮花白、身材瘦削的女性，戴著眼鏡，提著一個大菜籃子吃力地上樓梯。他猜她大概就是自己要找的人，一問，她果然就是楊冬的母親，葉文潔。聽汪淼說明來意後，她露出發自內心的感動，她是汪淼常見到的那種老知識分子，歲月的風霜已消去了他們性情中所有的剛硬和火熱，只剩下如水的柔和。

汪淼拿過菜籃子同她一起上了樓，走進她的家門後發現，這裡並不像他想像的那麼冷清——有三個孩子在玩耍，最大的不超過五歲，小的剛會走路。楊母告訴汪淼，這些都是鄰居的孩子。

「他們喜歡在我這兒玩兒，今天是星期天，他們的父母要加班，就把他們丟給我了……。喔，楠楠，你的畫兒畫完了嗎？嗯，真好看，起個題目吧！『太陽下的小鴨子』，好，奶奶給你題上，再寫上六月九日，楠楠作……。中午你們都想吃什麼呢？洋洋？燒茄子？好好；楠楠？昨天吃過的荷蘭豆？好好；你呢，咪咪？肉肉？不，你媽媽說了，不要吃那麼多肉肉，不好消化的，吃魚魚好嗎？看奶奶買回來的這麼大的魚魚……」

她肯定想要孫子或孫女，但即使楊冬活著，會要孩子嗎？看著楊母和孩子們投入地對話，汪淼心想。

楊母將籃子提進廚房，出來後對汪淼說：「小汪啊，我先去把菜泡上，現下的菜蔬農藥殘留很多，給孩子們吃至少要泡兩小時以上……。你可以先到冬冬的房間裡看看。」

楊母最後一句看似無意的提議令汪淼陷入緊張和不安之中，她顯然看出了汪淼此行在內心深處的真正目的。她說完，就轉身回到廚房，沒有看汪淼一眼，自然看不到他的窘態，她這幾乎天衣無縫的善解人意令汪淼一陣感動。

汪淼轉身穿過快樂的孩子們，走向楊母剛才指向的那個房間。他在門前停住了，突然被一種奇異的感覺所淹沒，彷彿回到了少年多夢的時節，一些如清晨露珠般晶瑩脆弱的感受從記憶的深處中浮起，這裡面有最初的傷感和刺痛，但都是玫瑰色的。

汪淼輕輕推開門，撲面而來的淡淡的氣息是他沒有想到的，那是森林的氣息，他彷彿進入了一間護林人的林間小屋。牆壁被一條條棕色的樹皮覆蓋著，三隻凳子是古樸的樹樁，寫字檯也是由三個較大的樹樁拼成的，還有那張床，鋪的顯然是東北的烏拉草。這一切都很粗糙、很隨意，沒有刻意表現出某種美感。以楊冬的職位，她的收入是很高，可以在任何一處高級社區買房子，可她一直同母親住在這裡。

汪淼走到樹樁寫字檯前，上面的陳設很簡單，沒有與學術有關的東西，也沒有與女性有關的東西；也許都已經拿走了，也許從來就沒在這裡存在過。他首先注意到一張鑲在木鏡框中的黑白照片，是楊冬母女的合影，照片中的楊冬正值幼年，母親蹲下正好同她一樣高。風很大，將兩人的頭髮吹到一起。照片的背景很奇怪，天空呈網格狀，汪淼仔細察看支撐那網絡的粗大的鋼鐵架構，推想那是一個拋物面天線或類似的東西，因為巨大，它的邊緣超出了鏡頭。

照片中，小楊冬的大眼睛中透出一種令汪淼心顫的惶恐，彷彿照片外的世界令她恐懼似的。汪淼注意到的第二件東西是放在寫字檯一角的一本厚厚的大本子，首先令他迷惑的是本子的材質，他看到封面上有一行稚拙的字：「楊冬的ㄏㄨㄚ（樺）皮本」。這才知道這本子是樺樹皮做的，時光已經使銀白色的樺皮變成暗黃。他伸手觸了一下本子，猶豫了一下又縮了回來。

「你看吧，那是冬冬小時候的畫兒。」楊母在門口說。

汪淼捧起樺皮本，輕輕地一頁頁翻看。每幅畫上都有日期，明顯是母親為女兒註上的，就像他剛進門時看到的那樣。汪淼又發現了一件多少讓他不可理解的事：從畫上的日期看，這時的楊冬已經三歲多了，這麼大的孩子通常都能夠畫出比較分明的人或物體的形狀；但楊冬的畫仍然只是隨意紛亂的線條，汪淼從中看出了一種強烈的惱怒和絕望，一種想表達某種東西又無能為力的惱怒和絕望，這種感覺，是這種年齡的普通孩子所不具有的。

楊母緩緩地坐到床沿上，雙眼失神地看著汪淼手中的樺皮本，她女兒就是在這裡，在安睡中結束了自己的生命。汪淼在楊母身邊坐下，他從來沒有過如此強烈的願望，要與他人分擔痛苦。

楊母從汪淼手中拿過樺皮本，抱在胸前，輕聲說：「我對冬冬的教育有些不知深淺，讓她太早接觸了那些太抽象、太終極的東西。當她第一次表現出對那些抽象理論的興趣時，我告訴她，那個世界，女人是很難進入的。她說居禮夫人不是進入了嗎？我告訴她，居禮夫人根本沒有進入，她的成功只是源於勤奮和執著，沒有她，那些工作別人也會完成，倒是像吳健雄*這樣的女人還比她走得遠些，但那真的不是女人的世界。女性的思維模式不同於男性，這沒有高下之分，對世界來說都是必不可少的。

「冬冬沒有反駁我。到後來，我真的發現她身上有一些特殊的東西，比如給她講一個公式，別的孩子會說『這公式真巧妙』之類的，她則會說這公式真好看、真漂亮，那神情就像她看到一朵漂亮的野花一樣。她父親留下了一堆唱片，她聽來聽去，最後選擇了一張巴哈的反覆聽，那是最不可能令孩子，特別是女孩子入迷的音樂了。開始我以為她是隨意為之，但問她感受時，這孩子說：她看到一個巨人在大地上搭一座好大好複雜的房子，巨人一點一點地搭著，樂曲完了，大房子也就搭完了……」

「您對女兒的教育真是成功。」汪淼感慨地說。

「不，是失敗啊！她的世界太單純，只有那些空靈的理論。那些東西一崩潰，就沒有什麼能支撐她活下去了。」

「葉老師，您這麼想我覺得也不對，現下發生了一些讓我們難以想像的事，這是一次空前的理論災難，做出這種選擇的科學家又不止是她一人。」

「可只有她一個女人，女人應該像水一樣的，什麼樣的地方都能淌得過去啊。」

告辭時，汪淼才想到了來訪的另一個目的，於是他向楊母說起了觀測宇宙背景輻射的事。

「喔，這個，國內有兩個地方正在做，一個在迪化觀測基地，好像是中科院空間環境觀測中心的項目；另一個很近，就在北京近郊的無線電天文觀測基地，是中科院和北大那個聯合天體物理中心搞的。前面那個是實際地面觀察，北京這個只是接收衛星數據，不過數據更準確、全面一些。那裡有我的一個學生，我幫你聯繫一下吧。」楊母說著，去找電話號碼，然後給那個學生打電話，似乎很順利。

「沒問題的，我給你個地址，你直接去就行。他叫沙瑞山，明天正好值夜勤……。你好像不是搞這專業的吧？」楊母放下電話問。

「我搞奈米，我這是為了……另外一些事情。」汪淼很怕楊母追問下去，但她沒有。

「小汪啊，你臉色怎麼這麼不好？好像身體很虛的。」楊母關切地問。

「沒什麼，就是這樣兒。」汪淼含糊地說。

「你等等，」楊母從櫃子裡拿出一個小木盒，汪淼看到上面標明是人參。「過去在基地的一位老戰士前兩天來看我，帶來這個……。不，不，你拿去，人工種植的，不是什麼珍貴的東西，我血壓高，根本用不著的。你可以切成薄片泡茶喝，我看你臉色，好像血很虧的樣子。年輕人，一定要愛護自己啊。」

汪淼的心中湧起一股暖流，雙眼濕潤了，他那顆兩天來繃得緊緊的心臟像被放到了柔軟的天鵝絨上。

「葉老師，我會常來看您的。」他接過木盒說。

＊吳健雄（一九一二—一九九七），當代最傑出的物理學家之一，在實驗物理學研究上取得了偉大的成就。她在實驗室中首次證明了李政道和楊振寧關於弱相互作用中宇稱不守恆的理論推測，推翻了宇稱守恆定律。

六、宇宙閃爍之一

汪淼驅車沿京密路到密雲縣，再轉至黑龍潭，又走了一段盤山路，便到達中科院國家天文觀測中心的無線電天文觀測基地。他看到二十八面直徑為九公尺的拋物面天線在暮色中一字排開，像一排壯觀的鋼鐵植物，二〇〇六年建成的兩台高大的五公丈口徑無線電望遠鏡天線，矗立在這排九公尺天線的盡頭，車駛近後，它們令汪淼不由得想起了那張楊冬母女合影的背景。

但葉文潔的學生從事的計畫與這些無線電望遠鏡沒有什麼關係，沙瑞山博士的實驗室主要接收三顆衛星的觀測數據：一九八九年十一月升空、即將淘汰的微波背景探測衛星ＣＯＢＥ，二〇〇三年發射的威爾金森微波各向異性探測衛星ＷＭＡＰ，和二〇〇七年歐洲太空飛行局發射的普朗克高精度宇宙微波背景探測衛星Planck。

宇宙整體的微波背景輻射頻譜非常精確地符合溫度為二點七二六Ｋ的黑體輻射譜，具有高度各向同性，但在不同局部也存在大約百萬分之五漲落的幅度。沙瑞山的工作就是根據衛星觀測數據，重新繪製一幅更精確的全宇宙微波輻射背景圖。這個實驗室不大，主機房中擠滿了衛星數據接收設備，有三台終端機分別顯示來自三顆衛星的數據。

沙瑞山見到汪淼，立刻表現出了那種長期在寂寞之地工作的人見到來客的熱情，問他想了解哪方面的觀測數據。

「我想觀測宇宙背景輻射的整體波動。」

「您能……說具體些嗎？」沙瑞山看汪淼的眼神變得奇怪起來。

「就是，宇宙３Ｋ微波背景輻射整體上的各向同性的波動，振幅在百分之一至百分之五之間。」

沙瑞山笑笑，早在本世紀初，密雲無線電天文基地就對遊客開放參觀，為掙些外快，沙瑞山時常做些導遊或講座的事，這種笑容就是他回答遊客（他已適應了那些駭人的科盲）問題時常常露出的。「汪先生，您……不是搞這個專業的吧？」

「我搞奈米材料。」

「喔！那就對了。不過，對於宇宙3K背景輻射，您大概有個了解吧？」

「知道得不多。目前的宇宙起源理論認為，宇宙誕生於距今約一百四十億年前的一次大爆炸。在誕生早期，宇宙溫度極高，隨後開始冷卻，形成被稱為微波背景輻射的『餘燼』。這種瀰漫全宇宙的殘留背景輻射，在公分波段上是可以觀測到的。好像是在一九六幾年吧，兩個美國人在調試一個高精度衛星接收天線時意外地發現了宇宙背景輻射……」

「足夠了，」沙瑞山揮手打斷了汪淼的話，「那你就應該知道，與我們觀測的不同部分的微小不均勻不同，宇宙整體輻射背景波動是隨著宇宙的膨脹，在宇宙時間尺度上緩慢變化的，以 Planck 衛星的精度，直到一百萬年後都未必能測出這種變化，你卻想在今天晚上發現它百分之五的波動?! 知道這意味著什麼嗎？這意味著整個宇宙像一個壞了的日光燈管那樣閃爍！」

而且是為我閃爍，汪淼心裡說。

「葉老師這是在開什麼玩笑。」沙瑞山搖搖頭說。

「但願真是個玩笑。」汪淼說，本想告訴他，葉文潔並不知道詳情，但又怕因此招致他的拒絕，不過這倒是他的心裡話。

「既然是葉老師交代的，就觀測吧，反正也不費勁，百分之一的精度，用老古董ＣＯＢＥ就行了。」沙瑞山說著，在終端機上忙活起來，很快螢幕上出現一條平直的綠線，「你看，這就是當前宇宙整體背景輻射的即時數值曲線，喔，應該叫直線才對，數值是二點七二六±零點零一零Ｋ，那個誤差是銀河系運動產生的多普勒效應，已經濾掉了。如果發生你所說的超過百分之一振幅的波動，這條線就會變紅並將波動顯示出來。我敢打賭直到世界末日它也是條綠直線，要看到它顯現肉眼看得到的變化，可能比看太陽毀滅還要等更長的時間。」

「這不會影響您的正常工作吧？」

「當然不會，那麼粗的精度，用COBE觀察數據的邊角料就足夠了。好了，從現下開始，如果那偉大的波動出現，數值會自動儲存。」

「可能要等到凌晨一點。」

「哇，這麼精確？沒關係，反正我本來就是值夜勤。您吃飯了嗎？那好，我帶您去參觀一下吧。」

這一夜沒有月亮，他們沿著天線陣列漫步。沙瑞山指著天線說：「壯觀吧？可惜都是聾子的耳朵。」

「為什麼？」

「自它們建成以來，在觀測頻段上就干擾不斷，先是上世紀八十年代末的尋呼台，到現下是瘋狂發展的移動通信。這些米波綜合孔徑無線電望遠鏡能做的那些項目，像米波巡天、射電變源、超新星遺跡研究等等，大部分都不能正常開展。多次找過無委會（國家無線電管理委員會），沒有用，我們能玩得過中國移動、聯通、網通？沒有錢，宇宙奧祕算個球！好在我的計畫靠衛星數據，與這些『旅遊景觀』無關了。」

「近年來很多基礎研究的商業營運還是很成功的，比如高能物理。把觀測基地建到離城市遠些的地方應該好些吧？」

「那還是錢的問題。就目前而言，只能是在技術上屏蔽干擾。唉，葉老師要是在就好了，她在這方面造詣很深。」

然後，他們來到一家為遊客開的通宵酒吧。沙瑞山一杯接著一杯地灌啤酒，變得更加健談。話題集中在葉文潔身上。從她的學生這裡，汪淼得知了她那歷經風霜的前半生。

七、瘋狂年代

中國，一九六七年。

「紅色聯合」對「四．二八兵團」總部大樓的攻擊已持續了兩天，他們的旗幟在大樓周圍躁動地飄揚著，彷彿渴望乾柴的火種。「紅色聯合」的部隊長心急如焚，他並不懼怕大樓的守衛者，那二百多名「四．二八」戰士，與誕生於一九六六年初、經歷過大檢閱和大串聯的「紅色聯合」相比要稚嫩許多。他怕的是大樓中那十幾個大鐵爐子，裡面塞滿了烈性炸藥，用電雷管串聯起來，他看不到它們，但能感覺到它們磁石般的存在，開關一合，玉石俱焚，而「四．二八」的那些小紅衛兵們是有這個精神力量的。比起已經在風雨中成熟了許多的第一代紅衛兵，新生的造反派們像火炭上的野狼群，除了瘋狂還是瘋狂。

大樓頂上出現了一個嬌小的身影，那個美麗的女孩子揮動著一面「四．二八」的大旗，她的出現立刻招來了一陣雜亂的槍聲，射擊的武器五花八門，有陳舊的美式卡賓槍、捷克式機槍和三八大蓋，也有嶄新的制式步槍和衝鋒槍——後者是在「八月社論」發表之後從軍隊中偷搶來的——連同那些梭鏢和大刀等冷兵器，構成了一部濃縮的近現代史……。「四．二八」的人在前面多次玩過這個遊戲，在樓頂上站出來的人，除了揮舞旗幟外，有時還用喇叭筒喊口號或向下撒傳單，每次他們都能在彈雨中全身而退，為自己掙到崇高的榮譽。這次出來的女孩兒顯然也相信自己還有那樣的幸運。她揮舞著戰旗，揮動著自己燃燒的青春，敵人將在這火焰中化為灰燼，理想世界明天就會在她那沸騰的熱血中誕生……。她陶醉在這鮮紅燦爛的夢幻中，直到被一顆步槍子彈洞穿了胸膛，十五歲少女的胸膛是那麼柔嫩，那顆子彈穿過後基本上沒有減速，在她身後的空中發出一聲啾鳴。年輕的紅衛兵同她的旗幟一起從樓頂落下，她那輕盈的身體落得甚至比旗幟還慢，彷彿小鳥眷戀著天空。其實，比起另外一些人來，她還是幸運的，至少是在為理想獻身的壯麗激情中死去。

這樣的熱點遍布整座城市，像無數並行運算的CPU，將「文革大革命」聯為一個整體。瘋狂如同無形的洪水，將城市淹沒其中，並滲透到每一個細微的角落和縫隙。

在城市邊緣的那所著名大學的操場上，一場幾千人參加的批鬥會已經進行了近兩個小時。在這個派別林立的年代，任何一處都有錯綜複雜的對立派別在格鬥。在校園中，紅衛兵、文革工作組、工宣隊和軍宣隊，相互之間都在爆發尖銳的衝突，而每種派別的內部又時時分化出新的對立派系，捍衛著各自不同的背景和綱領，爆發更為殘酷的較量。但這次被批鬥的反動學術威權，卻是任何一方均無異議的鬥爭目標，他們也只能同時承受來自各方的殘酷打擊。

與其他牛鬼蛇神相比，反動學術威權有他們的特點：當打擊最初到來時，他們的表現往往是高傲而頑固的，這也是他們傷亡率最高的階段；他們有的因為不肯認罪而被活活打死，有的則選擇了用自殺的模式來維護自己的尊嚴。

從這一階段倖存下來的人，在持續的殘酷打擊下漸漸麻木，這是一種自我保護的精神外殼，使他們避免最後的崩潰。他們在批鬥會上常常進入半睡眠狀態，只有一聲恫嚇才能使其驚醒過來，機械地重複那已說過無數遍的認罪詞；然後，他們中的一部分人便進入了第三階段，曠日持久的批判將鮮明的政治圖像如水銀般注入了他們的意識，將他們那由知識和理性構築的思想大廈徹底摧毀，他們真的相信自己有罪，真的看到了自己對偉大事業構成的損害，並為此痛哭流涕，他們的懺悔往往比那些非知識分子的牛鬼蛇神要深刻得多，也真誠得多。而對於紅衛兵來說，進入後兩個階段的批判對象是最乏味的，只有處於第一階段的牛鬼蛇神才能對他們那早已過度興奮的神經產生有效的刺激，如同鬥牛士手上的紅布，但這樣的對象愈來愈少了，在這所大學中可能只剩下一個，他由於自己的珍稀而被留到批判大會最後出場。

葉哲泰從文革開始一直活到了現下，並且一直處於第一階段，他不認罪，不自殺，也不麻木。當這位物理學教授走上批判台時，他那神情分明在說：讓我背負的十字架更沉重一些吧！

紅衛兵們讓他負擔的東西確實很重，但不是十字架。別的批判對象戴的高帽子都是用竹條紮的框架，而他戴的這頂卻是用一指粗的鋼筋焊成的，還有他掛在胸前的那塊牌子，也不是別人掛的木板，而是從實驗室的一個烤箱上拆下的鐵門，上面用黑色醒目地寫著他的名字，並沿對角線畫上了一個紅色的大叉。

押送葉哲泰上台的紅衛兵比別的批判對象多了一倍，有六人，兩男四女。兩個男青年步伐穩健有力，一副成熟的青年布爾什維克形象，他們都是物理系理論物理專業四年級的，葉哲泰曾是他們的老師；那四名女孩子要年輕得多，都是大學附中的初二學生，這些穿著軍裝紮著武裝帶的小戰士挾帶著逼人的青春活力，像四團綠色的火焰包圍著葉哲泰。葉哲泰的出現使下面的人群興奮起來，剛才已有些乏力的口號聲又像新一輪海潮般重新高昂起來，淹沒了一切。

耐心地等口號聲平息下去後，台上兩名男紅衛兵中的一人轉向批判對象：「葉哲泰，你精通各種力學，應該看到自己正在抗拒的這股偉大的合力是多麼強大，頑固下去是死路一條！今天繼續上次大會的議程，廢話就不多說了。老實回答下面的問題：在六十二至六十五屆的基礎課中，你是不是擅自加入了大量的相對論內容?!」

「相對論已經成為物理學的古典理論，基礎課怎麼能不涉及它呢？」葉哲泰回答說。

「你胡說！」旁邊的一名女紅衛兵厲聲說，「愛因斯坦是反動的學術權威，他有奶便是娘，跑去為美帝國主義造原子彈！要建立起革命的科學，就要打倒以相對論為代表的資產階級理論黑旗！」

葉哲泰沉默著，他在忍受著頭上鐵高帽和胸前鐵板帶來的痛苦，不值得回應的問題就沉默了。在他身後，他的學生也微微皺了一下眉頭。說話的女孩兒是這四個中學紅衛兵中天資最聰穎的一個，並且顯然有備而來，剛才上台前還看到她在背批判稿，但要對付葉哲泰，僅憑她那幾句口號是不行的。他們決定亮出今天為老師準備的新武器，其中的一人對台下揮了一下手。

葉哲泰的妻子，同系的物理學教授紹琳從台下的前排站起來，走上台。她身穿一件很不合身的草綠色衣服，顯然想與紅衛兵的色彩拉近距離，但熟悉紹琳的人聯想到以前常穿精緻旗袍講課的她，總覺得彆扭。

「葉哲泰！」紹琳指著丈夫喝道，她顯然不習慣於這種場合，儘量拔高自己的聲音，卻連其中的顫抖也放大了。「你沒有想到我會站出來揭發你，批判你吧?!」

「是的，我以前受你欺騙，你用自己那反動的世界觀和科學觀蒙蔽了我！現下我醒悟了，在革命小將的幫助下，我要站到革命的一邊，民眾的一邊！」她轉向台下：「同志們、革命小將們、革命的教職員工們，我們應該認清愛因斯坦相對論的反動本質，這種本質，廣義相對論體現得最清楚：它提出的靜態宇宙模型，否定了物質的運動本性，是反辯證法的！它認為宇宙有限，更是徹頭徹尾的反動唯心主義……」

聽著妻子滔滔不絕地演講，葉哲泰苦笑了一下。琳，我蒙蔽了妳？其實妳在我心中倒一直是個謎。一次，我對妳父親稱揚妳那過人的天資——他很幸運，去得早，躲過了這場災難——老人家搖搖頭，說：「我女兒不可能在學術上有什麼建樹。」接著，他說出了對我後半生很重要的一句話：「琳琳太聰明了，可是搞基礎理論，不笨不行啊。」

以後的許多年裡，我不斷悟出這話的深意。琳，妳真的太聰明了，早在幾年前，妳就嗅出了知識界的政治風向，做出了一些超前的舉動，比如妳在教學中，把大部分物理定律和參數都改了名字，歐姆定律改叫電阻定律，麥斯威爾方程式改名成電磁方程式，普朗克常數叫成了量子常數……。妳對學生們解釋說：所有的科學成果都是廣大勞動民眾智慧的結晶，那些資產階級學術威權不過是竊取了這些智慧。但即使這樣，妳仍然沒有被「革命主流」所接納，看看現下的妳，衣袖上沒有「革命教職員工」都戴著的紅袖章；妳兩手空空地上來，連一本語錄都沒資格拿……。誰讓妳出生在舊中國那樣一個顯赫的家庭，妳的父母又都是那麼著名的學人。

說起愛因斯坦，妳比我有更多的東西需要交代。一九二二年冬天，愛因斯坦到上海訪問，妳父親因德語很好被安排為接待陪同者之一。妳多次告訴我，父親是在愛因斯坦的親自教誨下走上物理學之路的，而妳選擇物理專業又是受了父親的影響，所以愛翁也可以看作妳的間接導師，妳為此感到無比地自豪和福祉。

後來我知道，父親對妳講了善意的謊言，他與愛因斯坦只有過一次短得不能再短的交流。

那是一九二二年十一月十三日上午，他陪愛因斯坦到南京路散步，同行的好像還有上海大學校長于右任、《大公報》經理曹谷冰等人，經過一個路基維修點，愛因斯坦在一名砸石子的小工身旁停下，默默看著這個在寒風中衣衫破爛、手臉汙黑的男孩子，問妳父親：「他一天掙多少錢？」問過小工後，妳父親回答：「五分。」這就是他與改變世界的科學大師唯一的一次交流，沒有物理學，沒有相對論，只有冰冷的現實。據妳父親說，愛因斯坦聽到他的回答後又默默地站在那裡好一會兒，看著小工麻木地勞作，手裡的菸斗都滅了也沒有吸一口。妳父親在回憶這件事後，對我發出這樣的感嘆：「在中國，任何超脫飛揚的思想都會砰然墜地的，現實的引力太沉重了。」

「低下頭！」一名男紅衛兵大聲命令。這也許是自己的學生對老師一絲殘存的同情，被批鬥者都要低頭，但葉哲泰要這樣，那頂沉重的鐵高帽就會掉下去，以後只要他一直低著頭，就沒有理由再給他戴上。但葉哲泰仍昂著頭，用瘦弱的脖頸支撐著那束沉重的鋼鐵。

「低頭！你個反動頑固分子！」旁邊一名女紅衛兵解下腰間的皮帶朝葉哲泰揮去，黃銅帶扣正打在他腦門上，在那裡精確地留下了帶扣的形狀，但很快又被瘀血模糊成黑紫的一團。他搖晃了一下，又站穩了。

一名男紅衛兵質問葉哲泰：「在量子力學的教學中，你也散布過大量的反動言論！」說完對紹琳點點頭，示意她繼續。

紹琳迫不及待地要繼續下去了，她必須不停頓地說下去，以維持自己那搖搖欲墜的精神免於徹底垮掉。「葉哲泰，這一點你是無法抵賴的！你多次向學生散布反動的哥本哈根解釋！」

「這畢竟是目前公認的、最符合實驗結果的解釋。」葉哲泰說，在受到如此重擊後，他的口氣還如此從容，這讓紹琳很吃驚，也很恐懼。

「這個解釋認為，是外部的觀察導致了量子波函數的坍縮，這是反動唯心論的另一種表現形式，而且是一種最猖狂的表現！」

「是哲學指引實驗還是實驗指引哲學？」葉哲泰問道，他這突然的反擊令批判者們一時不知所措。

「當然是正確的馬克思主義哲學指引科學實驗！」一名男紅衛兵說。

「這等於說，正確的哲學是從天上掉下來的。反對實踐出真知，恰恰是違背馬克思主義對自然界的認知原則的。」

紹琳和兩名大學紅衛兵無言以對，與中學和社會上的紅衛兵不同，他們不可能一點兒道理也不講。但來自附中的四位小將自有她們「無堅不摧」的革命模式，剛才動手的那個女孩兒又狠抽了葉哲泰一皮帶，另外三個女孩子也都分別掄起皮帶抽了一下，當同伴革命時，她們必須表現得更革命，至少要同樣革命。兩名男紅衛兵沒有過問，他們要是現下管這事，也有不革命的嫌疑。

「你還在教學中散布宇宙大爆炸理論，這是所有科學理論中最反動的一個！」一名男紅衛兵試圖轉移話題。

「也許以後這個理論會被推翻，但本世紀的兩大宇宙學發現：哈伯紅移和3K宇宙背景輻射，使大爆炸學說成為目前為止最可信的宇宙起源理論。」

「胡說！」紹琳大叫起來，又接著滔滔不絕地講起了宇宙大爆炸，自然不忘深刻地剖析其反動本質。但這理論的超級新奇吸引了四個小女孩兒中最聰明的那一個，她不由自主地問道：

「連時間都是從那個奇點開始的?!那奇點以前有什麼？」

「什麼都沒有。」葉哲泰說，像回答任何一個小女孩兒的問題那樣，他轉頭慈祥地看著她，鐵高帽和已受的重傷，使他這動作很艱難。

「什麼……都沒有?!反動！反動透頂！」那女孩兒驚恐萬狀地大叫起來，她不知所措地轉向紹琳尋求幫助，立刻得到了回應。

「這給上帝的存在留下了位置。」紹琳對女孩兒點點頭提示說。

小紅衛兵那茫然的思路立刻找到立腳點，她舉起緊握皮帶的手，指著葉哲泰：「你，是想說有上帝?!」

「我不知道。」

「你說什麼！」

「我是說不知道，如果上帝是指宇宙之外的超意識的話，我不知道它是不是存在；正反兩方面，科學都沒給出確實的證據。」其實，在這噩夢般的時刻，葉哲泰已傾向於相信它不存在了。

這句大逆不道的話在整個會場引起了騷動，在台上一名紅衛兵的帶領下，又爆發了一波波的口號聲。

「打倒反動學術威權葉哲泰！」

「打倒一切反動學術威權！」

「打倒一切反動學說！」

「上帝是不存在的，一切宗教，都是統治階級編造出來的麻痺民眾的精神工具！」口號平息後，那個小女孩兒大聲說。

「這種看法是片面的。」葉哲泰平靜地說。

老羞成怒的小紅衛兵立刻做出了判斷，對於眼前這個危險的敵人，一切語言都無意義了。她掄起皮帶衝上去，她的三個小同志立刻跟上，葉哲泰的個子很高，這四個十四歲的女孩兒只能朝上掄皮帶才能打到他那不肯低下的頭，在開始的幾下打擊後，他頭上能起一定保護作用的鐵高帽被打掉了，接下來帶銅扣的寬皮帶如雨點般打在他的頭上和身上——他終於倒下了，這鼓舞了小紅衛兵們，她們更加投入地繼續著這「崇高」的戰鬥，她們在為信念而戰，為理想而戰，她們為歷史給予自己的光輝使命所陶醉，為自己的英勇而自豪……

「最高指示：要文鬥不要武鬥！」葉哲泰的兩名學生終於下定了決心，喊出了這句話，兩人同時衝過去，拉開了已處於半瘋狂狀態的四個小女孩兒。

但已經晚了，物理學家靜靜地躺在地上，半睜的雙眼看著從他的頭顱上流出的血跡，瘋狂的會場瞬間陷入了一片死寂，那條血跡是唯一在動的東西，它像一條紅蛇緩慢地蜿蜒爬行著，到達台沿後一滴滴地滴在下面一個空箱子上，發出有節奏的「噠！噠！」聲，像漸行漸遠的腳步。

一陣怪笑聲打破了寂靜，這聲音是精神已徹底崩潰的紹琳發出的，聽起來十分恐怖。人們開始離去，最後發展成一場大潰逃，每個人都想儘快逃離這個地方。會場很快空了下來，只剩下一個姑娘站在台下。

她是葉哲泰的女兒葉文潔。

當那四個女孩兒施暴奪去父親生命時，她曾想衝上台去，但身邊的兩名老校工死死抓住她，並在耳邊低聲告訴她別連自己的命也不要，當時會場已經處於徹底的癲狂，她的出現只會引出更多的暴徒。她曾聲嘶力竭地哭叫，但聲音淹沒在會場上瘋狂的口號和助威聲中，當一切寂靜下來時，她自己也發不出任何聲音了，只是凝視台上父親已沒有生命的軀體，那沒有哭出和喊出的東西在她的血液中瀰漫、溶解，將伴她一生。

人群散去後，她站在那裡，身體和四肢仍保持著老校工抓著她時的姿態，一動不動，像石化了一般。過了好久，她才將懸空的手臂放下來，緩緩起身走上台，坐在父親的遺體邊，握起他的一隻已涼的手，兩眼失神地看著遠方。當遺體要被抬走時，葉文潔從衣袋中拿出一樣東西放到父親的那隻手中，那是父親的菸斗。

文潔默默地離開了已經空無一人一片狼藉的操場，走上回家的路。當她走到教工宿舍樓下時，聽到了從二樓自家窗口傳出的一陣陣痴笑聲，這聲音是那個她曾叫做媽媽的女人發出的。文潔默默地轉身走去，任雙腳將她帶向別處。

八、寂靜的春天

兩年以後，大興安嶺。

「順山倒咧——」

隨著這聲嘹亮的號子，一棵如帕德嫩神廟的巨柱般高大的落葉松轟然倒下，葉文潔感到大地抖動了一下。她拿起斧頭和短鋸，開始去除巨大樹身上的枝椏。每到這時，她總覺得自己是在為一個巨人整理遺體。她甚至常常有這樣的想像：這巨人就是自己的父親。兩年前那個淒慘的夜晚，她在太平間為父親整理遺容時的感覺就在這時重現。巨松上那綻開的樹皮，似乎就是父親軀體上累累的傷痕。

內蒙古生產建設兵團的六個師四十一個團十多萬人就分布在這遼闊的森林和草原之間。剛從城市來到這陌生的世界時，很多兵團知青都懷著一個浪漫的期望：當蘇修帝國主義的坦克集群越過中蒙邊境時，他們將飛快地武裝起來，用自己的血肉構成共和國的第一道屏障。事實上，這也確實是兵團組建時的戰略考慮之一。但他們渴望的戰爭就像草原天邊那跑死馬的遠山，清晰可見，但到不了眼前，於是他們只有墾荒、放牧和砍伐。這些曾在「大串聯」中燃燒青春的年輕人很快發現，與這廣闊天地相比，內地最大的城市不過是個羊圈；在這寒冷無際的草原和森林間，燃燒是無意義的，一腔熱血噴出來，比一堆牛糞涼得更快，還不如後者有使用價值。但燃燒是他們的命運，他們是燃燒的一代。於是，在他們的油鋸和電鋸下，大片的林海化為荒山禿嶺；在他們的農耕機和康拜因（聯合收割機）下，大片的草原被犁成糧田，然後變成沙漠。

葉文潔看到的砍伐只能用瘋狂來形容，高大挺拔的興安嶺落葉松、四季長青的樟子松、亭亭玉立的白樺、聳入雲天的山楊、西伯利亞冷杉，以及黑樺、柞樹、山榆、水曲柳、鑽天柳、蒙古櫟，見什麼伐什麼，幾百把油鋸如同一群鋼鐵蝗蟲，她的連隊所過之處，只剩下一片樹樁。

整理好的落葉松就要被履帶農耕機拖走了，在樹幹另一頭，葉文潔輕輕撫摸了一下那嶄新的鋸斷面，她常常下意識地這麼做，總覺得那是一處巨大的傷口，似乎能感到大樹的劇痛。她突然看到，在不遠處樹樁的鋸斷面上，也有一隻在輕輕撫摸的手，那手傳達出的心靈的顫抖，與她產生了共振。那手雖然很白皙，但能夠看出是屬於男性的。葉文潔抬頭，看到撫摸樹樁的人是白沐霖，一個戴眼鏡的瘦弱青年，他是兵團《大生產報》的記者，前天剛到連隊來採訪。葉文潔看過他寫的文章，文筆很好，其中有一種與這個粗放環境很不協調的纖細和敏感，令她很難忘。

「馬鋼，你過來。」白沐霖對不遠處一個小伙子喊道，那人壯得像這棵剛被他伐倒的落葉松。他走過來，白記者問道：「你知道這棵樹多大年紀了？」

「數數唄。」馬鋼指指樹樁上的年輪說。

「我數了，三百三十多歲呢。你鋸倒它用了多長時間？」

「不到十分鐘吧，告訴你，我是連裡最快的油鋸手，我到哪個班，流動紅旗就跟我到那兒。」馬鋼看上去很興奮，讓白記者注意到的人都這樣，能在《大生產報》的通訊報導上露一下臉也是很光榮的事。

「三百多年，十幾代人啊，它發芽時還是明朝呢，這漫長的歲月裡，它經歷過多少風雨，見過多少事。可你幾分鐘就把它鋸倒了，你真沒感覺到什麼？」

「你想讓我感覺到什麼呢？」馬鋼愣了一下，「不就一棵樹嘛，這裡最不缺的就是樹，比它歲數長的老松多得是。」

「忙你的去吧。」白沐霖搖搖頭，坐在樹樁子上輕輕嘆息了一聲。

馬鋼也搖搖頭，記者沒有報導他的興趣，令他很失望。「知識分子毛病就是多。」他說的時候還瞟了一眼不遠處的葉文潔，他的話顯然也包括了她。

大樹被拖走了，地面上的石塊和樹樁劃開了樹皮，使它巨大的身軀皮開肉綻。它原來所在的位置上，厚厚的落葉構成的腐植層被壓出了一條長溝，溝裡很快滲出了水，陳年落葉使水呈暗紅色，像血。

「小葉，過來歇歇吧。」白沐霖指指大樹椿空著的另一邊對葉文潔說。文潔確實累了，放下工具，走過來和記者背靠背地坐著。

沉默了好一會兒，白沐霖突然說：「我看得出來妳的感覺，在這裡也就我們倆有這種感覺。」

文潔仍然沉默著，白沐霖預料她不會回答。葉文潔平時沉默寡言，很少與人交流，有些剛來的人甚至誤認為她是啞巴。

白沐霖自顧自地說下去：「一年前打前站時我就到過這個林區，記得剛到時是晌午，接待我們的人說要吃魚，我在那間小樹皮屋裡四下看看，就燒著一鍋水，哪有魚啊；水開後，見煮菜的人拎著麵杖出去，到屋前的那條小河中『乒乓』幾棒子，就打上幾條大魚來……。多富饒的地方，可現下看看那條河，一條什麼都沒有的渾水溝。我真不知道，現下整個兵團的開發方針是搞生產還是搞破壞？」

「你這種想法是從哪兒來的呢？」葉文潔輕聲問，並沒有透露出她對這想法是贊同還是反對，但她能說話，已經讓白沐霖很感激了。

「我剛看了一本書，感觸很深……。妳能讀英文吧？」看到文潔點點頭，白沐霖從包中掏出一本藍色封面的書，在遞給文潔時，他有意無意地四下看了看：「這本書是六二年出的，在西方影響很大。」

文潔轉身接過書，看到書名是《*Silent Spring*》（《寂靜的春天》），作者是瑞秋．卡森（Rachel Carson）。「哪兒來的？」她輕聲問。

「這本書引起了上級的重視，要搞內參，我負責翻譯與森林有關的那部分。」

文潔翻開書，很快被吸引住了，在短短的序章中，作者描述了一個在殺蟲劑的毒害下正在死去的寂靜的村莊，平實的語言背後顯現著一顆憂慮的心。

「我想給中央寫信，反映建設兵團這種不負責任的行徑。」白沐霖說。

葉文潔從書上抬起頭來，好半天才明白他意思，沒說什麼又低頭看書。

「妳要想看就先拿著，不過最好別讓其他人看見，這東西，妳知道……」白沐霖說著，又四下看了看，起身離去。

三十八年後，在葉文潔的最後時刻，她回憶起《寂靜的春天》對自己一生的影響。在這之前，人類惡的一面已經在她年輕的心靈上刻下不可癒合的巨創，但這本書使她對人類之惡第一次進行了理性的思考。這本來應該是一本很普通的書，主題並不廣闊，只是描述殺蟲劑的濫用對環境造成的危害，但作者的視角對葉文潔產生了巨大的震撼：瑞秋．卡森所描寫的人類行為——使用殺蟲劑，在文潔看來只是一項正當和正常的、至少是中性的行為；而本書讓她看到，從整個大自然的視角看，這個行為與「文化大革命」是沒有區別的，對我們的世界產生的損害同樣嚴重。那麼，還有多少在自己看來是正常甚至正義的人類行為是邪惡的呢？

再想下去，一個推論令她不寒而慄，陷入恐懼的深淵：也許，人類和邪惡的關係，就是大洋與漂浮於其上的冰山的關係，它們其實是同一種物質組成的巨大水體，冰山之所以被醒目地認出來，只是由於其形態不同而已，而它實質上只不過是這整個巨大水體中極小的一部分……。人類真正的道德自覺是不可能的，就像他們不可能拔著自己的頭髮離開大地。要做到這一點，只有借助於人類之外的力量。

這個想法最終決定了葉文潔的一生。

四天後，葉文潔去還書。白沐霖住在連隊唯一的一間招待房裡，文潔推開門，見他疲憊地躺在床上，一身泥水和木屑，見到文潔，他趕緊起身。

「今天幹活兒了？」文潔問。

「下連隊這麼長時間了，不能總是甩手到處轉，勞動得參加，三結合嘛。喔！我們在雷達峰幹，那裡林木真密，地下的腐葉齊膝深，我真怕中了瘴氣。」白沐霖說。

「雷達峰?!」文潔聽到這個名字很吃驚。

「是啊，團裡下的緊急任務，要圍著它伐出一圈警戒帶。」

雷達峰是一個神祕的地方，那座陡峭的奇峰本沒有名字，只是因為它的峰頂有一面巨大的拋物面天線才得此名。其實，稍有常識的人都知道那不是雷達天線，雖然它的方向每天都會變化，但從未連續轉動過。那天線在風中發出低沉的「嗡嗡」聲，很遠都能聽到。連隊的人只知道那是一個軍事基地，聽當地人說，三年前建設那個基地時，曾動用巨大的人力，向峰頂架設了一條高壓線，開闢了一條通向峰頂的公路，有大量的物資沿公路運上去。

但基地建成後，竟把這條公路拆毀了，只留下一條勉強能通行的林間小路，常有直升機在峰頂起降。

那座天線並不總是出現，風太大時它會被放倒，而當它立起來時，就會發生許多詭異的事情：林間的動物變得焦躁不安，林鳥被大群地驚起，人也會出現頭暈、噁心等許多不明症狀。在雷達峰附近的人還特別容易掉頭髮，據當地人說，這也是天線出現後才有的事。

雷達峰有許多神祕的傳說：一次下大雪，那個天線立起來，這方圓幾里的雪立刻就變成了雨！嚴寒中，雨水在樹上凍成冰，每棵樹都掛起了大冰掛子，森林成了水晶宮，其間不斷地響著樹枝被壓斷的「咔嚓」聲和冰掛子墜地的「轟轟」聲。有時，在天線立起時，晴空會出現雷電，夜間天空中能看到奇異的光暈……。雷達峰警戒森嚴，建設兵團的連隊駐紮後，連長第一件事就是讓所有人注意不要擅自靠近雷達峰，否則基地的崗哨可以不經警告就開槍。上星期，連隊裡兩個打獵的兵團戰士追一隻狍子，不知不覺追到了雷達峰下，立刻招來了來自半山腰上崗亭的急促射擊，幸虧林子密，兩人沒傷著跑了回來，其中一個嚇得尿了一褲子。第二天連裡開會，每人挨了一個警告處分。可能正是因為這事，基地才決定在周遭的森林中開伐一圈警戒帶，而兵團的人力可以隨他們調用，也可見其行政級別很高。

白沐霖接過書，小心地放到枕頭下面，同時從那裡拿出了幾頁寫得密密麻麻的稿紙，遞給文潔：「這是那封信的草稿，妳看看行嗎？」

信？」

「我跟妳說過的，要給中央寫信。」

紙上的字跡很潦草，葉文潔很吃力地看完了。這封信立論嚴謹，內容豐富：從太行山因植被破壞，由歷史上的富庶之山變成今天貧瘠的禿嶺，到現代黃河泥沙含量的急遽增加，得出了內蒙古建設兵團的大墾荒將帶來嚴重後果的結論。文潔這才注意到，他的文筆真的與《寂靜的春天》很相似，平實精確而蘊含詩意，令理科出身的她感到很舒適。

「寫得很好。」她由衷地讚嘆道。

白沐霖點點頭：「那我寄出去了。」說著拿出了一本新稿紙要謄抄，但手抖得厲害，一個字都寫不出來。第一次使油鋸的人都是這樣，手抖得可能連飯碗都端不住，更別說寫字了。

「我替你抄吧。」葉文潔說，接過白沐霖遞來的筆抄了起來。

「妳字寫得真好。」白沐霖看著稿紙上抄出的第一行字說，他給文潔倒了一杯水，手仍然抖得厲害，水灑出來不少，文潔忙把信紙移開些。

「妳是學物理的？」白沐霖問。

「天體物理，現下沒什麼用處了。」文潔回答，沒有抬頭。

「那就是研究恆星吧，怎麼會沒用處呢？現下大學都已復課，但研究生不再招了，妳這樣的進階人才窩到這種地方，唉……」

文潔沒有回答，只是埋頭抄寫，她不想告訴白沐霖，自己能進入建設兵團已經很幸運了。對於現實，她什麼都不想說，也沒什麼可說的了。

屋裡安靜下來，只有鋼筆尖在紙上畫動的沙沙聲。文潔能聞到身邊記者身上松木鋸末的味道，自父親慘死後，她第一次有一種溫暖的感覺，第一次全身心鬆弛下來，暫時放鬆了對周遭世界的戒心。

一個多小時後，信抄完了，又按白沐霖說的地址和收信人寫好了信封，文潔起身告辭，走到門口時，她回頭說：「把你的外衣拿來，我幫你洗吧。」說完後，她對自己的這一舉動很吃驚。

「不，那哪行！」白沐霖連連擺手說，「妳們建設兵團的女戰士，白天幹的可都是男同志的活兒，快回去休息吧，明天六點就要上山呢。喔，文潔，我後天就要回師部了，我會把妳的情況向上級反映一下，也許能幫上忙呢。」

「謝謝，不過我覺得這裡很好，挺安靜的。」文潔看著月光下大興安嶺朦朧的林海說。

「妳是不是在逃避什麼？」

「我走了。」葉文潔輕聲說，轉身離去。

白沐霖看著她那纖細的身影在月光下消失，然後，他抬頭遙望文潔剛才看過的林海，看到遠方的雷達峰上，巨大的天線又緩緩立起，閃著金屬的冷光。

三個星期後的一天中午，葉文潔被從伐木場緊急召回連部。一走進辦公室，她就發現氣氛不對，連長和指導員都在，還有一個表情冷峻的陌生人，他面前的辦公桌上放著一個黑色的公文包，旁邊兩件東西顯然是從公文包中拿出來的，那是一個信封和一本書，信封是拆開的，書就是那本她看過的《寂靜的春天》。

這個年代的人對自己的政治處境都有一種特殊的敏感，而這種敏感在葉文潔身上更強烈一些，她頓時感到周遭的世界像一個口袋般收緊，一切都向她擠壓過來。

「葉文潔，這是師政治部來調查的張主任，」指導員指指陌生人說，「希望妳配合，要講實話。」

「這封信是妳寫的嗎？」張主任問，同時從信封中抽出信來。葉文潔伸手去拿，但張主任沒給她，仍把信拿在自己手中，一頁一頁翻給她看，終於翻到了她想看的最後一頁，下款上沒有姓名，只寫著「革命群眾」四個字。

「不，不是我寫的。」文潔驚恐地搖搖頭。

「是，可我是幫別人抄的。」

「可這是妳的筆跡。」

「幫誰？」

平時在連隊遇到什麼事，葉文潔很少為自己申辯，所有的虧都默默地吃了，所有的委屈都默默地承受，更不用說牽連別人了。但這次不同，她很清楚這意味著什麼。

「是幫那位上星期到連隊來採訪的《大生產報》記者抄的，他叫……」

「葉文潔！」張主任的眼睛像兩個黑洞洞的槍口對著她，「我警告妳，誣陷別人會使妳的問題更加嚴重。我們已經從白沐霖同志那裡調查清楚了，他只是受妳之託把信帶到歸綏發出去，並不知道信的內容。」

「他……是這麼說的?!」文潔眼前一黑。

張主任沒有回答她的話，而是拿起了那本書：「妳寫這封信，一定是受到了它的啟發。」他把書對著連長和指導員展示了一下，「這本書叫《寂靜的春天》，一九六二年在美國出版，在資本主義世界影響很大。」他接著從公文包拿出了另一本書，封面是白皮黑字。「這是這本書的中譯本，是有關部門以內參形式下發的，供批判用。現下，上級對這本書已經做出了明確的定性：這是一部反動的大毒草。該書從唯心史觀出發，宣揚末世論，借環境問題之名，為資本主義世界最後的腐朽沒落尋找託詞，其實質是十分反動的。」

「可這本書……也不是我的。」文潔無力地說。

「白沐霖同志是上級指定的本書譯者之一，他攜帶這本書是完全合法的，當然，他也負有保管責任，不該讓妳趁他在勞動中不備時偷拿去看——現下，妳從這本書中找到了向社會主義進攻的思想武器。」

葉文潔沉默了，她知道自己已經掉到陷阱的底部，任何掙扎都是徒勞的。

與後來人們熟知的一些歷史記載相反，白沐霖當初並非有意陷害葉文潔，他寫給中央的那封信也可能是出於真誠的責任心。那時懷著各種目的直接給中央寫信的人很多，大多數信件石沉大海，也有少數人因此一夜之間飛黃騰達或面臨滅頂之災。當時的政治神經是極其錯綜複雜的，作為記者，白沐霖自以為了解這神經系統的走向和敏感之處，但他過分自信了，他這封信觸動了他以前不知道的雷區。得知消息後，恐懼壓倒了一切，他決定犧牲葉文潔，保護自己。

半個世紀後，歷史學家們一致認為，一九六九年的這一事件是以後人類歷史的一個轉折點。

白沐霖無意之中成為一個標誌性的關鍵歷史人物，但他自己沒有機會知道這點，歷史學家們失望地記載了他平淡的餘生。白沐霖在《大生產報》一直工作到一九七五年，那時內蒙古建設兵團撤銷，他調到一個東北城市的科協工作至上世紀八十年代初，然後出國到加拿大，在渥太華一所華語學校任教師至一九九一年，患肺癌去世。餘生中他沒對任何人提起過葉文潔的事，是否感到過自責和懺悔也不得而知。

「小葉啊，連裡對妳可是仁至義盡了。」連長噴出一口辣烈的莫合煙，看著地面說，「妳出身和家庭背景都不好，可我們沒把妳當外人。針對妳脫離群眾、不積極要求進步的傾向，我和指導員都多次找妳談過，想幫助妳。誰想到，妳竟犯了這麼嚴重的錯誤！」

「我早就看出來，她對『文化大革命』的牴觸情緒是根深柢固的。」指導員接著說。

「下午，派兩個人，把她和這些罪證一起送到師部去。」張主任面無表情地說。

同室的三名女犯相繼被提走，監室裡只剩葉文潔一個人了。牆角的那一小堆煤用完了也沒人來加，爐子很快滅了，監室裡冷了下來，葉文潔不得不將被子裹在身上。

天黑前來了兩個人，其中一名是年長些的女幹部，隨行的那人介紹說她是中級法院軍管會的軍代表。

「程麗華。」女幹部自我介紹說，她四十多歲，身穿軍大衣，戴著一副寬邊眼鏡，臉上線條柔和，看得出年輕時一定很漂亮，說話時面帶微笑，讓人感到平易近人。葉文潔清楚，這樣級別的人來到監室見一個待審的犯人，很不尋常。她謹慎地對程麗華點點頭，起身在狹窄的床鋪上給她讓出坐的地方。

「這麼冷，爐子呢？」程麗華不滿地看了站在門口的看守所所長一眼，又轉向文潔，「嗯，年輕，妳比我想的還年輕。」說完坐在床上，離文潔很近，低頭翻起公文包來，嘴裡還像老大媽似的嘟囔著：「小葉妳糊塗啊，年輕人都這樣，書愈讀得多愈糊塗了，妳呀妳呀……」她找到了要找的東西，把那一小打檔案抱在胸前，抬頭看著葉文潔，目光中充滿了慈愛。「不過，年輕人嘛，誰沒犯過錯誤？我就犯過，那時我在四野的康樂隊，蘇聯歌曲唱得好，一次政治學習會上，我說我們應該併入蘇聯，成為蘇維埃社會主義聯盟的一個新共和國，這樣國際共產主義的力量就更強大了！……幼稚啊，可誰沒幼稚過呢？還是那句話，不要有思想負擔，有錯就認識就改，然後繼續革命嘛。」

程麗華的一席話拉近了葉文潔與她的距離，但葉文潔在災難中學會了謹慎，她不敢貿然接受這份奢侈的善意。

程麗華把那疊檔案放到葉文潔面前的床面上，遞給她一支筆：「來，先簽了字，咱們再好好談談，解開妳的思想疙瘩。」她的語氣，彷彿在哄一個小孩兒吃奶。

葉文潔默默地看著那份檔案，一動不動，沒有去接筆。

程麗華寬容地笑笑：「妳是可以相信我的，我以人格保證，這檔案內容與妳的案子無關，簽字吧。」站在一邊的那名隨行者說：「葉文潔，程代表是想幫妳，她這幾天為妳的事可沒少操心。」

程麗華揮手制止他說下去。「能理解的，這孩子，唉，給嚇壞了。現下一些人的政策水準實在太低，建設兵團的，還有法院的，方法簡單，作風粗暴，像什麼樣子！好吧，小葉，來，看看檔案，仔細看看吧。」

葉文潔拿起檔案，在監室昏黃的燈光下翻看著。程代表沒騙她，這份材料確實與她的案子無關，是關於她那已死去的父親的。其中記載了父親與一些人交往情況和談話內容，檔案的提供者是葉文潔的妹妹葉文雪。作為一名最激進的紅衛兵，葉文雪積極主動地揭發父親，寫過大量的檢舉材料，其中的一些直接導致了父親的慘死。但這一份材料文潔一眼就看出不是妹妹寫的，文雪揭發父親的材料文筆激烈，讀那一行行字就像聽著一掛掛炸響的鞭砲，但這份材料寫得很冷靜、很老到，內容詳實精確，誰誰誰哪年哪月哪日在哪裡見了誰誰誰又談了什麼，外行人看去像一本平淡的流水帳，但其中暗藏的殺機，絕非葉文雪那套小孩子把戲所能相比的。

材料的內容她看不太懂，但隱約感覺到與一個重大國防工程有關。作為物理學家的女兒，葉文潔猜出了那就是從一九六四年開始震驚世界的中國兩彈工程。在這個年代，要搞倒一個位置很高的人，就要在其分管的各個領域得到他的黑材料，但兩彈工程對陰謀家們來說是個棘手的領域，這個工程處於中央的重點保護之下，得以避開「文革」的風雨，他們很難插手進去。

由於出身問題沒通過政審，父親並沒有直接參加兩彈研製，只是做了一些外圍的理論工作，但要利用他，比利用兩彈工程的那些核心人物更容易些。葉文潔不知道材料上那些內容是真是假，但可以肯定的是，上面的每一個標點符號都具有致命的政治殺傷力。除了最終的打擊目標外，還會有無數人的命運要因這份材料墜入悲慘的深淵。材料的末尾是妹妹那大大的簽名，而葉文潔是要作為附加證人簽名的，她注意到，那個位置已經有三個人簽了名。

「我不知道父親和這些人說的這些話。」葉文潔把材料放回原位，低聲說。

「怎麼會不知道呢？這其中許多的談話都是在妳家裡進行的，妳妹妹都知道妳就不知道？」

「我真的不知道。」

「但這些談話內容是真實的，妳要相信組織。」

「我沒說不是真的，可我真的不知道，所以不能簽。」

「葉文潔——」那名隨行人員上前一步說，但又被程代表制止了。她朝文潔坐得更近些，拉起她一隻冰涼的手，說：「小葉啊，我跟妳交個底吧。妳這個案子，彈性很大的，往低的說，知識青年受反動書籍蒙蔽，沒什麼大事，都不用走司法程序，參加一次學習班好好寫幾份檢查，妳就可以回兵團了；往高說嘛，小葉啊，妳心裡也清楚，判現行反革命是完全可以的。對妳這種政治案件，現下公檢法系統都是寧左勿右，左是方法問題，右是路線問題，最終大方向還是要軍管會定。當然，這話只能咱們私下說說。」

隨行人員說：「程代表是真的為妳好，妳自己看到了，已經有三個證人簽字了，妳簽不簽又有多大意義。葉文潔，妳別一時糊塗啊。」

「是啊，小葉，看著妳這個有知識的孩子就這麼毀了，心疼啊！我真的想救妳，妳千萬要配合。看看我，我難道會害妳嗎？」

葉文潔沒有看軍代表，她看到了父親的血。「程代表，我不知道上面寫的事，我不會簽的。」

程麗華沉默了，她盯著文潔看了好一會兒，冰冷的空氣彷彿凝固了一般。然後她慢慢地將檔案放回公文包，站起身，她臉上慈祥的表情仍然沒有褪去，只是凝固了，彷彿戴著一張石膏面具。她就這樣慈祥地走到牆角，那裡放著一桶盥洗用的水，她提起桶，把裡面的水一半潑到葉文潔的身上，一半倒在被褥上，動作中有一種有條不紊的沉穩，然後扔下桶轉身走出門，扔下了一句怒罵：「頑固的小雜種！」

看守所所長最後一個走，他冷冷地看了渾身濕透的文潔一眼，「哐！」一聲關上門並鎖上了。

在這內蒙古的嚴冬，寒冷透過濕透的衣服，像一個巨掌將葉文潔攥在其中，她聽到自己牙齒打顫的「咯咯」聲，後來這聲音也消失了。深入骨髓的寒冷使她眼中的現實世界變成一片乳白色，她感到整個宇宙就是一塊大冰，自己是這塊冰中唯一的生命體。她這個將被凍死的小女孩兒手中連火柴都沒有，只有幻覺了……

她置身於其中的冰塊漸漸變得透明了，眼前出現了一座大樓，樓上有一個女孩兒在揮動著一面大旗，她的纖小與那面旗的闊大形成鮮明對比，那是文潔的妹妹葉文雪。自從與自己的反動學術權威家庭決裂後，葉文潔再也沒有聽到過她的消息，直到不久前才知道妹妹已於兩年前慘死於武鬥。恍惚中，揮旗的人變成了白沐霖，他的眼鏡反射著樓下的火光；接著那人又變成了程代表，變成了母親紹琳，甚至變成父親。旗手在不斷變換，旗幟在不間斷地被揮舞著，像一只永恆的鐘擺，倒數著她那所剩無幾的生命。

漸漸地旗幟模糊了，一切都模糊了，那塊充滿宇宙的冰塊又將她封在中心，這次冰塊是黑色的。

九、紅岸之一

不知過了多長時間，葉文潔聽到了沉重的轟鳴聲。這聲音來自所有的方向，在她那模糊的意識中，似乎有某種巨大的機械在鑽開或鋸開她置身於其中的大冰塊。世界仍是一片黑暗，但轟鳴聲卻變得愈來愈真實，她終於能夠確定這聲音的來源既不是天堂也不是地獄。她意識到自己仍閉著眼睛，便努力地睜開沉重的眼皮——首先看到了一盞燈，燈深嵌在天花板內部，被罩在一層似乎是用於防撞擊的鐵絲網後面，發出昏暗的光，天花板似乎是金屬的。

她聽到有個男聲在輕輕叫自己的名字。

「妳在發高燒。」那人說。

「這是哪兒？」葉文潔無力地問，感覺聲音不是自己發出的。

「在飛機上。」

葉文潔感到一陣虛弱，又昏睡過去，朦朧中轟鳴聲一直伴隨著她。時間不長，她再次清醒過來，這時麻木消失，痛苦的感覺出現了：頭和四肢的關節都很痛，嘴裡呼出的氣是發燙的，喉嚨也痛，嚥下一口唾沫感覺像嚥下一塊火炭。

葉文潔轉過頭，看到旁邊有兩個穿著和程代表一樣軍大衣的人，不同的是他們戴著有紅五星的軍棉帽，敞開的大衣露出了裡面軍服上的紅領章，其中一名軍人戴著眼鏡。葉文潔發現自己也蓋著一件軍大衣，身上的衣服是乾的，很暖和。

她吃力地想支起身，居然成功了。她看到了另一邊的舷窗，窗外是緩緩移去的滾滾雲海，被陽光照得很刺眼；她趕緊收回目光，看到狹窄的機艙中堆滿了軍綠色的鐵箱子，從另一個舷窗中可以看到上方旋翼的影子。她猜自己可能是在一架直升機上。

「還是躺下吧。」戴眼鏡的軍人說，扶她重新躺下，把大衣蓋好。

「葉文潔，這篇論文是妳寫的嗎？」另一名軍人把一本翻開的英文雜誌伸到她眼前，她看到那文章的題目是〈太陽輻射層內可能存在的能量界面和其反射特性〉，他把雜誌的封面讓她看，那是一九六六年的一期《太空物理學》雜誌。

「肯定是的，這還用證實嗎？」戴眼鏡的軍人拿走了雜誌，然後介紹說：「這位是紅岸基地的雷志成政委。我是楊衛寧，基地的總工程師。離降落還有一會兒，妳休息吧。」

你是楊衛寧？葉文潔沒有說出口，只是吃驚地看著他，發現他的表情很平靜，顯然不想讓旁人知道他們認識。楊衛寧曾是葉哲泰的一名研究生，他畢業時葉文潔剛上大一。葉文潔現下還清楚地記得楊衛寧第一次到家裡來的情形，那時他剛考上研究生，與導師談論文方向。楊衛寧說他想做傾向於實驗和應用的論文，盡可能離基礎理論遠些。葉文潔記得父親當時是這樣說：「我不反對，但我們畢竟是理論物理專業，你這樣要求的理由呢？」楊衛寧回答：「我想投身於時代，做一些實際的貢獻。」父親說：「理論是應用的基礎，發現自然規律，難道不是對時代最大的貢獻？」楊衛寧猶豫了一下，終於說出了真話：「搞理論研究，容易在思想上犯錯誤。」這話讓父親沉默了。

楊衛寧是個很有才華的人，數學功底扎實，思維敏捷，但在不長的研究生生涯中，他與導師的關係若即若離，他們相互之間保持著敬而遠之的距離。那時葉文潔與楊衛寧經常見面，也許是受父親影響，葉文潔沒有過多地注意他，至於他是否注意過自己，葉文潔就不知道了。後來楊衛寧順利畢業，不久就與導師中斷了聯繫。

葉文潔再次虛弱地閉上眼睛後，兩名軍人離開了她，到一排箱子後面低聲交談。機艙很狹窄，葉文潔在引擎的轟鳴聲中還是聽到了他們的話——

「我還是覺得這事兒不太穩妥。」這是雷志成的聲音。

楊衛寧反問：「那你能從正常管道給我需要的人嗎？」

「唉，我也費了很大勁。這種專業從軍內找不到，從地方上找，問題就更多了，你知道這項目的守密級別，首先得參軍，更大的問題還是守密條例要求的在基地的隔離工作周期。那麼長時間，家屬隨軍怎麼辦？也得到基地裡，這誰都不願意。找到的兩個合適的候選人寧肯待在五七幹校也不來。當然可以硬調，但這種工作的性質，要是不安心什麼都幹不出來的。」

「所以只能這麼辦。」

「可這也太違反常規了。」

「這個項目本來就違反常規，出了事兒我負責就是了。」

「我的楊總啊，這責你負得了嗎？你一頭鑽在技術裡，『紅岸』可是與其他國防重點項目不同，它的複雜，是複雜在技術之外的。」

「你這倒是實話。」

降落時已是傍晚，葉文潔謝絕了楊衛寧和雷志成的攙扶，自己艱難地走下飛機，一陣強風差點把她吹倒，風吹在仍轉動的旋翼上，發出尖利的嘯聲。風中的森林氣息文潔很熟悉，她認識這風，這風也認識她，這是大興安嶺的風。

她很快聽到了另一種聲音，一個低沉渾厚的「嗡嗡」聲，渾厚而有力，似乎構成了整個世界的背景，這是不遠處拋物面天線在風中的聲音，只有到了跟前，才能真正感受到這張天網的巨大。葉文潔的人生在這一個月裡轉了一個大圈又回來了——她現下是在雷達峰上。

葉文潔不由得轉頭朝她的建設兵團連隊所在的方向望去，只看到暮色中一片迷濛的林海。

直升機顯然不是專為接她的，幾名士兵走過來，從機艙裡卸下那些軍綠色的貨箱，他們從她身邊走過，沒人看她一眼。她和雷志成、楊衛寧一行三人繼續向前走去，葉文潔發現雷達峰的峰頂是這樣的寬闊，在天線的下面有一小群白色建築物，與天線相比，它們像幾塊精緻的積木。他們正朝有兩名哨兵站崗的基地大門走去，走到門前，他們停了下來。

雷志成轉向葉文潔，鄭重地說：「葉文潔，妳的反革命罪行證據確鑿，將要面臨的審判也是罪有應得；現下，妳面前有一個立功贖罪的機會，妳可以接受，也可以拒絕。」他向天線方向指了指：「這是一個國防科研基地，其中正在進行的研究項目需要妳掌握的專業知識，更具體的，請楊總工程師為妳介紹，妳要慎重考慮。」說完他對楊衛寧點了點頭，尾隨搬運物資的士兵一起走進了基地。

楊衛寧等別人走遠了，向葉文潔示意了一下，帶她走遠些，顯然是怕讓哨兵聽到下面的談話。這時，他不再隱藏自己與她的相識：「葉文潔，我可向妳說清楚，這不是什麼機會。我向法院軍管會了解過，雖然程麗華力主重判，但具體到妳的情節，刑期最多也就是十年，考慮到可能的減刑，也就是六七年的樣子。而這裡——」他向基地方向偏了一下頭：「是最高密級的研究項目，以妳的身分，走進這道門，可能……」他停了好一會兒，似乎想讓天線在風中的轟鳴聲加重自己的語氣：「一輩子都出不來了。」

「我進去。」葉文潔輕聲說。

楊衛寧對她這麼快的回答很吃驚。「妳不必這麼匆忙做決定，可以先回到飛機上去，它三小時後才起飛，妳要是拒絕，我送妳回去。」

「我不回去，我們進去吧。」葉文潔的聲音仍很輕，但其中有一種斬釘截鐵的堅定。現下除了死後不知是否存在的另一個世界，她最想去的地方就是這樣與世隔絕的峰頂了，在這裡，她有一種久違的安全感。

「還是慎重些吧，妳想清楚這意味著什麼。」

「我可以在這裡待一輩子。」

楊衛寧低頭沉默了，他看著遠方，似乎強行給葉文潔一些思考權衡的時間，葉文潔也沉默著，在風中裹緊軍大衣看著遠方，那裡，大興安嶺已消失在濃濃的夜色中。在嚴寒下不可能有很多時間，楊衛寧下決心起步走向大門，走得很快，像要把葉文潔甩掉似的，但葉文潔緊跟著他，走進了紅岸基地的大門。兩名哨兵在他們通過後關上了兩扇沉重的鐵門。

走了一段後，楊衛寧站住，指著天線對文潔說：「這是一個大型武器研究項目，如果成功，其意義可能比原子彈和氫彈都大。」

在路過基地內最大的一幢建築時，楊衛寧徑直過去推開了門，葉文潔在門口看到了「發射主控室」的字樣，邁進門，一股帶著機油味的熱氣迎面撲來，她看到寬敞的大廳中，密集地擺放著各類儀器設備，信號燈和示波儀上的發光圖形閃成一片，十多名穿軍裝的作業員坐在幾乎將他們埋沒的一排排儀器前，彷彿是蹲守在深深的戰壕中。操作密碼此起彼伏，顯得緊張而混亂。「這裡暖和些，妳先等一會兒，我去安排好妳的住處就來。」楊衛寧對葉文潔說，並指指門旁邊一張桌子旁的椅子讓她坐。葉文潔看到，那張桌前已經坐了一個人，那是一位帶手槍的衛兵。

「我還是在外面等吧。」葉文潔停住腳步說。

楊衛寧和善地笑笑：「妳以後就是基地的從業人員了，除了少數地方，妳哪裡都可以去。」說完，他臉上有一種不安的表情，顯然意識到了這話另一層的意思：妳再也不能離開這裡了。

「我還是去外面吧。」葉文潔堅持說。

「那……好吧。」楊衛寧看看那位並沒有注意他們的衛兵，似乎理解了葉文潔，帶她走出主控室。「妳到這個避風的地方，我幾分鐘就回來，主要是找人給那個房間生上火，基地的條件現下還不太好，沒有暖氣。」說完快步走去。

葉文潔站在主控室的門邊，巨大的天線就豎立在她身後，整整占據了半個夜空。在這裡，她能夠清楚地聽到裡面傳出的聲音。突然，那紛亂的操作密碼聲消失了，主控室裡一片寂靜，只能隱約聽到儀器設備偶爾發出的蜂鳴聲，接著出現了一個壓倒一切的男音：

「中國民眾解放軍第二砲兵，紅岸工程第一四七次常規發射，授權確認完畢，三十秒倒數！」

「目標類別：甲三；座標序號：BN20197F；定位校核完畢，二十五秒倒數！」

「發射文檔號：22；附加：無；續傳：無；文檔最後校核完畢，二十秒倒數！」

「能源單元報告：正常！」

「編碼單元報告：正常！」

「功放單元報告：正常！」

「干擾監測報告：在許可範圍！」

「程序不可逆，十五秒倒數！」

一切又安靜下來，十幾秒鐘後，隨著一個警鈴聲響起，天線上的一盞紅燈急遽閃爍起來。

「發射啟動！各單位注意監測！」

葉文潔感到臉上有輕微的騷癢感，她知道一個巨大的電場出現了。她仰頭順著天線所指的方向望去，看到夜空中的一縷薄雲發出幽幽藍光，那光很微弱，最初她以為是自己的幻覺，但當那縷雲飄離那片空域後，雲的微光就消失了，另外一縷飄入的雲也同樣發出光來。在主控室中，密碼聲又響成一片，她只能隱約聽出其中的幾句：

「功放單元故障，三號磁控電子管燒毀！」

「冗餘單元投入正常！」

「斷點一，續傳正常！」

葉文潔聽到另外一種「呼啦啦」的聲音，朦朧中，看到一片片黑影從山下的密林中出現，盤旋著升上夜空，她沒想到嚴冬的森林中還有這麼多的鳥兒被驚起。接著她目睹了恐怖的一幕：一個鳥群飛進了天線指向的範圍，以發出幽光的那縷雲為背景，她清楚地看到了群鳥紛紛從空中墜落。

這一過程大約持續了十五分鐘，天線上的紅燈熄滅了，葉文潔皮膚上的騷癢感也消失了，主控室中，紛亂的密碼聲依舊，即使在那個洪亮的男音響起後也沒有停止。

「紅岸工程第一四七次發射進行完畢，發射系統關閉，紅岸進入監測狀態，請監測部接過系統控制權，並上傳斷點數據。」

「請各單元組認真填寫發射日誌，各組長到會議室參加發射例會，完畢。」

一切都沉寂下來，只有天線在風中發出的混響依舊。葉文潔看著夜空中的鳥群紛紛落回森林中。她再次仰望天線，感覺它像一隻向蒼穹張開的巨大手掌，擁有一種超凡脫俗的力量。她向「手掌」對著的夜空看去，並沒有看到已被它打擊的 BN20197F 號目標，在稀疏的雲縷後面，只有一九六九年寒冷的星空。

十、宇宙閃爍之二

沙瑞山告訴汪淼，葉文潔九十年代初才又回到了這座城市，在父親曾工作過的大學講授太空物理學直到退休。

「最近才知道，她那二十多年，是在紅岸基地度過的。」

汪淼被沙瑞山的講述震撼了，好半天才對他最後一句話有了回應，「難道那些傳說……」

「大部分是真的。紅岸自譯解系統的一名研製者移民到歐洲，去年寫了一本書，你所說的傳說大都來自於那本書，據我了解是真的。紅岸工程的參與者大都還健在。」

「這可真是……傳奇啊！」

「尤其是發生在那個年代，更是傳奇中的傳奇。」

照向無線電天線陣列的聚光燈已經熄滅，天線在夜空下變成了簡明的黑色二維圖案，彷彿是一排抽象的符號，以同一個仰角齊齊地仰望著宇宙，似乎在等待著什麼。這景象令汪淼不寒而慄，他想起了「三體」中的那些巨擺。

回到實驗室時正好是凌晨一點，當他們將目光投向終端機螢幕時，波動剛剛出現，直線變成了曲線，出現了間隔不一的尖尖的波峰，顏色也變紅了，如同一條冬眠後的蛇開始充血蠕動了。

「肯定是COBE衛星的故障！」沙瑞山驚恐地盯著曲線說。

「不是故障。」汪淼平靜地說，在這樣的事情面前，他已經初步學會了控制自己。

「我們馬上就能知道！」沙瑞山說著，在另外兩台終端機上快速操作起來。很快，他調出了另外兩顆衛星WMAP和Planck的宇宙背景輻射即時數據，並將其變化顯示為曲線——

三條曲線在同步波動，一模一樣。

沙瑞山又搬出一台筆記型電腦，手忙腳亂地啟動系統，插上寬頻網路線，然後打電話——汪淼聽出他在聯繫迪化無線電觀測基地——然後等待著。他沒有對汪淼解釋什麼，兩眼死盯著螢幕上的瀏覽器，汪淼能聽到他急促的呼吸聲。幾分鐘後，瀏覽器上出現了一個座標視窗，一條紅色曲線在視窗上出現，與另外三條進行著精確同步的波動。

這樣，三顆衛星和一套地面觀測設備同時證實了一件事：宇宙在閃爍！

「能將前面的曲線列印出來嗎？」汪淼問。

沙瑞山抹了一把頭上的冷汗，點點頭，移動滑鼠啟動了列印程式。汪淼迫不及待地抓過雷射印表機吐出的第一張紙，用一支鉛筆畫過曲線，將波峰間的距離與他剛拿出來的那張摩斯電碼表對照起來。

短長長長長、短長長長長、短短短短短、長長長短短、長長短短長長、短短長長長、短短短短長、長長短短長長、短短長長長、長長短短短短，這是1108:21:37。

短長長長長、短長長長長、短短短短短、長長長短短、長長短短長長、短短長長長、短短短短長、長長短短長長、短短短長長、長短短短短，這是1108:21:36。

短長長長長、短長長長長、短短短短短、長長長短短、長長短短長長、短短長長長、短短短短長、長長短短長長、短短短長長、短短短短短，這是1108:21:35。

倒數計時在宇宙尺度上繼續，還剩一千一百零八小時？

沙瑞山焦躁地來回踱步，不時在汪淼身後停下來看看他正在寫出的那一串數字。「你真的不能把實情告訴我嗎?!」他耐不住大聲問。

「沙博士，相信我，一時說不清的。」汪淼推開那一堆印著波動曲線的紙，盯著那行倒數計時數字，「也許，三顆衛星和一個地面觀測點都出現了故障。」

「你知道這不可能！」

「如果有人故意破壞呢？」

「也不可能！同時改變三顆衛星和一個地面觀測站的數據？那這破壞也有些超自然了。」

汪淼點點頭，比起宇宙閃爍來，他寧願接受這個超自然。但沙瑞山立刻抽走了他懷中這唯一的一根救命稻草。

「要想最終證實這一切，其實很簡單。宇宙背景輻射這樣幅度的波動，已經大到我們能用肉眼覺察的程度。」

「你胡說什麼？現下是你在違反常識了：背景輻射的波長是七公分，比可見光大了七八個數量級，怎麼能看到？」

「用3K眼鏡。」

「3K眼鏡？」

「是我們為首都天文館做的一個科普小玩意兒。現下的科技，已經能將彭齊亞斯和威爾遜在四十多年前用於發現3K背景輻射的二十英尺的喇叭形天線做成眼鏡大小，並且在這個眼鏡中設定一個轉換系統，將接收到的背景輻射的波長壓縮七個數量級，將七公分波轉換成紅光。這樣，觀眾在夜裡戴上這種眼鏡，就能親眼看到宇宙的3K背景輻射，現下，也能看到宇宙閃爍。」

「這東西現下哪兒？」

「在天文館，有二十副呢。」

「我必須在五點以前拿到它。」

沙瑞山拿起電話撥了個號碼，對方很長時間才接起電話，沙瑞山費了不少口舌才說服那個被半夜叫醒的人一小時後在天文館等汪淼。

臨別時沙瑞山說：「我就不同您去了，剛才看到的已經足夠，我不需要這樣的證明。我還是希望您能在適當的時候把實情告訴我，如果這種現象引出什麼研究成果的話，我不會忘記您的。」

「閃爍在凌晨五點就會停止，以後別去深究它吧，相信我，不會有什麼成果的。」汪淼扶著車門說。

沙瑞山對著汪淼注視良久，點點頭：「明白了，現下科學界出了一些事……」

「是的。」汪淼說著，鑽進車裡，他不想把這個話題繼續下去了。

「輪到我們了嗎？」

「至少輪到我了。」汪淼說著發動了車子。

汪淼一小時後到達市內，他在新天文館前下了車。城市午夜的燈光透過這棟巨大玻璃建築的透明幕牆，將內部的架構隱隱約約顯現出來。汪淼現下體會到，如果新天文館的建築師想表達對宇宙的感覺，那他成功了——愈透明的東西愈神祕，宇宙本身就是透明的，只要目力能及，你想看多遠就看多遠，但愈看愈神祕。

那名睡眼惺忪的天文館從業人員已經在門口等汪淼了，他把一個手提箱遞給汪淼：「這裡面有五副3K眼鏡，都是充好電的，左邊的按鈕是開關，右邊是光度調節。上面還有十幾副，你想怎麼看就怎麼看吧，我先去睡會兒，就在靠門口那個房間。這個沙博士，真是個神經病。」說完轉身走進昏暗的館內。

汪淼將箱子放到車座上打開，拿出一副3K眼鏡，這東西很像他剛用過的V裝具中的頭盔顯示器。他拿起一副走到車外戴上，透過鏡片看到的城市夜景沒有變化，只是暗了些，這時他才想起要將開關打開，立刻，城市化作一團團朦朧的光暈，大部分亮度固定，還有一些閃爍或移動著。他知道，這都是被轉化為可見光的公分微波，每團光暈的中心就是一個發射源，由於波長的原因，不可能看清形狀。

他抬起頭，看到了一個發著暗紅色微光的天空，就這樣，他看到了宇宙背景輻射，這紅光來自於一百多億年前，是大爆炸的延續，是創世紀的餘溫。看不到星星，本來，由於可見光波段已被推至不可見，星星應該是一個個黑點，但公分長波段的繞射淹沒了一切形狀和細節。

當汪淼的眼睛適應了這一切後，他看到了天空的紅光背景在微微閃動，整個太空成一個整體在同步閃爍，彷彿整個宇宙只是一盞風中的孤燈。

站在這閃爍的蒼穹下，汪淼突然感到宇宙是這麼小，小得僅將他一人禁錮於其中。宇宙是一個狹小的心臟或子宮，這瀰漫的紅光是充滿於其中的半透明的血液，他懸浮於血液中，紅光的閃爍周期是不規則的，像是這心臟或子宮不規則地脈動，他從中感受到了一個以人類的智慧永遠無法理解的怪異、變態的巨大存在。

汪淼摘下3K眼鏡，虛弱地靠著車輪坐在地上。在他的眼中，午夜的城市重新恢復了可見光波段所描繪的現實圖景，但他的目光游移，在捕捉另外一些東西：對面動物園大門旁的一排霓虹燈中有一根燈管壞了，不規則地閃爍著；近處的一棵小樹上的樹葉在夜風中搖動，反射著街燈的光，不規則地閃爍著；遠處北京展覽館俄式尖頂上的五角星也在反射著下面不同街道上車燈的光，不規則地閃爍著……

汪淼按摩斯電碼努力破譯著這些閃爍。他甚至覺得，旁邊幾幅彩旗在微風中飄出的皺褶、路旁一窪積水表面的漣漪，都向他傳遞著摩斯電碼……。他努力地破譯著，感受著幽靈倒數計時的流逝。

不知過了多久，那個天文館的從業人員出來了，問汪淼看完了沒有。當看到他時，他的樣子使那人雙眼中的睡意一下子消失了。收拾好了3K眼鏡的箱子，那人又盯著汪淼看了幾秒鐘，提著箱子快步走了回去。

汪淼拿出手機，撥通了申玉菲的電話，她很快就接了，也許她也度過一個不眠之夜。

「倒數計時的盡頭是什麼？」汪淼無力地問。

「不知道。」說了這簡短的三個字後，電話掛斷了。

是什麼？也許是自己的死亡，像楊冬那樣；也許是一場像前幾年印度洋海嘯那樣的大災難，誰也不會將其與自己的奈米研究項目相聯繫（由此聯想到，以前的每一次大災難，包括兩次世界大戰，是否都是一次次幽靈倒數計時的盡頭？都有一個誰都想不到的、像自己這樣的人要負的最終責任）；也許是全世界的徹底毀滅，在這個變態的宇宙，那倒對誰都是一種解脫……。有一點可以肯定，不管幽靈倒數計時的盡頭是什麼，在這剩下的千餘個小時中，對盡頭的猜測將像惡魔那樣殘酷地折磨他，最後在精神上徹底摧毀他。

汪淼鑽進車子，離開了天文館，在城市裡漫無目的地開著。黎明前，路上很空，但他不敢開快，彷彿車開得快，倒數計時走得也快。當東方出現一線晨光時，他將車停在路邊，下車走了起來，同樣漫無目標的。他的意識中一片空白，只有倒數計時在那暗紅的背景輻射上顯現著，跳動著，他自己彷彿變成了一個單純的計時器，一口不知道為誰而鳴的喪鐘。天亮了起來，他走累了，在一條長椅上坐下來。當他抬頭看看自己下意識走到的目的地時，不由得打了個寒顫。

他正坐在王府井天主教堂前。在黎明慘白的天空下，教堂的羅馬式尖頂像三根黑色的巨指，似乎在為他指出冥冥太空中的什麼東西。

汪淼起身要走，一陣從教堂傳出的聖樂留住了他。今天不是禮拜日，這可能是唱詩班為復活節進行的排練，唱的是這個節日彌撒中常唱的〈聖靈光照〉。在聖樂的莊嚴深遠中，汪淼再次感到宇宙變小了，變成了一座空曠的教堂，穹頂隱沒於背景輻射閃爍的紅光中，而他則是這宏偉教堂地板磚縫中的一隻小螞蟻。他感覺到自己那顆顫抖的心靈被一隻無形的巨手撫摸著，一時間又回到了脆弱無助的孩童時代，意識深處硬撐著的某種東西像蠟一樣變軟了，崩潰了。他雙手捂著臉哭了起來。

「哈哈哈，又放倒了一個！」

汪淼的哭泣被身後的一陣笑聲打斷，他扭頭一看，大史站在那裡，嘴裡吐出一口白煙。

十一、大史

大史在汪淼身邊坐了下來，將一把車鑰匙遞給他：「東單口兒上就隨便泊車，我晚一步就讓交警拖走了。」

大史啊，要知道你一直跟在我後面，我至少會有些安慰的。汪淼心裡說，但自尊使他沒將這話說出口。他接過大史遞來的一支菸，點上後，抽了戒菸幾年後的第一口。

「怎麼樣老弟，扛不住了吧？我說你不成吧，你還硬充六根腳趾頭。」

「你不會明白的。」汪淼猛抽幾口菸說。

「你是太明白了……。那好，去吃飯吧。」

「我不想吃。」

「那去喝酒，我請你！」

汪淼於是上了大史的車，開到附近一家小飯店，天還早，店裡沒什麼人。

「二斤爆肚，一瓶二鍋頭！」大史喊道，頭也不抬，顯然對這兒很熟了。

看到端上來的兩大盤黑乎乎的東西，汪淼空空的胃翻騰起來，差點吐出來。大史又給他要豆漿和油餅，汪淼強迫自己吃了點兒，然後和大史一杯接一杯地喝了起來。他感覺自己輕飄飄的，話也多了起來，將這三天的事情全部向大史說了，雖然他清楚，大史可能都知道，甚至知道得比他還多。

「你是說，宇宙在衝你眨巴眼兒？」大史像吃麵條似的吞下半盤爆肚，抬頭問。

「這比喻很到位。」

「扯淡。」

「你的無畏來源於無知。」

「還是扯淡，來，乾！」

汪淼乾了這杯後，感覺世界圍繞著自己旋轉，只有對面吃爆肚的大史很穩定，他說：「大史啊，你——考慮過一些終極的哲學問題嗎？喔，比如說，人類從哪裡來，要到哪裡去；宇宙從哪裡來，要到哪裡去之類的。」

「沒有。」

「從來沒有？」

「從來沒有。」

「你總看到過星空吧，難道沒有產生過一點敬畏和好奇？」

「我夜裡從不看天。」

「怎麼可能呢？你們不是常上夜勤嗎？」

「老弟，我夜裡蹲點時要是仰頭看天，那監視對象溜了怎麼辦？」

「我們真沒得談，乾！」

「其實啊，我就是看天上的星星也不會去想你那些終極哲學，我要操心的事兒多著呢，要供房子，孩子還要上大學，更不要提那沒完沒了的案子……。我是個一眼能從嘴巴看到屁眼的直腸子，自然討不得領導歡心，退伍後混了多少年還是這麼個熊樣兒；要不是能幹活，早讓人踹出去了……。這些還不夠我想的，我還有心思看星星想哲學？」

「那倒也是，來，乾！」

「不過啊，我倒還真發明了一條終極定理。」

「說說。」

「邪乎到家必有鬼。」

「你這是……什麼狗屁定理！」

「我說的『有鬼』是指沒有鬼，是有人在搗鬼。」

「如果你有些起碼的科學常識，就無法想像是怎樣的力量才能做成這兩件事，特別是後一件，在整個宇宙尺度上，不但用人類現有的科學無法解釋，甚至在科學之外我都無法想像。這連超自然都不是，我都不知道是超什麼了……」

「還是那句話：扯淡！邪乎事兒我見多了。」

「那你給個建議，下一步我該怎麼辦？」

「繼續喝，喝完了睡覺。」

汪淼不知道自己是怎麼回到自己的車上，躺在後座上陷入了無夢的沉睡，感覺時間並不長，但睜開眼睛後，看到太陽已在城市的西邊快要落下去了。他走下車，雖然早上喝的酒仍然讓他渾身發軟，但感覺好多了。他看到，自己正在紫禁城的一角，夕陽照在古老的皇宮上，在護城河中泛起碎金，在他眼中，世界又恢復了古典和穩定。汪淼就這樣享受著久違的寧靜，直到天色暗下來，那輛他熟悉的黑色桑塔納從街道上的車流中鑽出來，徑直開過來煞住，大史走了下來。

「睡好了？」大史甕聲甕氣地問。

「是，下一步該怎麼辦？」

「誰，你嗎？去吃晚飯，再喝點兒，喝完接著睡。」

「然後呢？」

「然後？明天你總得去上班吧。」

「倒數計時已減到……一千零九十一小時了。」

「去他媽的倒數計時，你現下首先要保證站直了別趴下，然後才能說別的。」

「大史，你就不能告訴我一些真相嗎？就算我求你了。」

大史盯著汪淼看了一會兒，然後仰天一笑：「這話我也對常偉思說過幾次，咱倆是難兄難弟。實話告訴你，我他媽的什麼也不知道，級別低，他們不告訴我，有時真像在做噩夢。」

「可你知道的總比我多。」

「那好，我現下就把多出來的都告訴你。」大史指了指護城河的河沿，兩人在那裡找了個地方坐下來。天已經黑了下來，身後是車燈的河流，他們看著自己的影子在河面上長長短短地變幻著。

「幹我們這行的，其實就是把好多看上去不相關的事串聯起來，串對了，真相就出來了。前一陣發生過好多事兒，針對科研機構和學術界的犯罪急遽增多，這是從未有過的事兒。你當然知道良湘加速器工地的那起爆炸案，還有那名獲諾貝爾獎的學人被殺的案子……。罪犯的動機都很怪，不為錢，不是報復，也沒什麼政治背景，單純地搞破壞。還有其他一些犯罪之外的事，比如『科學邊界』和那些學人的自殺等等。環保分子最近的活動也過分活躍，一會兒在工地集會阻止水庫和核電站的建設，一會兒又搞什麼回歸自然的實驗社會……還有其他一些看上去是雞毛蒜皮的事兒——你最近看電影嗎？」

「基本不看。」

「最近的幾部大片，全土得掉渣，上面青山綠水的，不知哪個年代的帥哥靚妹在裡面男耕女織過得挺舒服，用導演的話說，是表現被科技強姦之前的美好生活。比如那部《桃花源》，明擺著拍出來沒人看，可就有人硬把幾個億砸進去。還有一個科幻小說徵文大賽，最高獎五百萬，誰把未來寫得最噁心誰就能得獎，然後又砸進去幾個億把那幾篇小說拍成電影……。奇奇怪怪的邪教也都冒出來，每一個教主都財大氣粗……」

「這些與你前面說的有什麼關係？」

「得把它們串起來看，當然我以前用不著操這份閒心，但從重案組調到作戰中心後，這就是我分內的事兒了。我能把它們串起來，這就是我的天分，連常偉思也不得不服。」

「得出的結論呢？」

「所有這一切，都有且只有一個後台，它想把科學研究徹底搞垮。」

「誰？」

「不知道，真的不知道，但能感覺到它的計畫，很氣派、很全面的一個計畫：破壞科研設施，殺害科學家；或讓你們自殺，讓你們發瘋……但主要還是讓你們往歪處想，這樣你們就變得比一般人還蠢。」

「您最後這句真精闢！」

「同時，還要在社會上把科學搞臭，當然以前也一直有人幹這個，但這次絕對是有組織的。」

「我相信你說的。」

「哼，也就是現下吧。你們這些科學精英都看不出來的事，居然被我這個專科畢業的大老粗看出來了？我說出這個想法後，沒少被領導和學人們笑話。」

「就是當時你對我說這些，我也肯定不會笑話你。你知道一些偽科學的事吧，知道那些搞偽科學的最怕什麼人嗎？」

「科學家唄。」

「錯了，世界上有許多一流學人被偽科學騙得團團轉，最後還為之搖旗吶喊。但偽科學最怕另一種人，他們很難被騙：魔術師。事實上，大量的偽科學騙局，都是被魔術師揭穿的。比起科學界的書呆子來，你多年的警務和社會經驗顯然更有能力覺察這種大規模犯罪。」

「其實比我聰明的人還是有的，這種事早就被上面覺察了，我開始時還被笑話是沒找對地方，再後來就被老連長召到了這兒，不過也只是幹些跑腿的事兒……。好了，這就是我比你多知道的那點兒。」

「有個疑問：這些與軍方有什麼關係呢？」

「我也納悶，問他們，他們就說戰爭爆發了，戰爭當然是軍隊的事兒。我和你一樣，開始以為他們是在說夢話，可他們真沒開玩笑，現下部隊確實處於臨戰狀態。我們這樣的作戰中心，在全球有二十多個，上面還有一級，但誰都不知道是什麼。」

「敵人是誰？」

「不知道。北約軍官進駐總參的作戰室了，五角大樓裡也有一大幫子解放軍，誰他媽知道誰是敵人？」

「這也太離奇了，你說的這都是真的?!」

「我在部隊的好幾個老戰友現下都混成將軍了，所以知道一些。」

「這麼大的事，新聞媒體居然沒有一點兒回應？」

「這又是一個了不得的現象：所有國家同時守密，而且做得這麼嚴實。我現下可以肯定一點：敵人是個狠角色，上面害怕了！我太熟悉常偉思了，從他那裡就能看出來，他是天塌下來都不怕的人，但現下塌下來的可能不止是天了。他們被嚇得夠嗆，他們根本沒有信心戰勝那個敵人。」

「要這樣，那太可怕了。」

「不過誰都有怕的東西，那個狠角色也有；愈厲害的角色，牠怕的東西對牠就愈致命。」

「那牠怕什麼？」

「怕你們，怕科學家。而且奇怪的是，你們研究的東西愈是沒有實際用處，愈是天馬行空不著邊際，像楊冬那號的，牠就愈怕，比你怕宇宙眨眼更怕，所以才出手這麼狠。要是殺你們有用，牠早就把你們殺光了，但最有效的辦法還是擾亂你們的思想，人死了還會有別人，但思想亂了，科學就完了。」

「你是說牠怕基礎科學？」

「是，基礎科學。」

「我和楊冬的研究差別很大，奈米材料不是基礎科學，只是一種高強度材料，能威脅到哪種力量?!」

「你還真是個特例，像你這種搞應用研究的，牠現下一般還不打擾，也許你那材料中真有讓牠怕的東西。」

「那我該怎麼辦？」

「去上班，研究下去，這就是對牠最大的打擊，別管什麼雞巴倒數計時。如果下了班想放鬆，也可以再玩玩那個遊戲，能打通它最好。」

「遊戲？『三體』？難道它與這些也有關係?!」

「有關係，我看作戰中心的好幾個專家也在玩兒，那玩意兒不是一般的遊戲，我這樣無知無畏的人玩不了，還真得你這樣有知識的才行。」

「喔，沒別的了？」

「沒了，有的時候我再告訴你，手機要一直開著。老弟，可得站直囉！害怕的時候，就想想我那條終極定理。」

汪淼連謝謝都沒來得及說，大史就上車走了。

十二、三體、墨子、烈焰

汪淼回到家裡，之前沒有忘記在遊戲店買了一套V裝具。妻子告訴他，單位的人一天都在找他。汪淼打開已關了一天的手機回了幾個奈米中心來的電話，許諾明天去上班。吃飯的時候，他真的照大史說的又喝了不少酒，但毫無睡意。當妻兒睡熟後，他坐在電腦前戴上新買回的V裝具，再次登入「三體」。

黎明的荒原，汪淼站在紂王的金字塔前，覆蓋它的積雪早已消失，構築金字塔的大石塊表面被風化得坑坑窪窪，大地已是另一種顏色。遠處有幾幢巨大的建築物，汪淼猜那都是乾倉，但形狀與上次所見已完全不同，一切都顯示，漫長的歲月已經流逝。

藉著天邊的晨曦，汪淼尋找著金字塔的入口，在那個位置，他看到入口已經被石塊封死了，但同時看到旁邊新修了一條長長的石階，直通金字塔的頂部。他仰望高高的塔頂，看到原來那直指蒼穹的塔頂已被削平了，成為一個平台，這座金字塔也由埃及式變為阿茲特克式。

沿著石階，汪淼攀上了金字塔的頂部，看到了一處類似於古觀星台的地方。平台的一角有一架數公尺高的天文望遠鏡，旁邊還有幾架較小型的。另一邊是幾台奇形怪狀的儀器，很像古中國的渾天儀。最引人注目的是平台中央的一個大銅球，直徑兩公尺左右，放置在一台複雜的機器上，由許多大小不同的齒輪托舉著，緩緩轉動。汪淼注意到，它的轉動方向和速度在不停地變化。在機器下方有一個方坑，在裡面昏暗的火光中，汪淼看到幾個奴隸模樣的人在推展著一個轉盤，為上面的機器提供動力。

有一個人朝汪淼走來，與上次首遇周文王時一樣，這人背對著地平線的曙光，只能看到黑暗中一雙閃亮的眼睛。他身材瘦高，身著飄逸的黑色長袍，長髮在頭頂上不經意地綰了個結，剩下的在風中飛揚。

「你好，我是墨子。」他自我介紹道。

「我是海人，你好。」

「啊，我知道你！」墨子興奮地說，「在一三七號文明中，你追隨過周文王。」

「我是同他一起到過這裡，但從不相信他的理論。」

「你是對的。」墨子對汪淼鄭重地點點頭，然後湊近他說：「知道嗎，在你離開的三十六萬兩千年裡，文明又重新啟動了四次，在亂紀元和恆紀元的無規律交替中艱難地成長，最短的一次只走完了石器時代的一半，但一三九號文明創造了紀錄，居然走到了蒸汽時代！」

「這麼說，在那個文明中有人找到了太陽運行的規律？」

墨子大笑著搖頭：「沒有沒有，僥倖而已。」

「但人們一直在努力吧？」

「當然，來，我讓你看看上次文明的努力。」墨子領著汪淼走到觀星台一角，大地在他們下面伸展開來，像一塊滄桑的舊皮革，墨子將一架小望遠鏡對準下面大地上的一個目標，然後讓汪淼看。汪淼將眼睛湊到目鏡上，看到一個奇異的東西，那是一具骷髏，在晨光中呈雪白色，看上去架構很精緻。最令人驚奇的是這骷髏站立著，那姿勢很是優雅高貴，一隻手抬到顎下，似乎在撫摸著那已不存在的鬍鬚，它的頭微仰，彷彿在向天地發問。

「那是孔子。」墨子指著那個方向說，「他認為，一切都要合乎禮，宇宙萬物都不例外。他於是創造了一套宇宙的禮法系統，企圖據此預測太陽的運行。」

「結果可想而知。」

「是的，他計算出太陽該循禮之時，就預測了一次長達五年的恆紀元，你別說，那一次還真持續了一個月之久。」

「然後，有一天太陽再也沒有出來？」

「不，那天太陽出來了，升到了正空，但突然熄滅了。」

「什麼？熄滅!?」

「是的，開始是慢慢暗下去、小下去，然後突然熄滅了！夜幕降臨，那個冷啊，孔子就那麼站著凍成了冰柱，一直站到現下。」

「什麼都沒有了嗎？我是說熄滅後的太陽？」

「在那個位置，出現了一顆飛星，像是太陽死後的靈魂。」

「喔？你肯定太陽是突然熄滅，飛星是突然出現的嗎？」

「是，突然熄滅，飛星就出現了。你可以去查日誌資料庫，這記載沒錯。」

「喔——」汪淼沉吟良久，本來，對於三體世界的奧祕，他心中已經有了一個模糊的理論，但墨子說的這件事將他所想的全推翻了，「怎麼會是……突然的呢？」他懊惱地說。

「現下是漢朝，西漢還是東漢我也不清楚。」

「你也是一直活到現下？」

「我有使命，要準確觀測太陽的運行。那些巫師、玄學家和道學家們都是些無用的東西，他們四體不勤、五穀不分，動手能力極差，只是沉浸於自己的玄想中。但我不同，我能做出實際的東西來！」他指指平台上的眾多儀器說。

「憑著這些就能達到你的目的嗎？」汪淼指了指儀器，特別是那個神祕的大銅球說。

「我也有理論，但不是玄學，是透過大量觀測總結出來的。首先，你知道宇宙是什麼嗎？是一部機器。」

「這等於沒說。」

「說得具體些，宇宙是一個懸浮於火海中的大空心球，球上有許多小洞和一個大洞，火海的光芒從這些洞中透進來，小洞是星星，大洞是太陽。」

「很有意思的一個模型。」汪淼看看大銅球說，現下他大概能猜出那是什麼了。「但其中有一個大漏洞：太陽升起和落下時，我們看到它與群星是相對運動的，而大球球殼上的所有洞孔的相對位置應該是固定的。」

「很對，所以我推出了經過修正的模型，宇宙之球是由兩層球殼構成的，我們看到的天空是內層殼，外層球殼上有一個大洞，內層球殼上有大量小洞，那個外殼上的大洞透進的光在兩層球殼之間的夾層反射和散射，使夾層間充滿了亮光，這亮光從小洞中透進來，我們就看到了星星。」

「那太陽呢？」

「太陽是外層殼上的大洞投射到內層殼上的巨大光斑，它的亮度如此之高，像照穿雞蛋殼一般照穿了內殼，我們就看到了太陽。光斑周遭的散射光較強，也照穿了內殼，這就是我們白天看到的晴空。」

「是什麼力量驅動著兩層球殼進行不規則轉動呢？」

「是宇宙之外火海的力量。」

「可不同時期的太陽大小和亮度是不一樣的。在你的雙殼模型中，太陽的大小和亮度應該是恆定的，如果外界火海不均勻，至少大小應該是恆定的。」

「你把這個模型想得太簡單了，隨著外界火海的變化，宇宙的外層殼的大小也會膨脹或收縮，這就導致了太陽大小和光度的變化。」

「那飛星呢？」

「飛星？你怎麼總是提飛星？它們是些不重要的東西，是宇宙球內亂飛的灰塵。」

「不，我認為飛星很重要。另外，你的模型如何解釋孔子時代太陽當空熄滅呢？」

「那是個罕見的例外，可能是宇宙外面的火海中的一個暗斑或黑雲正好飄過外層殼上的大洞。」

汪淼指指大銅球問：「這一定就是你的宇宙模型吧？」

「是的，我造出了宇宙機器。使球轉動的那一組複雜的齒輪，類比著外界火海對球的作用。這種作用的規律，也就是外界火海中火焰的分布和流動規律，是我經過幾百年的觀測總結出來的。」

「這球可以膨脹收縮嗎？」

「當然可以，現下它就在緩慢收縮。」

汪淼找了平台邊的欄杆作為固定參照物細看，發現墨子說的是事實。

「這球有內層殼嗎？」

「當然有，內外殼之間透過複雜的機構傳動。」

「真是精巧的機械！」汪淼由衷地讚嘆道，「可從外殼上沒有看到在內層殼投射光斑的大洞啊？」

「沒有洞，我在外殼的內壁上安裝了一個光源，作為大洞的類比。那光源是用從幾十萬隻螢火蟲中抽提出來的螢光材料製成的，發出的是冷光，因為內殼的半透明石膏球層導熱性不好，這樣可以避免一般的熱光源在球內聚集溫度，讓記錄員可以在裡面長期待下去。」

「球裡面還有人？」

「當然，記錄員站在一個底部有滑輪的架子上，位置保持在球體中心。將類比宇宙設定到現實宇宙的某一狀態後，它其後的運轉將準確地類比出未來的宇宙狀態，當然也能類比出太陽的運行狀態，那名記錄員將其記錄下來，就形成了一本準確的萬年曆，這是過去上百個文明夢寐以求的東西啊。你來得正好，類比宇宙剛剛顯示，一個長達四年的恆紀元將開始，漢武帝已根據我的預測發布了浸泡詔書，讓我們等著日出吧。」

墨子調出了遊戲界面，將時間的流逝速度稍微調快了些。一輪紅日升出地平線，大地上星羅棋布的湖泊開始解凍，這些湖泊原來封凍的冰面上落滿了沙塵，與大地融為一體，現下漸漸變成一個個晶瑩閃亮的鏡面，彷彿大地睜開了無數隻眼睛。在這高處，浸泡的具體細節看不清楚，只能看到湖邊的人漸漸多了起來，像春天湧出洞穴的蟻群。世界再一次復活了。

「您不下去投身於這美妙的生活嗎？剛剛復活的女性是最渴望愛情的。」墨子指著下面重現生機的大地對汪淼說，「你在這裡再待下去沒有意義了，遊戲已經終結，我是最後的勝者。」

「你的類比宇宙作為一台機器確實精妙絕倫，但對它做出的預測嘛……喔，我能否使用您那台望遠鏡觀測天象呢？」

「當然可以，你請。」墨子對著大望遠鏡做了個手勢。

汪淼走到望遠鏡前，立刻發現了問題：「要觀測太陽，怎麼辦呢？」

墨子從一隻木箱中拿出了一塊黑色圓片：「加上這片煙熏的濾鏡。」說著將它插到望遠鏡的目鏡前。

汪淼將望遠鏡對準已升到半空的太陽，不由讚嘆墨子的想像力：太陽看上去確實像一個通向無邊火海的孔洞，是一個更大存在的一小部分。但進一步細看時，他發現，這個太陽與自己現實經驗中的那個有些不同，它有一顆很小的核心，如果將太陽看成一隻眸子，這個日核就像瞳孔。日核雖小，但明亮而緻密，包裹它的外層則顯得有些缺少實在感，飄忽不定，很像是氣態的。而穿過那厚厚的外層能看到內部日核，也說明外層是處於透明或半透明狀態的，它發出的光芒，更多的可能是日核光芒的散射。

太陽圖像的真實和精緻令汪淼震驚，他再次確定，遊戲的作者在表面簡潔的圖像深處有意隱藏了海量的細節，等待著玩家去發掘。

汪淼直起身，細想著這個太陽的架構隱含的意義，立刻興奮起來。由於遊戲時間加速，太陽已移到了西天，汪淼調整望遠鏡再次對準它，一直跟蹤到它落下地平線。夜幕降臨，大地上點點篝火與夜空漸密的群星相映。汪淼將望遠鏡上的黑色濾鏡取下，繼續觀測星空，他最感興趣的是飛星，很快找到了兩個。他只來得及對其中的一個進行大概的觀察，天就又亮了，他於是裝上濾鏡接著觀測太陽……。汪淼就這樣連續進行了十多天的天文觀測，享受著發現的樂趣。其實，時間流逝速度的加快是有利於天文觀測的，因為這使得天體的運行和變化更加明顯。

恆紀元開始後的第十七天，日出時間已過了五個小時，大地仍籠罩在夜幕中。金字塔下面人山人海，無數火把在寒風中搖曳。

「太陽可能不會出來了，同一三七號文明的結局一樣。」汪淼對正在編纂這個世界上第一份萬年曆的墨子說。

墨子撫著鬍鬚，對汪淼露出自信的笑容：「放心，太陽就要升起，恆紀元將繼續，我已經掌握了宇宙機器的運轉原理，我的預測不會有錯。」

似乎是印證墨子的話，天邊真的出現了曙光，金字塔旁邊的人群中爆發出一陣歡呼聲。

那片銀白色的曙光以超乎尋常的速度擴展變亮，彷彿即將升起的太陽要彌補失去的時間。很快，曙光已瀰漫了半個天空，以致太陽還未升起，大地已同往日的白晝一樣明亮。汪淼向曙光出現的遠方看去，發現地平線發出刺眼的強光，並向上彎曲拱起，成一個橫貫視野的完美弧形，他很快看出那不是地平線，是日輪的邊緣，正在升起的是一顆碩大無比的太陽！眼睛適應了這強光後，地平線仍在原位顯現出來，汪淼看到一縷縷黑色的東西在天邊升起，在日輪明亮的背景上格外清晰，那是遠方燃燒產生的煙霧。金字塔下面，一匹快馬從日出方向飛馳而來，揚起的塵埃在大地上畫出一道清晰的灰線，人群為其讓開了一條路，汪淼聽到馬上的人在聲嘶力竭地大喊：

「脫水！脫水！」

跟著這匹馬跑來的，是一大群牛馬和其他動物，牠們的身上都帶著火焰，在大地上織成一張移動的火毯。

巨日已從地平線上升起了一半，占據了半個天空，大地似乎正順著一堵光輝燦爛的大牆緩緩下沉。汪淼可以清晰地看到太陽表面的細節，火焰的海洋上布滿湧浪和漩渦，黑子如幽靈般沿著無規則的路線漂浮，日冕像金色的長袖懶洋洋地舒展著。

大地上，已脫水和未脫水的人都燃燒起來，像無數扔進爐膛的柴火，其火焰的光芒比爐膛中燃燒的炭塊都亮，但很快就熄滅了。

巨日迅速上升，很快升到了正空，遮蓋了大部分天空。汪淼仰頭看去，感覺突然間發生了奇妙的變化：這之前他是在向上看，現下似乎是在向下看了。巨日的表面構成了火焰的大地，他感覺自己正向這燦爛的地獄墜落！

大地上的湖泊開始蒸發，一團團雪白的水蒸氣成蕈狀雲高高升起，接著瀰散開來，遮蓋了湖邊人類的骨灰。

「恆紀元將繼續，宇宙是一台機器，我造出了這台機器；恆紀元將繼續，宇宙是……」

汪淼扭頭一看，這聲音是從正在燃燒的墨子發出來的，他的身體包含在一根高高的橘黃色火柱之中，皮膚在發皺和炭化，但雙眼仍發出與吞噬他的火焰完全不同的光芒。他那已成為燃燒的炭桿的雙手捧著一團正在飛散的絹灰，那是第一份萬年曆。

汪淼自己也在燃燒，他舉起雙手，看到了兩根火炬。

巨日很快向西移去，讓出被它遮住的蒼穹，沉沒於地平線下，下沉的過程很快，大地似乎又沿著那堵光牆升起。耀眼的晚霞轉瞬即逝，夜幕像被一雙巨手拉扯的大黑布般遮蓋了已化為灰燼的世界。剛剛被燒灼過的大地在夜色下發著暗紅色的光，像一塊從爐中夾出來不久的炭塊。汪淼在夜空中看到群星出現了一小會兒，很快，水氣和煙霧遮住了天空，也遮住了處於紅熾狀態的大地，世界陷入一片黑暗的混沌之中。一行紅色的字出現：

第一四一號文明在烈焰中毀滅了，該文明進化至東漢層次。

文明的種子仍在，她將重新啟動，再次開始在三體世界中命運莫測地進化，歡迎您再次登入。

汪淼摘下裝具，精神上的震撼稍稍平息後，又一次有了那種感覺：「三體」是故意偽裝成虛假，但擁有巨大縱深的真實；而眼前的真實世界，倒像一幅看似繁複龐雜實則單薄表淺的《清明上河圖》。

第二天汪淼去奈米中心上班，除了因他昨天沒來導致的一些小小的混亂外，一切如常。

他發現工作是一種有效的麻醉劑，投身於其中，就暫時躲開了那噩夢般的困擾。一整天他有意使自己保持忙碌狀態，天黑後才離開實驗室。

一走出奈米中心的大樓，汪淼又被那噩夢的感覺追上了，他覺得布滿群星的夜空像一面覆蓋一切的放大鏡，他自己是鏡下的一隻赤裸的小蟲，無處躲藏。他必須再為自己找些事情做，想到應該再去看看楊冬的母親了，就驅車來到了葉文潔家。

楊母一個人在家，汪淼進去時她正坐在沙發上看書，他這才發現她的眼睛既老花又近視，看書和看遠處時都要換戴眼鏡。楊母見到汪淼很高興，說他的氣色看上去比上次好多了。

「都是因為您的人參。」汪淼笑笑說。

楊母搖搖頭，「那東西成色不好，那時，在基地周遭能採到很好的野山參，我採到過一枝有這麼長的……。不知現下那裡怎麼樣，聽說已經沒有人了。唉，老了，最近總是在想以前的事。」

「聽說在『文革』中，您吃過不少苦。」

「聽小沙說的吧？」楊母輕輕擺擺手，像拂去面前的一根蛛絲，「過去了，都過去了……。昨天小沙來電話，急匆匆的，說些什麼我也聽不明白，只聽出來你好像遇到什麼事。小汪啊，其實，你到了我這個年紀，就會發現當年以為天要塌下來的那些大事，其實沒有什麼的。」

「謝謝您。」汪淼說，他又感到了那種難得的溫暖。現下，眼前這位歷經滄桑變得平靜淡泊的老人，和那位無知而無畏大史，成了他搖搖欲墜的精神世界的兩根支柱。

楊母接著說：「說起『文革』，我還是很幸運的，在活不下去的時候，竟意外地到了一個能活下去的地方。」

「您是說紅岸基地嗎？」

楊母點點頭。

「那真是件不可思議的事情，我最初還以為純屬傳說呢。」

「不是傳說，要是想知道，我給你講講自己經歷過的那些事。」

楊母這一說令汪淼有些緊張。「葉老師，我只是好奇而已，要是不方便就算了。」

「喔，沒什麼的，就當我找人說說話吧，我這陣子也確實想找人說說話。」

「您可以到老年活動室什麼的去坐坐，多走動走動總是不寂寞。」

「那些退休的老傢伙們好多都是我在大學的同事，但總是同他們融不到一塊兒，大家都喜歡唸唸叨叨地回憶往事，但都希望別人聽自己的，而對別人說的都厭煩。紅岸那些事，也就你感興趣了。」

「現下說總還是有些不方便吧？」

「那倒是，畢竟還屬於機密。不過那本書出了以後，許多親歷過的人也都在說，都是公開的祕密了。寫那本書的人很不負責任，他的目的先放到一邊，書中的許多內容也與事實有很大出入，糾正一下也是應該的。」

於是，楊母向汪淼講述了那段還未塵封的往事。

十三、紅岸之二

剛進入紅岸基地時，葉文潔沒有被分發固定工作，只是在一名安全人員的監視下幹一些技術上的雜事。

早在上大二時，葉文潔同後來的研究生導師就很熟悉。他對葉文潔說，研究太空物理學，如果不懂實驗技術，沒有觀測能力，理論再好也沒有用，至少在國內是這樣。這與她父親的觀點倒是大相逕庭，但葉文潔是傾向於同意這種看法的，她總感覺父親太理論了。導師是國內電波天文學的開創者之一，在他的影響下，葉文潔也對無線電天文產生了濃濃的興趣，她因此自學了電子工程和電腦資訊專業*，這是該學科實驗和觀測的技術基礎。在讀研究生的兩年中，她同導師一起調試國內第一台小型無線電望遠鏡，又累積了不少這方面的經驗。沒有想到，她的這些知識竟在紅岸基地派到了用場。

葉文潔最初在發射部做設備維護和檢修，很快成了發射部不可缺少的技術骨幹，這讓她有些不解。她是基地裡唯一不穿軍裝的人，更由於她的身分，所有人都同她保持距離，這使得她只能全身心投入工作中以排遣孤寂。但這也不足以說明問題，這畢竟是國防重點工程，難道這裡的技術人員就那麼平庸，非要讓她這個非工科出身也沒有工作經驗的人輕易代替嗎？

她很快發現了一些原因。與表面看到的相反，基地配備的都是二砲部隊最優秀的技術軍官，這些卓越的電子和電腦資訊工程師，她再學一輩子可能也趕不上。但基地地處偏僻，條件很差，而且紅岸系統的主要研製工作已經結束，只是營運和維護，在技術上也沒有什麼做出成果的機會，大多數人都不安心工作，他們知道，在這種最高密級的計畫裡，一旦進入技術核心崗位，就很難調走。所以人們在工作中都故意將自己的能力降低很多，但還不能表現落後，於是領導指揮向東，他就賣力氣地向西，故意裝傻，指望領導產生這樣的想法：這人也盡力了，但就這麼點能力和水準，留他沒什麼用，反而礙手礙腳的。

許多人真的這樣成功地調離了。在這種情況下，葉文潔不知不覺中成了基地的技術中堅。但走到這個位置的另一個原因卻令她百思不得其解：紅岸基地至少在她接觸的部分，沒有什麼真正意義上的先進科技。

進入基地後，葉文潔主要在發射部工作，隨著時間的推移，對她的限制漸漸放鬆，那名時刻陪著她的監視人員也取消了，她可以接觸紅岸系統的大部分架構，也可以閱讀相應的技術資料。當然，禁止她接觸的東西還是有的，比如電腦控制部分，就絕對禁止她走近。但葉文潔後來發現，那一部分對紅岸系統的作用，遠沒有她以前想像的那麼大。比如發射部的電腦，是三台比 DJS130 還落後的設備，使用笨重的磁心記憶體和紙帶輸入，最長的無故障小時數不超過十五小時。她還看到過紅岸系統的瞄準部分，其精度很低，可能還不如一門火砲的瞄準裝具。

這天，雷政委又找葉文潔談話。現下，在她的眼中，楊衛寧和雷志成換了個位置。在這個年代，作為最高技術領導的楊衛寧在政治上的地位並不高，離開技術就沒有什麼威權了，對部下也只能小心翼翼的，連對哨兵說話都要客氣些，否則就是知識分子對「三結合」和思想改造的態度問題。於是，遇到工作上不順心的時候，葉文潔就成了他唯一的出氣筒。但隨著葉文潔在技術上變得愈來愈重要，雷政委漸漸改變了最初對她的粗暴和冷漠，變得和藹起來。

「小葉啊，到了現下，對發射系統這塊妳已經很熟悉了，這也是紅岸系統的攻擊部分，是它的主體，說說妳對這套系統的整體看法？」雷政委說，他們這時坐在雷達峰的那道懸崖前，這裡是基地最僻靜的所在。那筆直的絕壁似乎深不見底，最初令葉文潔膽戰心驚，但現下她很喜歡一個人到這裡來。

對雷政委的問話，葉文潔有些不知所措。她只負責設備的維護和維修，對紅岸系統的整體情況，包括它

*當時在大部分院校，這兩個專業是一體的。

的作用模式、攻擊目標等，一概不知，也不允許她知道，每次常規發射她都不能在場。她想了想，欲言又止。

「大膽說吧，沒關係。」雷政委扯下身邊的一根草在手裡擺弄著說。

「它……不過就是一台無線電發射機嘛。」

「不錯，它就是一台無線電發射機。」雷政委滿意地點點頭，「妳知道微波爐嗎？」

葉文潔搖搖頭。

「西方資產階級的奢侈玩意兒，用微波被吸收後產生的熱效應加熱食物。我以前在的那個研究所，為了精密測試某種元件的高溫老化，從國外進口了一台。我們下了班也用它熱饅頭、烤馬鈴薯，很有意思，裡面先熱，外頭還是涼的。」雷政委說著站了起來，來回踱步，他走得如此貼近懸崖邊緣，令葉文潔十分緊張。「紅岸系統就是一台微波爐，加熱的目標是敵人在太空中的太空飛行器。只要達到零點一至一瓦／平方公分的微波能量輻射，就可直接使衛星通信、雷達、導航等系統的微波電子設備失效或燒毀。」

葉文潔恍然大悟。紅岸系統雖然只是一台電波發射機，但並不等於它就是個尋常之物，最令她吃驚的是它的發射功率，竟然高達二十五兆瓦！這不僅遠大於所有的通訊發射功率，也大於所有的雷達發射功率。紅岸系統由一組龐大的電容提供發射能量，由於功率巨大，它的發射電路也與常規的有很大不同。葉文潔現下明白了這種超大發射功率的用途，但她立刻想到了一個問題：

「系統發射的電波，好像是經過調製的？」

「是的，但這種調製與常規無線電通訊完全不同，不是為了加載訊息，而是用變化的頻率和振幅突破敵人可能進行的屏蔽防護，當然，這些還都在試驗中。」

葉文潔點點頭，以前心中的許多其他疑問現下也都得到了解答，

「最近，從酒泉發射了兩顆靶標衛星，紅岸系統進行的攻擊試驗，完全成功，摧毀了目標，使衛星內部

達到了近千度的高溫，搭載的儀器和攝影設備全部被破壞。在未來的實戰中，紅岸系統可以有效打擊敵人的通信和偵察衛星，像美帝目前的主力偵察衛星ＫＨ８，和即將發射的ＫＨ９，蘇修那些軌道更低的偵察衛星就——更不在話下了。必要的時候，還有能力摧毀蘇修的『禮砲號』太空站和美帝計畫於明年發射的天空實驗室。」

「政委，你在對她說些什麼？」有人在葉文潔身後說。她轉身一看，是楊衛寧，他盯著雷政委，目光很嚴厲。

「我這是為了工作。」雷政委扔下一句話，轉身走了。楊衛寧無言地看了葉文潔一眼，也跟著走去，只丟下葉文潔一人。

「是他把我帶進基地的，可是到現下他還是不信任我。」葉文潔悲哀地想，同時在為雷政委擔心。在基地裡，雷志成的權力大於楊衛寧，各項重大事務政委有最終決定權。但剛才他匆匆離去的樣子，顯然是覺得在總工程師面前做錯了什麼事，這讓葉文潔確信他將紅岸的真實用途告訴自己，可能只是個人的決定。對於他這將產生什麼樣的後果？看著雷政委那魁梧的背影，葉文潔心中湧上了一股感激之情，對於她，信任無疑是一種不敢奢望的奢侈品。與楊衛寧相比，雷志成是葉文潔心目中真正的軍人，有著軍人的坦誠和直率，而楊衛寧只是一個她見過很多的這個時代典型的知識分子，膽小謹慎，只求自保平安。雖然葉文潔理解他，但與他本來就很遠的距離更拉遠了。

第二天，葉文潔被調離了發射部，安排到監聽部工作。她原以為這與昨天的事有關，是將她調離紅岸的核心部門，但到監聽部後，才發現這裡更像紅岸的核心。雖然兩個部門在設備系統上有重疊之處，比如共用同一個天線，但監聽部的技術水準比發射部要先進一個層次。

監聽部有套十分先進的電波靈敏接收系統，從巨型天線接收到的信號透過紅寶石行波微波激射器放大——為了抑制系統本身的干擾，竟將接收系統的核心部分浸泡於攝氏零下二百六十九度的液態氦中，液態氦由直升機定期運來以補充消耗。這使得系統具有極高的靈敏度，能夠接收到很微弱的訊號。葉文潔不禁想，如果用這套設備從事無線電天文研究，那將是多麼美妙的事情啊。

監聽部的電腦系統也遠比發射部龐大複雜，葉文潔第一次走進主機房時，看到一排陰極射線管顯示幕，她驚奇地發現，螢幕上竟滾動著一排排程式代碼，可以透過鍵盤隨意進行編輯和調試。而她在大學裡使用電腦時，代碼都寫在一張張打格的程式紙上，再透過打字機「劈劈啪啪」地打到紙帶上。她聽說過從鍵盤和螢幕輸入這回事，現下竟然真的看到了。但更令她吃驚的是這裡的軟體技術，她知道了一種叫 Fortran* 的東西，竟能用接近自然語言的代碼編寫程式，能將數學公式直接寫到代碼裡！它的編程效率比機器碼彙編不知高了多少倍。還有一種叫「資料庫」的東西，竟能那樣隨心所欲地操縱海量資料。

兩天後，雷政委又找葉文潔談話，這次是在監聽部的主機房裡，在那一排閃著綠光的電腦顯示器前。楊衛寧坐在距他們不遠處，既不想參加他們的談話，又不能放心離開，這令葉文潔感到很不自在。

雷政委說：「小葉，現下我向妳說明監聽部的工作內容，簡單地說，就是對敵人的太空活動進行監視，包括監聽敵人太空飛行器與地面和太空飛行器間的通訊，與我方太空飛行測控部門配合，鎖定敵方太空飛行器的軌道位置，為紅岸系統的作戰提供依據，可以說，是紅岸的眼睛。」

楊衛寧插進來說：「雷政委，我覺得你這樣不好，真的沒必要對她說這些。」

葉文潔看看不遠處的楊衛寧，不安地說：「政委，如果不適宜讓我了解，就……」

「不，不，小葉，」雷政委抬起一隻手制止葉文潔說下去，轉身對楊衛寧說：「楊總，還是那句話，為了工作，要進一步發揮小葉的作用，她該知道的還是得知道。」

楊衛寧站了起來，「我要向上級彙報！」

「這當然是你的權利。不過，楊總，請放心，對這事，我負一切責任。」雷政委平靜地說。

楊衛寧起身悻悻地離去。

「妳別在意，楊總就這樣，過分謹慎，有時工作放不開手腳。」雷政委笑著搖搖頭，然後直視著文潔，語氣鄭重起來，「小葉，最初帶妳來基地，目的很單純：紅岸監聽系統經常受到太陽斑耀和黑子活動產生的電磁輻射的干擾，我們意外地看到了妳的那篇論文，發現妳對太陽活動有比較深入的研究，在國內，妳提出的預測模型是最準確的，所以就想讓妳協助解決這個問題。但妳來了後，在技術上表現出了很強的工作能力，所以我們決定讓妳承擔更多、更重要的工作。我是這麼打算的：讓妳先到發射部，再到監聽部，對紅岸系統有一個整體的了解和熟悉，至於以後安排什麼工作，我們再研究。當然，妳也看到了，這有阻力，但我是信任妳的。小葉，這裡要說明，到目前為止，這種信任還只是我個人的，希望妳能努力工作，最後贏得組織上的信任。」雷政委把一隻手放到葉文潔的肩上，她感到了這隻有力的手傳遞的溫暖和力量。「小葉啊，告訴妳我的一個真切的希望吧：希望有一天，能稱呼妳葉文潔同志。」

雷政委說完站起來，邁著軍人的穩健步伐離去。葉文潔的雙眼盈滿了淚水，透過眼淚，螢幕上的代碼變成了一團團跳動的火焰。自父親死後，這是她第一次流淚。

葉文潔開始熟悉監聽部的工作，她很快發現，自己在這裡遠不如在發射部順利，她已有的電腦資訊知識早已落後，大部分軟體技術都得從頭學起。雖然有雷政委的信任，但對她的限制還是很嚴的，她可以看程式源代碼，但不許接觸資料庫。

在日常工作中，葉文潔更多是接受楊衛寧的領導，他對她更加粗暴了，動不動就發火。雷政委多次勸他也沒用，好像一見到葉文潔，他就充滿了一種無名的焦慮。

漸漸地，葉文潔在工作中發現許多不可理解的事，使她感覺到紅岸工程遠比她想像的複雜。

＊第一代計算機高級語言。

監聽系統接收到一系列值得注意的訊息，經過電腦譯解，發現是幾幅衛星照片，很模糊，送到總參測繪局判讀，發現均為我方境內重要目標，其中有青島軍港和幾個大三線重點軍工企業的照片。經過分析，確認這些照片來自美國的KH9偵察衛星。

第一顆KH9剛剛完成試驗發射，主要是以底片艙回收模式傳遞情報，但也在進行更加先進的無線電數位傳遞試驗，由於技術不成熟，傳送頻率較低，所以訊息洩漏較大，能被紅岸系統接收到。由於是試驗傳送，加密級別較低，能夠被破解，這無疑是最重要的監視對象，是了解美國太空偵察系統不可多得的機會。可是第三天，楊衛寧竟命令轉移監聽頻率和方向，丟開了這個目標，葉文潔總覺得這不可理解。

另一件事則令她震驚：雖然身在監聽部，但發射部有些事情還讓她去做。一次，她無意中看到了未來幾次發射計畫的頻率設定，發現在第三〇四、三一八和三二五次發射中，確定的發射頻率已低出了微波範圍，不可能在目標上產生任何熱效應。

這天，突然有人通知葉文潔到基地總部辦公室去，從那名軍官的語氣和神色中，葉文潔感到了不祥。

走進辦公室後，一個似曾相識的場景出現了：基地的主要領導都在場，還有兩名不認識的軍官，一看就是更高一級部門來的人，所有人冰冷的目光聚焦到她身上。但這麼多年的風風雨雨形成的敏感告訴她，今天倒楣的人可能不是她，她最多是一個陪葬品。

她看到雷志成政委坐在一角，神色黯然。他終於要為對我的信任付出代價了，這是葉文潔心中冒出的第一個念頭，她在一瞬間暗下決心，為了不牽連到雷政委，一定要將事情向自己身上攬，甚至不惜說謊。但她沒有想到第一個開口的竟然就是雷政委，他的話更是完全出乎自己的預料。

「葉文潔，首先聲明，我是不同意這麼做的，下面的決定是楊總工程師請示上級後做出的，他將對後果負完全責任。」說完他看了楊衛寧一眼，後者鄭重地點點頭，「為了更好地發揮妳在紅岸基地的作用，這些天來，經過楊總工程師反覆向上級請示，兵種政治部派來的同志也了解了妳的工作情況，」他指了指那兩名陌生的軍官，「經過上級同意，我們決定將紅岸工程的真實情況告訴妳。」

過了好半天，葉文潔才明白了雷政委這話的涵義：他一直在欺騙她！

「希望妳珍惜這次機會，努力工作，立功贖罪。今後，妳在基地只許老老實實，不許亂說亂動，任何反動行為都將受到最嚴厲的懲罰。」雷政委盯著葉文潔厲聲說道，與以前葉文潔眼中的他相比彷彿換了一個人。「聽明白了嗎？那好，請楊總工程師為妳介紹紅岸工程的情況吧。」

其他人紛紛離去，辦公室中只剩下楊衛寧和葉文潔兩人。

「如果妳不同意，現下還來得及。」楊衛寧說。

葉文潔知道這話的分量，也理解了楊衛寧這些天見到她時的那種焦躁。為了在基地發揮她的才華，必須讓她知道紅岸工程的真實情況，但這又意味著葉文潔走出雷達峰的最後一線希望也將不復存在，紅岸基地將是她一生最終的歸宿。

「我同意。」葉文潔輕輕地，但堅定地說。

於是，在這個初夏的黃昏，在巨型天線風中的轟鳴聲和遠方大興安嶺的松濤聲中，楊衛寧向葉文潔講述了真實的紅岸工程，這是一個比雷志成的謊言更加令人難以置信的時代神話。

十四、紅岸之三

紅岸工程部分檔案，這批檔案的解密時間是葉文潔向汪淼講述紅岸內幕三年之後。

一、世界基礎科學研究趨勢中一個被忽略的重要問題（原載《內部參考》一九六□年□月□日）

【提要】從近代史和現代史上看，科學基礎理論研究成果轉化為實用科技有兩種模式：漸進型和突變型。

漸進型：基礎理論成果被逐步轉化為應用科技，科技逐漸累積，最後產生突破。最近的例子有航太科技的發展和突破。

突變型：基礎理論成果被迅速轉化為實用科技，產生科技突變。最近的例子是核子武器的出現，直到四十年代，還有一部分最優秀的物理學家認為釋放原子能是永遠不可能的事，但核子武器在極短的時間內突然出現，基礎科學向應用科技的轉化跨度極大，時間極短，我們定義為科技突變。

目前，北約和華約集團基礎研究空前活躍，投入巨大，所以一項或多項科技突變隨時都可能發生，這將對我戰略規劃構成重大威脅。

文章認為，我們目前的目光主要集中在科技的漸進型發展上，而對可能發生的科技突變沒有給予足夠的重視。應當從戰略高度，制定一套完整策略和原則，當科技突變發生時能夠正確地應對。

文章列出最有可能發生科技突變的領域：

1. 物理學：【略】

2. 生物學：【略】

3.電腦科學：【略】

4.尋找外星文明：這是所有科技突變的可能性中變數最大的領域，極有可能產生突然性的巨大突破，該領域的科技突變一旦發生，其影響力將超過以上三個領域科技突變的總和。

【全文】略

【批示】將該文印發下去，在適當的範圍內組織討論。文章的觀點可能不合一些人的胃口，但不要扣帽子，關鍵要看作者的長遠思考。一些同志現下是一葉障目，有大環境的原因，也有很多人是自以為是。這樣不好，戰略視野的盲區是危險的。我看文章中提到的四個可能產生科技突變的領域中，最後一個是我們考慮最少的，值得注意，應該系統深入地研究一下。

【簽字】□□□　　一九六□年□月□日

二、外星文明探索科技突變可能性研究報告

1.目前國際研究動向【提要】

(1)美國和其他北約國家：外星文明探索的科學性和必要性已得到廣泛認可，學術氛圍濃厚；OZMAⅡ計畫：一九六〇年，美國西維吉尼亞綠堤國家無線電天文台，使用二十六公尺直徑的無線電望遠鏡探索外星文明，單通道接收，頻率一四二〇兆赫，搜索的目標鯨魚座τ星和波江座ε星，搜索時間約兩百小時；計畫於一九七二年實施OZMAⅡ計畫，擴大搜索目標和頻率和範圍；同年計畫發射「先驅者十號」探測器。各攜帶有一張帶有地球文明訊息的金屬卡；計畫於一九七七年發射了「旅行者一號」和「旅行者二號」探測器，將攜帶金屬唱片；一九六三年，位於波多黎各的阿雷西波望遠鏡建成，對外星文明探索意義重大，其收集能量的總面積約為二十英畝，大於世界上其他一切無線電望遠鏡收集能量的面積總和，與電腦系統配合，可同時監視六萬五千個頻道，同時具備超大功率的發射功能。

(2)蘇聯：情報訊息來源較少，但有跡象顯示在該領域投入巨大，與北約國家相比，研究更具系統性和長遠規劃。從一些零星訊息管道了解到，目前計畫建設全球尺度的基於甚長基線干涉技術的綜合孔徑無線電望遠鏡系統，該系統一旦建成，將具有目前世界上最強的深空探測能力。

2.運用唯物史觀對外星文明社會形態的初步分析【略】

3.外星文明對人類社會政治傾向的初步分析【略】

4.與外星文明可能的接觸對當前世界格局產生的影響的初步分析

(1)單向接觸（僅接收外星文明已發出的訊息）【略】

(2)雙向接觸（與外星文明發生交流和直接接觸）【略】

5.超級大國首先與外星文明接觸並壟斷接觸的危險和後果

(1)美帝及北約集團首先與外星文明接觸並壟斷接觸的後果分析【未解密】

(2)蘇修及華約集團首先與外星文明接觸並壟斷接觸的後果分析【未解密】

【批示】**簡報已閱。人家已經向地球外面喊話，外星社會只聽到一個聲音是危險的，我們也應該發出自己的聲音，這樣它們聽到的才是人類社會完整的聲音，偏聽則暗，兼聽則明嘛。這個事情要做，要快做。**

【簽字】□□□　　一九六□年□月□日

三、紅岸工程前期研究報告（一九六□年□月□日）

絕密，原件副本數：2；內容提要形成文件：中發□字□□□文，轉發國防科工委、中國科學院相關部門，轉發中計委國防司，並在□□□□□□□□□□□□□會議和□□□□□□□□□□□□□□□會議部分傳達。

課題序號：三七六〇；國防代號：紅岸

1.總綱【提要】

搜索可能存在的外星文明，並嘗試建立聯繫和交流。

2.紅岸工程理論研究【提要】

(1)搜索監聽

監聽頻率範圍：一〇〇〇兆赫至四〇〇〇〇兆赫，監聽頻道數：一五〇〇〇；重點監測：氫原子頻率一四二〇兆赫、羥基分子輻射頻率一六六七兆赫、水分子輻射頻率二二〇〇〇兆赫。

監聽目標範圍：一千光年半徑，恆星數約兩千萬顆。目標清單見附件1

(2)訊息發送

發送頻率：二八〇〇兆赫、一二〇〇〇兆赫、二二〇〇〇兆赫

發送功率：十兆至二十五兆瓦

發送目標：兩百光年半徑，恆星數約十萬顆。目標清單見附件2

(3)紅岸自解譯系統的研製

引導部分：以宇宙間通用的基本數學和物理原理，建立一個基本的語言元碼系，能夠被任何掌握了基本代數、基本歐氏幾何和基本低速物理學定律的文明所理解。

以上述元碼系為基礎，輔以低分辨圖形示例，逐步建立語言體系，語種：漢語、世界語。

系統整體訊息量為六八〇KB，在二八〇〇兆赫、一二〇〇〇兆赫、二二兆赫波段上的發送時間分別為一千一百八十三分鐘、二百二十四分鐘和一百三十二分鐘。

3.紅岸工程實施方案

(1)紅岸搜索監聽系統初步設計方案【未解密】

(2)紅岸訊息發送系統初步設計方案【未解密】

(3) 紅岸搜索監聽基地和訊息發送基地選址初步方案【略】

(4) 組建第二砲兵紅岸部隊的初步構想【未解密】

4. 紅岸訊息發送內容【提要】

地球行星概況（三點一KB）、地球生命系統概況（四點四KB）、人類社會概況（四點六KB）、世界歷史基本訊息（五點四KB），全部訊息量為十七點五KB。全部訊息在自譯解系統之後發射，在二八〇〇兆赫、一二〇〇〇兆赫、二二〇〇〇兆赫波段上的發送時間分別為三十一分鐘、七點五分鐘和三點五分鐘。

發送訊息應通過多學科嚴格審查，確保不會包含任何太陽系在銀河系中的座標訊息。在三個發射頻率中，儘量減少一二〇〇〇兆赫、二二〇〇〇兆赫的高頻段發射，以減小被定位的可能性。

四、對外星文明發送的信件

第一稿【全文】

收到以上訊息的世界請注意，你們收到的訊息，是地球上代表革命正義的國家發出的！在此之前，你們可能已經收到了來自同樣方向的訊息，那是地球上的一個帝國主義超級大國發出的，這個國家與地球上的另一個超級大國爭奪世界霸權，企圖把人類歷史拉向倒退。希望你們不要聽信他們的謊言，站在正義的一方，站在革命的一方！

【批示】已閱，狗屁不通！大字報在地上貼就行了，不要發到天上去，文革領導組今後不要介入紅岸。這樣重要的信件應鄭重起草，最好成立一個專門小組，並在政治局會議上討論通過。

【簽字】□□□　　一九六□年□月□日

第二稿【略】

第三稿【略】

第四稿【全文】

向收到該訊息的世界致以美好的祝願。

通過以下訊息，你們將對地球文明有了一個基本的了解。人類經過漫長的勞動和創造，建立了燦爛的文明，湧現出豐富多彩的文化，並初步了解了自然界和人類社會營運發展的規律，我們珍視這一切。

但我們的世界仍有很大缺陷，存在著仇恨、偏見和戰爭，由於生產力和生產關係的矛盾，財富的分布嚴重不均，相當部分的人類成員生活在貧困和苦難之中。

人類社會正在努力解決自己面臨的各種困難和問題，努力為地球文明創造一個美好的未來。發送該訊息的國家所從事的事業就是這種努力的一部分。我們致力於建立一個理想的社會，使每個人類成員的勞動和價值都得到充分的尊重，使所有人的物質和精神需要都得到充分的滿足，使地球文明成為一個更加完美的文明。

我們懷著美好的願望，期待著與宇宙中其他文明社會建立聯繫，期待著與你們一起，在廣闊的宇宙中創造更加美好的生活。

五、相關政策與戰略

接收到外星文明訊息後的政策與戰略研究【略】

與外星文明建立聯繫後的政策與戰略研究【略】

【批示】百忙之中下一步閒棋是很有必要的，這個工程讓我們想到很多以前沒空想的事，這些事只有站到一個新的高度上才能想得通，就這點而言，紅岸已經具有很大的意義了。如果宇宙中真的還有其他的人和社會，那也很好嘛，旁觀者清，千秋功罪，可真的有人評說了。

【簽字】□□□　一九六□年□月□日

十五、紅岸之四

「葉老師，我有一個問題：在當時，探索外星文明只是定位於一個有些邊緣化的基礎研究，為什麼紅岸工程具有如此高的守密級別呢？」聽完葉文潔的講述，汪淼問。

「其實這個問題在紅岸工程的最初階段就有人提出，並一直延續到紅岸的最後。現下，你應該有了答案，我們只能佩服紅岸工程最高決策者思維的超前了。」

「是的，很超前。」汪淼深深地點點頭說。

與外星文明的接觸一旦建立，人類社會將受到什麼樣的和何種程度的影響，這作為一個嚴肅的課題被系統深入地研究，還只是近兩年的事。但這項研究急遽升溫，得出的結論令人震驚。以前天真的理想主義願望破滅了，學人們發現，與大多數人美好的願望相反，人類不可能作為一個整體與外星文明接觸，這種接觸對人類文化產生的效應不是融合而是割裂，對人類不同文明間的衝突不是消解而是加劇。總之，接觸一旦發生，地球文明的內部差異將急遽拉大，後果可能是災難性的。最驚人的結論是：這種效應與接觸的程度和模式（單向或雙向），以及所接觸的外星文明的形態和進化程度，沒有任何關係！

這就是蘭德智庫社會學學人比爾．馬修在《十萬光年鐵幕：SETI社會學》一書中提出的「接觸符號」理論。他認為，與外星文明的接觸，只是一個符號或開關，不管其內容如何，將產生相同的效應。假如發生一個僅僅證明外星文明的存在而沒有任何實質內容的接觸——馬修稱其為元接觸——其效應也能通過人類群體的心理和文化透鏡被放大，對文明的進程產生巨大的實質性的影響。這種接觸一旦被某個國家或者政治力量所壟斷，其經濟和軍事意義超乎想像。

「那紅岸工程的結局呢？」汪淼問。

「你應該能想到的。」

汪淼又點點頭，他當然知道，如果紅岸成功了，世界就不是今天的世界了，但他還是說了一句安慰的話：「其實成功與否現下還不得而知，紅岸發出的電波，到現下在宇宙中也沒走多遠呀。」

葉文潔搖搖頭：「電波信號傳得愈遠愈微弱，太空中干擾太多，外星文明收到的可能性很小。研究發現：為了使宇宙中的外星文明接收到我們的電波信號，我們的發射功率應該與一顆中等恆星的輻射功率相當。蘇聯太空物理學家卡達謝夫曾建議，可以根據宇宙中不同文明用於通訊的能量，來對它們分級。他將想像中的文明分為Ⅰ、Ⅱ、Ⅲ三種類型：Ⅰ型文明能夠調集與地球整個輸出功率相當的能量用於通訊，當時他的估計，地球的功率輸出約為 10^{15} 至 10^{16} 瓦。Ⅱ型文明能夠把相當於一顆典型恆星的輸出功率，10^{26} 瓦用於通訊。Ⅲ型文明用於通訊的功率達 10^{36} 瓦，約等於整個星系的功率輸出。目前的地球文明只能大致定為零點七型——連Ⅰ型都未達到，而紅岸的發射功率又僅僅是地球能調集的輸出功率的千萬分之一，這一聲呼喚，就像萬里長空中的一隻蚊子在嗡嗡叫，不會有誰聽見的！」

「可如果那個蘇聯人所設想的Ⅱ和Ⅲ型文明真的存在，我們應該能夠聽到他們的聲音。」

「紅岸營運的二十多年，我們什麼都沒有聽到。」

「是，想到紅岸和SETI，會不會這一切努力最後證明了一件事：宇宙中真的只在地球上有智慧生命？」

葉文潔輕輕嘆息一聲：「從理論上講，這可能是一件永遠沒有結論的事，但從感覺上，我，還有每一個經歷過紅岸的人，都認同這點了。」

「紅岸項目被撤銷真的很可惜，既然建了，就應該運作下去，這是一項真正偉大的事業啊！」

「紅岸是逐漸衰落的。上個世紀八十年代初，還進行過一次大規模改造，主要是升級了發射和監聽部分的電腦系統，發射系統實現了自動化，監聽系統引進了兩台ＩＢＭ中型電腦，資料處理能力提升了很多，能同時監聽四萬個頻道。但後來，隨著眼界的開闊，人們也清楚了外星文明探索的難度，上級對紅岸工程漸漸失去了興趣。最先看到的變化是基地的密級降低了，當時普遍認為紅岸如此高的守密級別是小題大作，基地警衛兵力由一個連減少到一個班，再到後來，只剩下一個五人保衛組了。也是在那次改造以後，紅岸的編制雖然仍在二砲，科研管理卻移交到中科院天文所，於是承擔了一些與外星文明搜索沒有關係的研究項目。」

「您的很多成果就是在那時做出的。」

「紅岸系統最初是承擔了一些無線電天文觀測項目，那時它是國內最大的無線電望遠鏡。後來，隨著其他無線電天文觀測基地的建立，紅岸的研究主要集中在對太陽電磁活動的觀測和分析上，為此還加裝了一台太陽望遠鏡，我們建立的太陽電磁活動數學模型當時在那個領域是領先的，也有了許多實際應用。有了後來的這些研究和成果，紅岸的巨額投資總算是有了一點點回報。其實這一切有相當部分要歸功於雷政委，當然他是有個人目的的。那時他發現，在技術部隊搞政工前景不太好，他入伍前也是學太空物理學的，於是就想回到科研上來。紅岸基地後來引進的外星文明探索之外的計畫，都是他努力的結果。」

「回到專業上哪兒有那麼容易？那時您還沒有平反，我看他更多是將您的成果署上自己的名吧？」

葉文潔寬容地笑笑：「沒有老雷，紅岸基地早就完了。紅岸被劃到了軍轉民範圍內後，軍方就把它完全放棄了，中科院維持不起基地的營運費用，一切就都結束了。」

葉文潔沒有多談她在紅岸基地的生活，汪淼也沒有問。進入基地後的第四個年頭，她與楊衛寧組成了家庭，一切都是自然而然發生的，很平淡。後來，在基地的一次事故中，楊衛寧和雷志成雙雙遇難，楊冬作為遺腹子生了下來。她們母女一直到上世紀八十年代中，紅岸基地最後撤銷時才離開雷達峰。葉文潔後來在母校教授天體物理，直到退休。這一切汪淼都是在密雲無線電天文基地聽沙瑞山說的。

「外星文明探索是一個很特殊的學科，它對研究者的人生觀影響很大。」葉文潔用一種悠長的聲調說，像是在給孩子講故事，「夜深人靜的時候，從耳機中聽著來自宇宙沒有生命的噪聲，這噪聲隱隱約約的，好像比那些星星還永恆；有時又覺得那聲音像大興安嶺的冬天裡沒完沒了的寒風，讓我感到很冷啊，那種孤獨真是沒法形容。

「有時下夜勤，仰望夜空，覺得群星就像發光的沙漠，我自己就是一個被丟棄在沙漠上的可憐孩子……。我有那種感覺：地球生命真的是宇宙中偶然裡的偶然，宇宙是個空蕩蕩的大宮殿，人類是這宮殿中唯一的一隻小螞蟻。這想法讓我的後半輩子有一種很矛盾的心態：有時覺得生命真珍貴，一切都重如泰山；有時又覺得人是那麼渺小，什麼都不值一提。反正日子就在這種奇怪的感覺中一天天過去，不知不覺人就老了……」

對於這個為孤獨而偉大的事業貢獻了一生的可敬的老人，汪淼想安慰幾句，但葉文潔最後一席話使他陷入了同樣悲涼的心境，他什麼也說不出來，只是說：「葉老師，哪天我陪您再去紅岸基地遺址看看。」

葉文潔緩緩搖搖頭：「小汪，我和你不一樣啊，歲數大了，身體也不好，什麼都難預料，以後也就是過一天算一天吧。」

看著葉文潔滿頭的銀髮，汪淼知道，她又想起了女兒。

十六、三體、哥白尼、宇宙橄欖球、三日凌空

從葉文潔家裡出來以後，汪淼心緒難平，這兩天的遭遇和紅岸的故事，這兩件不相干的事糾結在一起，使世界在一夜之間變得異常陌生。

回到家後，為了擺脫這種心緒，他打開電腦，穿上V裝具，第三次進入「三體」。他的心態調整得很成功，當登入界面出現時，汪淼像換了一個人似的，心中立刻充滿了莫名的興奮。與前兩次不同，汪淼這次是帶著一個使命進來的，他要揭示與三體世界的祕密，他重新註冊了一個與此相稱的ＩＤ：哥白尼。

登入「三體」後，汪淼又站在那片遼闊的平原上，面對三體世界詭異的黎明。巨大的金字塔在東方出現，但汪淼立刻發現它不是紂王和墨子的那座金字塔，它有著哥德式的塔頂，直插凌晨的天空，使他想起了昨天早晨在王府井看到的羅馬式教堂，但那座教堂要是放到金字塔旁邊，不過是它的一個小門亭而已。他還看到遠方許多顯然是乾倉的建築，但形狀也都變成了哥德式建築，尖頂細長，彷彿是大地長出的許多根刺。

汪淼看到了金字塔上一個透出幽幽火光的洞門，就走了進去。洞內的牆壁上，一排已被熏得黝黑的奧林帕斯諸神的雕像舉著火炬。走進大殿，他發現這裡甚至比門洞中還昏暗，只有一張長長的大理石桌上的兩支銀燭台上的蠟燭在昏昏欲睡地亮著，桌旁坐著幾個人，昏暗的光線使汪淼僅能看清他們面龐的輪廓，他們的雙眼都隱藏在深眼窩的陰影中看不到，但汪淼能感覺到聚集到他身上的目光。這些人似乎穿著中世紀的長袍，仔細看，還有一兩個人的長袍更簡潔一些，是古希臘式的。長桌的一頭坐著一個瘦高的男子，他頭上戴著的金冠是大殿中除蠟燭外唯一閃亮的東西，汪淼在蠟燭的光亮中很費力地看出，他身上的長袍與其他人不同，是紅色的。

到此汪淼確定了自己的判斷：這個遊戲是為每個玩家單開一個進程，現下的歐洲中世紀副本，是軟體根

據他的ＩＤ而選定的。

「你來晚了，會議已經開始很久了。」戴金冠穿紅袍的人說，「我是葛雷哥利教皇。」

汪淼努力回憶著自己並不熟悉的歐洲中世紀史，想從這個名字推斷出這個文明進化的程度，但想到三體世界中歷史的混亂，又覺得這種努力沒有多大意義。

「你改了ＩＤ，可我們都認識你，在以前的兩次文明中，你好像到東方遊歷過。喔，我是亞里斯多德。」穿古希臘長袍的人說，他有一頭白色的鬈髮。

「是的。」汪淼點點頭，「我在那裡目睹了兩次文明的毀滅，一次毀於嚴寒，一次毀於烈日。我還看到了東方的學人們為掌握太陽運行規律而進行的偉大努力。」

「嗤！」一個留著上翹山羊鬍，比教皇更瘦的人在陰影中發出聲音，「東方學人，企圖從冥想、頓悟甚至夢遊中參透太陽運行的祕密，可笑至極！」

「這是伽利略。」亞里斯多德介紹說，「他主張應該從實驗和觀測中認識世界，一個工匠式的思想家，但他已取得的成果我們還是不得不正視。」

「墨子也進行了實驗和觀測。」汪淼說。

伽利略又嗤了一聲：「墨子的思想仍是東方的，他不過是披著科學外衣的玄學家，從來就沒有認真對待過自己的觀測結果，就憑著主觀臆測建立宇宙的全類比模型，可笑！可惜了那些精良的設備。我們不一樣，我們在大量觀測和實驗的基礎上，進行嚴密的推論，建立起宇宙的模型，再返回實驗和觀測去檢驗它。」

「這是正確的。」汪淼點點頭，「這正是我的思想方法。」

「你是不是也帶了份萬年曆？」教皇帶著譏諷說。

「我沒有萬年曆，只帶來了以觀測數據為基礎而建立的宇宙模型，不過要說明，即使這個模型是正確的，也不一定能憑藉它掌握太陽運行的精確規律，編撰萬年曆。但這畢竟是必須走的第一步。」

幾聲孤單的掌聲在陰冷的大殿中迴盪，這掌聲是伽利略的。「很好，哥白尼，很好，你這種現實的、符合實驗科學思想的想法是大多數學人不具備的，就憑這一點，你的理論也值得聽一聽。」

教皇對汪淼點點頭：「說說看吧。」

汪淼走到長桌的另一端，讓自己鎮定了一下，說：「其實很簡單：太陽的運行之所以沒有規律，是因為我們的世界中有三顆太陽，它們在相互引力的作用下，進行著無法預測的三體運動。當我們的行星圍繞著其中的一顆太陽做穩定運行時，就是恆紀元；當另外一顆或兩顆太陽運行到一定距離內，其引力會將行星從它圍繞的太陽邊奪走，使其在三顆太陽的引力範圍內游移不定時，就是亂紀元；一段不確定的時間後，我們的行星再次被某一顆太陽捕獲，暫時建立穩定的軌道，恆紀元就又開始了。這是一場宇宙橄欖球賽，運動員是三顆太陽，我們的世界就是球！」

昏暗的大殿中響起了幾聲乾笑。「燒死他。」教皇無表情地說，站在門前的兩個身穿鏽跡斑斑的全身鎧甲的士兵立刻像兩個笨拙的機器人一般朝汪淼走來。

「燒吧。」伽利略嘆息著擺擺手，「本來對你抱有希望，原來只不過又是一個玄學家或巫師。」

「這種人現下已經成了公害。」亞里斯多德同意地點點頭。

「總得讓我把話說完吧！」汪淼推開抓他的那兩個士兵的鐵手套。

「你見過三顆太陽嗎？或者是有別人見過？」伽利略偏著頭問道。

「每個人都見過。」

「那麼，除了這個在亂紀元和恆紀元裡出現的太陽外，另外兩個在哪裡？」

「首先要說明，我們在不同時間看到的可能並不是同一顆太陽，而是三顆中的一個。另外兩顆太陽就是飛星，當它們運行到遠距離時，看起來像星星。」

「你缺乏起碼的科學訓練。」伽利略不以為然地搖搖頭，「太陽是連續運行到遠距離的，不可能跳躍過去，所以按你的假設，應該還有第三種情況：太陽比正常狀態小，但比飛星大，它應該在運行中逐漸變成飛星大小，但我們從來沒有看到過這樣的太陽。」

「你既然受過科學訓練，就應該在觀測中對太陽的架構有一些了解。」

「這是我最引以為自豪的發現：太陽是由深厚但稀薄的氣態外層和緻密灼熱的內核構成的。」

「很對，但你顯然沒有發現太陽的氣態外層與我們行星大氣層間奇特的光學作用。這是一種類似於偏振的現象，使得在太陽超出一定的距離時，從我們的大氣層裡觀察，太陽的氣態外層突然變得透明不可見，只能看到它的發光內核，這時，太陽在我們的視野中就突然縮到內核大小，變成了飛星。正是這個現象，迷惑了歷史上各個文明的研究者，使他們沒有意識到三顆太陽的存在。現下你們明白了，為什麼三顆飛星的出現預示著漫長的嚴寒，因為這時三顆太陽都在遠方。」

出現了短暫的沉默，大家都在思考。亞里斯多德首先發言：「你缺乏起碼的邏輯訓練。不錯，我們是有可能看到三顆飛星，並且它們的出現總是伴隨著毀滅性的嚴寒。但按照你的理論，我們還應該有可能看到三顆正常大小的太陽，這是從來沒有發生過的事，在所有文明留下來的記載中，從來沒有發生過！」

「等等！」一個戴著形狀奇怪的帽子、留著長鬚的人第一次站起來說話，「歷史好像有記載，有一個文明見到過兩顆太陽，那次文明立刻毀滅於雙日的烈焰中，但這記載很模糊。喔，我是達文西。」

「我們說的是三顆太陽，不是兩顆！」伽利略喊道，「按他的理論，三顆太陽一定會出現的，就像三顆飛星一樣！」

「三顆太陽出現過。」汪淼鎮定地說，「也有人看到過，但看到它們的人不可能將訊息流傳下來，因為當他們看到這偉大的景象時，最多只能再活幾秒鐘，不可能逃脫並倖存下來。『三日凌空』是三體世界最恐怖的災難，那時，行星地表會在瞬間變成冶煉爐，高溫能夠熔化岩石。在『三日凌空』中毀滅的世界，要經過漫長的時間才能重現生命和文明，這也是沒有歷史記載的原因。」

沉默，所有的人都看著教皇。

「燒死他。」教皇溫和地說，他臉上的笑汪淼有些熟悉，那是紂王的笑。

大殿裡立刻活躍起來，大家好像遇到了什麼喜事。伽利略等人興高采烈地從陰暗的一角搬出一具十字火刑架，他們將架上一具焦黑的屍體取下來扔到一邊，將火刑架豎起來，另一些人則興奮地堆木柴。只有達文西對這一切無動於衷，坐在桌邊思考著，不時用筆在桌面上計算著什麼。

「布魯諾。」亞里斯多德指指那具焦屍說，「曾在這裡和你一樣胡扯一通。」

「用文火。」教皇無力地說。

兩個士兵用耐火的石綿繩將汪淼綁到火刑柱上，汪淼用還能動的一隻手指著教皇說：「你肯定是個程式，至於你們其他人，不是程式就是白痴，我還會登入回來的！」

「你回不來了，在三體世界中你將永遠消失。」伽利略怪笑著說。

「那你肯定也是個程式了，一個正常人不可能連這點兒網路常識都沒有，這裡最多記下我的MAC號，換台電腦換個ID上就行了，到時候我會宣布自己是誰的。」

「系統已透過V裝具記下你的視網膜特徵。」達文西抬頭看了汪淼一眼說，然後埋頭繼續自己的演算。

汪淼突然感到了一陣莫名的恐懼，喊道：「你們不要這樣！放我下去！我說的是真理！」

「如果你說的是真理，就不會被燒死了，遊戲對走對路的人是一路放行的。」亞里斯多德獰笑著，掏出一個銀色的Zippo打火機，耍了一個複雜的把戲，「鏘！」的一聲打著了火。

就在他伸手在柴堆上點火時，一道紅色的強光從門洞射入，接著湧入一股挾帶著煙塵的熱浪，一匹馬穿透強光跑進大殿，馬的軀體在熊熊燃燒，已成了一團火球，奔跑時火焰呼呼作響。馬上騎著一個人，是一位穿著重鎧的中世紀騎士，他的盔甲已被燒得通紅，奔跑時拖著一股白煙。

「世界剛剛毀滅！世界剛剛毀滅！脫水！脫水！」騎士狂呼著，燃燒的坐騎撲通一聲栽倒在地，成了一大堆篝火。騎士被甩出好遠，一直滾到火刑架下，紅熾的盔甲一動不動，只有濃濃的白煙不斷地冒出。從盔甲中流出的人油燃燒著，在地上擴散開來，彷彿盔甲長出了一對火的翅膀。

大殿裡的人都奔向洞門，蜂擁而出，很快消失在從門外射入的紅光中。汪淼奮力掙脫繩索，繞過燃燒的騎士和馬，穿過空蕩蕩的大殿，跑過熱浪滾滾的門廊，來到外面。

大地已經像一塊爐中的鐵板一樣被燒得通紅，發出暗紅色光的地面上流淌著一條條明亮的岩漿小溪，織成一張伸向天邊的、亮麗的火網。紅熾的大地上有無數根細長的火柱高高騰起，這是乾倉在燃燒，倉中的脫水人使火柱染上了一種奇異的藍綠色。汪淼看到不遠處有十幾根同樣顏色的小火柱，這是剛從金字塔中跑出來的十幾個人：教皇、伽利略、亞里斯多德、達文西……。包裹他們的藍綠色火柱是透明的，可以看到他們的面容和軀體在火中緩緩地變形，他們把目光聚焦在剛出來的汪淼身上，都保持著同一個姿勢，向著天空舉起熊熊燃燒的雙臂，用歌唱般的聲音齊聲誦道：

「三日凌空——」

汪淼抬頭望去，看到三輪巨大的太陽在天空中圍繞著一個看不見的原點緩緩地轉動著，像一輪巨大的風扇將死亡之風吹向大地。幾乎占據全部天空的三日正在向西移去，很快有一半沉到了地平線之下。「風扇」仍在旋轉，一片燦爛的葉片不時畫出地平線，給這個已經毀滅的世界帶來一次次短暫的日出和日落，日落後灼熱的大地發出暗紅的光芒，轉瞬而來的日出又用平射的強光淹沒了一切。三日完全落下之後，大地上升騰的水蒸氣形成的厚雲仍散射著它的光芒，天空在燃燒，呈現出一種令人瘋狂的地獄之美。當這毀滅的晚霞最後消失，雲層中只有被大地的地獄之火抹上的一層血紅時，幾行大字出現了：

一八三號文明在「三日凌空」中毀滅了，該文明進化至中世紀層次。

漫長的時間後，生命和文明將重新啟動，再次開始在三體世界中命運莫測地進化。

但在這次文明中，哥白尼成功地揭示了宇宙的基本架構，三體文明將產生第一次飛躍，遊戲進入第二級。

歡迎您登入第二級「三體」。

十七、三體問題

汪淼剛剛退出遊戲，電話響了，是大史打來的，說有緊急的事情，讓他馬上到重案組辦公室去一趟。汪淼看看錶，已是凌晨三點了。

汪淼來到大史凌亂的辦公室時，見那裡已被他抽菸抽得雲蒸霧繞，使得在辦公室中的另一位年輕女警不停地用紀錄本在鼻子前搧動。大史介紹說她叫徐冰冰，電腦資訊專家，是訊息安全部門的。辦公室中的第三個人令汪淼很吃驚，居然是申玉菲的丈夫魏成，頭髮亂蓬蓬的，他抬頭看看汪淼，好像已經忘記了他們見過面。

「不好意思打擾，不過我看你也沒睡吧。這裡有些事兒，還沒有彙報作戰中心，大概需要你參謀參謀。」大史對汪淼說，然後轉向魏成：「你說吧。」

「我說過，我的生命受到威脅。」魏成說，臉上卻是一副木然的表情。

「從頭說起吧。」

「好，從頭說，不要嫌我麻煩，我最近還真想找人說說話……」魏成說著轉頭看看徐冰冰，「不做筆錄什麼的嗎？」

「現下不用，以前沒人和你說話？」大史不失時機地問。

「也不是，我懶得說，我是個懶散的人。」

以下是魏成的敘述：

我是個懶散的人，從小就是，住校時碗從來不洗，被子從來不疊，對什麼都提不起興趣，懶得學習，甚至懶得玩，每天迷迷糊糊地混日子。但我知道自己有一些超過常人的才能，比如你畫一根線，我在線上畫一道，位置肯定在零點六一八的黃金分割處。同學們說我適合當木匠，但我覺得這是更進階的才能，是對數和形的一種直覺。其實我的數學同其他課程一樣，成績一團糟，我懶得推導，考試時就將自己矇出來的答案直接寫上去，也能矇對百分之八九十，但這樣拿不到高分。

高二時，一位數學老師注意到了我，那時候，中學教師中可是臥虎藏龍，「文革」中很多有才華的人都流落到中學去教書了，他就是這樣一個人。有一天下課後他把我留下，在黑板上寫了十幾個數列，讓我直接寫出它們的求和公式。我很快寫出其中的一部分，基本上都對，其餘我一眼就看出是發散的。老師拿出了一本書，是《福爾摩斯探案集》，他翻到一篇，好像是《紅字的研究》吧，有一段大意是這樣：華生看到樓下有個衣著普通的人在送信，就指給福爾摩斯看，福爾摩斯說：「你是指那個退伍海軍軍官嗎？」華生很奇怪福爾摩斯是如何推斷出他的身分的，福爾摩斯自己也不清楚，想了半天才理出推理的過程，看那人的手、舉止啦等等。他說這不奇怪，別人也很難說出自己是如何推斷出「二加二等於四」的。

老師闔上書對我說：「你就是這樣，你的推導太快了，而且是本能的，所以自己意識不到。」他接著問我：「看到一串數字，你有什麼感覺？我是問感覺。」我說任何數字組合對於我都是一種立體形體，我當然說不清什麼數字是什麼形狀，但它確實表現為一種形體。「那看到幾何圖形呢？」老師追問。我說：「與上面相反，在我腦袋深處沒有圖形，一切都化為數字了，就像你湊近了看報紙上的照片，都是小點兒（當然現下的報紙照片不是那樣兒了）。」

老師說：「你真的很有數學天分，但是，但是……」他說了好多個「但是」，來回走著，好像我是個很棘手的東西，不知道如何處理似的。「但是你這號人不會珍惜自己天分的。」他說。想了好半天，他好像放棄了，說：「那你就去參加下月區裡的數學競賽吧，我也不輔導你了，對你這號人，白費勁，只是你答卷時一定要把推導過程寫上去。」於是我就去競賽了，從區裡一直賽上去，賽到布達佩斯的奧林匹克數學競賽，全是冠軍。回來後就被一所一流大學的數學系免試錄取了……

我說這些你們不煩吧？啊，好，其實要說清後面的事兒，這些還是必須說的。那個高中老師說得對，我不會珍惜自己，本科碩士、博士都吊兒郎當，但居然都過來了。一到社會上，才發現自己是個地地道道的廢物，除了數學啥也不會，在複雜的人際關係中處於半睡眠狀態，愈混愈差；後來到大學裡教書吧，也混不下去，教學上認真不起來，我在黑板上寫一句「容易證明」，學生底下就得搗鼓半天，後來搞末位淘汰，課也沒得教了。到此為止，我對這一切都厭倦了，就拿著簡單的行李去了南方一座深山中的寺廟。

喔，我不是去出家，我懶得出家，只是想找個真正清靜的地方住一陣兒。那裡的長老是我父親的一個老友，學問很深，卻在晚年遁入空門，照父親說吧，到他這層次，也就這一條路了。那位長老收留我住下，我對他說，想找個清靜省心的模式混完這輩子算了。長老說：「這裡並不清靜，是旅遊區，進香的人也很多；大隱隱於市，要清靜省心，自己就得空。」我說：「我夠空了，名利於我連浮雲都算不上，你廟裡那些僧人都比我有更多的凡心。」長老搖搖頭：「空不是無，空是一種存在，你得用空這種存在填滿自己。」這話對我很有啟發，後來想想，這根本不是佛家理念，倒像現代的某種物理學理論。長老也說了，他不會同我談佛，理由與那位中學老師一樣：對我這號人沒用。

第一天晚上，在寺院的小屋裡我睡不著，沒想到這世外桃源是如此地不舒服，被褥都在山霧中變潮了，床硬邦邦的。於是，為了催眠，我便試圖按長老說的那樣，用「空」來填充自己。我在意識中創造的第一個「空」是無際的太空，其中什麼都沒有，連光都沒有，空空的。很快，我覺得這空無一物的宇宙根本不能使自己感到寧靜，身處其中反而會感到一種莫名的焦躁不安，有一種落水者想隨便抓住些什麼東西的欲望。

於是我給自己在這無限的空間中創造了一個球體，不大的、有質量的球體。但感覺並沒有好起來，那球體懸浮在「空」的正中（對於無限的空間，任何一處都是正中），那個宇宙中沒有任何東西作用於它，它也沒有任何東西可以作用。它懸在那裡，永遠不會做絲毫的運動，永遠不會有絲毫的變化，真是對死亡最到位的詮釋。

我創造了第二個球，與原來的球大小質量相等，它們的表面都是全反射的鏡面，互相映著對方的像，映著除它自己之外宇宙中唯一的一個存在。但情況並沒有好多少：如果球沒有初始運動，也就是我的第一推展，它們很快會被各自的引力拉到一塊，然後兩個球互相靠著懸在那裡一動不動，還是一個死亡的符號。如果有初始運動且不相撞，它們就會在各自引力作用下相互圍繞著對方旋轉，不管你怎樣初始化，那旋轉最後都會固定下來，永遠不變，死亡的舞蹈。

我又引入了第三個球體，情況發生了令我震驚的變化。前面說過，任何圖形在我的意識深處都是數字化的，前面的無球、一球和二球宇宙表現為一條或寥寥幾條描述它的方程式，像幾片晚秋的落葉。但這第三個球體是點上了「空」之睛的龍，三球宇宙一下子變得複雜起來，三個被賦予了初始運動的球體在太空中進行著複雜的、似乎永不重複的運動，描述方程式如豪雨般湧現，無休無止。我就這樣進入夢鄉，三球在夢中一直舞蹈著，無規律的、永不重複的舞蹈。但在我的意識深處，這舞蹈是有節奏的，只是重複的周期無限長而已，這讓我著迷，我要描述出這個周期的一部分或全部。

第二天我一直在想著那三個在「空」中舞蹈的球，思想從沒有像這樣全功率轉動過，以至於有僧人問長老我精神是不是出了什麼毛病，長老一笑說：「沒事，他找到了空。」是的，我找到了空，現下我能隱於市了，就是置身熙攘的人群中，我的內心也是無比清靜。我第一次享受到了數學的樂趣，三體問題*的物理原理很單純，其實是一個數學問題。這時，我就像一個半生尋花問柳的放蕩者突然感受到了愛情。

「你不知道龐加萊嗎†？」汪淼打斷魏成問。

當時不知道，學數學的不知道龐加萊是不對，但我不敬仰大師，自己也不想成大師，所以不知道。但就算當時知道龐加萊，我也會繼續對三體問題的研究。全世界都認為這人證明了三體問題不可解，可我覺得可能是個誤解，他只是證明了初始條件的敏感性，證明了三體系統是一個不可積分的系統，但敏感性不等於徹底的不確定，只是這種確定性包含著數量更加巨大的不同形態。現下要做的是找到一種新的算法。當時我立刻想到了一樣東西：你聽說過「蒙特卡洛法」嗎？喔，那是一種計算不規則圖形面積的電腦程式算法，具體做法是在軟體中用大量的小球隨機擊打那塊不規則圖形，被擊中的地方不再重複打擊，這樣，達到一定的數量後，圖形的所有部分就會都被擊中一次，這時統計圖形區域內小球的數量，就得到了圖形的面積，當然，球愈小結果愈精確。

這種方法雖然簡單，卻展示了數學中的一種用隨機的蠻力對抗精確邏輯的思想方法，一種用數量得到質量的計算思想。這就是我解決三體問題的策略。我研究三體運動的任何一個時間斷面，在這個斷面上，各個球的運動向量有無限的組合，我將每一種組合看作一種類似於生物的東西，關鍵是要確定一個規則：哪種組合的運動趨勢是「健康的」和「有利的」，哪種是「不利的」和「有害的」，讓前者獲得生存的優勢，後者則產生生存困難，在計算中就這樣優勝劣汰，最後生存下來的就是對三體下一斷面運動狀態的正確預測。

＊三個質量相同或相近的物體在相互引力的作用下如何運動的問題。是古典物理學的經典問題，對天體運動研究有重要意義，自十六世紀以來一直受到關注。瑞士數學家歐拉、法國數學家拉格朗日，以及近年來一些借助於電腦研究的學者，都找出了三體問題的某些特解。

†十九世紀法國數學家，曾證明了三體問題在數學上不可解，並從三體問題出發，在微分方程式問題上創造了新的數學方法。

「進化算法。」汪淼說。

「請你來還是對了。」大史對汪淼點點頭。

是的，我是到後來才聽說這個名詞。這種算法的特點就是海量計算，計算量超級巨大，對於三體問題，現有的電腦是不行的。而當時我在寺廟裡連個計算機都沒有，只有從帳房討來的一本空帳本和一支鉛筆。我開始在紙上建立數學模型，這工作量很大，很快用完了十幾個空帳本，搞得管帳的和尚怨氣衝天。但在長老的要求下，他們還是給我找來了更多的紙和筆。我將寫好的計算稿放到枕頭下面，廢掉的就扔到院裡的香爐中。

這天傍晚，一位年輕女性突然闖進我屋裡，這是我這裡第一次有女人進來，她手中拿著幾張邊緣燒焦了的紙，那是我廢棄的算稿。

「他們說這是你的，你在研究三體問題？」她急切地問，大眼鏡後面的那雙眼睛像著了火似的。

這人令我很震驚，我採用的是非常規數學方法，且推導的跳躍性很大，她竟然能從幾張廢算稿中看出研究的對象，其數學能力非同一般。同時也可以肯定，她與我一樣，很投入地關注著三體問題。我對來這裡的遊客和香客都沒什麼好印象，那些遊客根本不知道是來看什麼的，只是東跑西竄地照相；而那些香客，看上去普遍比遊客窮得多，都處於一種麻木的智力抑制狀態。這個姑娘卻不同，很有學人氣質，後來知道她是同一群日本遊客一起來的。

不等我回答，她又說：「你的想法太高明了，我們一直在尋找這類方法，把三體問題的難度轉化為巨大的計算量。但這需要很大的電腦才行。」

「把全世界所有的大電腦都用上也不行。」我實話告訴她。

「但你總得有一個過得去的研究環境才行，這裡什麼都沒有。我可以讓你有機會使用巨型電腦，還可以送給你一台小型機，明天一早，我們一起下山。」

我不懂任何宗教，也不感興趣，但確實想像不出比這更離奇的祈禱了，不由得脫口而出：「妳在說什麼?!」

她就是申玉菲了，同現下一樣，簡潔而專制，但比現下要有吸引力。我生性冷淡，對女性，我比周遭這些和尚更不感興趣，但她很特殊，她那最沒女人味的女人味吸引了我，反正我也是個閒人，就立刻答應了她。

夜裡，我睡不著，披衣走進寺院，遠遠地，在昏暗的廟堂裡看到了申玉菲的身影，她正在佛像前燒香，一舉一動都是很虔誠的樣子。我輕輕走過去，走到廟堂門檻外時，聽到了她輕聲唸出的一句祈求：

「佛祖保佑我主脫離苦海。」

我以為聽錯了，但她又誦吟了一遍：

「佛祖保佑我主脫離苦海。」

申玉菲絲毫沒有理會我的存在，仍然微閉雙眼雙手合十，好像在看著她的祈求隨著香煙裊裊升到佛祖那裡。過了好一陣兒，她才睜開眼睛轉向我。

「去睡吧，明天早些走。」她說，看也不看我。

「妳剛才說的『我主』，是在佛教裡嗎？」我問。

「不在。」

「那……」

申玉菲一言不發，快步離去，我沒來得及再問什麼。我一遍遍默唸著那句祈禱，愈唸愈感覺怪異，後來有了一種說不出的恐怖感，於是快步走到長老的住處，敲開了他的門。

「如果有人祈求佛祖保佑另一個主，這是怎麼回事呢？」我問，然後詳細地說了事情的經過。

長老默默地看著自己手中的書，但顯然沒有讀，而是在想我說的事，然後他說：「你先出去一會兒，讓我想想。」我轉身走出門去，知道這很不尋常。長老學識深厚，一般的關於宗教、歷史和文化的問題，他都能不假思索地立即回答。我在門外等了有一根菸的時間，長老叫我回去。

「我感覺只有一種可能。」他神色嚴峻地說。

「什麼？會是什麼呢？難道可能有這種宗教，它的主需要其教徒祈求其他宗教的主來拯救？」

「她的那個主，是真實存在的。」

這話讓我有些迷惑：「那麼……佛祖不存在嗎？」話一出口我立刻發覺失禮，趕緊道歉。

長老緩緩地擺擺手說：「我說過，我們之間談不了佛學，佛祖的存在是你不能夠理解的存在；而她說的主，是以你能夠理解的模式存在著的……。關於這事，我沒能力告訴你更多了，只是勸你，別跟她走。」

「為什麼？」

「我也只是感覺，覺得她背後可能有一些你我都無法想像的事情。」

我走出長老的門，穿過寺院朝自己的住處走去，這夜是盈月，我抬頭看看月亮，感覺那是盯著我看的一隻銀色的怪眼，月光帶著一股陰森的寒氣。

第二天，我還是跟申玉菲走了——總不能在寺廟裡一直住下去吧——

但沒有想到，接下來的幾年，我過上了夢想中的生活。申玉菲實現了她的諾言，我擁有了一台小型機和舒適的環境，還多次出國去使用巨型電腦，不是分時使用，而是占據全部的CPU時間。她很有錢，我不知道她哪來這麼多錢。後來我們結婚了，沒多少愛情和激情，只是為了雙方生活的方便而已，我們都有各自的事情要做。對我來說，以後的幾年可以用一天來形容，日子在平靜中就過去了。在那幢別墅裡，我衣來伸手，飯來張口，只需專注於三體問題的研究就行了。申玉菲從不干涉我的生活，車庫裡有我的一輛車，我可以開著它去任何地方，我甚至敢肯定，自己帶一個女人回家她都不在乎，她只關注我的研究，我們每天唯一交流的內容就是三體問題，她每天都要了解研究的進展。

「你知道申玉菲還幹些別的什麼嗎？」大史問。

「不就是那個『科學邊界』嗎，她成天就忙那個，每天家裡都來很多人。」

「她沒有拉你加入學會嗎？」

「從來沒有，她甚至沒對我談過這些，我也不關心，我就是這麼個人，不願意關心更多的事。她也深知這點，說我是個沒有任何使命感的懶散之人，那裡不適合我，反而會干擾我的研究。」

「那麼三體研究有進展嗎？」汪淼問。

以目前世界上這個研究領域的一般狀況來看，進展可以說是突破性的。前些年，加州大學的理查·蒙特哥馬利和巴黎第七大學的桑塔·克魯茲、阿連·尚斯那，還有法國計量研究機構的研究人員，用一種叫做「逼近法」的算法，找到了三體運動的一種可能的穩定形態：在適當的初始條件下，三體的運行軌跡將形成一個首尾銜接的「8」字形。後來人們都熱中於尋找這種特殊的穩定狀態，找到一個就樂得跟什麼似的，到目前為止也就是找到了三四種。其實，我用進化算法已經找到了一百多種穩定狀態，把那些軌跡畫出來，足夠辦一個後現代派畫展了。但這不是我的目標，三體問題的真正解決，是建立這樣一種數學模型，使得三體在任何一個時間斷面的初始運動向量已知時，能夠精確預測三體系統以後的所有運動狀態。這也是申玉菲渴望的目標。

但平靜的生活到昨天就結束了，我遇到了麻煩事。

「這就是你要報的案了吧？」大史問。

「是的，昨天有個男人來電話，說如果我不立刻停止三體問題的研究，就殺了我。」

「那人是誰？」

「不知道。」

「電話號碼？」

「不知道，我那個電話沒有來電顯示。」

「其他有關情況呢？」

「不知道。」

大史笑著扔了菸頭，「前面扯了那麼一大通，最後要報的就這一句話和幾個不知道？」

「我不扯那一大通，這一句話你聽得懂嗎你？再說要是就這點事兒我也不會來，我這人懶嘛。今天夜裡，喔，當時是半夜了，我也不知道是昨天還是今天，我睡著，迷迷糊糊感到臉上有涼涼的東西在動，睜開眼看到了申玉菲，真嚇死我了。」

「半夜在床上看到你老婆有什麼可怕的？」

「她用那種眼光看我，從來沒有過的那種眼光，外面花園的燈光照到她臉上，看上去像鬼似的。她手裡拿著一個東西，是槍！她把槍口在我臉上蹭，說我必須把三體問題的研究進行下去，不然也殺了我。」

「嗯，有點兒意思了。」大史又點上一支菸，滿意地點點頭。

「什麼叫有意思？你們看，我沒地方可去了，才來找你們。」

「你把她對你說的話照原樣說說。」

「她是這麼說的：如果三體問題研究成功，你將成為救世主；如果現下停止，你就是個罪人。如果有個人拯救了人類或毀滅了人類，那你可能的功績和罪惡，都將正好是他的一倍。」

大史吐出濃濃的煙霧，盯著魏成看了好一陣兒，直看得他有些不安，然後從凌亂的桌上拖過一個本子，拿起筆。「你不是要做筆錄嗎？重複一遍剛才那話。」

魏成重複了一遍後，汪淼說：「這話確實奇怪，怎麼正好是一倍呢？」

魏成眨眨眼對大史說：「看來這事挺嚴重？我來時那個值班的一見我，就讓我來找你，看來我早在這兒掛上號了。」

大史點點頭，「再問一個事兒：你覺得你老婆那支槍是真的嗎？」看到魏成不知如何回答，他又說：「有槍油味嗎？」

「有，肯定有油味！」

「那好。」坐在桌子上的大史跳下來說，「總算找到一個機會，非法持有槍枝嫌疑，是個勉強說得過去的搜查理由，手續明天再補吧，我們得馬上行動。」他轉向汪淼說：「這還得辛苦你跟著去再參謀參謀。」然後他對一直沒說話的徐冰冰說：「小徐，現下專案組裡值班的只有兩個人，不夠，知道妳們訊息處的都是金枝玉葉，但今天妳這個專家得出這趟外勤了。」徐冰冰很快點點頭，她巴不得快些離開這個煙霧騰騰的地方。

執行這次搜查任務的除了大史和小徐，還有兩名值班的刑警，加上汪淼和魏成，一行六人分乘兩輛警車，穿過黎明前最黑暗的夜色，駛向那個城市邊緣的別墅區。

徐冰冰和汪淼坐在後排，車剛開，她就低聲對汪淼說：「汪老師，你在『三體』中威望值很高。」

現實世界中又有人提到「三體」，汪淼一陣激動，感覺自己和這個穿警服的女孩的距離一下子拉近了。

「妳也玩？」

「我負責監視和追蹤它，苦差事一個。」

汪淼急切地說：「妳能不能告訴我一些關於它的情況，我真的很想知道。」

藉著車窗外透進的微弱燈光，汪淼看到徐冰冰神祕地一笑。

「我們也想知道呢，可它的伺服器在境外，系統和防火牆都很嚴實，不好進啊。現下知道的情況不多：它肯定是非營利的，遊戲軟體的水準很高，甚至可以說高得不正常，還有其中的訊息量，您也知道，更不正常了，這哪兒像一個遊戲啊！」

「這裡面，有沒有什麼……」汪淼仔細地斟酌著詞句，「貌似超自然的跡象。」

「這我們倒覺得沒有，參加這個遊戲編程的人很多，遍布世界各地，開發模式很像前幾年紅過一陣兒的Linux，但這次，肯定使用了某種很超前的開發工具。至於那些訊息，鬼才知道它們是從哪兒來的，那可真有些……您說的超自然了，不過我們還是相信史隊那句名言，這一切肯定都是人為的。我們的追蹤還是有成效的，很快會有結果。」

姑娘到底還是不老練，最後這句話使汪淼明白她瞞著自己許多。「他那話成名言了？」汪淼看看前面開車的大史說。

到達別墅時天還沒亮，別墅的上層有一個房間亮著燈，其他窗口都黑著。

汪淼剛走下車，立刻聽到了樓上發出的聲音，連著幾聲，像是什麼東西在拍牆。剛下車的大史聽到這聲音後立刻警覺起來，一腳踹開虛掩著的院門，以與他那壯碩的身軀不相稱的敏捷飛速衝進別墅，他的三名同事隨後跟進。汪淼和魏成跟著進了別墅，從客廳上了二樓，走進了那間開著門、亮著燈的房間，鞋底「啪！啪！」地踏在了正在向外流淌的血泊中——那天夜裡也是這個時候，汪淼就是在這個房間看到申玉菲在玩「三體」——現下，她平躺在房間正中，胸前的兩個彈孔還在湧血，第三顆子彈從左眉心穿入，使她的整個臉都糊在血中，在距她不遠處，一支手槍泡在血裡。

汪淼進來時，正趕上大史和他的一位男同事衝出來，進了對面一間開著門、黑著燈的房間，那房間的窗大開著，汪淼聽到外面有汽車發動的聲音。一名男警察開始打電話，徐冰冰遠遠地站在一邊緊張地看著，她大概和汪淼他們一樣，也是第一次見到這場面。大史很快回來了，一邊把槍插回胸前的套中，一邊對那個打電話的同事說：

「黑色桑塔納，只有一個人，車號看不清，讓他們重點封鎖五環入口，奶奶的，可能要讓他溜了。」大史環顧四周，看到了牆上的幾個彈洞，又掃了一眼地上散落的彈殼，說：「對方開了五槍，打中三槍；她開了兩槍，都沒中。」然後蹲下來與男同事一起檢查屍體。小徐仍遠遠站著，偷偷看了站在她旁邊的魏成一眼，大史也抬頭看了他一眼。

魏成臉上有一絲震驚，一絲悲哀，但也僅僅是一絲而已，他那固有的木然仍沒有被打破，比起汪淼來，他鎮靜多了。

「你好像無所謂啊，那人可能是來殺你的。」大史對魏成說。

魏成居然笑了一下，淒慘的笑。「我能怎麼樣？到現下，對她我其實是一無所知，我不止一次勸她把生活過得簡單些，可……唉，想想當年那夜長老勸我的話吧。」

大史站起來，走到魏成面前，掏出菸來點上一支：「你總還有些情況沒告訴我們吧？」

「有些事，我懶得說。」

「那你現下可得勤快些了！」

魏成想了想說：「今天，喔，是昨天下午，她在客廳裡和一個男人吵架，就是那個潘寒，著名的環保主義者。他們以前也吵過幾次架，用的是日語，好像怕我聽到，但昨天他們什麼都罔顧了，說的是中國話，我聽到了幾句。」

「你儘量按原話說。」

「好吧。潘寒說：『我們這些表面上走到一起的人，實際上是處於兩個極端的敵人！』申玉菲說：『是的，你們藉著主的力量反對人類。』潘寒說：『妳這麼理解也不是完全沒有道理，我們需要主降臨世界，懲罰那些早就該受到懲罰的罪惡，而妳在阻止這種降臨，所以我們勢不兩立，你們要是不停止，我們會讓你們停止的！』申玉菲說：『讓你們這些魔鬼進入組織，統帥真瞎了眼！』潘寒說：『說到統帥，統帥是哪一派的？降臨派還是拯救派，妳說得清？』潘寒這話讓申玉菲沉默了好一陣兒，然後兩人說話就沒那麼大聲激烈了，我也再沒聽到。」

「電話裡威脅你的那個人，他的聲音像誰？」

「你是說像潘寒嗎？不知道，當時聲音很小，我聽不出來。」

又有幾輛警車鳴著警笛停在了外面，一群戴著白手套拿著相機的警察走上樓來，別墅裡忙碌起來。大史讓汪淼先回去休息，汪淼走到那間有小型機的房間裡找到了魏成。

「那個三體問題進化算法的模型，您能不能給我一份概要之類的東西？我想在……一個場合介紹一下，這要求很唐突，如果不行就算了。」

魏成拿出一個三寸光碟遞給汪淼。「都在這裡面了，全部的模型和附加文檔。你要是想對我好，就用自己的名字把它發表了，那真幫了我大忙。」

「不，不，這怎麼可能！」

魏成指著汪淼手中的光碟說：「汪教授，其實以前你來的時候我就注意到了你，你是個好人，有責任心的好人，所以，我還是勸你離這東西遠些。世界就要發生突變了，每個人能儘量平安地打發完餘生，就是大幸了，別的不要想太多，反正沒用。」

「你好像還知道更多的事？」

「每天和她在一起，不可能什麼都不知道。」

「那為什麼不告訴警方呢？」

魏成不屑地一笑：「嗤，警方算個狗屁，上帝來了都沒用，現下全人類已經到了『叫天天不答，叫地地不應』的地步了。」

魏成站在靠東的窗邊，在城市的高樓群後面的天空晨光初現，不知為什麼，這讓汪淼想到了每次進入「三體」時看到的詭異黎明。

「其實我也不是那麼超脫，這幾天都是整夜睡不著，早上起來從這裡看到日出時，總覺得是日落。」他轉向汪淼，沉默良久後說：「其實這一切都在於，上帝，或她說的主，自身難保了。」

十八、三體、牛頓、馮紐曼、秦始皇、三日連珠

「三體」第二級的場景開始時沒有大的變化，仍舊是詭異寒冷的黎明，仍是那座大金字塔，但這次，金字塔的形狀又恢復到東方樣式。

汪淼聽到一陣清脆的金屬撞擊聲，這聲音反而更襯托了這寒冷黎明的寂靜。他循聲望去，看到金字塔根基處有兩個黑影在閃動，灰暗的晨光中有金屬的寒光在黑影間閃耀，那是兩個人在鬥劍。等目光適應了這昏暗後，汪淼大致看清了那兩個格鬥者的模樣，從金字塔的形狀看這應該是在東方國度，但那卻是兩個歐洲人，穿戴大致是歐洲十六七世紀的樣子。格鬥中個子矮的那人低頭閃過一劍，銀白色的假髮掉在地上。幾個回合之後，又有一個人繞過金字塔的拐角奔了過來，試圖勸止這場格鬥，但雙方那呼嘯的劍使他不敢上前，他大喊道：

「停下來！你們這兩個無聊的人！你們就沒有一點責任心嗎？如果世界文明沒有未來，你們那點兒榮譽算個屁！」

兩名劍客誰都不理他，專心於他們的格鬥。個子高的那位突然痛叫一聲，劍「噹啷！」一聲掉到地上，捂著胳膊跑了。另一位追了幾步，衝著失利者的背影啐了一口。

「呸，無恥之徒！」他彎腰拾起了自己的假髮，抬頭看到了汪淼，就用劍指著逃跑者的方向說：「他居然說微積分是他發明的！」說著他戴上假髮，一隻手捂著胸口對汪淼行了個歐式的鞠躬禮，「艾薩克·牛頓。」

「那麼跑了的那一位是萊布尼茲了？」汪淼問。

「是他，無恥之徒！呸！其實我根本不屑於同他爭奪這項名節，力學三定律的發現，就已經使我成為僅

次於上帝的人，從星球運行到細胞分裂，無不遵從於這三個偉大的定律。現下有了微積分這個強有力的數學工具，以三定律為基礎，掌握三個太陽運行的規律指日可待。」

「沒有那麼簡單。」勸架的人說，「你考慮過計算量嗎？我看過你列出的那一系列微分方程式，好像不可能求出解析解，只能求數值解，計算量之大，就算是全世界的數學家不停地工作，直到世界末日也算不完。當然，如果不能儘快掌握太陽運行的規律，世界末日也不是太遠了。」他說著也向汪淼鞠躬，姿勢更現代些。「馮紐曼*。」

「你帶我們千里迢迢來東方，不就是為了解決這些方程式的計算問題嗎？」牛頓說，然後轉向汪淼，「同來的還有維納†和剛才那個敗類，在馬達加斯加遭遇海盜時，維納為掩護我們隻身阻擊海盜，英勇犧牲。」

「計算機需要到東方來製造嗎？」汪淼不解地問馮紐曼。

馮紐曼和牛頓面面相覷，「計算機？計算機器?!有這種東西？」

「您不知道計算機？那，您打算用什麼來進行那些海量計算呢？」

馮紐曼瞪大眼睛看著汪淼，似乎很不理解他的問題：「用什麼？當然是用人了！這世界上除了人之外，難道真的還有什麼東西會計算嗎？」

「可您說過，全世界的數學家都不夠用。」

「我們不會用數學家的，我們用普通人，普通勞動力，但需要的數量巨大，最少要三千萬人！這是數學

* 現代計算機技術的奠基者。

† 控制論創始人。

的人海戰術。」

「普通人？三千萬?!」汪淼驚奇萬分，「我要是沒理解錯，這是一個百分之九十的人都是文盲的時代，您要找三千萬個懂微積分的？」

「有一個川軍的笑話你聽說過嗎？」馮紐曼掏出一支粗雪茄，咬開頭點了起來，「士兵們練隊列，因為文化水平極低，連軍官喊一二一都聽不懂，於是軍官想了一個辦法，讓每個士兵左腳穿草鞋，右腳穿布鞋，走隊列時喊：『草孩布孩、草孩布孩……（四川話）。』我們需要這樣水準的士兵就行，但要三千萬。」

聽到這個近現代的笑話，汪淼知道面前這位不是程式而是人，而且幾乎可以肯定是中國人。

「這樣龐大的軍隊，難以想像。」汪淼搖搖頭說。

「所以我們來找秦始皇。」牛頓指指金字塔說。

「現下這裡還是他在統治嗎？」汪淼四下打量了一下問，看到守衛金字塔入口的士兵確實穿著秦代簡潔的軟甲兵服，拿著長戟。對「三體」中歷史的錯亂，汪淼已經見多不怪了。

「整個世界都要由他統治了，他擁有一支三千多萬人的大軍，準備去征服歐洲。好了，讓我們去見他吧。」馮紐曼一手指指金字塔入口說，然後又指著牛頓說：「把劍扔了！」

牛頓「噹啷！」一聲扔下劍，三人走進入口，走到門廊盡頭，就要進入大殿時，一名衛士堅持讓他們都脫光衣服，牛頓抗議說：「我們是著名學人，沒有暗器！」雙方僵持之時，大殿內傳來一聲低沉的男音：「是發現三定律的西洋人嗎？讓他們進來。」走進大殿，三人看到秦嬴政正在殿中踱著步，長衣的後襬和那柄著名的長劍都拖在地上。他轉身看著三位學人，汪淼立刻發現，那是紂王和葛雷哥利教皇的眼睛。

「你們的來意我知道了，你們是西洋人，幹麼不去找凱撒？他的帝國疆域廣大，應該能湊齊三千萬大軍吧。」

「可是尊敬的皇帝，您知道那是一支什麼樣的軍隊嗎？您知道那個帝國現下是什麼樣子嗎？在宏偉的羅馬城內，穿過城市的河流都被嚴重汙染，你知道是什麼所致嗎？」

「軍工企業？」

「不不，偉大的皇帝，是羅馬人暴飲暴食後的嘔吐物！那些貴族赴宴時餐桌下放著擔架，吃得走不動時就讓僕人抬回去。整個帝國陷入荒淫無度的泥潭中不可自拔，就是組成了三千萬大軍，也不可能具備進行這種偉大計算的素質和體力。」

「這朕知道，」秦始皇說，「但凱撒正在清醒過來，在重整軍備，西洋人的智慧也是件可怕的東西，你們並不比東方人聰明，但想對了路子，比如他能看出太陽有三個，你能想出那三條定律，都是很了不起的，東方人暫時做不到。而我現下還沒有能力遠征西洋，我的船不行，從陸上走，漫長的供應線無法維持。」

「所以，偉大的皇帝，您的帝國還要發展！」馮紐曼不失時機地說，「如果掌握了太陽運行的規律，你就能充分利用每一個恆紀元，同時避免亂紀元帶來的損失，這樣發展速度比西洋要快得多。請你相信我們，我們是學人，只要能用三定律和微積分準確預測太陽的運行，不在乎誰征服統治世界。」

「朕當然需要預測太陽的運行，但你們讓我集結三千萬大軍，至少要先向朕演示一下這種計算如何進行吧。」

「陛下，請給我三個士兵，我將為您演示。」馮紐曼興奮起來。

「三個？只要三個嗎？朕可以輕易給你三千個。」秦始皇用不信任的目光看著馮紐曼。

「偉大的陛下，您剛才提到東方人在科學思維上的缺陷，就是因為你們沒有意識到，複雜的宇宙萬物其實是由最簡單的單元構成的。我只要三個，陛下。」

秦始皇揮手召來了三名士兵，他們都很年輕，與秦國的其他士兵一樣，一舉一動像聽從命令的機器。

「我不知道你們的名字。」馮紐曼拍拍前兩個士兵的肩，「你們兩個負責信號輸入，就叫『入1』、『入2』吧，」他又指指最後一名士兵：「你，負責信號輸出，就叫『出』吧。」他伸手撥動三名士兵，

「這樣，站成一個三角形，出是頂端，入1和入2是底邊。」

「哼，你讓他們成楔形攻擊隊形不就行了？」秦始皇輕蔑地看著馮紐曼。

牛頓不知從什麼地方掏出六面小旗，三白三黑，馮紐曼接過來分給三名士兵，每人一白一黑，說：「白色代表0，黑色代表1。好，現下聽我說，出，你轉身看著入1和入2，如果他們都舉黑旗，你就舉黑旗，其他的情況你都舉白旗，這種情況有三種：入1白，入2黑；入1黑，入2白；入1、入2都是白。」

「我覺得你應該換種顏色，白旗代表投降。」秦始皇說。

興奮中的馮紐曼沒有理睬皇帝，對三名士兵大聲命令：「現在開始運行！入1、入2，你們每人隨意舉旗，好，舉！好，再舉！舉！」

入1和入2同時舉了三次旗，第一次是黑黑，第二次是白黑，第三次是黑白。出都進行了正確回應，分別舉起了一次黑和兩次白。

「很好，運作正確，陛下，您的士兵很聰明！」

「這事兒傻瓜都會，你能告訴朕，他們在幹什麼嗎？」秦始皇一臉困惑地問。

「這三個人組成了一個計算系統的零件，是門零件的一種，叫『及閘』。」馮紐曼說完停了一會兒，好讓皇帝理解。

秦始皇面無表情地說：「朕是夠鬱悶的，好，繼續。」

馮紐曼轉向排成三角陣的三名士兵：「我們構建下一個零件。你，出，只要看到入1和入2中有一個人舉黑旗，你就舉黑旗，這種情況有三種組合——黑黑、白黑、黑白，剩下的一種情況——白白，你就舉白旗。明白了嗎？好孩子，你真聰明，門零件的正確運作你是關鍵，好好幹，皇帝會獎賞你的！下面開始運作：舉！好，再舉！再舉！好極了，運作正常，陛下，這個門零件叫或閘。」

然後，馮紐曼又用三名士兵構建了反及閘、反或閘、互斥或閘、反互斥或閘和三態閘，最後只用兩名士兵構建了最簡單的非門，出總是舉與入顏色相反的旗。

馮紐曼對皇帝鞠躬說：「現在，陛下，所有的門零件都已演示完畢，這很簡單不是嗎？任何三名士兵經過一小時的訓練就可以掌握。」

「他們不需要學更多的東西了嗎？」秦始皇問。

「不需要，我們組建一千萬個這樣的門零件，再將這些零件組合成一個系統，這個系統就能進行我們所需要的運算，解出那些預測太陽運行的微分方程式。這個系統，我們把它叫做……嗯，叫做……」

「計算機。」汪淼說。

「啊——好！」馮紐曼對汪淼豎起一根指頭，「計算機，這個名字好，整個系統實際上就是一部龐大的機器，是有史以來最複雜的機器！」

遊戲時間加快，三個月過去了。

秦始皇、牛頓、馮紐曼和汪淼站在金字塔頂部的平台上，這個平台與汪淼和墨子相遇時的很相似，架設著大量的天文觀測儀器，其中有一部分是歐洲近代的設備。在他們下方，三千萬秦國軍隊宏偉的方陣鋪展在大地上，這是一個邊長六公里的正方形。在初升的太陽下，方陣凝固了似的紋絲不動，彷彿一張由三千萬個兵馬俑構成的巨毯，但飛翔的鳥群誤入這巨毯上空時，立刻感到了下方濃重的殺氣，鳥群頓時大亂，驚慌混亂地散開或繞行。汪淼在心裡算了算，如果全人類站成這樣一個方陣，面積也不過是上海浦東大小，比起它表現的力量，這方陣更顯示了文明的脆弱。

「陛下，您的軍隊真是舉世無雙，這麼短的時間，就完成了如此複雜的訓練。」馮紐曼對秦始皇讚嘆道。

「雖然整體上複雜，但每個士兵要做的很簡單，比起以前為粉碎馬其頓方陣進行的訓練來，這算不了什麼。」秦始皇按著長劍劍柄說。

「上帝也保佑，連著兩個這樣長的恆紀元。」牛頓說。

「即使是亂紀元，朕的軍隊也照樣訓練，以後，他們也會在亂紀元完成你們的計算。」秦始皇驕傲地掃視著方陣說。

「那麼，請陛下發出您偉大的號令吧！」馮紐曼用激動得發顫的聲音說。

秦始皇點點頭，一名衛士奔跑過來，握住皇帝的劍柄向後退了幾步，抽出了那柄皇帝本人無法抽出的青銅長劍，然後上前跪下將劍呈給皇帝，秦始皇對著長空揚起長劍，高聲喊道：

「成計算機隊列！」

金字塔四角的四尊青銅大鼎同時「轟」地燃燒起來，站滿了金字塔面向方陣一面坡牆的士兵用宏大的合唱將始皇帝的號令傳下去：

「成計算機隊列——」

下面的大地上，方陣均勻的色彩開始出現擾動，複雜精細的回路架構浮現出來，並漸漸充滿了整個方陣，十分鐘後，大地上出現了一塊三十六平方公里的計算機主機板。

馮紐曼指著下方巨大的人列回路開始介紹：「陛下，我們把這台計算機命名為『秦一號』。請看，那裡，中心部分，是CPU，是計算機的核心計算元件，由您最精銳的五個軍團構成，對照這張圖您可以看到裡面的加法器、暫存器、堆疊記憶體；外圍整齊的部分是記憶體，構建這部分時我們發現人手不夠，好在這部分每個單元的動作最簡單，就訓練每個士兵拿多種顏色的旗幟，組合起來後，一個人就能同時完成最初二十個人的操作，這就使內存容量達到了運作『秦一．〇』作業系統的最低要求；您再看那條貫穿整個陣列的通道，還有那些在通道上待命的輕騎兵，那是BUS，系統匯流排，負責在整個系統間傳遞訊息。

匯流排架構是個偉大的發明，新的插件，最大可由十個軍團構成，能夠快捷地掛接到匯流排上運作，這使得『秦一號』的硬體擴展和升級十分便利；再看最遠處那一邊，可能要用望遠鏡才能看清，那是外存，我們又用了哥白尼起的名字，叫它『硬碟』，那是由三百萬名文化程度較高的人構成，您上次坑儒時把他們留下是對了，他們每個人手中都有一個紀錄本和一支筆，負責記錄運算結果，當然，他們最大的工作量還是作為虛擬內存，儲存中間運算結果，運算速度的瓶頸就在他們那裡。這兒，離我們最近的地方，是顯示陣列，能顯示計算機運作的主要狀態參數。」

馮紐曼和牛頓搬來一個一人多高的大紙捲，在秦始皇面前展開來，當紙捲展到盡頭時，汪淼一陣頭皮發緊，但他想像中的匕首並沒有出現，面前只有一張寫滿符號的大紙，那些符號都是蠅頭大小，密密麻麻，看上去與下面的計算機陣列一樣令人頭暈目眩。

「陛下，這就是我們開發的『秦一．〇』版作業系統，計算軟體將在它上面運作。陛下您看──」馮紐曼指指下面的人列計算機：「這陣列是硬體，而這張紙上寫的是軟體，硬體和軟體，就如同琴和樂譜的關係。」說著他和牛頓又展開了一張同樣大小的紙：「陛下，這就是用數值法解那一組微分方程式的軟體，將天文觀測得到的三個太陽在某一時間斷面的運動向量輸入，它的運作就能為我們預測以後任一時刻太陽的運行狀態。我們這次計算，將對以後兩年太陽的運行做出完整預測，每組預測值的時間間隔為一百二十小時。」

秦始皇點點頭：「那就開始吧。」

馮紐曼雙手過頂，莊嚴地喊道：「奉聖上御旨，計算機啟動！系統自檢！」

在金字塔的中部，一排旗手用旗語發出指令，一時間，下面大地上三千萬人構成的巨型主機板彷彿液化了，充滿了細密的粼粼波光，那是幾千萬面小旗在揮動。在靠近金字塔底部的顯示陣列中，一條由無數面綠色大旗構成的進度條在延伸著，標示著自檢的進度。十分鐘後，進度條走到了頭。

「自檢完成！引導程式運作！作業系統加載！」

下面，貫穿人列計算機的系統匯流排上的輕騎兵快速運動起來，匯流排立刻變成了一條湍急的河流，這河流沿途又分成無數條細小的支流，滲入到各個模組陣列之中。很快，黑白旗的漣漪演化成洶湧的浪潮，激盪在整塊主機板上。中央的CPU區激盪最為劇烈，像一片燃燒的火藥。突然，彷彿火藥燃盡，CPU區的擾動漸漸平靜下來，最後竟完全靜止了；以它為圓心，這靜止向各個方向飛快擴散開來，像快速封凍的海面，最後整塊主機板大部分靜止了，其間只有一些零星的死循環在以不變的節奏沒有生氣地閃動著，顯示陣列中出現了閃動的紅色。

「系統鎖死！」一名信號官高喊。故障原因很快查清，是CPU狀態暫存器中的一個門電路運作出錯。

「系統重新熱啟動！」馮紐曼胸有成竹地命令道。

「慢！」牛頓揮手制止了信號官，轉身一臉陰毒地對秦始皇說：「陛下，為了系統的穩定運作，對故障率較高的零件應該採取一些維修措施。」

秦始皇拄著長劍說：「更換出錯零件，組成那個零件的所有兵卒，斬！以後故障照此辦理。」

馮紐曼厭惡地看了牛頓一眼，看著一組利劍出鞘的騎兵衝進主機板，「維修」了故障零件後，重新發布了熱啟動命令。這次啟動十分順利，二十分鐘後，三體世界的馮紐曼結構人列計算機在「秦一．〇」操作系統下進入運行狀態。

「啟動太陽軌道計算軟體『Three-Body1.0』！」牛頓聲嘶力竭地發令，「啟動計算主控！加載差分模組！加載有限元模組！加載譜方法模組……調入初始條件參數！計算啟動！」

主機板上波光粼粼，顯示陣列上的各色標誌此起彼伏地閃動，人列計算機開始了漫長的計算。

「真是很有意思。」秦始皇手指壯觀的計算機說，「每個人如此簡單的行為，竟產生了如此複雜的大東西！歐洲人罵朕獨裁暴政，扼殺了社會的創造力，其實在嚴格紀律約束下的大量的人，合為一個整體後也能產生偉大的智慧。」

「偉大的始皇帝，這是機器的機械運作，不是智慧。這些普通卑賤的人都是一個個零，只有在最前面加上您這樣一個一，他們的整體才有意義。」牛頓帶著奉承的微笑說。

「噁心的哲學。」馮紐曼瞥了牛頓一眼說，「如果到時候，按你的理論和數學模型計算出的結果與預測不符，你我可就連零都不是了。」

「對，那時你們可真的什麼都不是了！」秦始皇說著，拂袖而去。

時光飛逝，人列計算機運作了一年零四個月，除去程式的調試時間，實際計算時間約一年兩個月，這期間，只因亂紀元過分惡劣的氣候中斷過兩次，但計算機儲存了中斷現場數據，都成功地從斷點恢復了運作。當秦始皇和歐洲學人們再次登上金字塔頂部時，第一階段的計算已經完成，這批結果數據，精確地描述了以後兩年太陽運行的軌道狀況。

這是一個寒冷的黎明，徹夜照耀著巨大主機板的無數火炬已經熄滅，計算機完成後，「秦一・〇」進入待機狀態，主機板表面洶湧的浪濤變成了平靜的微波。

馮紐曼和牛頓將記錄著運行結果的長卷呈獻給秦始皇，牛頓說：「偉大的始皇帝，本來計算在三天前就已完成，之所以今天才將結果獻給您，是因為按照計算結果，這一段漫長的寒夜就要結束，我們將迎來一個長恆紀元的第一次日出，這個恆紀元將持續一年之久，從太陽軌道參數看，氣候宜人，請讓您的王國從脫水中復活吧。」

「朕的國家自計算開始後從來就沒有脫水過！」秦始皇一把抓過紙捲，沒好氣地說，「朕傾大秦之國力來維持計算機的運作，已經耗盡了所有儲備，到現下，為此餓死、累死和凍死、熱死的人不計其數。」秦始皇用紙捲指指遠方，晨光中，可以看到從主機板各個邊緣，有幾十條白線在大地上輻射向各個方向，消失在遙遠的天邊，那是全國各地向主機板運送供給品的道路。

「陛下，您將發現這是值得的，在掌握了太陽的運行規律後，秦國將飛速發展，很快會比計算開始之前強大許多倍。」馮紐曼說。

「按照計算，太陽就要升起來了，陛下，享受您的榮耀吧！」

彷彿是回應牛頓的話，一輪紅日升出地平線，將金字塔和人列計算機籠罩在一片金光中。主機板上爆發出一陣海潮般的歡呼聲。

這時，一個人急匆匆地跑來，可能跑得太急了，下跪時氣喘吁吁地趴到了地上，這是秦國的天文大臣。

「聖上，不好了，計算有誤！大難將臨！」他哭喊道。

「你胡說些什麼?!」沒等秦始皇答話，牛頓就踹了天文大臣一腳，「沒看到太陽精確地按照計算結果的時間升起了嗎？」

「可……」大臣半直起身，一手指著太陽，「那是幾顆太陽?!」

所有的人看著正在上升的太陽，都莫名其妙。「大臣，你是受過正統西洋教育的劍橋遊學博士，不會愚蠢到不識數吧，太陽當然是一顆，而且氣溫適宜。」馮紐曼說。

「不，是三顆！」大臣抽泣著說，「另外兩顆，在這一顆的後面！」

人們再次看著太陽，對大臣的話都感到很茫然。

「帝國天文台的觀測顯示，現下出現了亙古罕有的『三日連珠』，三顆太陽連成一條直線，以相同的角速度圍繞我們的行星運行！這樣，我們的行星和三顆太陽，四者始終處於一條直線上！我們的世界始終在這條線的頂端！」

「你肯定觀察無誤？」牛頓抓住大臣的衣領問。

「當然無誤！觀測是由帝國天文台的西洋天文學家進行的，其中有克普勒和赫歇爾，他們使用從歐洲進口的世界上最大的望遠鏡！」

牛頓鬆開天文大臣直起身來，汪淼發現他臉色發白，但表情卻欣喜若狂，他兩手抱在胸前對秦始皇說：

「最偉大的、最尊敬的皇帝，這可是吉兆中的吉兆啊！現下，三顆太陽圍繞著我們的行星旋轉，您的帝國成了宇宙中心！這是上帝對我們努力的獎賞！待我去再詳細查閱一下計算結果，我會證實這一點的！」說完，趁所有人都還在茫然中，他自顧自地溜走；稍後，有人報告說牛頓爵士偷了一匹快馬去向不明。

一陣緊張的沉默後，汪淼突然說：「陛下，請把您的劍抽出來。」

「幹什麼？」秦始皇不解地問，但還是對旁邊他的抽劍兵做了個手勢，那士兵立刻為皇帝抽出長劍。

汪淼說：「您揮一揮。」

秦始皇接過劍，揮了幾下，面露驚奇之色：「咦，怎麼這麼輕?!」

「遊戲的V裝具不能類比失重感覺，否則我們也會感覺到自己輕了許多。」

「看下面！看那馬，那人！」有人驚叫，大家一起向下看去，看到金字塔腳下一隊行進中的騎兵，所有的戰馬似乎是在地面上飄行，飄很遠四蹄才著地一次；他們又看到幾個奔跑中的人，他們邁一步就能躍出十幾公尺，但每一躍的下落很緩慢。金字塔上，一名衛士試著跳了一下，輕易地跳上了三公尺多的高度。

「怎麼回事?!」秦始皇驚恐地看著那個剛剛跳上半空的人緩緩下落。

「聖上，三顆太陽成一線直對我們的行星，它們的引力以相同的方向疊加到這裡……」天文大臣解釋說，同時發現自己雙腳離地已經橫在半空，其他人也相繼以不同角度傾斜著，雙腳都離開了地面開始飄浮，他們像一群不會游泳的落水者那樣笨拙地揮動著四肢試圖穩定自己，但還是不時相撞。這時，他們剛剛飄離的地面像蛛網似的開裂了，裂縫迅速擴大，在瀰漫的灰漿和天崩地裂般的巨響中，下面的金字塔裂解為組成它的無數塊巨石。透過緩緩飄浮的巨石間的縫隙，汪淼看到了正在變形中的大殿，那尊煮過伏羲的大鼎和他曾被縛於其上的火刑柱在大殿正中飄浮著。

太陽升到了正空，飄浮著的一切：人、巨石、天文儀器、青銅大鼎，都開始緩緩上升，並在很快加速。

汪淼無意中掃了一眼平原上的人列計算機，看到了一幅噩夢般的畫面：組成主機板的三千萬人正在飄離地面，飛快上升，像一大片被吸塵器吸起的螞蟻群。在他們飛離的大地上，竟清晰地留下了主機板電路的印痕，那一大片只有從高空才能一覽全貌的精細複雜的圖紋，將在遙遠的未來成為令下一個三體文明困惑的遺跡。汪淼抬頭望去，天空被一片斑駁怪異的雲層所覆蓋，這雲是由塵埃、石塊、人體和其他雜物構成，太陽在雲層後面閃耀著。在遠方，汪淼看到了連綿的透明山脈在緩緩上升，那山脈晶瑩剔透，在閃閃發光中變幻著形狀，那是被吸向太空的海洋！

三體世界表面的一切都被吸向太陽。

汪淼環顧四周，看到了馮紐曼和秦始皇，馮紐曼在飄浮中對秦始皇大聲說著什麼，但沒有聲音發出，只出現了一行小小的字幕：

……我想到了，用電子元件！用電子元件做成門電路，組成計算機！那樣計算機的速度要快許多倍！體積也要小許多，估計用一幢小樓就放下了……。陛下，您在聽我說嗎？

秦始皇揮著長劍砍向馮紐曼，後者蹬著旁邊飄浮的一塊巨石躲開了，長劍砍在巨石上，迸出一片火花斷成兩截。緊接著，這塊巨石與另一塊相撞，將秦始皇夾在中間，碎石和血肉橫飛，慘不忍睹，但汪淼沒有聽到相撞的巨響，周遭已經一片死寂，由於空氣散失，聲音也不存在了。飄浮在空中的人體在真空中血液沸騰，吐出內臟，變成了一團團由體液化成的冰晶雲團繞著的形狀怪異的東西。由於大氣層消失，天空已經變得漆黑，從三體世界被吸入太空的一切反射著太陽光，在太空中構成了一片燦爛的星雲，這星雲形成巨大的漩渦，流向最終的歸宿——太陽。

汪淼這時發現太陽的形狀在變化，他馬上明白，自己實際上是看到了另外兩顆太陽，它們都從第一顆太陽後面露出一小部分，從這個方向看，三個疊加的太陽構成了宇宙中一隻明亮的眼睛。以三顆太陽的隊列為背景，字幕出現：

第一八四號文明在「三日連珠」的引力疊加中毀滅了，該文明進化至科學革命和工業革命。這次文明中，牛頓建立了低速狀態下的經典力學體系，同時，由於微積分和馮紐曼結構計算機的發明，奠定了對三體運動進行定量數學分析的基礎。

漫長的時間後，生命和文明將重新啟動，再次開始在三體世界中命運莫測地進化。

歡迎再次登入。

汪淼剛剛退出遊戲，便來了一個陌生的電話，是一個聲音很有磁性的男音。「您好，首先感謝您留下了真實的電話，我是『三體』遊戲的系統管理員。」

汪淼一陣激動和緊張。

「請問您的年齡、學歷、工作部門和職位，這些您在註冊時沒有填。」管理員說。

「這些與遊戲有關嗎？」

「您玩到這個層次，就必須提供這些訊息，如果拒絕，『三體』將對您永久關閉。」

汪淼如實回答了管理員的問題。

「很好，汪教授，你符合繼續進入『三體』的條件。」

「謝謝，我可以問幾個問題嗎？」汪淼急切地說。

「不可以，不過明天晚上有一個『三體』網友聚會，歡迎您參加。」管理員給了汪淼一個地址。

十九、聚會

「三體」網友的聚會地點是一處僻靜的小咖啡廳。在汪淼的印象中，這個時代的遊戲網友聚會都是人數眾多的熱鬧盛會，但這次來的連自己在內也只有七個人，而那六位，同自己一樣，不論怎麼看都不像遊戲愛好者。比較年輕的只有兩位，另外三位，包括一位女士，都是中年人，還有一個老者，看上去有六七十歲了。

汪淼本以為大家一見面就會對「三體」展開熱烈的討論，但現下發現自己想錯了。「三體」那詭異而深遠的內涵，已對其參與者產生了很深的心理影響，使得每個人，包括汪淼自己，都很難輕易談起它。大家只是簡單地相互做了自我介紹，那位老者，掏出一支很精緻的菸斗，裝上菸絲抽了起來，踱到牆邊去欣賞牆上的油畫。其他人則靜坐著等待聚會組織者的到來，他們都來得早了。

其實這六個人中，汪淼有兩個已經認識。那位鶴髮童顏的老者，是一位著名學人，以給東方哲學賦予現代科學內涵而聞名。那位穿著怪異的女士，是著名作家，是少見的風格前衛卻擁有眾多讀者的小說家，她寫的書，從哪一頁開始看都行。其他四位，兩名中年人，一位是國內最大軟體公司的副總裁（穿著樸素隨意，絲毫看不出來），另一位是國家電力公司的高層領導；兩名年輕人，一位是國內大媒體的記者，另一位是在學的理科博士生。汪淼現下意識到，「三體」的玩家，可能相當一部分是他們這樣的社會精英。

聚會的組織者很快來了，汪淼見到他，心跳驟然加快，這人竟是潘寒，殺死申玉菲的頭號嫌疑人。他悄悄掏出手機，在桌下給大史發短信。

「呵呵，大家來得真早！」潘寒輕鬆地打著招呼，似乎什麼事都沒有發生。他一改往常在媒體上那副髒兮兮的流浪漢模樣，西裝革履，顯得風度翩翩。「你們和我想像的差不多，都是精英人士，『三體』就是為你們這樣的階層準備的，它的內涵和意境，常人難以理解；玩它所需要的知識，其層次之高、內容之深，也是常人不可能具備的。」

汪淼的短信已經發出：見到潘寒，在西城區雲河咖啡館。

潘寒接著說：「在座的各位都是『三體』的優秀玩家，成績最好，也都很投入。我相信，『三體』已成為你們生活中的一部分。」

「是生命中的一部分。」那位年輕的博士生說。

「我是從孫子的電腦上偶然看到它的，」老哲學家翹著菸斗柄說，「年輕人玩了幾下就放棄了，說太深奧。我卻被它吸引，那深邃的內涵、詭異恐怖又充滿美感的意境、邏輯嚴密的世界設定、隱藏在簡潔表象下海量的訊息和精確的細節，都令我們著迷。」包括汪淼在內的幾位網友都連連點頭。這時汪淼收到了大史回的短信：我們也看到他了，沒事，該幹什麼幹什麼。注意，在他們面前你要儘量表現得極端些，但不要太過了，那樣裝不像。

「是的，」女作家點頭贊同，「從文學角度看，『三體』也是卓越的，那二百零三輪文明的興衰，真是一首首精美的史詩。」

她提到二百零三輪文明，而汪淼經歷的是一百九十一輪，這讓汪淼再次確信了一點：「三體」對每個玩家都有一個獨立的進程。

「我對現實世界真有些厭倦了，『三體』已成為我的第二現實。」年輕的記者說。

「是嗎？」潘寒很有興趣地插問一句。

「我也是，與『三體』相比，現實是那麼地平庸和低俗。」ＩＴ副總裁說。

「可惜啊，只是個遊戲。」國電公司領導說。

「很好。」潘寒點點頭，汪淼注意到他眼中放出興奮的光來。

「有一個問題，我想是我們大家都渴望知道的。」汪淼說。

「我知道是什麼，不過你問吧。」潘寒說。

「『三體』僅僅是個遊戲嗎？」

網友們紛紛點頭，顯然這也是他們急切想問的。

潘寒站起來，鄭重地說：「三體世界是真實存在的。」

「在哪裡？」幾個網友異口同聲地問。

潘寒坐下，沉默良久才開口：「有些問題我能夠回答，有些不能，但如果各位與三體世界有緣，總有一天所有的問題都能得到解答。」

「那麼，遊戲中是否表現了三體世界的某些真實成分呢？」記者問。

「首先，在很多輪文明中，三體人的脫水功能是真實的，為了應對變幻莫測的自然環境，他們隨時可以將自己體內的水分完全排出，變成乾燥的纖維狀物體，以躲過完全不適合生存的惡劣氣候。」

「三體人是什麼樣子的？」

潘寒搖搖頭：「不知道，真的不知道。每一輪文明中，三體人的外形都完全不同，另外，遊戲中還反映了一個三體世界中的真實存在：人列計算機。」

「哈，我覺得那是最不真實的！」ＩＴ副總裁說，「我用公司的上百名員工進行過一個簡單的測試，即使這想法真能實現，人列計算機的運算速度可能比一個人的手工計算都慢。」

潘寒露出神祕的笑容說：「不錯，但假如構成計算機的三千萬個士兵，每個人在一秒鐘內可以揮動黑白小旗十萬次，匯流排上的輕騎兵的奔跑速度是幾倍音速甚至更快，結果就不一樣了。你們剛才問過三體人的外形，據一些跡象推測，構成人列計算機的三體人，外表可能覆蓋著一層全反射鏡面，這種鏡面可能是為了在惡劣的日照條件下生存而進化出來的，鏡面可以變化出各種形狀，他們之間就透過鏡面聚焦的光線來交流，這種光線語言訊息傳輸的速度是很快的，這就是人列計算機得以存在的基礎。當然，這仍是一台效率很低的機器，但確實能夠完成人類手工力不能及的運算。計算機在三體世界首先確實是以人列形式出現，然後才是機械式和電子式的。」

潘寒站起來，圍著網友們的背後踱步：「我現下能告訴大家的只是：作為一個遊戲，『三體』只是借用人類的背景來類比三體世界的發展，這樣做只是為遊戲者提供一個熟悉的環境，真實的三體世界與遊戲中的差別很大，但其中三顆太陽的存在是真實的，這是三體世界自然架構的基礎。」

「開發這個遊戲肯定花費了很大的力量，但它的目的顯然不是營利。」ＩＴ副總裁說。

「『三體』遊戲的目的很單純，就是為了聚集起我們這樣志同道合的人。」潘寒說。

「什麼志和什麼道呢？」汪淼問，但旋即有些後悔，仔細想著自己的問題是否露出了些許的敵意。

這個問題果然令潘寒沉默下來，他用意味深長的目光將在座的每個人逐個打量了一遍，輕輕地說：「如果三體文明要進入人類世界，你們是什麼態度？」

「我很高興，」年輕的記者首先打破沉默說，「這些年看到的事，讓我對人類已經失望了，人類社會已經無力進行自我完善，需要一個外部力量的介入。」

「同意！」女作家大聲說，她很激動，似乎終於找到了一個發洩某種東西的機會，「人類是什麼？多醜惡的東西，我上半生一直在用文學這把解剖刀來揭露這種醜惡，現下連這種揭露都厭倦了。我嚮往著三體文明能把真正的美帶到這個世界上來。」

潘寒沒有說話，那種興奮的光芒又在雙眼中亮起來。

老哲學家揮著已經熄滅的菸斗，一臉嚴肅地說：「讓我們來稍微深入地探討一下這個問題：你們對阿茲特克文明有什麼印象？」

「黑暗而血腥，叢林中陰森的火光照耀著鮮血流淌的金字塔，這就是我對它的印象。」女作家說。

哲學家點點頭：「很好，那麼想像一下，假如後來沒有西班牙人的介入，這個文明會對人類歷史產生什麼影響？」

「你這是顛倒黑白，」ＩＴ副總裁指著哲學家說，「那時入侵美洲的西班牙人不過是強盜和凶手！」

「就算如此，他們至少制止了下面事情的發生：阿茲特克無限制地發展，把美洲變成一個血腥和黑暗的龐大帝國，那時美洲和全人類的民主和文明時代就要更晚些到來，甚至根本就不會出現。這就是問題的關鍵之處——不管三體文明是什麼樣子，它們的到來對病入膏肓的人類文明總是個福音。」

「可您想過沒有，阿茲特克文明最後被西方入侵者毀滅了。」國電公司領導說，同時環視了一下四周，彷彿是第一眼見到這些人。「這裡的思想很危險。」

「是深刻！」博士生舉起一根手指說，同時對哲學家連連點頭，「我也有這個想法，但不知道如何表達，您說得太好了！」

一陣沉默後，潘寒轉向汪淼：「他們六人已經表明了自己的態度，您呢？」

「我站在他們一邊。」汪淼指指記者和哲學家等人說。言多必失，他只是簡單地回答這一句。

「很好。」潘寒說著，轉向了ＩＴ副總裁和國電公司領導：「你們二位，已經不適合這場聚會了，也不適合繼續玩『三體』遊戲。你們的ＩＤ將被註銷，下面請你們離開。謝謝你們的到來，請！」

兩人站起身來對視一下，又困惑地看看周遭，轉身走出門去。

潘寒向剩下的五個人伸出手來，挨個與他們緊緊握手，最後莊嚴地說：

「我們，是同志了。」

二十、三體、愛因斯坦、單擺、大撕裂

汪淼第五次進入「三體」時，黎明中的世界已面目全非。前四次均出現的大金字塔已在「三日連珠」中毀滅，在那個位置上出現了一座高大的現代建築，這幢黑灰色大樓的樣子汪淼很熟悉，那是聯合國大廈。遠處的大地上，星羅棋布著許多顯然是乾倉的高大建築，都有著全反射的鏡面表面，在晨光中像大地上生長的巨型水晶植物。

汪淼聽見一陣小提琴聲，好像是莫札特的一首曲子，拉得不熟練，但有一種很特別的韻味，彷彿時時在說明，這是拉給自己聽的，而自己也很欣賞。琴聲來自坐在大廈正門台階上的一位流浪老人，他蓬鬆的銀髮在風中飄著。他腳下放了一頂破禮帽，裡面好像已經有人放了些零錢。

汪淼突然發現日出了，但太陽是從與晨光相反方向的地平線下升起的，那裡的天穹還是一片漆黑的夜空，太陽升起之前沒有任何晨光。太陽很大，升出一半的日輪占據了三分之一的地平線。汪淼的心跳加快了，這麼大的太陽，只能意味著又一次大毀滅。但他回頭看時，見那位老人仍若無其事地坐在那兒拉琴，他的銀髮在太陽的光芒中像燃燒起來似的。

這太陽就是銀色的，與老人頭髮一樣的顏色，它將一片銀光灑向大地，但汪淼從這光芒中感覺不到一點兒暖意。他看看已經完全升出地平線的太陽，從那發出銀光的巨盤上，他清晰地看到了木紋狀的圖形，那是固態的山脈。汪淼明白了，它本身不發光，只是反射從另一個方向發出晨光的真太陽的光芒，升起來的不是太陽，而是一個巨型月亮！巨月運行得很快，以肉眼可以察覺的速度掠過長空，在這個過程中，它逐漸由盈月融缺成半月，然後又變成了月牙，老人舒緩的小提琴聲在寒冷的晨風中飄蕩，宇宙中壯麗的景象彷彿就是那音樂的物化，汪淼陶醉於美的震懾之中。巨大月牙在晨光中落下，這時它的亮度增長了很多，當它只剩兩個銀光四射的尖角在地平線之上時，汪淼突然將其想像成一頭正在奔向太陽的宇宙巨牛的兩隻犄角。

「尊敬的哥白尼，停一停您匆忙的腳步吧，這樣您欣賞一曲莫札特，我也就有了午飯。」巨月完全落下後，老人抬起頭來說。

「如果我沒認錯——」汪淼看著那張滿是皺紋的臉說，那些皺紋都很長，曲線也很柔和，像在努力造就一種和諧。

「您沒認錯，我是愛因斯坦，一個對上帝充滿信仰卻被他拋棄的可憐人。」

「剛才那個大月亮是怎麼回事？我前幾次來沒有見過它。」

「它已經涼下來了。」

「誰？」

「大月亮啊，我小時候它還熱著，升到中天時能看到核心平原上的紅光，現下涼下來了……。你沒聽說過大撕裂嗎？」

「沒有，怎麼回事？」

愛因斯坦嘆息著搖搖頭：「不提了，往事不堪回首，我的過去、文明的過去、宇宙的過去，都不堪回首啊！」

「您怎麼落到這個地步？」汪淼掏掏口袋，真的掏出了一些零錢，他彎腰將錢放到帽子裡。

「謝謝，哥白尼先生，但願上帝不拋棄您吧，不過我對此沒有信心。我感覺，您和牛頓他們到東方用人列運算的那個模型，已很接近於正確了，但所差的那麼一點點，對牛頓或其他的人來說是一道不可逾越的鴻溝。我一直認為，沒有我，別人也會發現狹義相對論，但廣義相對論卻不是這樣。牛頓差的那一點，就是廣義相對論所描述的行星軌道的引力攝動，它引起的誤差雖然很小，但對計算結果卻是致命的。在經典方程式中加入引力攝動的修正，就得到了正確的數學模型。它的運算量比你們在東方完成的要大得多，但對現代電腦來說，真的不成問題。」

「運算結果得到天文觀測的證實了嗎？」

「要是那樣我會在這裡嗎？但從美學角度講，我是沒錯的，錯的是宇宙。上帝拋棄了我，接著所有的人都拋棄了我，哪裡都不要我，普林斯頓撤銷了我的教授職位，聯合國教科文組織連個科學顧問的職位都不給我，以前他們跪著求我，我都不幹呢；我甚至想去以色列當總統，可他們又說他們改變主意了，說我不過是個騙子，唉——」

愛因斯坦說完又拉起了琴，很精確地從剛才的中斷處拉起。汪淼聽了一會兒，邁步向大廈的大門走去。

「裡面沒有人，參加這屆聯大的所有人都在大廈後面參加單擺啟動儀式。」愛因斯坦拉著琴說。

汪淼繞過了大廈，來到它後面，立刻看到了一件不可思議的東西：一架頂天立地的巨型單擺。其實在大廈前面就能看到它露出的一段，但汪淼當時不知道是什麼東西。這就是汪淼第一次進入「三體」時，在戰國時代的大地上看到的由伏羲建造的那種巨擺，用來給太陽神催眠。眼前這架巨擺外形已經現代化，支撐天橋的兩個高塔是全金屬架構，每一個都有艾菲爾鐵塔那麼高，擺錘也是金屬的，呈流線型，表面是光滑的電鍍鏡面，由於有了高強度材料，懸吊擺錘的線纜只有很細的一根，幾乎看不到，這使得擺錘看上去像是空懸在兩座高塔之間的空中。

在巨擺之下有一群穿著西裝的人，可能就是參加聯大會議的各國首腦了。他們三五成堆地低聲聊著，好像在等待著什麼。

「啊，哥白尼，跨越五個時代的人！」有人高聲喊道，其他人紛紛對他表示歡迎。

「而且，您是在那戰國時代親眼見過單擺的人！」一個面貌和善的黑人握著汪淼的手說。有人介紹他是本屆聯合國祕書長。

「是的，我見過，可為什麼現下又建起這東西？」汪淼問。

「它是三體紀念碑，也是一個墓碑。」祕書長仰望著半空中的擺錘說，從這裡看去，它足足有一個潛水艇那麼大。

「墓碑？誰的？」

「一個努力的，一個延續近二百個文明的努力，為解決三體問題的努力，尋找太陽運行規律的努力。」

「這努力終結了嗎？」

「到現下為止，徹底終結了。」

汪淼猶豫了一下，拿出了一疊資料，這是魏成三體問題數學模型的鏈接：「我……就是為此事而來的，我帶來了一個解決三體問題的數學模型，據信是很有可能成功。」

汪淼話一出口，發現周遭的人立刻對他失去了興趣，都離開他回到自己的小圈子裡繼續剛才的聊天，他注意到有的人離開時還笑著搖搖頭。祕書長拿過了資料，看也沒看就遞給了旁邊一個戴眼鏡的瘦高的人：「出於對您崇高威望的尊敬，請我的科學顧問看看吧。其實大家已經對您表示了這種尊敬，換了別人，會立刻招來嘲笑的。」

科學顧問接過資料翻了翻：「進化算法？哥白尼，你是個天才，能搞出這種算法的人都是天才，這除了高超的數學能力，還需要想像力。」

「聽您的意思，已經有人創造了這種數學模型？」

「是的，還有其他幾十種數學模型，其中一半以上比您這個要高明得多，都被創造出來，並在電腦上完成計算。在過去兩個世紀中，這種巨量計算是世界的中心活動，人們就像等待最後審判日那樣等著結果。」

「結果呢？」

「已經確切地證明，三體問題無解。」

汪淼仰望著巨大的擺錘，它在晨曦中晶瑩光亮，作為一面變形的鏡子反映著周遭的一切，彷彿是世界的眸子。在那已被許多個文明所隔開的遙遠時代，就在這片大地上，他和周文王曾穿過林立的巨擺走向紂王的宮殿。歷史就這樣畫了一個漫長的大圈，回到了最初的地方。

「正像我們早就猜測的那樣，三體是一個混沌系統，會將微小的擾動無限放大，其運作規律從數學本質上講是不可預測的。」科學顧問說。

汪淼感覺自己所有的科學知識和思想體系在一瞬間模糊不清了，代之以前所未有的迷茫：「如果連三體這樣極其簡單的系統都處於不可預知的混沌，那我們還怎樣對探索複雜宇宙的規律抱有信心呢？」

「上帝是個無恥的老賭徒，他拋棄了我們！」愛因斯坦不知什麼時候過來了，揮著小提琴說。

祕書長緩緩地點點頭：「是的，上帝是個賭徒，那三體文明的唯一希望，就是也賭一把了。」

這時，巨月又從黑夜一方的天邊升起，它銀色的巨像映在擺錘光滑的表面上，光怪陸離地蠕動著，彷彿擺錘和巨月兩者之間產生了神祕的心靈感應。

「您說到文明，這一個文明好像已經發展到相當的高度了。」汪淼說。

「是的，掌握了核能，到了資訊時代。」祕書長說，但對這一切似乎不以為然。

「那就存在著這樣一個希望：文明繼續發展下去，達到另一個高度，雖然不能得知太陽運行的規律，但能夠在亂紀元生存下去，並且能夠抵禦以前太陽異常運行造成的那些毀滅性的大災難。」

「以前人們都是這樣想的，這也是三體文明前仆後繼頑強再生的動力之一，但它使我們認識到，這一想法是何等的天真。」祕書長指指正在升起的巨月說：「你可能是第一次看到這個巨大的月亮，其實它幾乎有我們行星的四分之一大小，已經不是一個月亮，而是這顆行星的一顆伴星了，它是大撕裂的產物。」

「大撕裂？」

「毀滅上一輪文明的大災難。其實，與以前的文明相比，對這個災難的預警期還是相當長的。遺留的記載顯示，一九一號文明的天文學家很早就觀測到了『飛星不動』。」

聽到最後四個字，汪淼心裡一緊。「飛星不動」是三體世界最大的凶兆，飛星，或者說遠方的太陽，從地面的觀察角度看在宇宙的背景上靜止了，只意味著太陽與行星在一條直線上運行，這有三種可能：一、太陽與行星以相同的速度向同一方向運行；二、太陽正遠離行星而去；三、太陽正衝向行星而來。在一九一號文明之前，這只是一種想像中的災難，從未真實發生過，但人們對它的恐懼和警覺絲毫沒有放鬆，以至於「飛星不動」成了多個三體文明中的一句最不吉利的咒語。即使只有一顆飛星靜止，也讓人不寒而慄。

「當時，三顆飛星同時靜止。一九一文明的人們站在大地上無助地看著這三顆在正空懸停的飛星，看著向他們的世界直撲過來的三顆太陽。幾天後，一個太陽運行到外層氣層的可見距離，寧靜夜空中，那顆飛星突然變幻成光焰四射的太陽，以三十多小時的間隔，另外兩個太陽也相繼顯形。這不是一般意義上的『三日凌空』，當最後一顆飛星變成太陽時，第一顆顯形的太陽已從極近的距離掠過行星，緊接著，另外兩個太陽相繼從更近處掠過！三個太陽對行星產生的潮汐力均超過洛希極限*，第一顆太陽撼動了行星最深層的地質架構，第二顆太陽在行星上撕開了直通地核的大裂縫，第三顆太陽將行星撕成了兩半。」

祕書長指著已升到正空的巨月：「這就是較小的一半，上面有一九一號文明留下的廢墟，但已是一個沒有生命的世界。那是三體世界全部歷史上最為驚心動魄的災難，當行星被撕裂後，形狀不規則的兩部分在自身引力下重新變成球形，灼熱緻密的行星核心物質湧上地面，海洋在岩漿上沸騰，大陸如消融的流冰般漂浮，它們相撞後，大地變得像海洋般柔軟，幾萬公尺的巨大山脈可以在一個小時內升起，又在同樣短的時間內消失。在一段時間內，行星被撕開的兩部分藕斷絲連，它們之間有一條橫穿太空的岩漿的河流，這些岩漿在太空中冷卻，在行星周遭形成了一個環，但由於行星兩部分的引力擾動，環不穩定，構成它的岩石紛紛墜落，使世界處於長達幾個世紀的隕石雨中……。你能想像那是怎樣的地獄啊！這次災難對生態圈的破壞是所有歷史上最嚴重的一次，伴星上的生命已經滅絕，母星也幾乎變成一個沒有生命的世界，但生命的種子居然又在這裡發芽了，隨著母星地質狀態的穩定，在面目全非的大陸和海洋中，進化又開始了蹣跚的腳步，直到文明第一百九十二次出現，這個過程，耗時九千萬年。

三體世界所處的宇宙，比我們想像的更加冷酷。下一次『飛星不動』會怎樣？有很大的可能，我們的行星不再從太陽邊緣掠過，而是一頭扎進太陽的火海中。隨著時間的推移，這種可能幾乎是必然。

這本來只是一個可怕的推測，但最近的一項天文學發現，使我們對三體世界的命運徹底絕望了。這項研究旨在透過這個星系中的一些殘留的跡象，推測出星系中恆星和行星形成的歷史。無意中發現，三體星系在遙遠的時間前曾有過十二顆行星！而現下只剩下我們這一顆，解釋只有一個：在漫長的天文紀年中，那十一顆行星均被三顆太陽所吞噬！我們的世界，只不過是這場宇宙大捕獵的殘餘，文明能夠經過一百九十二次輪迴再生，只不過是一種幸運而已。透過進一步的研究，我們還發現了這三顆恆星的呼吸現象。」

「恆星呼吸？」

「只是一個比喻，您發現了恆星的外圍氣態層，但您不知道的是，這個氣態層以漫長的周期不停地膨脹和收縮，像呼吸一樣。當氣態層膨脹時，其厚度可以增大十多倍，這使得恆星的直徑大大增加，像一個巨掌，更容易捕獲到行星。當一顆行星與太陽近距離擦過時，就會進入它的氣態層，在劇烈的摩擦中急遽減速，最後像一顆流星，拖著長長的火尾墜入太陽的火海。據考證，在三體星系的漫長歷史上，太陽氣層每膨脹一次，就會吞噬一到兩顆行星，那十一顆行星，就是在太陽氣態層膨脹到最大時相繼墜入火海的。現下，三顆太陽的氣態層都處於收縮狀態，否則在上次擦陽而過時，我們的行星已經墜落到太陽中了。據學人們預

＊法國天文學家洛希證明，任何堅固的天體，在接近另一個比它大得多的天體的時候，都會受到強大的潮汐力作用而最終被扯成碎片。這個較小的天體會被扯碎的距離稱為洛希極限，通常是大天體赤道半徑的二點四四倍。

測，最近的一次膨脹將在一百五十萬至二百萬年後發生。」

「這個鬼地方，實在是待不下去了。」愛因斯坦用一個老乞丐的姿勢抱著小提琴蹲在地上說。

祕書長點點頭說：「待不下去也不能再待下去了！三體文明的唯一出路，就是和這個宇宙賭一把。」

「怎麼賭？」汪淼問。

「飛出三體星系，飛向廣闊的星海，在銀河系中尋找可以移民的新世界！」

這時，汪淼聽到一陣「軋軋！」的聲音，看到巨大的擺錘正在被旁邊一個高架絞車上的一根細纜斜拉著升高，升向它被釋放的位置，它後面的天空背景上，一彎巨大的殘月正在晨光中下沉。

祕書長莊嚴宣布：「單擺啟動！」

高架絞車鬆開了將擺錘拉向高處的細纜，巨大的擺錘沿著一條平滑的弧形軌跡無聲地滑落下來，開始落得很慢，但迅速加速，到達最低點時速度達到最大，衝破空氣發出了渾厚的風聲，當這聲音消失時，擺錘已沿著同樣的弧形軌跡升到了同樣的高度，停滯片刻後開始了新一輪的擺動。汪淼感到擺錘在擺動中彷彿產生了一股巨大的力量，彷彿大地被它拉得搖搖晃晃。與現實世界中的單擺不同，這個巨擺的擺動周期不恆定，時刻在變化中，這是因為圍繞母星的巨月產生的重力變化所致：巨月在母星的這一面時，它與母星的引力相互抵消，重力減小；當它運行到母星另一面時，引力疊加，重力幾乎恢復到大撕裂之前。

仰望著三體紀念碑氣勢磅礴的擺動，汪淼問自己：「它是表達對規律的渴望，還是對混沌的屈服？」汪淼又覺得擺錘像一隻巨大的金屬拳頭，對冷酷的宇宙永恆地揮舞著，無聲地發出三體文明不屈的吶喊……當汪淼的雙眼被淚水模糊時，他看到了以巨擺為背景出現的字幕：

四百五十一年後，一九二號文明在雙日凌空的烈焰中毀滅，它進化到原子和資訊時代。

一九二號文明是三體文明的里程碑，它最終證明了三體問題的不可解，放棄了已延續一九一輪文明的徒

勞努力，確定了今後文明全新的走向。至此，「三體」遊戲的最終目標發生變化，新的目標是：

飛向宇宙，尋找新的家園。

歡迎再次登入。

退出「三體」後，汪淼像每次那樣感到十分疲憊，這真是一個累人的遊戲，但這次他只休息了半個小時便再次登入。進入「三體」後，在漆黑的背景上，出現了一條意想不到的訊息：

情況緊急，「三體」伺服器即將關閉，剩餘時間自由登入，「三體」將直接轉換至最後場景。

二十一、三體、遠征

寒冷黎明中的大地上空蕩蕩的一無所有。沒有金字塔，沒有聯合國大廈，巨擺紀念碑也不知去向，只有黑乎乎的戈壁灘延伸到天際，與他第一次進入這個世界時一樣。但汪淼很快發現這只是自己的錯覺，那戈壁灘上密密麻麻的小石塊，竟都是人頭！原來大地上站滿了人。汪淼站在一個稍高些的小丘上向下看，這密密的人海一望無際，汪淼大致估計了一下數量，僅目力所及的範圍就可能有幾億人！他知道，三體世界的所有人可能都聚集在這裡了。寂靜籠罩著一切，這幾億人造就的寂靜有一種令人窒息的詭異，這黎明中的人海正在等待什麼。汪淼看看附近，發現所有的人都在仰望著天空。

汪淼抬頭望去，發現星空發生了不可思議的變化：群星竟然排成了一個嚴整的正方形陣列！但汪淼很快發現，這一片排成正方形的星星可能只是位於行星同步軌道上，銀河系的星海成了後面一個黯淡的背景，這個正方形相對於背景有明顯的運行。正方形陣列中，靠晨光一側的星體亮度最高，發出的銀光能在地面上投出人影，向後面亮度逐漸減弱。汪淼數了數，陣列的一邊上有三十多顆星體，那麼陣列中的星體總數是一千左右。這顯然是由人造物構成的陣列成一個整體在群星的背景上緩緩移動，看上去充滿了莊嚴的力量感。

這時，站在旁邊的一個男人輕輕推了推他，低聲說：「啊，偉大的哥白尼，你怎麼來得這樣晚？整整過去了三輪文明，你錯過了多麼偉大的事業啊！」

「那是什麼？」汪淼指指太空中的星體陣列問。

「那是偉大的三體星際艦隊，馬上就要起航遠征了。」

「這麼說，三體文明已經具備了星際遠航的能力？」

「是的，那些宏偉的飛船都能達到十分之一光速。」

「十分之一光速，至少在我的知識範圍內是一個偉大的成就，但對星際航行來說，還是慢了些。」

「千里之行始於足下，」那人說，「關鍵是要找對目標。」

「艦隊的到達站是哪裡呢？」

「四光年外的一顆帶有行星的恆星，那是距三體世界最近的恆星。」

汪淼有些驚奇：「距我們最近的恆星也是四光年。」

「你們？」

「地球。」

「喔，這沒有什麼可奇怪的，在銀河系的大片區域，恆星的密度十分均勻，這是星群引力漫長調節的結果。占相當大比例的恆星，之間的間距就是在三到六光年之間。」

這時，巨大的歡呼聲從人海中爆發。汪淼抬頭一看，太空中正方形星陣中，每顆星體的亮度都在急遽增加，這顯然是它們本身在發出光來。這光芒很快淹沒了天邊的晨曦，一千顆星體很快變成了一千顆小太陽，三體世界迎來了輝煌的白晝。大地上的人們都向著天空高舉雙手，形成了一望無際的手臂的草原。三體艦隊開始加速，莊嚴地移過蒼穹，掠過剛剛升起的巨月頂端，在月面的山脈和平原上投下蔚藍色的光暈。歡呼聲平息了，三體世界的人們默默地看著他們的希望在西方的太空漸漸遠去，他們此生看不到結局，但四五百年後，他們的子孫將得到來自新世界的消息，那將是三體文明的新生。汪淼與他們一起默默地遙望著，直到一千顆星星的方陣縮成一顆星，直到這顆星消失在西方的夜空中。字幕出現：

三體文明對新世界的遠征開始了，艦隊正在航程中……

「三體」遊戲結束了，當您回到現實時，如果忠於自己曾做出的承諾，請按隨後發給您的電子郵件中的位址，參加地球三體組織的聚會。

二十二、地球叛軍

與上次網友聚會相反，這是一次人數眾多的聚會，聚會的地點是一座化工廠的職工食堂。工廠已經搬遷，這棟即將拆除的建築內部很破舊，但十分寬敞。聚集在這裡的有三百多人，汪淼發現有許多熟悉的面孔，都是社會名流和各個領域的精英，有著名的科學家、文學家、政治家等。

首先吸引汪淼注意的是擺放在大廳正中的一個神奇的東西，那是三個銀色的球體，每個直徑比保齡球略小，在一個金屬基座上空翻飛，汪淼猜測這個裝置可能是基於磁浮原理。那三個球體的運動軌道完全隨機，汪淼親眼看到了真正的三體運動。

其他的人並沒有過多地注意那個表現三體運動的藝術品，他們的注意力集中在大廳中央的潘寒身上，他正站在一張破飯桌上。

「是不是你殺了申玉菲同志？」有人質問道。

「是我。」潘寒鎮靜地說，「組織走到今天這樣危險的境地，都是因為降臨派內部有像她這樣的叛徒出賣。」

「誰給你權力殺人的？」

「我這是出於對組織的責任心！」

「你還有責任心？你這人本來就心術不正！」

「你把話說清楚！」

「你領導的環境部門都幹了些什麼？你們的責任是利用和製造環境問題，以激起人們對科學和現代工業的厭惡。可你呢？憑藉主的技術和預測，為自己撈取名利！」

「我出名是為了自己嗎？整個人類在我的眼中已是一堆垃圾，我還在乎名節？但我不出名行嗎？不出名我如何引導人們的思想？」

「你淨選擇容易的而避開難的！你那些工作，完全可以由社會上那些環保人士去做！他們比你真誠得多，也熱情得多，只要稍加引導，他們的行為就可以為我們所用。你的環境部門要做的是製造環境災難，然後加以利用，向水庫播撒劇毒物質，在化工廠製造洩漏……。這些工作你們做了嗎？一樣都沒有！」

「我們有過大量的方案和計畫，但都被統帥否決了。至少在以前，這樣做很蠢，生物和醫療部門曾製造過濫用抗生素災難，不是很快被識破了嗎？歐洲分隊差點引火燒身！」

「你殺了人，現下已經引火燒身了！」

「聽我說，同志們，遲早都一樣！你們肯定已經知道了，各國政府都已相繼進入戰爭狀態，在歐洲和北美，對三體組織的大搜捕已經開始。我們這裡一旦事發，拯救派肯定會倒戈到政府一邊，所以我們現下首先要做的，就是把拯救派從組織中清除出去！」

「這不是該你考慮的事情。」

「當然要由統帥考慮，但同志們，我可以負責任地告訴你們，統帥是降臨派！」

「你這就信口開河了吧，統帥的威信大家都清楚，如果像你說的那樣，拯救派早就被清除出去了！」

「也許統帥有自己的考慮，說不定今天的會議就是為了這個。」

這以後，人們的注意力從潘寒身上移開，轉移到目前的危機上來。一位獲得過圖靈獎的著名專家跳上桌子，振臂一揮說：

「大家說，我們現下到底該怎麼辦？」

「全球起義！」

「這不是自取滅亡嗎？」

「三體精神萬歲！我們是頑強的種子，野火燒不盡的！」

「起義能夠在世界政治舞台上凸顯我們的存在，這將標誌著地球三體組織第一次公開登上人類歷史的舞台，只要綱領合適，會在世界上引起廣泛附和的！」

最後這句話是潘寒說的，引起了一些共鳴。

有人喊：「統帥來了！」人群讓開了一條路，汪淼抬眼望去，感到一陣眩暈，世界在他的眼中變成了黑白兩色，唯一擁有色彩的是剛剛出現的那個人。

在一群年輕護衛的跟隨下，地球三體叛軍的最高統帥葉文潔穩步走來。

葉文潔走到為她空出的一圈空地中央，舉起一隻瘦削的拳頭，用汪淼不敢想像是出自於她的力量和堅定說：「消滅人類暴政！」

這群人類叛徒齊聲喊出了顯然已無數次重複的呼號：「世界屬於三體！」

「同志們好。」葉文潔說，她的聲音又恢復了汪淼熟悉的溫軟和緩慢，以至於他這時才最後確定的確是她，「最近身體不太好，沒有和大家見面，現下情勢嚴峻，我知道大家都承受著很大的壓力，所以來看看。」

「統帥保重……」人們紛紛說，汪淼聽得出，這聲音是真誠的。

葉文潔說：「在討論重大問題之前，我們先處理一件小事。潘寒——」她招呼時眼睛卻看著眾人。

「統帥，我在這裡。」潘寒從人群中走出來，這之前他試圖躲進人群深處，他表面鎮靜，但內心的恐懼很容易看出來。統帥沒稱他同志，這是個不祥之兆。

「你嚴重違反了組織紀律。」葉文潔說話時仍然沒看潘寒，她的聲音仍很柔和，像是面對一個做錯了事的孩子。

「統帥，現下組織面臨滅頂之災，如果不採取果斷措施，清除我們內部的異己和敵人，我們將失去一切！」

葉文潔抬頭看著潘寒，目光溫和，卻令他的呼吸停止了幾秒鐘。「地球三體組織的最終理想和目標，就是失去一切，失去包括我們在內的人類現下的一切。」

「那您就是降臨派了！統帥，請您明確宣布這點，這對我們很重要，是嗎，同志們？很重要！」他大聲喊道，舉起一隻手臂四下看看，所有的人都沉默著，沒人附和他。

「這個要求不該由你來提。你嚴重違反了組織紀律，如果要申訴，現下可以；否則，你將為此承擔責任。」葉文潔說得很慢，一個字一個字地說，像怕她教育的孩子聽不懂似的。

「我是去除掉那個數學天才的，這是伊文斯同志做出的決定，在會議上全體通過。如果那個天才真的搞出了三體運動完整的數學模型，主就不會降臨，地球三體事業將毀於一旦。我當時只是自衛，是申玉菲先開的槍。」

葉文潔點點頭說：「就讓我們相信你吧，這畢竟不是目前最重要的事情，希望我們下面能一直相信你。請你重複一下剛才對我的要求。」

潘寒愣了一下，過了這一關似乎並沒有讓他鬆一口氣：「我……請您明確宣布自己屬於降臨派，畢竟，降臨派的綱領也是您的理想。」

「那你重複一遍這個綱領。」

「人類社會已經不可能依靠自身的力量解決自己的問題，也不可能憑藉自身的力量抑制自己的瘋狂；所以，應該請主降臨世界，借助它的力量，對人類社會進行強制性的監督和改造，以創造一個全新的、光明完善的人類文明。」

「降臨派忠於這個綱領嗎？」

「當然！請統帥不要輕信謠傳。」

「這不是謠傳！」一個歐洲人大聲說，同時擠到前面來，「我叫拉菲爾，以色列人。三年前，我十四歲的兒子遇到了車禍，我把孩子的腎捐給了一個患尿毒症的巴勒斯坦女孩，以此表達我對兩個民族和平相處的願望，為了這個願望，我甚至可以獻出自己的生命，而許許多多的以色列人和巴勒斯坦人也在做著和我一樣的真誠努力。但這一切都沒有用，我們的家園仍在冤冤相報的泥潭中愈陷愈深。這使我對人類失去了信心，加入了三體組織。絕望使我由一個和平主義者變為極端分子，同時，可能也是由於我對組織巨額的捐助，讓我得以進入降臨派的核心。現下我告訴你們，降臨派有自己的祕密綱領，它就是：人類是一個邪惡的物種，人類文明已經對地球犯下了滔天罪行，必須為此受到懲罰。降臨派的最終目標就是請主來執行這個神聖的懲罰：毀滅全人類！」

「降臨派的真正綱領已是公開的祕密！」有人喊道。

「可你們所不知道的是，這並不是由最初的綱領演變而來，而是降臨派誕生時就確定的目標，是伊文斯的終身理想！他欺騙了組織，欺騙了包括統帥在內的所有人！伊文斯一開始就是朝著這個目標前進的，是他把降臨派變成一個由極端環保主義者和憎恨人類的狂人構成的恐怖王國！」

「我也是後來才知道伊文斯的真實想法。」葉文潔說，「儘管如此，我還是試圖彌補裂痕，使地球三體組織成為一個整體，但降臨派做出的另一些事情使這種努力成為不可能。」

潘寒說：「統帥，降臨派是地球三體組織的核心力量，沒有我們，就沒有地球三體運動！」

「但這並不是你們壟斷組織與主通訊的理由！」

「第二紅岸基地是我們建立的，當然應該由我們營運！」

「降臨派正是借助這個條件，做出了對組織不可饒恕的背叛：你們截留了主發給組織的訊息，你們向組織傳達的，只是收到的訊息中極少的一部分，而且經過竄改；你們還透過第二紅岸基地，向主發送了大量未經組織審核的訊息。」

沉默降臨了會場，像一個很重的巨物使汪淼頭皮發緊。潘寒沒有回答，他的表情冷漠下來，彷彿在說：好啊，總算發生了。

「對降臨派的背叛，有大量的證據，申玉菲同志就是提供者之一，她曾位居降臨派的核心，但她在內心深處，卻是一名堅定的拯救派，你們也是後來才發現這點的。她知道得太多了，這次伊文斯派你去，是要殺兩個人而不是一個。」

潘寒四下看看，顯然在快速估量著情勢，他的動作被葉文潔注意到了。

「你可以看到，這次與會的大都是拯救派的同志，少數降臨派的成員，相信他們是會站到組織一邊的，但像伊文斯和你這樣的人已不可挽救。為了維護地球三體組織的綱領和理想，我們將徹底解決降臨派的問題。」

沉默再次降臨。

兩三分鐘後，葉文潔護衛中的一員，一名苗條美麗的少女動人地笑了笑，那笑容是那麼醒目，將很多人的目光引向了她。少女裊裊婷婷地向潘寒走去。

潘寒臉色驟變，一手伸進胸前的外衣裡，但那少女閃電般衝過來，旁人還沒明白怎麼回事，她已經用一條看上去如春藤般柔軟的玉臂夾住了潘寒的脖頸，另一隻手放在他的頭頂上，以她不可能具有的力量和極其精巧的受力角度，熟練地將潘寒的頭顱扭轉了一百八十度，寂靜中頸椎折斷的「咔嚓」聲清晰可聞。少女兩手同時快速鬆開，好像那個頭顱發燙似的。潘寒倒在地上，那支殺死了申玉菲的手槍滑到了桌子下面。他的軀體仍在抽搐，雙眼暴出、舌頭吐了好長，但頭顱卻一動不動，彷彿從來就沒有屬於過那個軀體。幾個人把他拖了出去，他口中吐出的血在地上拖了長長的一道。

「啊，小汪也來了，你好。」葉文潔的目光落到了汪淼身上，向他親切地微笑著點點頭，然後對其他人說：「這是國家科學院院士汪淼教授，我的朋友，他研究奈米材料，這是主首先要在地球撲滅的科技。」

沒有人看汪淼一眼，汪淼也沒有力量做任何表示，他不由得一手拉住旁邊人的衣袖，使自己站穩，但那人將他的手輕輕撥開了。

葉文潔說：「小汪啊，接著上一次，我給你繼續講紅岸的故事吧，同志們也聽聽，這不是浪費時間，在這個非常時刻，我們需要回顧一下組織的歷程。」

「紅岸……還沒講完？」汪淼呆呆地問。

葉文潔緩步走到三體模型前，入神地看著翻飛的銀球，夕陽透過破窗正照在模型上，飛舞的球體將光芒不規則地投射到叛軍統帥的身上，像是火焰。

「沒完，才剛剛開始。」葉文潔輕輕地說。

二十三、紅岸之五

自從進入紅岸基地後，葉文潔就沒有想到能夠出去，在得知紅岸工程真實目的後（這個絕密訊息是基地許多中層幹部都不知道的），她把與外界精神上的聯繫也斬斷了，只是埋頭於工作。這以後，她更深地介入到紅岸系統的技術核心，開始承擔比較重要的研究課題。對於楊衛寧給予葉文潔的信任，雷志成一直耿耿於懷，但他還是很願意將重要課題交到葉文潔手上——以葉文潔的身分，她對自己的研究成果沒有任何權利；而基地中，只有雷志成是天體物理專業出身的，是當時少見的知識分子政委；這樣，葉文潔的成果和論文最後都被他占去，使他成了部隊政工幹部中又紅又專的典型。

調葉文潔進入紅岸基地的最初緣由，是她讀研究生時發表在《天文學學報》上的那篇試圖建立太陽數學模型的論文。其實，與地球相比，太陽是一個更簡單的物理系統，只是由氫和氦這兩種很簡單的元素構成，它的物理過程雖然劇烈，但十分單純，只是氫至氦的融合，所以，有可能建立一個數學模型來對太陽進行較為準確的描述。那論文本來是一篇很基礎的東西，但楊衛寧和雷志成卻從中看到了解決紅岸監聽系統一個技術難題的希望。

日凌干擾問題一直困擾著紅岸的監聽操作。這個名詞是從剛出現的通信衛星技術中借來的，當地球、衛星和太陽處於同一條直線時，地面接收天線對準的衛星是以太陽為背景的，太陽是一個巨大的電磁發射源，這時地面接收的衛星微波就會受到太陽電磁輻射強烈干擾，這個問題後來直到二十一世紀都無法解決。紅岸所受到的日凌干擾與此類似，不同的是干擾源（太陽）位於發射源（外太空）和接收器之間。與通信衛星相比，紅岸所受的日凌干擾出現的時間更頻繁，也更嚴重。實際的紅岸系統又比原設計縮水了許多，監聽和發射系統共用一個天線，這使得監聽的時間較為珍貴，日凌干擾也就成為一個嚴重問題了。

楊衛寧和雷志成的想法很簡單：搞清太陽發射的電磁波在監測波段上的頻譜規律和特徵，用數字濾波濾掉它，就可排除干擾。兩人都是科技專家，在這外行領導內行的年代，這是難能可貴的。但楊衛寧不是天體物理專業的，雷志成則是走政工道路的人，在專業上不可能知道得太深。其實太陽電磁輻射的穩定只局限於包括可見光在內的從近紫外到中紅外波段，在其他的波段上，它的輻射是動盪不定的。葉文潔首先明智地在第一份研究報告中明白確認一點：在太陽黑子、耀斑、日冕物質拋射等太陽劇烈爆發性活動期間，日凌干擾無法排除。於是，研究對象只局限於太陽正常活動時紅岸監測波段內的電磁輻射。

基地內的研究條件還是不錯的，資料室可以按課題內容調來較全的外文資料，還有很及時的歐美學術期刊，在那個年代這是件很不容易的事。葉文潔還可以透過軍線，與中科院兩家研究太陽的科研單位聯繫，透過傳真得到他們的即時觀測數據。

葉文潔的研究持續了半年，絲毫看不到成功的希望。她很快發現，在紅岸的觀測頻率範圍內，太陽的輻射變幻莫測。透過對大量觀測數據的分析，葉文潔發現了令她迷惑的神祕之處：有時，上述某一頻段輻射發生突變時，太陽表面活動卻平靜如常，上千次的觀測數據都證實了這一點。這就很令她費解了。短波和微波頻段的輻射不可能穿透幾十萬公里的太陽表層來自太陽核心，只能是太陽表層活動產生的，當突變發生時，這種活動應該能夠觀測到，如果太陽沒有相應的擾動，這狹窄頻段的突變是什麼引起的？這事讓她愈想愈覺得神祕。

研究到了山窮水盡的地步，葉文潔決定放棄了。她在最後一份報告中承認自己無能為力。這件事情應該比較好交代的，軍方委託中科院的幾個單位和大學進行的類似研究都以失敗告終，楊衛寧不過是想借助於葉文潔的過人才華再試一試。而雷志成的真實想法就更簡單了，他只想要葉文潔的論文。這項研究理論性很強，更能顯示出他的水準和層次。現下，社會上瘋狂的浪潮漸漸平息，對幹部的要求也有了一些變化，像他這樣在政治上成熟、學術上又有造詣的人，是奇缺的，當然前途無量。至於日凌問題是否能夠解決，倒不是他最關心的。

但葉文潔最終還是沒有把報告交上去，她想到，如果研究結束，基地資料室為這個課題進行的資料調集和外文期刊訂閱就會停止，她就再也不可能接觸到這麼豐富的太空物理學資料了。於是她在名義上還是將研究進行下去，實際上潛心搞自己的太陽數學模型。

這天夜裡，資料室寒冷的閱覽室中照例只有葉文潔一人，她面前的長桌上攤開了一堆期刊和文獻。完成一段繁瑣的矩陣計算後，她呵呵凍僵的手，拿起了一本最新一期《太空物理學》雜誌，僅僅是作為休息，隨便翻了翻，一篇關於木星研究的論文引起了她的注意，論文的提要如下：

在上期的短訊〈太陽系內新的強發射源〉中，威爾遜山天文台的哈里·彼德森博士公布了一批數據，是有關他在六月十二日和七月二日對木星由行星引力導致的自轉擺動觀測中，意外兩次檢測到木星本身發出強烈的電磁輻射，每次持續時間分別為八十一秒和七十六秒，這批數據記錄了輻射的頻率範圍和其他參數。在無線電波暴期間，觀測到木星表面大紅斑狀態的某些變化，彼德森也在短訊中進行了描述。木星無線電波暴在行星學術界引起很大興趣，這期刊發的G·麥肯齊的文章，認為這是木星內部核融合啟動的徵兆；下期將刊發井上雲石的文章，將木星無線電波暴歸結為一個更複雜的機制：內部金屬氫板塊的運動，並給出了完整的數學描述。

葉文潔清楚記得這兩個日期和時間，當時，紅岸監聽系統受到了強烈的日凌干擾。她查了一下營運日誌，證實了自己的記憶，只是來自太陽的日凌干擾，比來自木星的電磁輻射到達地球的時間晚了十六分四十二秒，這關鍵的十六分四十二秒啊！葉文潔抑制住劇烈的心跳，請資料室的有關人員與國家天文台聯繫，得到了那兩個時間木星和地球的位置座標。她在黑板上畫出了一個大大的三角形，三個頂點分別是太陽、地球和木星，她在三條邊上分別標上距離，在地球頂點標上了兩個到達時間。由木星到地球的距離很容易算出電磁輻射由木星直接到達地球消耗的時間，她接著又算出了電磁輻射由木星到達太陽，再由太陽到達地球的時間，兩者相差正是十六分四十二秒！

葉文潔翻出了以前自己搞出的太陽架構數學模型，試圖從理論上找到一些蛛絲馬跡。她的目光很快鎖定在太陽輻射層中一種叫「能量鏡面」的東西上。從日核回應區發出的能量開始是以高能伽馬射線的形式發出，輻射區透過對這些高能粒子的吸收，再發射實現能量傳遞，經過無數次這種再吸收再輻射的漫長過程（一個光子脫離太陽可能需要一千年的時間），高能伽馬射線經過X射線、極紫外線、紫外線逐漸變為可見光和其他形式的輻射。這些是在太陽研究中早已明確的內容。葉文潔的數學模型產生的一個新結果是：在這些不同頻率輻射的轉換之間，存在著許多明顯的界面，輻射區由裡向外，每越過一個界面，輻射頻率就明顯下降一個等級，這與傳統觀點認為輻射區的頻率是漸變的有所不同。計算顯示，這種界面會將來自低頻側的輻射反射回去，於是她就想了那麼一個命名。

葉文潔開始仔細研究這一層層懸浮在太陽電漿海洋中的飄忽不定的薄膜，她發現，這種只能在恆星內部的高能海洋中出現的東西，有許多奇妙的性質，其中最不可思議的是它的「增益反射」特性，而這與太陽電磁輻射之謎似乎有關。但這種特性過分離奇，難以證實，葉文潔自己都難以置信，更有可能是令人目眩的複雜計算中產生的一些誤導所致。

現下，葉文潔初步證實了自己關於太陽能量鏡面增益反射的猜想：能量鏡面並非簡單地反射低頻側的電磁輻射，而是將它放大了！以前觀測到的那些在狹窄頻段的神祕突變，其實是來自宇宙間的輻射被放大後的結果，所以在太陽表面觀察不到任何相應的擾動。

很可能，這一次，太陽收到木星的電磁輻射後又發射出來，只是強度增加了近億倍！地球以十六分四十二秒的時間差分別收到了放大前後的兩次輻射。

太陽是一個電波放大器！

這裡出現一個問題：太陽每時每刻都在接收來自太空的電磁輻射，包括地球溢出的無線電波，為什麼它只放大其中的一部分呢？原因很明顯：除了能量鏡面對反射頻率的選擇外，主要是太陽對流層的屏蔽作用。表面沸騰不息的對流層位於輻射層之上，是太陽最外一層液態層。來自太空的電波首先要穿透對流層才能到達輻射層的能量鏡面，進而被放大後反射出去。這就需要射入的電波在功率上超過一個閾值，地球上絕大部分的無線電發射都遠低於這個閾值，但木星的電磁輻射超過了——

紅岸的最大發射功率也超過了這個閾值！

日凌干擾問題仍未得到解決，但另一個激動人心的可能性出現了：人類可以將太陽作為一個超級天線，透過它向宇宙中發射電波，這種電波是以恆星級的能量發出的，它的功率比地球上能夠使用的全部發射功率還要大上億倍。

地球文明有可能進行II型文明能級的發射！

下一步，需要將那兩次木星電磁輻射的波形與紅岸受到的日凌干擾的波形相對照，如果吻合，這個猜想就得到了進一步的證實。

葉文潔向領導提出要求，要與哈里·彼德森聯繫，取得那兩次木星電磁輻射的波形紀錄。這不是一件容易的事情，管道不好找，還有眾多部門的一道道手續要辦，弄岔一點就有裡通外國的嫌疑，葉文潔只好等待。

但還有一個更直接的證實方法：紅岸發射系統以超過那個閾值的功率直接向太陽發射電波。

葉文潔找到了領導，提出了這個要求，但沒敢直接說出自己的想法，那太玄乎了，肯定遭到否決，她只是說這是一次對太陽研究進行的試驗，將紅岸發射系統作為對太陽的探測雷達，透過接收回波來分析反映太陽電磁輻射的一些訊息。雷志成和楊衛寧都有很深的科技背景，想騙他們不容易，但葉文潔說出的這項試驗，在西方太陽研究中確實有過先例，事實上，這比正在進行中的對類地行星的雷達探測在技術上還簡單些。

「葉文潔呀，妳愈來愈出格了，妳的課題，在理論上搞搞就行了，有必要弄這麼大動作嗎？」雷志成搖搖頭說。

「政委，可能有重大發現。實驗是必須的，只這一次，行嗎？」葉文潔苦苦央求道。

楊衛寧說：「雷政委，要不就做一次？操作上好像沒什麼太大困難，回波在發射後傳回要……」

「十幾分鐘吧。」雷志成說。

「這樣紅岸系統正好有時間轉換到接收狀態。」

雷志成再次搖頭：「我知道在技術上和工作量上都沒什麼，但你……唉，楊總啊，你頭腦中缺的就是這根弦啊——向紅太陽發射超強烈的電波，你想過這種實驗的政治涵義嗎？」

楊衛寧和葉文潔一時瞠目結舌，他們並不是感到這理由荒唐，相反，是為自己沒有想到而後怕。那個年代，對一切事物的政治圖解已達到了極其荒唐的程度，葉文潔上交的研究報告，雷志成必須進行仔細審閱，對有關太陽的技術用詞反覆斟酌修改，像「太陽黑子」這類詞彙都不能出現。向太陽發射超強電波的實驗當然可以做出一千個正面解釋，但只要有一個反面解釋，就可能有人面臨滅頂之災。雷志成拒絕實驗的這個理由，確實是不可能被推翻的。

葉文潔沒有放棄，其實只要冒不大的險，做成這事很容易。紅岸發射系統的發射器是超高功率的設備，全部使用「文革」期間生產的國產元件，由於質量不過關，故障率很高，不得不在每十五次發射後就全面檢修一次，每次檢修完成後都要例行試營運，參加這種發射的人很少，目標和其他發射參數也是比較隨意的。

在一次值班中，葉文潔被分發進行例行檢修後的測試，由於試發射省去了很多操作，在場的除葉文潔外只有五個人，其中三個是對設備原理知之甚少的操作員，另外的一名技術員和一名工程師已在持續了兩天的檢修中疲憊不堪，心不在焉。葉文潔首先將發射功率設定到剛剛超過太陽增益反射理論上的閾值（這已是紅岸發射系統的最大功率了），頻率設定在最可能被能量鏡面放大的頻率上，借測試天線機械性能為名，將它對準已斜掛在西天的太陽，發射的內容仍同每次正規發射一樣。

這是一九七一年秋天一個晴朗的下午，事後葉文潔多次回憶那一時刻，並沒有什麼特別的感覺，只是焦急，盼發射快些完成，一方面是怕在場的同事發現，雖然她想好了推託的理由，但以損耗元件的最大功率進行發射實驗畢竟是不正常的；同時，紅岸發射系統的定位設備不是設計用於瞄準太陽的，葉文潔用手就能感到光學系統在發燙，如果燒壞麻煩就大了。太陽在西天緩緩下落，葉文潔不得不手動跟蹤，這時，紅岸天線像一棵巨大的向日葵，面對著下落中的太陽緩緩轉動。當發射完成的紅燈亮起時，她渾身已被汗水浸透了。扭頭一看，三名操作員正在控制台上按手冊依次關閉設備，那名工程師在控制室的一角喝水，技術員則靠在長椅子上睡著了。不管後來的歷史學家和文學家們如何描述，當時的真實情景就是這樣平淡無奇。

發射一完成，葉文潔就衝出控制室，跑進楊衛寧的辦公室，喘著氣說：「快，讓基地電台在一萬兩千兆赫上接收！」

「收什麼？」楊總工程師驚奇地看著頭髮被汗水黏到臉上的葉文潔，與靈敏度極高的紅岸接收系統相比，基地用於與外界聯繫的常規軍用電台只是個玩具。

「也許能收到一些東西，紅岸系統沒有時間轉換到接收狀態了！」葉文潔說。正常情況下，紅岸接收系統的預熱和切換只需十多分鐘，而現下接收系統也在檢修中，很多模組拆卸後還未組裝，根本無法在短時間內運作。

楊衛寧看了葉文潔幾秒鐘，拿起了電話，吩咐機要通訊室按葉文潔說的去做。「那個電台的精度，大概只能收到月球上外星人的信號。」

「信號來自太陽。」葉文潔說。窗外，太陽的邊緣已接近天邊的山頂，血紅血紅的。

「妳用紅岸系統向太陽發信號了？」楊衛寧緊張地問。

葉文潔點點頭。

「這事不要對別人說，下不為例，絕對地下不為例！」楊衛寧警覺地回頭看看門口說。

葉文潔又點點頭。

「這有什麼意義嘛，回波一定是極弱的，遠遠超出了常規電台的接收能力。」

「不，如果我的猜想是正常的，將收到極強的回波，強得……難以想像，只要發射功率超過一個閾值，太陽……就能成億倍地放大電波！」

楊衛寧又奇怪地看著葉文潔，後者沉默了。兩人靜靜地等著，楊衛寧能夠清晰地聽到葉文潔的呼吸和心跳，對她剛才的話他沒太在意，只是埋藏了多少年的感情又湧上心頭，但他只能控制著自己，等待著。二十分鐘後，楊衛寧拿起電話，要通了通訊室，簡單地問了兩句。

「什麼都沒收到。」楊衛寧放下電話說。

葉文潔長出了一口氣，好半天才點點頭。

「那個美國天文學家回信了。」楊衛寧拿出一個厚厚的信封遞給葉文潔，上面蓋滿了海關的印章。葉文潔迫不及待地拆開信封，先是大概掃了一眼哈里·彼德森的信，信上說他沒有想到中國也有研究行星電磁學的同行，希望多多聯繫和合作。他寄來的是兩疊紙，上面完整地記錄了來自木星兩次電磁輻射的波形，波形顯然是從長條信號紀錄紙上影印下來的，要對起來看，而這個時候的中國人，還大都沒有見過影印機。葉文潔將幾十張影印紙在地板上排成兩排，排到一半時她就已經不抱任何希望了，她太熟悉那兩次日凌干擾的波形了，與這兩條肯定對不上。

葉文潔慢慢地從地上將那兩排影印紙收拾起來。楊衛寧蹲下幫她收拾，當他將手中的一打紙遞給這個他內心深處愛著的姑娘時，看到她搖搖頭笑了一下，那笑很淒婉，令他心顫。

「怎麼？」他輕輕地問，沒有意識到自己同她說話從來沒有這麼輕聲過。

「沒什麼，一場夢，醒了而已。」葉文潔說完又笑了笑，抱著那落複印紙和信封走出了辦公室。她回到住處，取了飯盒去食堂，才發現只剩下饅頭和鹹菜了。食堂的人又沒好氣地告訴她要關門了，她只好端著飯盒走了出來，走到那道懸崖前，坐在草地上啃著涼饅頭。

這時太陽已經落山，大興安嶺看上去是灰濛濛的一片，就像葉文潔的生活，在這灰色中，夢尤其顯得絢麗燦爛。但夢總是很快會醒的，就像那輪太陽，雖然還會升起來，但已不帶新的希望。這時葉文潔突然看到了自己的後半生，也只有無際的灰色。她含著眼淚，又笑了笑，繼續啃涼饅頭。

葉文潔不知道，就在這時，地球文明向太空發出的第一聲能夠被聽到的啼鳴，已經以太陽為中心，以光速飛向整個宇宙。恆星級功率的強勁電波，如磅礴的海潮，此時已越過了木星軌道。

這時，在一萬二千兆赫波段上，太陽是銀河系中最亮的一顆星。

二十四、紅岸之六

以後的八年，是葉文潔一生中最平靜的一段時間。「文革」中的經歷造成的驚懼漸漸平息，她終於能夠稍微放鬆一下自己的精神。紅岸工程已經完成了實驗和磨合期，一切漸漸轉入常規，需要解決的技術問題愈來愈少，工作和生活變得有規律了。

平靜之後，一直被緊張和恐懼壓抑著的記憶開始甦醒，葉文潔發現，真正的傷痛才剛剛開始。噩夢般的記憶像一處處死灰復燃的火種，愈燒愈旺，灼燒著她的心靈。對於普通的女性，也許時間能夠漸漸癒合這些創傷，畢竟，「文革」中有她這樣遭遇的女性太多了，比起她們中的很多人，她算是幸運的。但葉文潔是一位科學女性，她拒絕忘卻，而且是用理性的目光直視那些傷害了她的瘋狂和偏執。

其實，葉文潔對人類惡的一面的理性思考，從她看到《寂靜的春天》那天就開始了。隨著與楊衛寧關係的日益密切，葉文潔透過他，以蒐集技術資料的名義，購進了許多外文的哲學和歷史經典著作，斑斑血跡裝飾著的人類歷史令她不寒而慄，而那些思想家的卓越思考，將她引向人性的最本質也是最隱祕之處。

其實，就是在這近乎世外桃源的雷達峰上，人類的非理性和瘋狂仍然每天都歷歷在目。葉文潔看到，山下的森林，每天都在被她昔日的戰友瘋狂砍伐，荒地面積日益擴大，彷彿是大興安嶺被剝去皮膚的部分，當這些區域連成一片後，那倖存的幾片林木倒顯得不正常了。燒荒的大火在那光禿禿的山野上燃起，雷達峰成了那些火海中逃生的鳥兒的避難所，當火燒起來時，基地裡那些鳥淒慘的叫聲不絕於耳，牠們的羽毛都被燒焦了。

在更遠的外部世界，人類的瘋狂已達到了文明史上的頂峰。那段時間，正是美蘇爭霸最激烈的時期，分布在兩個大陸上的數不清的發射井中，在幽靈般潛行在深海下的戰略核子潛艇上，能將地球毀滅幾十次的核子武器一觸即發，僅一艘「北極星」或「颱風」級潛艇上的分導核彈頭，就足以摧毀上百座城市，殺死幾億人。但普通人對此仍然一笑置之，似乎與己無關。

作為太空物理學家，葉文潔對核子武器十分敏感，她知道這是恆星才具有的力量。她更清楚，宇宙中還有更可怕的力量，有黑洞，有反物質等等，與那些力量相比，熱核炸彈不過是一支溫柔的蠟燭。如果人類得到了那些力量中的一種，世界可能在瞬間被汽化，在瘋狂面前，理智是軟弱無力的。

進入紅岸基地四年後，葉文潔和楊衛寧組成了家庭。楊衛寧是真心愛著葉文潔的，為了愛情，他放棄了自己的前途。這時，「文革」最激烈的時期已經過去，政治環境相對溫和了一些，楊衛寧沒有因為自己的婚姻受到迫害，但因為娶了一個戴著反革命帽子的妻子，被視為政治上不成熟，丟掉了總工程師的職位。他和妻子能夠作為普通技術人員留在基地，也僅僅是因為技術上離不開他們。對於葉文潔來說，接受楊衛寧的愛情主要是出於一種報恩的心理，在那最危難的時刻，如果不是他將自己帶進這個與世隔絕的避風港，她可能早已不在人世了。楊衛寧很有才華，風度和修養俱佳，不是一個讓她討厭的人，但她自己已心如死灰，很難再燃起愛情的火焰了。

對人類本質的思考，使葉文潔陷入了深重的精神危機。她首先面臨的，是一種奉獻目標的缺失，她曾是一個理想主義者，需要將自己的才華貢獻給一個偉大的目標，現下卻發現，自己以前做的一切全無意義，以後也不可能有什麼有意義的追求。這種心態發展下去，她漸漸覺得這個世界是那樣地陌生，她不屬於這裡，這種精神上的流浪感殘酷地折磨著她，在組成家庭後，她的心靈反而無家可歸了。

這天葉文潔值夜勤，這是最孤寂的時刻，在靜靜的午夜，宇宙向它的聆聽者展示著廣漠的荒涼。葉文潔最不願意看的，就是顯示器上緩緩移動的那條曲線，那是紅岸接收到的宇宙電波的波形，無意義的噪聲。葉文潔感到這條無限長的曲線就是宇宙的抽象，一頭連著無限的過去，另一頭連著無限的未來，中間只有無規律、無生命的隨機起伏，一個個高低錯落的波峰就像一粒粒大小不等的沙子，整條曲線就像是所有沙粒排成行形成的一維沙漠，荒涼寂寥，長得更令人無法忍受。你可以沿著它向前向後走無限遠，但永遠找不到歸宿。

但今天，當葉文潔掃了一眼波形顯示器後，發現有些異樣。即使是專業人員，也很難僅憑肉眼看出波形是否攜帶訊息，但葉文潔對宇宙噪聲的波形太熟悉了，眼前移動的波形，似乎多了某種說不出來的東西，這條起伏的細線像是有了靈魂，她敢肯定，眼前的電波是被智能調製的！葉文潔衝到另一台主機終端前，察看電腦對目前接收內容識別度的判別，發現識別度是AAAAA！在這之前，紅岸接收到的宇宙電波，識別度從未超過C，如果達到A，波段包含智能訊息的可能性就大於百分之九十；連續五個A是一個極端情況，它意味著接收到的訊息使用的就是紅岸發射訊息的語言！葉文潔打開了紅岸譯解系統，這個軟體能對識別度大於B的訊息進行試譯解，在整個紅岸監聽過程中，它從未被正式使用過。按軟體試驗運作中的情況，翻譯一段可能的智能編碼可能需要幾天甚至幾個月的運算時間，出來的結果多半還是譯解失敗。但這次，原始檔案剛剛提交，幾乎沒有時間間隔，螢幕上就顯示譯解完成。葉文潔打開結果檔案，人類第一次讀到了來自宇宙中另一個世界的訊息，其內容出乎所有人的想像，它是三條重複的警告：

不要回答！

不要回答！

不要回答！

在令她頭暈目眩的激動和迷惑中，葉文潔接著譯解了第二段訊息：

這個世界收到了你們的訊息。

我是這個世界的一個和平主義者，我首先收到訊息是你們文明的幸運，警告你們：不要回答！不要回答！不要回答！

你們的方向上有千萬顆恆星，只要不回答，這個世界就無法定位發射源。

如果回答，發射源將被定位，你們的行星系將遭到入侵，你們的世界將被占領！

不要回答！不要回答！不要回答！

看著顯示幕上閃動的綠色字跡，葉文潔已經無法冷靜思考，她那被激動和震撼抑制了的智力只能理解以下的事實：現下距她上次向太陽發送訊息不到九年，那麼這些訊息的發射源距地球只有四光年左右，它只能來自距我們最近的恆星系：半人馬座三星！

宇宙不荒涼，宇宙不空曠，宇宙充滿了生機！人類將目光投向宇宙的盡頭，但哪裡想到，在距他們最近的恆星中，就存在著智慧生命！

葉文潔看看波形顯示，訊息仍源源不斷地從太空中湧進紅岸天線，她打開另一個界面，啟動了即時譯解，接收到的訊息被立刻顯示出來。在以後的四個多小時中，葉文潔知道了三體世界的存在，知道了那個一次次浴火重生的文明，也知道了他們星際移民的企圖。

凌晨四點多，來自半人馬座的訊息結束了，譯解系統開始無結果地運作，不斷發出失敗訊息，紅岸監聽系統所聽到的，又是宇宙荒涼的噪聲。

但葉文潔可以確定，剛才的一切不是夢。

太陽確實是一個超級天線，但八年前那次試驗中為什麼沒有收到回波，為什麼木星的輻射波形與後來的太陽輻射對不上？葉文潔後來想出了許多原因，基地的電台可能根本不能接收那個頻段的電波，或者收到後只是一團噪音，就認為是什麼都沒有收到。至於後者，很可能是因為太陽在放大電波的同時，還疊加了一個波形，這個波形是有規律的，在外星文明的譯解系統中很容易被剔除，但在她的肉眼看來，木星和太陽的輻射波形就大不相同了。這一點後來得到了證實，疊加的是一個正弦波。

她警覺地四下看看，主機房中值班的還有三人，其中兩人在一個角落聊天，一人在終端機前打瞌睡，而在監聽系統的訊息處理部分，能夠檢視接收內容識別度和訪問譯解系統的終端機只有她面前這兩台。她不動聲色地迅速操作，將已接收到的訊息全部轉存到一個多重加密的隱形次目錄中，用一年前接收到的一段噪聲代替了這五個小時的內容。

然後，她從終端機上將一段簡短的訊息輸入紅岸發射系統的緩存區。

葉文潔起身走出了監聽主控室的大門，一陣冷風吹到她滾燙的臉上，東方晨曦初露，她沿著被晨光微微照亮的石子路，向發射主控室走去，在她的上方，紅岸天線的巨掌無聲地向宇宙張開著。晨曦照出了門口哨兵那黑色的剪影，像往常一樣，葉文潔進門時他沒有理會。發射主控室比監聽主控室要暗許多，葉文潔穿過一排排機櫃，徑直走向控制台，熟練地扳動十幾個開關，啟動了發射系統的預熱。坐在控制台旁邊的兩名值班員抬起頭用困乏的眼睛看了看她，其中一人又扭頭看了看牆上的時鐘，然後一人繼續打瞌睡，另一人則翻看著可能已看了許多遍的報紙。在基地裡，葉文潔在政治上自然沒有任何地位，但在技術上有一定的自由，她常常在發射前檢查設備，雖然今天太早了些，距發射操作還有三個小時，但提前預熱也是不奇怪的。

漫長的半個小時過去了，葉文潔在這期間重設了發射頻率，將其置於太陽能量鏡面反射的最優值上，將發射功率設為最大值，然後，她將雙眼湊近光學定位系統的目鏡，看到太陽正在升出地平線。她啟動了天線定位系統，緩緩轉動方向桿使其對準太陽。巨型天線轉動時產生的隆隆震動傳進主控室，有一名值班員又看了葉文潔一眼，但也沒說什麼。

太陽完全升出了天邊連綿的山脊，紅岸天線定位器的十字絲的中心對在它的上緣，這是考慮了電波運作的提前量，發射系統已處於就緒狀態。發射按鈕呈長方形，很像電腦鍵盤上的空格鍵，但是紅色的。這時，葉文潔的手指懸在它上面兩公分處。

人類文明的命運，就繫於這纖細的兩指之上。

毫不猶豫地，葉文潔按下了發射鍵。

「幹什麼？」一名值班員帶著睡意問。

葉文潔衝他笑了笑，沒有說話，隨即按下另一個黃鍵中止了發射，又轉動方向桿改變了天線的指向，然後離開控制台向外走去。

那個值班員看看錶，也該下班了，他拿起日誌，想把葉文潔剛才啟動發射系統的操作記下來，這多少有些異常，但他看看一條紀錄紙帶，發現她只將發射系統啟動了不到三秒鐘，於是將日誌扔回原位，打了個哈欠，戴上軍帽走了。正在飛向太陽的訊息是：

到這裡來吧，我將幫助你們獲得這個世界，我的文明已無力解決自己的問題，需要你們的力量來介入。

初升的太陽使葉文潔頭暈目眩，出門後沒有走出多遠，她就昏倒在草地上。

醒來後，她發現自己躺在醫務室中，楊衛寧在床邊關切地看著她，像多年前在飛機上那樣。醫生讓葉文潔以後注意休息，因為她懷孕了。

二十五、叛亂

葉文潔講述完這段歷史後，大廳陷入一片靜默，在場的許多人顯然也是第一次聽到這麼完整的講述，汪淼也被深深地吸引了，暫時忘記了目前的危險和恐懼，不由得問道：

「那麼，三體組織是如何發展到這個規模的呢？」

葉文潔回答：「這要從我認識伊文斯說起……。不過，這段歷史在場的同志們都知道，我們就不要在這上面浪費時間了，以後我可以單獨為你講，但是否有這個機會，就要看你自己了……。小汪，我們還是談談你的奈米材料吧。」

「你們所說的……主，為什麼這樣害怕奈米材料呢？」汪淼問。

「因為它能夠使人類擺脫地球引力，大規模進入太空。」

「太空電梯？」汪淼立刻想到了。

「是的，那種超高強度的材料一旦能夠大規模生產，建設從地表直達地球同步軌道的太空電梯就有了技術基礎。對主而言，這只是一項很小的發明，但對地球人類卻意義重大。地球人類可以憑藉這項科技輕易地進入近地空間，在太空建立起大規模的防禦體系便成為可能，所以，必須撲滅這項科技。」

「倒數計時的終點是什麼？」汪淼問出了這個最令他恐懼的問題。

葉文潔微微一笑，「不知道。」

「你們這樣做沒有意義！這不是基礎研究，大方向對了別人也能做出來的！」汪淼緊張地大聲說。

「是沒有意義，能夠擾亂研究者的思想是最有效的，但我們做得不理想，如你所說，這畢竟是應用研究，不像對基礎研究那麼有效……」

「說到基礎研究，妳女兒是怎麼死的？」

這個問題令葉文潔沉默了幾秒鐘，汪淼注意到，她的眼神幾乎不為人察覺地黯淡了一下，但旋即接下了剛才的話題：「其實，對於無比強大的主來說，我們做的一切都絲毫沒有意義，我們只是做自己想做的事。」

葉文潔話音剛落，轟然幾聲巨響，飯廳的兩扇大門同時被撞開，一群端衝鋒槍的士兵衝了進來，汪淼注意到他們不是武警而是正規軍，他們幾乎無聲地貼牆而行，很快在三體叛軍周遭形成了一個包圍圈。史強最後走了進來，皮夾克敞著懷，手裡握著槍管，槍柄像一把榔頭似的露出來。他大大咧咧地四下看看，突然衝向前去，倒握著槍的手一掄，響起了金屬砸在頭骨上的悶響，一名三體戰士倒了下去，沒來得及抽出的手槍摔出老遠。幾名士兵衝天鳴槍，天花板上落下一片塵土。有人拉起汪淼，飛快地跑出了三體叛軍的人群，站到一排士兵後面。

「武器都丟桌子上！誰再炸刺，穿了丫的！」史強指指身後的一排衝鋒槍說，「知道各位都是不要命的，我們也是衝不要命來的！我可把話擱這兒了：普通的警務和法律禁區，對你們已經不適用，甚至人類的戰爭法則對你們也不適用了！既然你們已經與全人類為敵，咱們大家也都沒什麼可忌諱的。」

三體叛軍的人群中有一陣騷動，但並沒有大的驚慌。葉文潔不動聲色。有三個人突然衝出人群，其中包括扭斷潘寒脖子的那個美麗女孩兒，他們衝向那座活動的三體藝術品，一個人抓住了一顆翻飛的金屬球，緊緊抱在胸前。

美麗女孩雙手托起晶亮的金屬球，讓人聯想到身材苗條的韻律體操選手，她又露出那動人的笑，用悅耳的聲音說：「各位警官，我們手裡拿著的是三枚核彈，每枚相當於一千五百公噸級，不算大，我們喜歡小玩意兒，這是引爆開關。」

大廳的一切頓時凝固了，唯一在動的是史強，他把倒握的槍插回左腋下的槍套，神態自若地拍拍手。

「我們的要求很簡單：讓統帥走，然後咱們一起玩什麼都行。」女孩接著說，樣子有些嬌嗔。

「我和同志們在一起。」葉文潔平靜地說。

「能證實她說的嗎？」史強低聲問旁邊一位顯然是爆炸物專家的軍官。

那位軍官將一隻塑膠袋扔到那三個拿球的人跟前，袋中裝著一把彈簧秤。一名拿金屬球的三體戰士拾起塑膠袋，取出彈簧秤後將球裝進袋子，掛到彈簧秤上，舉起來晃了晃，然後把球取出來扔到地上。女孩兒哈哈一笑，這邊的爆炸物專家也輕蔑地笑笑。另一個拿球的人也照樣秤了球，然後也將球扔了。女孩又笑了一聲，接過塑膠袋將球裝了進去，掛到彈簧秤上，標尺「嘩」地一下直落到底。

爆炸物專家臉上的笑容凝固了，低聲對史強說：「這個是了。」

史強仍不動聲色。

「至少可以肯定裡面裝有重元素分裂材料，至於引爆系統行不行還不清楚。」爆炸物專家說。

士兵們槍上電筒的光柱集中在那個拿核彈的女孩兒身上，這個豔麗的死亡之花手捧著一千五百公噸TNT，燦爛地笑著，彷彿是在舞台聚光燈下迎接著掌聲和讚美。

「有一個辦法：向那個球射擊。」爆炸物專家在大史耳邊低聲說。

「不會引爆？」

「只會引爆外圍的常規炸藥，但會將炸藥打散，無法對中心核炸藥產生精確向心壓縮，肯定不會發生核爆炸。」

大史盯著核彈女孩兒，不說話。

「要布置狙擊手嗎？」

大史幾乎不為人察覺地搖搖頭，「沒有合適位置，那小東西精得能捉鬼，狙擊手的長傢伙一瞄準她就會覺察。」

說完，大史徑直向前走去，撥開人群，站到中間的空地上。

「站住。」核彈女孩向大史拋了個媚眼警告道，右手拇指緊按在引爆開關上，指甲油在電筒光中閃亮著。

「悠著點兒！丫頭，有件事兒妳肯定想知道。」大史站在距女孩七八公尺遠處，從衣袋中掏出一個信封，「妳母親找到了。」

女孩兒神采飛揚的眼睛立刻黯淡了下來，但這時，這雙眼睛真的通向她的心靈。

大史趁機又向前跨了兩步，將自己與女孩的間距縮短至五公尺左右，女孩警惕地一舉核彈，用目光制止了他，但她的注意力已經被大大分散了。剛才扔掉假核彈的兩人中的一個向大史走來，伸手來拿他舉著的信封，大史閃電般抽出手槍，他抽槍的動作正好被取信的人擋住，女孩沒有看到，她只看到取信人的耳邊亮光一閃，懷中的核彈就被擊中爆炸了。

一聲沉悶的巨響後，汪淼兩眼一黑什麼都看不到了，他被人拉著拖出食堂。黃色的濃煙從大門湧出，裡面的喧鬧聲和槍聲響成一片，不斷有人從濃煙中衝到外面……。汪淼起身要衝回大廳，被那名爆炸物專家攔腰抱住。

「當心！放射性！」

混亂很快平息了，有十幾名三體戰士被擊斃，其餘包括葉文潔在內的二百多人被捕。核彈女孩被炸得血肉模糊，但這枚流產的核彈只炸死她一人，大史面前的取信人被炸成重傷，由於有這人的遮擋，大史只受了些輕傷，但他和爆炸後待在大廳中的其他人一樣，受到了嚴重的放射性汙染。

汪淼透過救護車的小窗看著車裡的大史，他頭上的一道傷口還在流血，給他包紮的護士穿著透明的防護服，大史和汪淼只能用手機說話。

「那個女孩子是誰？」汪淼問。

大史咧嘴一笑：「我他媽的怎麼知道，瞎猜的，這樣的女孩子，多半沒見過媽。我幹這行二十多年，就學會了看人。」

「你贏了，真的是有人搗鬼。」汪淼努力地擠出笑來，希望車裡的大史能看到。

「老弟，還是你贏了。」大史笑著搖搖頭，「老子怎麼會想到，奶奶的，竟然真扯到外星人那兒！」

二十六、雷志成、楊衛寧之死

審問者：姓名？

葉文潔：葉文潔。

審問者：出生日期？

葉文潔：一九四七年六月。

審問者：職業？

葉文潔：清華大學物理系天體物理專業教授，二〇〇四年退休。

審問者：鑑於妳的身體情況，談話過程中妳可以要求暫停休息。

葉文潔：謝謝，不用。

審問者：我們今天進行的是普通刑事案件的調查，不涉及更高層次的內容，這不是本次調查的主要部分，我們希望快些結束，希望妳能配合。

葉文潔：我知道你指的是什麼，我會配合的。

審問者：調查發現，在紅岸基地工作期間，妳有殺人嫌疑。

葉文潔：我殺死過兩個人。

審問者：時間？

葉文潔：一九七九年十月二十一日下午。

審問者：受害者的姓名？

葉文潔：基地政委雷志成和基地工程師、我的丈夫楊衛寧。

審問者：講述一下妳作案的動機。

葉文潔：我……是不是能假設你對當時相關的背景有所了解？

審問者：基本了解，不清楚的我會提問。

葉文潔：好的。在接收到外星訊息並回信後的當天，我得知收到該訊息的不止我一個人，雷志成也收到了。雷政委是那個年代典型的政治幹部，政治神經很敏感，用當時的話說，就是階級鬥爭這根弦繃得很緊。他背著紅岸基地的大部分技術人員，在主電腦中長期後台運作著一個小程式，這個程式不斷讀取發射和接收的訊息緩衝區，並將讀到的內容儲存在一個隱藏很深的加密檔案中，這樣，紅岸系統發射出去和接收到的訊息就有了一個只有他能讀取的備份，正是從這個備份中，他發現了紅岸接收到的外星文明訊息。在我向初升的太陽發出回答訊息的當天下午，也就是我從醫務室中剛得知自己懷孕後，雷志成把我叫到他的辦公室。我看到，他辦公桌上的終端螢幕上赫然顯示著昨夜收到的來自三體世界的訊息……

「從接收到第一批訊息到現下，已經過去了八個多小時，妳沒有報告，反而將原始訊息刪除或隱藏起來了，是嗎？」

我低著頭沒有回答。

「妳下一步的企圖我也清楚，妳打算回電。若不是我發現得及時，整個人類文明都將毀在妳手中！當然，這不是說我們懼怕來自宇宙的入侵。退一萬步說，那種事真發生了，外星侵略者必然會淹沒於民眾戰爭的汪洋大海之中！」

我現下明白了，他還不知道我已經發出了回電，我將回答訊息放入發射緩衝區時，使用的不是常規檔案界面，這無意中繞開了他的監視程式。

「葉文潔，妳是會做出這種事的，對於黨和民眾，妳一直懷有刻骨的仇恨，不會放過任何一個報復的機會。妳知道這樣做的後果嗎？」

我當然知道，於是點點頭，雷志成沉默片刻，下面的話卻出乎我的預料。

「葉文潔，對於妳，我是不會有任何惻隱之心的，妳一直都是一個與民眾為敵的階級敵人。但我與楊衛寧是多年的戰友，我不能看著他和妳一同徹底毀掉，更不能看著他的孩子也跟著毀掉。妳有孩子了，不是嗎？」

他這話並非隨便說說，如果事發，在那個年代，這樣性質的問題，不管我丈夫與此事有無關係，都會受到很大牽連，當然還有未出世的孩子。

雷志成壓低了聲音說：「目前，這件事情還只有我們倆知道，現下要做的，就是把這件事情的影響降到最小。妳什麼都不要管，就當這件事沒有發生，不要向任何人提起，包括楊衛寧，剩下的事情，就由我來處理吧。小葉啊，請相信我，只要妳配合，就能避免可怕的後果。」

我立刻明白了雷志成的用心：他想成為第一個發現外星文明的人，這確實是一個名垂青史的絕好機會。

我答應了他，然後離開了辦公室，這時我已經在心裡決定了一切。

我拿了一個小扳手，走進了接收系統前端處理模組的設備間，打開主機櫃，將最下方的接地線的螺栓小心地擰鬆了，由於我時常需要檢查設備，所以誰也沒有注意到我幹了什麼。這時，接地電阻由零點六歐姆一下子上升到五歐姆，接收系統的干擾驟然增大。

值班技術員立刻就知道是接地線故障，因為這種故障以前多次發生，判斷起來很容易，但他不會想到是接地線頂端的故障，因為那裡固結很好，一般沒人動，況且我剛說過順便看過了。雷達峰的頂部是一種很不尋常的地質架構，覆蓋著一層厚十幾公尺的膠泥，這種膠泥層導電性很差，接地線埋下後，接地電阻總是達不到要求；把接地電極深埋也不行，因為這種膠泥層對導線有很強的腐蝕作用，時間長了可能從中部將接地線蝕斷。最後只好將接地線排從那道懸崖上垂下去，沿著崖壁一直垂到沒有膠泥層的地方，將接地電極埋設在崖壁上的那個位置。即使這樣接地仍然不穩定，電阻常常超標，問題都是出在接地線在懸崖壁上的部分，這時維修人員就要用繩索吊下去修。

那名技術員就向外圍維修班打招呼，班裡的一名戰士在一根鐵柱上繫好繩索就順著崖壁下去了，在下面折騰了半個多小時，滿頭大汗地上來，說找不到故障。這次監聽作業眼看就要受到影響，只好上報基地指揮部。我就在懸崖頂上那個繫繩索的鐵柱旁等著，事情果然如我預料，雷志成跟著那名戰士來了。

應該說，雷志成是一名很敬業的政工幹部，忠實地按照那時對他們的要求去做：與群眾打成一片，時時站在第一線。

也許是為了做姿態，但他確實做得很好，基地急難險重的工作中，都少不了他的身影，而以往他幹得最多的，就是搶修接地線這個既危險又累的活兒。這工作雖然沒有多高的技術含量，但需要經驗，因為故障可能是因接地線暴露，露天產生的、難以察覺的接觸不良，也可能是因為接地電極埋設處因乾燥等原因導致的導電性差，現下負責外圍維修的這批志願兵剛剛調換過，都沒有經驗，所以我估計他多半要來。他繫好安全帶，就順著繩索下去了，好像我不存在似的。我藉口把那名戰士支走，懸崖頂上只剩下我一人，然後我從衣袋中掏出了一件東西，那是一疊短鋼鋸，是一條長鋸條折成三段後疊在一起的，這樣繩索的斷口看不出是鋸斷的。

正在這時我丈夫楊衛寧來了。

問清事情的緣由後，他向懸崖下看了看，說要是檢查接地電極的話需要開挖，老雷一個人在下面太費勁，他要下去幫忙，於是繫上那名戰士留下的安全帶。我說：「再拿一條繩索吧。」他說：「不用，這條繩子就挺粗、挺結實，承帶兩個人沒問題。」我堅持要拿，他說：「那妳去吧。」等我急跑著取回了另一條繩索回到懸崖頂時，他早順著那條繩索下去了。我探頭向下看，見他和雷志成已經檢查完畢，正沿著同一條繩索向上爬，雷志成在前。

真的不會再有機會了，我掏出那疊鋼鋸，鋸斷了繩索。

審問者：我問一句，回答不記錄。妳當時的感受？

葉文潔：冷靜、毫不動感情地做了。我找到了能夠為之獻身的事業，付出的代價，不管是自己的還是別人的，都不在乎。同時我也知道，全人類都將為這個事業付出史無前例的巨大犧牲，這僅僅是一個微不足道的開始。

審問者：好的，繼續吧。

葉文潔：我聽到兩三聲短促的驚叫，然後是身體摔到崖底亂石上的聲音，等了一會兒，我看到從崖底流出的那條小溪變紅了……。關於這件事，我能說的就這些了。

審問者：好的，這是紀錄，請妳仔細看看，準確無誤的話，請在這兒簽字。

二十七、無人懺悔

雷志成和楊衛寧遇難後，上級很快以普通工作事故處理了這件事，在基地所有人眼中，葉文潔和楊衛寧感情很好，誰也沒有對她起疑心。

新來的基地政委很快上任，生活又恢復了以往的寧靜，葉文潔腹中的小生命一天天長大，同時，她也感到了外部世界的變化。

這天，警衛排排長叫葉文潔到門崗去一趟。她走進崗亭，吃了一驚：這裡有三個孩子，兩男一女，十五六歲的樣子，都穿著舊棉襖，戴著狗皮帽，一看就是當地人。哨兵告訴她，他們是齊家屯的，聽說雷達峰上都是有學問的人，就想來問幾個學習上的問題。葉文潔暗想，他們怎麼敢上雷達峰？這裡是絕對的軍事禁區，崗哨對擅自接近者只需警告一次就可以開槍。哨兵看出了葉文潔的疑惑，告訴她剛接到命令，紅岸基地的守密級別降低了，當地人只要不進入基地，就可以上雷達峰來，昨天已經來過幾個當地農民，是來送菜的。

一個孩子拿出一本已經翻得很破舊的國中物理課本，他的手黑乎乎的，像樹皮一般滿是皴裂，他用濃重的東北口音問了一個中學物理的問題：課本上說自由落體開始一直加速，但最後總會以均速下落，他們想了幾個晚上，都想不明白。

「你們跑這麼遠，就為問這個？」葉文潔問。

「葉老師，您不知道嗎？外頭高考了！」那女孩兒興高采烈地說。

「高考？」

「就是上大學呀！誰學習好，誰考的分高誰就能上！一年前就是了，您還不知道?!」

「不推薦了？」

「不了，誰都可以考，連村裡『黑五類』的娃都行呢！」

葉文潔愣了半天，這個變化很讓她感慨。過了好一會兒，她才發現面前捧著書的孩子們還等著，忙趕緊回答他們的問題，告訴他們那是由於空氣阻力與重力平衡的緣故；同時還許諾，如果以後有學習上的困難，可以隨時來找她。

三天後，又有七個孩子來找葉文潔，除了上次來過的三個外，其他四個都是從更遠的村鎮來的。第三次來找她的孩子是十五個，同來的還有一位鎮中學的老師，由於缺人，他物理、數學和化學都教，他來向葉文潔請教一些教學上的問題。這人已年過半百，滿臉風霜，在葉文潔面前手忙腳亂，書什麼的倒了一地。走出崗亭後，葉文潔聽到他對學生們說：「娃娃們，科學家，這可是正兒八經的科學家啊！」以後隔三差五地就有孩子來請教，有時來的人很多，崗亭裡站不下，經過基地負責安全警衛的領導同意，由哨兵帶著他們到食堂的飯廳裡，葉文潔就在那兒支起一塊小黑板給孩子們講課。

一九七八年的除夕夜，葉文潔下班後天已經完全黑了，基地的人大部分已在三天假期中下了山，到處都是一片寂靜。葉文潔回到自己的房間，這裡曾是她和楊衛寧的家，現下空蕩蕩的，只有腹中的孩子陪伴著她。外面的寒夜中，大興安嶺的寒風呼嘯著，風中隱隱傳來遠處齊家屯的鞭砲聲。孤寂像一隻巨掌壓著葉文潔，她覺得自己被愈壓愈小，最後縮到這個世界看不到的一個小角落去了……。就在這時，響起了敲門聲，開門後葉文潔首先看到哨兵，他身後有幾枝松明子的火光在寒風中搖曳著，舉火把的是一群孩子，他們臉凍得通紅，狗皮帽上有冰碴子，進屋後帶著一股寒氣。有兩個男孩子凍得最厲害，他們穿得很單薄，卻用兩件厚棉衣裹著一個什麼東西抱在懷裡，把棉衣打開來，是一個大瓷盆，裡面的酸菜豬肉餡餃子還冒著熱氣。

那一年，在向太陽發出信號八個月後，葉文潔臨產了，由於胎位不正，她的身體又很弱，基地衛生所沒有條件接生，就把她送到了最近的鎮醫院。

這竟是葉文潔的一個鬼門關，她遇到了難產，在劇痛和大出血後陷入昏迷，冥冥中只看到三個灼熱刺眼的太陽圍繞著她緩緩轉動，殘酷地炙烤著她。這情景持續了很長時間後，她在朦朧中想到，這可能就是她永恆的歸宿了，這就是她的地獄，三個太陽構成的地獄之火將永遠灼燒著她，這是她因那個超級背叛受到的懲罰。她陷入強烈的恐懼中，不是為自己，而是為孩子——孩子還在腹中嗎？還是隨著她來到這地獄中蒙受永恆的痛苦？不知過了多久，三個太陽漸漸後退了，退到一定距離後突然縮小，變成了晶瑩的飛星，周遭涼爽了，疼痛也在減輕，她終於醒了過來。

葉文潔聽到耳邊的一聲啼哭，她吃力地轉過臉，看到了嬰兒粉嘟嘟、濕乎乎的小臉兒。

醫生告訴葉文潔，她出血達兩千多毫升，齊家屯的幾十位農民來給她捐血，他們中很多人的孩子她都輔導過，但更多的是素昧平生，只是聽孩子和他們的父母說起過她，要不是他們的話，她死定了。

以後的日子成了問題，葉文潔產後虛弱，在基地自己帶孩子是不可能的，她又無親無故。這時，齊家屯的一對老兩口來找基地領導，說他們可以把葉文潔和孩子帶回家去照顧。男的原來是個獵戶，也採些藥材，後來周遭的林子愈來愈少，就種地了，但人們還是叫他齊獵頭兒。他們有兩兒兩女，女孩都嫁出去了，一個兒子在外地當兵，另一個成家後與他們一起過，兒媳婦也是剛生了娃。葉文潔這時還沒有平反，基地領導很是為難，但也只有這一個辦法了，就讓他們用雪橇把葉文潔從鎮醫院接回了家。

葉文潔在這個大興安嶺的農家住了半年多，她產後虛弱，沒有奶水，這期間，楊冬吃著百家奶長大了。餵她最多的是齊獵頭兒的兒媳婦，叫大鳳，這個健壯的東北妮子，每天吃著高粱米大渣子，同時奶兩個娃，奶水還是旺旺的。屯子裡其他處於哺乳期的媳婦們也都來餵楊冬，她們很喜歡她，說這娃兒有她媽的靈氣兒。漸漸地，齊獵頭兒家成了屯裡女人們的聚集地，老的少的，出嫁了的和大閨女，沒事兒都愛向這兒跑，她們對葉文潔充滿了羡慕和好奇，她也發現自己與她們有很多女人間的話可談。記不清有多少個晴朗的日子，葉文潔抱著楊冬同屯子裡的女人們坐在白樺樹柱圍成的院子裡，旁邊有玩耍的孩子和懶洋洋的大黑狗，溫暖的陽光擁抱著這一切。她每次都特別注意看那幾個舉著銅菸袋鍋兒的，她們嘴裡悠然吐出的煙浸滿了陽光，同她們那豐滿肌膚上的寒毛一樣，發出銀亮的柔光。有一次她們中的一位將長長的白銅菸鍋遞給她，讓她「解解乏」，她只抽了兩口，就被衝得頭暈腦脹，讓她們笑了好幾天。

同男人們葉文潔倒是沒什麼話說，他們每天關心的事兒她也聽不太明白，大意是想趁著政策鬆來種些人參，但又不太敢幹。他們對葉文潔都很敬重，在她面前彬彬有禮。她最初對此沒有在意，但日子長了後，當她看到那些漢子如何粗暴地打老婆、如何同屯裡的寡婦打情罵俏時，說出那些讓她聽半句都臉紅的話，才感到這種敬重的珍貴。隔三差五，他們總有人把打到的野兔、山雞什麼的送到齊獵頭兒家，還給楊冬帶來許多自己做的奇特而古樸的玩具。

在葉文潔的記憶中，這段日子不像是屬於自己的，彷彿是某片從別的人生中飄落的片段，像一片羽毛般飛入自己的生活。這段記憶被濃縮成一幅幅歐洲古典油畫，很奇怪，不是中國畫，就是油畫，中國畫上空白太多，但齊家屯的生活是沒有空白的，像古典的油畫那樣，充滿著濃郁得化不開的色彩。一切都是濃烈和溫熱的：鋪著厚厚烏拉草的火炕、銅菸鍋裡的關東菸和莫合菸、厚實的高粱飯、六十五度的高粱酒……。但這一切，又都在寧靜與平和中流逝著，像屯子邊上的小溪一樣。

最令葉文潔難忘的是那些夜晚。齊獵頭兒的兒子到城裡賣蘑菇去了，他是屯裡第一個外出掙錢的人，她就和大鳳住在一起。那時齊家屯還沒通電，每天晚上，她們倆守在一盞油燈旁，葉文潔看書，大鳳做針線活。葉文潔總是不自覺地將書和眼睛湊近油燈，常常瀏海被烤得「吱啦」一下，這時她倆就抬頭相視而笑。大鳳從來沒出過這事兒，她的眼神極好，藉著炭火的光也能幹細活兒。兩個不到半周歲的孩子睡在她身邊的炕上，他們的睡相令人陶醉，屋裡能聽到的，只有他們均勻的呼吸聲。葉文潔最初睡不慣火炕，總是上火，後來習慣了，睡夢中，她常常感覺自己變成了嬰兒，躺在一個人溫暖的懷抱裡，這感覺是那麼真切，她幾次醒後都淚流滿面——但那個人不是父親和母親，也不是死去的丈夫，她不知道是誰。

有一次，她放下書，看到大鳳把納著的鞋底放到膝上，呆呆地看著燈花。發現葉文潔在看自己，大鳳突然問：

「姐，妳說天上的星星咋的就不會掉下來呢？」

葉文潔細看大鳳，油燈是一位卓越的畫家，創作了這幅凝重色調中又帶著明快的古典油畫：大鳳披著棉襖，紅肚兜和一條圓潤的胳膊露出來，油燈突出了她的形象，在她最美的部位塗上了最醒目的色彩，將其餘部分高明地隱沒於黑暗中。背景也隱去了，一切都淹沒於一片柔和的黑暗中，但細看還是能看到一片暗紅的光暈，這光暈不是來自油燈，而是地上的炭火照出來的，可以看到，外面的嚴寒已開始用屋裡溫暖的濕氣在窗戶上雕出美麗的冰紋了。

「妳害怕星星掉下來嗎？」葉文潔輕輕地問。

大鳳笑著搖搖頭：「怕啥呢？它們那麼小。」

葉文潔終於還是沒有做出一個太空物理學家的回答，她只是說：「它們都很遠很遠，掉不下來的。」

大鳳對這回答已經很滿意，又埋頭做起針線活兒來。但葉文潔卻心緒起伏，她放下書，躺到溫暖的炕面上，微閉著雙眼，在想像中隱去這間小屋周遭的整個宇宙，就像油燈將小屋中的大部分隱沒於黑暗中一樣。然後，她將大鳳心中的宇宙置換過來。這時，夜空是一個黑色的巨大球面，大小正好把世界扣在其中，球面上鑲著無數的星星，晶瑩地發著銀光，每個都不比床邊舊木桌上的那面圓鏡子大。世界是平的，向各個方向延伸到很遠很遠，但總是有邊的。這個大平面上布滿了大興安嶺這樣的山脈，也布滿了森林，林間點綴著一個個像齊家屯一樣的村莊……。這個玩具盒般的宇宙令她感到分外舒適，漸漸地這宇宙由想像變成了夢鄉。

在這個大興安嶺深處的小山村裡，葉文潔心中的什麼東西漸漸融化了，在她心靈的冰原上，融出了小小的一汪清澈的湖泊。

楊冬出生後，在紅岸基地，時間在緊張和平靜中又過去了兩年多。這時，葉文潔接到了通知，她和父親的案件都被徹底平反；不久之後又收到了母校的信，說她可以立刻回去工作。與信同來的還有一大筆匯款，這是父親落實政策後補發的工資。在基地會議上，領導終於稱她為葉文潔同志了。

葉文潔很平靜地面對這一切，沒有激動和興奮。她對外面的世界不感興趣，寧願一直在僻靜的紅岸基地待下去，但為了孩子的教育，她還是離開了本以為要度過一生的紅岸基地，返回了母校。

走出深山，葉文潔充滿了春天的感覺，「文革」的嚴冬確實結束了，一切都在復甦之中。雖然浩劫剛剛結束，舉目望去一片廢墟，無數人在默默地舔著自己的傷口，但在人們眼中，未來新生活的曙光已經顯現。大學中出現了帶著孩子的學生，書局中文學名著被搶購一空，工廠中的技術革新成了一件最了不起的事情，科學研究更是被罩上了一層神聖的光環。科學和技術一時成了打開未來之門的唯一鑰匙，人們像國小生那樣真誠地接近科學，他們的奮鬥雖是天真的，但也是腳踏實地的。在第一次全國科學大會上，郭沫若宣布科學的春天到來了。

這是瘋狂的終結嗎？科學和理智開始回歸了？葉文潔不止一次地問自己。

直到離開紅岸基地，葉文潔再也沒有收到來自三體世界的消息。她知道，要想收到那個世界對她那條訊息的回答，最少要等八年，何況她離開了基地後，已經不具備接收外星回信的條件了。

那件事實在太重大了，卻由她一個人靜悄悄地做完，這就產生了一種不真實的感覺。隨著時間的流逝，這種虛幻感愈來愈強烈，那件事愈來愈像自己的幻覺，像一場夢。太陽真的能夠放大電波嗎？她真的把太陽作為天線，向宇宙中發射過人類文明的訊息嗎？真的收到過外星文明的訊息嗎？她背叛整個人類文明的那個血色清晨真的存在過？還有那一次謀殺……

葉文潔試著在工作中麻木自己，以便忘掉過去——她竟然幾乎成功了，一種奇怪的自我保護本能使她不再回憶往事，不再想起她與外星文明曾經有過的聯繫，日子就這樣在平靜中一天天過去。

回到母校一段時間後，葉文潔帶著冬冬去了母親紹琳那裡。丈夫慘死後，紹琳很快從精神錯亂中恢復過來，繼續在政治夾縫中求生存。她緊跟情勢高喊口號，終於得到了一點報償，在後來的「復課鬧革命」中重新走上了講台。但這時，紹琳卻做出了一件出人意料的事，與一位受迫害的教育部高幹結了婚，當時那名高幹還在幹校住「牛棚」勞改中。對此紹琳有自己的深思熟慮，她心裡清楚，社會上的混亂不可能長久，目前這幫奪權的年輕造反派根本沒有管理國家的經驗，現下靠邊站和受迫害的這批老幹部遲早還是要上台執政的。後來的事實證明她這次賭博是正確的，「文革」還沒有結束，她的丈夫已經部分恢復了職位，十一屆三中全會後，他迅速升到了副部級。紹琳憑著這個背景，在這知識分子重新得到禮遇的時候，很快青雲直上。在成為科學院學部委員之後，她很聰明地調離了原來的學校，很快升為另一所名牌大學的副校長。

葉文潔見到的母親，是一位保養得很好的知識女性形象，絲毫沒有過去受磨難的痕跡。她熱情地接待了葉文潔母女，關切地詢問她這些年是怎麼過來的，驚嘆冬冬是多麼地聰明可愛，細緻入微地對煮菜的僕婦交代葉文潔喜歡吃的菜……。這一切都做得那麼得體，那麼熟練，那麼恰到好處。但葉文潔清楚地感覺到她們之間的隔閡，她們小心地避開敏感的話題，沒有談到葉文潔的父親。

晚飯後，紹琳和丈夫送葉文潔和孩子走了很遠，次長說要和葉文潔說句話，紹琳就先回去了。這時，次長的臉色一瞬間由溫暖的微笑變得冷若冰霜，像不耐煩地扯下一副面具，他說：

「以後歡迎妳帶孩子常來，但有一條，不要來追究歷史舊帳。對於妳父親的死，妳母親沒有責任，她也是受害者。倒是妳父親這個人，對自己那些信念的執著有些變態了，一條道走到黑，拋棄了對家庭的責任，讓妳們母女受了這麼多的苦。」

「您沒資格談我的父親，」葉文潔氣憤地說，「這是我和母親間的事，與別人無關。」

「確實與我無關，」紹琳的丈夫冷冷地點點頭，「我是在轉達妳母親的意思。」

葉文潔回頭看，在那座帶院子的高幹小樓上，紹琳正撩開窗簾的一角向這邊偷窺。葉文潔無言地抱起冬冬走了，以後再也沒有回來過。

葉文潔多方查訪當年打死父親的那四個紅衛兵，居然查到了她們中的三個。這三個人都是返城知青，現下她們都沒有工作。葉文潔得知她們的地址後，分別給她們寫了一封簡單的信，約她們到當年父親遇害的操場上談談。

葉文潔並沒有什麼復仇的打算。在紅岸基地的那個旭日初升的早晨，她已向包括她們在內的全人類復了仇，她只想聽到這些凶手的懺悔，看到哪怕是一點點人性的復歸。

這天下午下課後，葉文潔在操場上等著她們。她並沒有抱多大希望，幾乎肯定她們是不會來的，但在約定的時間，三個老紅衛兵來了。

葉文潔遠遠就認出了那三個人，因為她們都穿著現下已經很少見的綠軍裝。走近後，她發現這很可能就是她們當年在批判會上穿的那身衣服，衣服都已洗得發白，有顯眼的補丁。但除此以外，這三個三十左右的女人與當年那三名英姿颯爽的紅衛兵已沒有任何相似之處了，從她們身上消逝的，除了青春，顯然還有更多的東西。

葉文潔的第一印象就是，與當年的整齊畫一相比，她們之間的差異變大了。其中的一人變得很瘦小，當年的衣服穿在身上居然還有些大了，她的背有些彎，頭髮發黃，已顯出一絲老態；另一位卻變得十分粗壯，那身衣服套在她粗笨的身體上扣不上扣子，她頭髮蓬亂，臉黑黑的，顯然已被艱難的生活磨去了所有女性的精緻，只剩下粗魯和麻木了；第三個女人身上倒還有些年輕時的影子，但她的一隻袖管是空的，走路時蕩來蕩去。

三個老紅衛兵走到葉文潔面前，面對著她站成了一排——當年，她們也是這樣面對葉哲泰的——試圖再現那早已忘卻的尊嚴，但她們當年那魔鬼般的精神力量顯然已蕩然無存。瘦小女人的臉上有一種老鼠的表情，粗壯女人的臉上只有麻木，獨臂女人的兩眼望著天空。

「已經了結了，妳應該聽說過的。」瘦小女人說，她的聲音尖尖的，彷彿時刻都帶著一種不知從何而來的驚恐。

「我覺得我們應該見見面，過去的事情總該有個了結的。」葉文潔說。

「妳以為我們不敢來？」粗壯女人挑釁似的問道。

「我是說從精神上。」

「那妳是準備聽我們懺悔了？」粗壯女人問。

「妳們不該懺悔嗎？」

「那誰對我們懺悔呢？」一直沉默的獨臂女人說。

粗壯女人說：「我們四個人中，有三個在清華附中的那張大字報上簽過名，從大串聯、大檢閱到大武鬥，從『一司』、『二司』、『三司』到『聯動』、『西糾』、『東糾』，再到『新北大公社』、『紅旗戰鬥隊』和『東方紅』，我們經歷過紅衛兵從生到死的全過程。」

獨臂女人接著說：「在清華校園的百日大武鬥中，我們四個人，兩個在『井岡山』，兩個在『四・一四』。我曾經舉著手榴彈衝向『井岡山』的土造坦克，這隻手被坦克輪子壓碎了，當時血肉和骨頭在地上和成了泥——那年我才十五歲啊。」

「後來我們走向廣闊天地了！」粗壯女人揚起雙手說，「我們四個，兩個去了陝西，兩個去了河南，都是最偏僻、最窮的地方。剛去的時候還意氣風發呢，可日子久了，幹完一天的農活，累得連衣服都洗不動；躺在漏雨的草屋裡，聽著遠處的野狼叫，慢慢從夢裡回到現實。我們待在窮鄉僻壤裡，真是叫天天不語，叫地地不應啊。」

獨臂女人呆呆地看著地面說：「有時，在荒山小徑上，遇到了昔日的紅衛兵戰友，或是武鬥中的敵人，雙方互相看看，一樣的衣衫破爛，一樣的滿身塵土和牛糞，相視無語啊。」

「唐紅靜，」粗壯女人盯著葉文潔說，「就是那個朝妳父親的頭抽了最要命一皮帶的女孩兒，在黃河中淹死了。洪水把隊裡的羊沖走幾隻，隊支書就衝知青們喊：『革命小將們，考驗你們的時候到了！』於是，紅靜就和另外三個知青跳下河去撈羊，那時還是凌汛，水面上還浮著一層冰呢！四個人全死了，誰知是淹死的還是凍死的。見到他們屍首的時候……我……我他媽說不下去了……」她捂著臉哭了起來。

瘦小女人流著淚長嘆一聲：「後來回城了，可回來又怎麼樣呢？還是一無所有，回來的知青日子都不好過，而我們這樣的人最次的工作都找不到，沒有工作、沒有錢，沒有前途，什麼都沒有了。」

葉文潔徹底無語了。

獨臂女人說：「最近有一部電影，叫《楓》，不知妳看過沒有？結尾處，一個大人和一個小孩兒站在死於武鬥的紅衛兵墓前，那孩子問大人：『他們是烈士嗎？』大人說不是；孩子又問：『他們是敵人嗎？』大人說也不是；孩子再問：『那他們是什麼？』大人說：『是歷史。』」

「聽到了嗎？是歷史！是歷史了！」粗壯女人興奮地對葉文潔揮著一隻大手說，「現下是新時期了，誰還會記得我們，拿咱們當回事兒？大家很快就會忘乾淨的！」

三個老紅衛兵走了，把葉文潔一個人留在操場上，十多年前那個陰雨霏霏的下午，她也是這樣孤獨地站在這裡，看著死去的父親。那個老紅衛兵最後的一句話在她腦海中不停地回響著……

夕陽給葉文潔瘦弱的身軀投下長長的影子。在她的心靈中，對社會剛剛出現的一點希望像烈日下的露水般蒸發了，對自己已經做出的超級背叛的那一絲懷疑也消失得無影無蹤，將宇宙間更高等的文明引入人類世界，終於成為葉文潔堅定不移的理想。

二十八、伊文斯

回到大學半年後，葉文潔就承擔了一個重大課題：一個大型無線電天文觀測基地的設計。不久，她就同課題組一起外出為基地選址。最初的考慮是純技術上的，與傳統的天文觀測不同，無線電天文對大氣質量和可見光干擾的要求不高，但要儘量避免非可見光頻段的電磁干擾。他們跑了許多地方，最後選擇了一個電磁環境最優的地點，這是西北的一個偏僻山區。

這裡的黃土山上幾乎沒什麼植被，水土流失產生的裂谷使山地遠遠看去像老人布滿皺紋的面孔。在初步選定了幾個建站點後，課題組在一個大部分民屋都是窯洞的村莊旁停留休整，村裡的生產隊長似乎認定葉文潔是個有學問的人，就問她是否會講外國話——她問是哪國話，隊長說不知道——要是會講，他就派人上山把白求恩叫下來，隊裡有事同他商量。

「白求恩？」葉文潔很驚奇。

「俺們也不知道那個外國人的名字，都那麼叫他。」

「他給你們看病嗎？」

「不，他在後山上種樹，已經種了快三年了。」

「種樹？幹什麼？」

「他說是為了養鳥，一種照他的說法快要絕種的鳥。」

葉文潔和同事們都很驚奇，就請隊長帶他們去看看。沿著山路登上了一個小山頂後，隊長指給他們看，葉文潔眼前一亮——看到這貧瘠的黃土山之間居然有一片山坡被綠樹林覆蓋，像是無意中滴到一塊泛黃的破舊畫布上的一小片鮮豔的綠油彩。

葉文潔一行很快見到了那個外國人，除了他的金髮碧眼和身上穿的那套已經破舊不堪的牛仔服，看上去與當地勞作一生的農民已經沒什麼兩樣，甚至連他的皮膚也被曬成了當地人一樣的黃黑。他對來訪者似乎興趣不大，自我介紹叫麥克·伊文斯，沒說自己的國籍，但他的英語帶有很明顯的美國口音。他住在林邊兩間簡陋的土坯房中，房裡堆滿了植樹工具：鋤頭、鐵鍬和修剪樹枝用的條鋸等，都是當地很粗笨的那種。西北的沙塵在那張簡陋的床和幾件簡單的炊具上落了一層，床上堆了許多書籍，大都是生物學方面的，葉文潔注意到有一本彼德·辛格的《動物解放》。能看到的現代化的玩意兒就是一台小收音機，裡面的五號電池用完了，在外面接了一節一號電池，還有一架舊望遠鏡。伊文斯說，很抱歉不能請他們喝什麼，咖啡早就沒有了，水倒是有，可他只有一個杯子。

「您在這裡到底做什麼呢？」葉文潔的一個同事問。

「當救世主。」

「救……救當地人嗎？這裡的生態環境確實是……」

「你們怎麼都這樣?!」伊文斯突然爆發出一股莫名的怒氣，「難道只有拯救人類才稱得上救世主，而拯救別的物種就是一件小事？是誰給了人類這種尊貴的地位？不，人不需要救世主，事實上，他們現下過得比應得的好多了。」

「聽說你在救一種鳥？」

「是的，一種燕子，是西北褐燕的一個亞種，學名很長我就不說了。每年春天，牠們沿著遠古形成的固定遷徙路線從南方返回時，只能把這一帶作為到達站，但這裡的植被一年年消失，牠們已經找不到可以築巢和生活的樹叢了。當我在這裡發現牠們時，這個種群的數量已不足萬隻，這樣下去五年內這個物種就會滅絕。現下，我種的這片樹林給一部分燕子提供了一個落腳點，種群數量已經開始回升，當然，我還要種更多的樹，擴大這個伊甸園的面積。」

伊文斯讓葉文潔他們拿著望遠鏡看，在他的指引下，大家看了半天，才在樹叢中看到了幾隻黑灰色的鳥兒出沒。

「很不起眼，是嗎？牠們當然沒有大熊貓那樣引人注目，在這個世界上，每天都有這樣不為人們注意的物種滅絕。」

「這些樹都是你一個人種的嗎？」

「大部分是，開始時我也僱當地人來幹，可很快沒有那麼多錢了，樹苗和引水什麼的都很花錢……。可你們知道嗎？我父親是億萬富翁，他是一個跨國石油公司的總裁，但他不再給我錢，我也不想用他的錢了。」

伊文斯的話匣子打開了，滔滔不絕地說下去。「我十二歲那年，我父親公司的一艘三萬公噸級的油輪在大西洋沿岸海域觸礁，兩萬多公噸的原油洩入海中。當時，我們一家正在距事故發生海域不遠處的度假別墅中。那天下午，我來到了那片地獄般的海岸，看到大海已變成黑色，海浪在黏稠油膜的壓迫下變得平滑而無力；海灘也被一層黑油覆蓋。我和一些志願者就在這黑灘上尋找那些還活著的海鳥，牠們在油汙中掙扎著，一個個像是用瀝青做成的黑色雕塑，只有那一雙雙眼睛還能證明自己是活物，那油汙中的眼睛多少年以後還常常在我的噩夢中出現。我們把那些海鳥浸泡在洗滌液中，想把牠們身上的油汙洗掉，但十分困難，油漿和羽毛死死地黏在一起，稍用力羽毛就和油汙一起一片片掉下來……。傍晚，那些海鳥大部分還是死了。當時我渾身油汙地癱坐在黑色的海灘上，看著夕陽在黑色的大海上落下，感覺這就是世界末日了。

「父親不知什麼時候來到我身後，他問我是否記得那副小恐龍骨架。我當然記得，那是在石油勘探中發現的，很完整，父親花大價錢把它買了下來，安放到外公的莊園裡。父親接著說：『麥克，我給你講過恐龍是怎樣滅絕的，一顆小行星撞擊了地球，世界先是一片火海，然後陷入漫長的黑暗與寒冷……。那天夜裡你被噩夢嚇醒了，你說夢中自己回到了那個可怕的時代。現下我要告訴你當時想說但沒說出來的一件事：如果真的生活在白堊紀晚期，那是你的幸運，因為我們的時代更恐怖，現下，地球生命物種的滅絕速度，比白堊紀晚期要快得多，現下才是真正的大滅絕時代！所以，孩子，你看到的這些算不了什麼，這不過是一個大過程中微不足道的小插曲而已。我們可以沒有海鳥，但不能沒有石油，你能想像沒有石油是什麼樣子嗎？去年送你的生日禮物，那輛漂亮的法拉利，我許諾你十五歲以後能開它，可如果沒有石油，它就是一堆廢鐵，你永遠開不了；現下你想去外公家，乘我的專機越過大洋也就十幾個小時，可要是沒有石油，你就得在帆船上顛簸一個月……。這就是文明的遊戲規則，首先要保證人類的生存和他們舒適的生活，其餘都是第二位的。』

父親對我寄與很大的希望，但他最終也沒有使我成為他希望的人。在往後的日子中，那些瀕死的海鳥眼睛一直在背後盯著我，決定了我的人生。在我十三歲的生日時，父親問我將來的打算，我說沒什麼，我只想當個救世主而已。我的理想真的不宏偉，只是想拯救一個瀕臨滅絕的物種，牠可以是一種不漂亮的鳥、一種灰乎乎的蝴蝶，或是一種最不起眼的小甲蟲。後來我去學習生物學，成為一個羽族與昆蟲學家。在我看來自己的理想很偉大，拯救一種鳥或昆蟲與拯救人類沒有區別，生命是平等的，這就是物種共產主義的基本綱領。」

「什麼？」葉文潔一時沒有聽清那個詞。

「物種共產主義，這是我創立的一個學說，也可以說是一個信仰，它的核心理念就是：地球上的所有生命物種，生來平等。」

「這只是一個理想，不現實。農作物也是物種，人類只要生存下去，這種平等就不可能實現。」

「在遙遠的過去，領主對奴隸也有過這種想法。不要忘了技術，總有一天，人類能夠合成糧食，而早在那之前，我們就應該做好思想和理論上的準備。其實，物種共產主義是《人權宣言》的自然延續，法蘭西大革命二百年了，我們居然還沒邁出這一步，可見人類的自私和虛偽。」

「你還打算在這裡待多長時間呢？」

「不知道，做一個救世主，付出一生也是值得的，這感覺很美，很妙。當然，我不指望你們理解。」伊文斯說完這話，突然又變得談興索然，說他要去工作，就拿起一把鐵鍬和一把鋸子離開了。道別時，他多看了葉文潔一眼，似乎她身上有什麼特別的東西。

「一個高尚的人，一個純粹的人，一個有道德的人，一個脫離了低級趣味的人。」在回去的路上，葉文潔的一個同事背誦了〈紀念白求恩〉中的一句話。「原來還可以這樣生活。」他感嘆道。

其他人也紛紛表示自己的贊同和感慨，葉文潔似乎是自言自語地說：「要是他這樣的人多些，哪怕是稍多些，事情就會完全不一樣的。」

當然，沒人理解她話裡的真正涵義。

課題組負責人將話題轉到工作上：「我覺得這個站址不行，領導也不會批的。」

「為什麼？在我們的四個站址方案中，這裡的電磁環境可是最好的。」

「人文環境呢？同志，不要只想著科技方面，看這裡窮的，知道嗎？窮山惡水出刁民，將來與地方上的關係怕有很大麻煩，說不定，基地會成了這兒的唐僧肉。」

這個選址果然沒被批准，原因就如負責人所說。

三年過去了，葉文潔再也沒有伊文斯的消息。

這年春季的一天，葉文潔突然收到了一張明信片，竟是伊文斯寄來的，上面簡單地寫了一句話：

到這裡來，告訴我怎麼活下去。

葉文潔坐了一天一夜火車，又換乘幾個小時的汽車，來到了那個偏僻的西北山村。

當她登上那座小山頂時，立刻看到了那片樹林，面積與三年前差不多，但由於樹木的成長，看上去密了許多。不過，葉文潔很快發現，這片林子的面積曾經擴大了許多，但現下，擴大的部分已被砍伐了——砍伐仍在熱火朝天地進行，在林子的各個方向都有樹木不斷地倒下，整個林子像一片被許多隻蚜蟲蠶食的綠葉，照這個速度很快就會消失。砍樹的村民來自附近的兩個村子，他們用斧子和板鋸把那些剛剛成長起來的小樹一棵棵地放倒，然後用農耕機和牛車運下山去。砍樹的人很多，不斷有激烈的爭執發生。

小樹的倒下沒有什麼巨大的聲響，也聽不到油鋸的轟鳴，但這似曾相識的一幕還是讓葉文潔心頭一緊。有人向她打招呼，是那個生產隊長，現下的村長，他認出了葉文潔。當她問他為什麼砍林子的時候，他說：「這片林子嘛，不受法律保護的。」

「怎麼能這麼說？《森林法》不是剛剛頒布嗎？」

「可白求恩在這兒種樹經過誰批准了？外國人擅自到中國的山坡上種樹，受哪門子法律保護？」

「這說法不對。他在荒山上種，又沒有占耕地，再說，他當初種的時候你們也沒說什麼。」

「是啊，後來縣裡還給了他一個造林模範呢。本來村裡是想過幾年再收林子的，豬養肥了再殺嘛，可南圪村的人等不及來砍了，我們不動手也沒份兒了。」

「你們馬上停下來！我要到政府部門去反映這事！」

「不用了。」村長點上一支菸，指指遠方正在裝樹木的一輛大貨車：「看那車，就是縣林業局副局長的，還有鎮派出所什麼的，木頭數他們拉走得最多！我說過，這林子沒名沒分的，不受保護，妳到哪兒找都沒用；再說，葉同志，妳不是大學教授嗎？這和妳有什麼關係？」

那兩間土坯房還是原樣，但伊文斯不在裡面，葉文潔在樹林裡找到了他，他正拿著一把斧子一心一意地修剪樹枝，顯然已經幹了很久，一副疲憊不堪的樣子。

「不管有沒有意義，我不能停下來，停下來我會崩潰的。」伊文斯說，熟練地砍下一條歪枝。

「我們一起去縣裡找政府，不行就去省城，總會有人制止他們的。」葉文潔關切地看著他。

伊文斯停下來，用很驚奇的目光看著葉文潔，夕陽透過重重林木照進來，在他的眸子中閃亮。「葉，妳真的以為我是為了這片樹林？」他笑著搖搖頭，扔下了手中的斧子，靠著一棵樹坐了下來。「我現下要想制止他們，輕而易舉。」他把一隻空的工具袋放到地上，示意葉文潔坐下，接著說：「我剛從美國回來，父親在兩個月前去世，我繼承了他的大部分遺產。哥哥和姐姐只各得了五百萬。這讓我很意外，真的沒想到他最後能對我這樣，也許，他在內心深處還是看重我的，或者，看重我的理想。不把不動產算在內，知道我現下能支配的錢有多少嗎？大約四十五億美元。我可以輕而易舉地讓他們停止砍樹，然後讓他們種樹，讓我們目力所及的黃土山都被這樣的速生林覆蓋，很容易。但有什麼意義呢？妳看到的一切可以歸結為貧窮，但富裕的國家又怎麼樣？他們營造自己的優美環境，卻把重汙染工業向窮國轉移，妳可能知道，美國政府剛剛拒絕簽署《京都議定書》……。整個人類本質上都一樣，只要文明像這樣發展，我想拯救的這種燕子，還有其他的燕子，遲早都會滅絕，只是時間問題。」

葉文潔默默地坐著，看著落日在小樹林中投出的一道道光線，聽著遠處砍伐的喧鬧，她的思緒回到了二十年前，回到了大興安嶺的森林中，在那裡，她與另一個男人也有過類似的對話。

「知道我為什麼到這裡來嗎？」伊文斯接著說，「物種共產主義的思想萌芽在古代東方就出現了。」

「你指的是佛教？」

「是的，基督教只重視人，雖然所有物種都被放入了諾亞方舟，但從來沒有給其他生命與人類同等的地位，而佛教是普渡眾生的，所以我來到了東方。但……現下看來哪裡都一樣。」

「是啊，哪裡都一樣，人類都一樣。」

「現下我能做什麼？我生活的支柱在哪裡？我有四十五億美元和一家跨國石油公司，但這又算得了什麼？人類為了拯救瀕危的物種投入的錢肯定超過了四百五十億，為拯救惡化的生態環境的投入也超過四千五百億，但有什麼用？文明仍按照自己的軌跡毀滅著地球上除人之外的其他生命。四十五億夠建造一艘航空母艦，但就是建造一千艘航母，也制止不了人類的瘋狂。」

「麥克，這就是我想對你說的，人類文明已經不可能靠自身的力量來改善了。」

「但人類之外還有別的力量嗎？上帝要是存在也早死了。」

「有的，有別的力量。」

這時太陽已經落下山去，砍樹的人們收工了，樹林和周遭的黃土坡籠罩在一片寂靜中。葉文潔向伊文斯完整地敘述了紅岸和三體世界的事，伊文斯靜靜地聽著，同時聆聽的，似乎還有暮色中的樹林和它周遭的黃土高原。當葉文潔講完時，一輪明月已經升起，在林間投下斑駁的光影。

伊文斯說：「我現下還不能相信妳說的，畢竟太神奇了，幸運的是，我有力量去證實這一切，如果是真的，」他向葉文潔伸出手去，說出了以後地球三體組織接納新成員時必說的一句話：「我們是同志了。」

二十九、第二紅岸基地

又是三年過去了，伊文斯銷聲匿跡，沒有任何消息。葉文潔不知道他是否真的在世界的某處證實自己講述的一切，也不知道他將如何證實。即使在宇宙尺度上是近在咫尺的四光年，對脆弱的生命來說也是不可想像地遙遠，在這太空的江之頭和江之尾，任何聯繫都細若游絲。

這年的冬天，葉文潔突然接到了西歐一所不太知名的大學邀請，請她去做為期半年的訪問學人。到達倫敦希斯洛機場後，有一個年輕人來接她，他們沒有走出機場大廳，而是返回了停機坪。在那裡，年輕人帶她登上了一架直升機。當直升機轟鳴著飛上英倫霧濛濛的天空時，彷彿時光倒流，葉文潔感到一切都似曾相識。她多年前第一次乘直升機，經歷了一次命運的轉折，這次命運又會將她帶向何方？

「我們去第二紅岸基地。」年輕人說。

直升機越過了海岸線，向大西洋深處飛去。在海上飛行了約半小時，直升機向下方的一艘巨輪降落。葉文潔第一眼看到巨輪時，就想起了雷達峰，這時她才想到那山峰的形狀真的像一艘巨船，周遭的大西洋像是大興安嶺的森林，但真正讓她聯想到紅岸基地的是巨輪中部豎立著的那面巨大的拋物面天線，它像巨輪的一面圓形的大帆。這艘巨輪是由一艘六萬公噸級的油輪改建的，像一座浮動的鋼鐵小島。伊文斯將他的基地建在船上，也許是為了時刻處於最佳監聽和發射方位，也許是為了躲避什麼。後來她知道，這艘巨輪叫「審判日號」。

葉文潔走下直升機，聽到了一陣熟悉的轟鳴聲，那是巨型天線在海風中發出的，這聲音把她的感覺更深地拉回了過去。天線下面寬闊的甲板上，密密麻麻地站了近兩千人。伊文斯走上前，莊重地對葉文潔說：「按照妳給定的頻率和方位，我們收到了三體世界的訊息，妳所說的一切都證實了。」

葉文潔平靜地點點頭。

「偉大的三體艦隊已經啟航，目標是太陽系，將在四百五十年後到達。」

葉文潔臉上仍是一片平靜，現下，沒有什麼能使她震驚了。

伊文斯指著身後密密的人群說：「妳現下看到的，是地球三體組織的首批成員，我們的理想是請三體文明改造人類文明，遏制人類的瘋狂和邪惡，讓地球再次成為一個和諧繁榮、沒有罪惡的世界。認同我們理想的人愈來愈多，我們的組織在急遽擴大中，成員遍布整個世界。」

「我能做什麼？」葉文潔輕聲地問。

「您將成為地球三體運動的最高統帥，地球三體戰士都認同您的資格！」

葉文潔沉默了幾秒鐘，緩緩地點點頭：「我盡力而為。」

伊文斯高舉一隻拳頭，對著人群喊道：「消滅人類暴政！」

和著濤聲與天線在風中的轟鳴，三體戰士們齊聲高呼：「世界屬於三體！」

這一天，被公認為地球三體運動的誕生日。

三十、地球三體運動

竟然有這麼多的人對人類文明徹底絕望，憎恨和背叛自己的物種，甚至將消滅包括自己和子孫在內的人類作為最高理想，這是地球三體運動最令人震驚之處。

地球三體叛軍被稱為精神貴族組織，其成員多來自進階知識階層，也有相當一部分政界和經濟界的精英。三體組織也曾試圖在普通民眾中發展成員，但這些努力都告失敗。對於人類的負面，普通人並沒有進階知識階層那樣全面深刻的認知；更重要的是，由於他們的思想受現代科學和哲學影響較少，對自己所屬物種本能的認同感仍占強勢地位，將人類作為一個整體來背叛，在他們看來是不可想像的。但知識精英們則不同，他們中相當多的人早已站在人類之外思考問題了。人類文明，終於在自己的內部孕育出了強大的異化力量。

三體叛軍發展的速度固然驚人，但僅憑人數還不能衡量其力量，因為它的組織成員大部分處於社會的高層位置，有很大的權力和影響力。

作為地球三體叛軍的最高統帥，葉文潔只是一名精神領袖，並不參與組織的具體運作，她不知道後來變得十分龐大的三體叛軍是如何發展起來的，甚至不知道組織的具體人數。

對於地球三體叛軍，各國政府一直沒有給予足夠的重視。為了迅速擴大，這個組織幾乎是在半公開地活動，他們知道，有一樣東西會成為他們的天然保護，那就是政府的保守和貧乏的想像力。在掌握國家力量的相關部門中，沒有人相信他們說的那一套，只是將他們作為一般的胡言亂語的激進組織，由於其成員層次之高，各國政府對待這個組織一直小心翼翼。直到三體叛軍開始發展自己的武裝力量，一些國家的安全機構才注意到它，進而發現該組織非同尋常；至於開始對其進行有效打擊，只是近兩年的事。

地球三體叛軍並非鐵板一塊，它的內部有著複雜的派別和分支，主要分為兩部分：

降臨派：這是三體叛軍最本原、最純粹的一脈，主要由伊文斯物種共產主義的信奉者組成。他們對人類本性都已徹底絕望，這種絕望最初來源於現代文明導致的地球物種大滅絕，伊文斯就是其典型代表。後來，降臨派對人類的憎恨開始有了不同的出發點，並非只局限於環保和戰爭等，有些上升到了相當抽象的哲學高度。與後來人們的想像不同，這些人大都是現實主義者，對於他們為之服務的外星文明也並未抱太多的期望，他們的背叛只源於對人類的絕望和仇恨，麥克·伊文斯的一句話已成為降臨派的座右銘：我們不知道外星文明是什麼樣子，但知道人類。

拯救派：這是在三體叛軍出現相當長的時間後才產生的一個派別，它本質上是一個宗教團契，由三體教的教徒組成。

人類之外的另一個文明，對於進階知識階層無疑具有巨大的吸引力，並使他們極易對其產生種種美好的幻想。對於人類這樣一個幼稚的文明，更高等的異種文明產生的吸引力幾乎是不可抗拒的。有一個不太恰當的比喻：人類文明一直是一個孤獨行走於宇宙荒漠中的、不諳世事的少年，現下她（他）知道了另一個異性的存在，雖然看不到他（她）的面容和身影，但知道他（她）就在遠方，對他（她）的美好想像便如同野火般蔓延。漸漸地，隨著對那個遙遠文明的想像愈來愈豐富，拯救派在精神上對三體文明產生了宗教感情，人馬座三星成了太空中的奧林帕斯山，那是神的住所，三體教由此誕生。與人類的其他宗教不同，三體教崇拜著一個真實存在的對象；與其他宗教相反，處於危難中的是主，而負有拯救責任的是信徒。

向社會傳播三體文化的途徑主要是透過「三體」遊戲。三體叛軍投入巨大的力量開發這款規模龐大的遊戲軟體，最初的目的，一是三體教的一種傳教手段；二是想透過它將一直局限於高知階層的三體叛軍的觸角伸向社會的最基層，為組織招募處於社會中下層的、更年輕的成員。遊戲透過一層貌似人類社會和歷史的外殼，演繹三體世界的歷史和文化，這樣可以避免入門者的陌生感。當遊戲玩家深入到一定程度並感受三體文明的魅力後，三體組織將直接與其聯繫，考察其思想傾向，最終將合格者招募為地球三體叛軍成員。但「三體」遊戲在社會上並沒有引起太大的關注，玩這個遊戲需要層次很高的知識背景和深刻的思想，年輕的玩家們沒有能力和耐心去透過它那看似平常的表層，發現其震撼人心的內幕。真正被它所吸引的，大都還是高知階層的人。

拯救派後來加入的成員，大都是透過「三體」遊戲認識三體文明，最終投身於地球三體叛軍的，可以說，「三體」遊戲是拯救派的搖籃。

拯救派在對三體文明抱有宗教感情的同時，對於人類文明的態度遠沒有降臨派那樣極端，他們的最終理想就是拯救主。為了使主生存下去，可以在一定程度上犧牲人類世界。但他們中的大多數人認為，能夠使主在三個太陽的半人馬座星系生存下去，避免其對太陽系的入侵，是兩全其美的理想結局。他們天真地以為，解決物理上的三體問題就能達到這一目標，同時拯救三體和地球兩個世界。其實這一想法也未必天真，三體文明本身在相當漫長的時間裡也抱有這個想法，解決三體問題的努力貫穿於三體文明的幾百次輪迴之中。拯救派中有較深物理學和數學背景的人，都有過解決三體問題的嘗試，即使在得知三體問題從數學本質上不可解後，仍然沒有停止努力，解決三體問題的努力已成為三體教的一種宗教儀式。雖然拯救派中不乏一流的物理學家和數學家，但這種研究一直沒有重大成果，倒是像魏成這樣與三體叛軍和三體教無關的天才，無意中取得了令他們產生很大希望的突破。

降臨派和拯救派一直處於尖銳的對立狀態，降臨派認為，拯救派是對地球三體運動重大的威脅。這種看法也不是沒有道理，正是透過拯救派中一些有責任心的人士，各國政府才逐漸得知三體叛軍令人震驚的背景。兩派在組織中實力相當，雙方的武裝力量已經發展到兵戎相見的程度。葉文潔運用自己的威信極力彌補組織中的裂痕，但效果不大。

隨著三體運動的發展，三體叛軍中出現了第三個派別：倖存派。當入侵太陽系的外星艦隊的存在被確切證實後，在那場終極戰爭中倖存下來是人們最自然的願望。當然，戰爭是四百五十年之後的事了，與自己的此生無關，但很多人希望如果人類戰敗，自己在四個半世紀後的子孫能倖存下來。現下就為三體侵略者服務，顯然有利於這個目標的實現。與另外兩個主流派別比較，倖存派成員都來自較低的社會階層，且東方人（特別是中國人）居多，他們目前的數量還很少，但人數在急遽增長，在三體文化日益普及的未來，將會成為一支不可忽視的力量。

人類文明自身缺陷產生的異化力量、對更高等文明的嚮往和崇拜、讓子孫在終極戰爭後倖存的強烈欲望，這三股強大的動力推展地球三體運動迅速發展，當它被察覺時，已成燎原之勢。

而這時，外星文明還遠在四光年之外的太空深處，與人類世界還隔著四個半世紀的漫漫航程，它們送到地球的，只有那一束電波。

比爾·馬修的「接觸符號」理論，得到了令人心悸的完美證實。

三十一、兩個質子

審問者：現下開始今天的調查。希望妳能像上次一樣配合。

葉文潔：我知道的你們都知道了，有許多事情反而需要你來告訴我。

審問者：不是這樣，我們首先想知道的是，在三體世界發往地球的訊息中，降臨派所截留的那部分內容是什麼？

葉文潔：不知道，他們的組織很嚴密，我只知道他們截留了訊息。

審問者：我們換個話題：在與三體世界的通訊被降臨派壟斷之後，妳是否建立了第三紅岸基地？

葉文潔：有這個計畫，但只完成了接收部分，然後建設停止，設備和基地也都拆除了。

審問者：為什麼？

葉文潔：因為半人馬座三星方向已無任何訊息傳來，所有頻段上都沒有。我想你們已經證實了這個。

審問者：是的，這就是說，至少在四年前，三體世界已經停止了與地球的聯繫，這也就使得那批被降臨派截留的訊息更加重要。

葉文潔：是的，在這方面我真沒什麼可說的了。

審問者：（停頓幾秒鐘）那我們找一個可談的話題吧：麥克．伊文斯欺騙了妳，是嗎？

葉文潔：可以這麼說。他從來沒有向我坦露過自己內心最深處的真實想法，只是表達了自己對地球其他物種的使命感。我沒有想到由這種使命產生的對人類的憎恨已發展到這種極端的程度，以至於他把毀滅人類文明作為自己的最終理想。

審問者：看看地球三體組織現下的局面：降臨派要借助外星力量毀滅人類，拯救派把外星文明當神來崇拜，倖存派的理想是以出賣同胞來苟且偷生，所有這些都與妳借助外星文明改造人類的理想不一致。

葉文潔：我點燃了火，卻控制不了它。

審問者：妳有在三體組織內部消滅降臨派的計畫，並開始對降臨派採取行動。但「審判日號」是降臨派的核心基地和指揮中心，伊文斯等降臨派的核心人物常駐其上，妳們為什麼不首先攻擊這艘巨輪呢？拯救派的武裝力量大部分忠於妳，是有能力擊沉甚至占領它的。

葉文潔：為了被截留的主的訊息。那些訊息都儲存在第二紅岸基地，也就是「審判日號」的某台電腦上，如果攻擊那艘船，降臨派就會在他們認為危急的時刻刪除所有訊息，那些訊息太重要了，我們不能失去它。對於拯救派而言，訊息的遺失如同基督教遺失了《聖經》、伊斯蘭教遺失了《古蘭經》。我想，你們也面臨著同樣的問題，降臨派把主的訊息當「人質」，這就是「審判日號」現下仍然存在的原因。

審問者：這方面，妳對我們有什麼建議嗎？

葉文潔：沒有。

審問者：妳把三體世界也稱為主，是否意味著妳對三體世界也產生了像拯救派那樣的宗教感情，或者，妳已經皈依了三體教？

葉文潔：沒有，只是習慣而已……。我不想再談這個問題了。

審問者：那我們回到被截留的訊息上來吧。也許妳真的不知道其詳細內容，但某些方面，某些大概的東西，總有所聞吧？

葉文潔：可能只是些謠傳。

審問者：比如？

葉文潔：……

審問者：三體世界是否向降臨派傳授了某些高於人類現有科技水準的技術？

葉文潔：不太可能，因為那些技術很可能會落到你們手裡。

審問者：最後一個問題，也是最重要的：迄今為止，三體世界發送到地球的只有電波嗎？

葉文潔：幾乎是的。

審問者：幾乎？

葉文潔：現下這一輪三體文明，宇宙航行速度達到光速的十分之一，這個技術飛躍發生在幾十個地球年前，這之前他們的航太速度一直徘徊在光速的幾千分之一，他們向地球發射的小型探測器，現下還沒走完半人馬座與太陽系之間的距離的百分之一。

審問者：這裡有一個問題：已經出發的三體艦隊如果以十分之一光速航行，四十年後就應該到達太陽系，但為什麼你們說需要四百年呢？

葉文潔：確實如此。由大型太空船組成的三體星際艦隊質量巨大，加速十分緩慢，十分之一光速只是它們能夠達到的最高速度，在這個速度上只能巡航很短的時間，就要開始減速。另外，三體飛船推進的動力是正反物質的湮滅，飛船前方有一個巨大的磁力場，形成一個漏斗形的磁罩，用於收集太空中的反物質粒子，這種收集過程十分緩慢，經過相當長的時間，才能得到供飛船進行一段時間加速的反物質數量，因此艦隊的加速是間斷進行的，很長時間的收集後才能進行一次。所以，三體艦隊到達太陽系所需的時間是小型探測器的十倍。

審問者：那妳剛才說的「幾乎」是什麼意思？

葉文潔：關於宇宙航行的速度，我們是在一個限定範圍內討論的，離開了這個範圍，即使是落後的人類，也已經能將一些物質實體加速到接近光速了。

審問者：（稍頓）妳所指的限定範圍，是不是指巨視範圍？在微視上，人類已經可以使用高能加速器，將微視粒子加速到接近光速，微視粒子就是妳說的那些物質實體吧？

葉文潔：您很聰明。

審問者：（指指耳機）我背後有世界上最出色的專家。

葉文潔：是的，是微視粒子。六年前，在遙遠的半人馬座星系，三體世界曾將兩個氫原子核加速到接近光速，並向太陽系發射，這兩個氫核，也就是質子，在兩年前到達了太陽系，然後到達了地球。

審問者：兩個質子？他們只送來了兩個質子？這幾乎等於什麼都沒送來嘛。

葉文潔：（笑）您也說「幾乎」了。三體世界只有這個能力，只能使質子這麼大小的東西接近光速，所以在四光年的距離上，他們只能送來兩個質子。

審問者：在巨視世界，兩個質子就等於什麼都沒有——即使是一個細菌的一根毛髮，也包含著幾十億個質子。這有什麼意義？

葉文潔：它是一把鎖。

審問者：鎖？鎖什麼？

葉文潔：鎖死人類的科學，在三體艦隊到達前的四個半世紀，因為這兩個質子的存在，人類的科學將不可能有任何重大進展。據傳伊文斯說過這樣的話：「兩個質子到達地球之日，就是人類科學死亡之時。」

審問者：這未免太離奇了吧，怎麼做到呢？

葉文潔：不知道，我真的不知道。在三體文明眼中，我們可能連野蠻人都算不上，只是一堆蟲子。

汪淼和丁儀走出作戰中心時已近午夜，他們剛剛監聽了上面的對話。

「你相信葉文潔說的嗎？」汪淼問。

「你呢，信嗎？」

「最近有些事情確實太不可思議了，但，用兩個質子鎖死全人類的科學？這也……」

「首先注意一點：三體文明從半人馬座三星向地球發射了兩個質子，竟都到達了地球！從四光年外？這也瞄得太準了，漫長的途中有數不清的干擾，星際塵埃什麼的，太陽系和地球都在運動中，這比從冥王星上開槍擊中這裡的一隻蚊子都準確，真是個不可思議的射手。」

聽到「射手」一詞，汪淼的心不由得緊了一下：「這說明什麼？」

「不知道。在你的印象中，質子、中子和電子這樣的微視粒子，是個什麼樣子？」

「幾乎是一個點，當然這個點是有架構的。」

「很幸運，我印象中的圖像比你要真實些。」丁儀說著，把手中抽盡的菸蒂扔向遠處。「看那是什麼？」他指著落到地上的菸蒂問。

「香菸過濾嘴。」

「很好，從這個距離看那個小東西，是什麼感覺？」

「差不多也就是一個點。」

「對。」丁儀走過去把過濾嘴拾起來，在汪淼眼皮底下將它撕開，露出裡面已由白變黃的海綿絲，汪淼聞到了一股焦油味。丁儀接著說：「你看，就這麼個小玩意兒，它的吸附面積如果展開來，有一間客廳那麼大。」他說著一揚手又將過濾嘴扔掉：「用菸斗嗎？」

「我什麼菸都不抽了。」

「菸斗使用另一種更進階的過濾芯，三塊錢一個，直徑與香菸過濾嘴差不多，但比它長些，是一個裝著活性炭的小紙筒，把裡面的活性炭倒出來，也就是一小撮像老鼠屎似的黑炭粒，但它們內部微孔構成的吸附面積，展開來有一個網球場那麼大，這就是活性炭具有超強吸附性的原因。」

「你想說什麼？」汪淼很注意地聽著。

「過濾嘴中的海綿或活性炭是三維體，它們的吸附面則是二維的，由此可見，一個微小的高維架構可以儲存何等巨量的低維架構。但在巨視世界，高維空間對低維空間的容納也就到此為止了，因為上帝很吝嗇，在創世大爆炸中只給了巨視宇宙三個維度。但這不等於更高的維度不存在，有多達八個維度被禁錮在微視中，加上巨視的三維，在基本粒子中，存在著十一維的空間。」

「那又如何？」

「我只想說明以下的事實：在宇宙間，一個科技文明等級的重要標誌，是它能夠控制和使用的微視維度。對於基本粒子的一維使用，從我們那些長毛裸體的祖先在山洞中生起篝火時就開始了，對化學反應的控制，就是在一維層次上操控微視粒子。當然，這種控制也是從低級到進階，從篝火到後來的蒸汽機，再到後來的發電機；現下，人類對微視粒子一維控制的水準已達到了頂峰，有了電腦，也有了你們的奈米材料。但這一切，都局限於對微視維度的一維控制，在宇宙間一個更進階的文明看來，篝火和電腦、奈米材料等等是沒有本質區別的，同屬於一個層次，這也是他們仍將人類看成蟲子的原因——遺憾的是，他們是對的。」

「你能不能說得更具體些，這一切與那兩個質子有什麼關係？說到底，到達地球的這兩個質子能做什麼呢？正如剛才那人所說，細菌的一根寒毛中，都可能包含著幾十億個質子，這兩個質子就是在我的指尖上百分之百變成能量，我最多也只能感到像被針扎了一下。」

「感覺不到的，它們就是在細菌的手指尖上全部轉化成能量，那個細菌也未必能感到什麼。」

「那你剛才想說什麼？」

「沒想說什麼，我什麼都不知道，一個蟲子能知道什麼？」

「可你是個蟲子中的物理學家，知道的總比我多，對這事，你至少沒像我這樣茫然。就算我求你了，要不今晚我睡不好覺的。」

「我要是說得多了，你怕是更睡不好。算了，操這份心有什麼用？我們應該學習魏成和大史他們的達觀，幹好自己的事兒就行了。走，我們去喝點兒，然後回去睡個蟲子的好覺吧。」

三十二、古箏行動

「沒關係，我已經沒有放射性了。」史強對坐在旁邊的汪淼說，「這兩天，我讓人家像洗麵口袋似的翻出來洗了個遍。這次會議本來沒安排你參加，是我堅決要求請你來的，嘿，咱哥倆這次保準能出鋒頭。」

史強說著，從會議桌上的菸灰缸中揀出一支雪茄屁股，點上後抽一口，點點頭，心曠神怡地把煙徐徐吐到對面與會者的面前，其中就有這支雪茄的原主人史丹頓，一名美國海軍陸戰隊上校，他向大史投去鄙夷的目光。

這次與會的有更多的外國軍人，而且都穿上了軍裝。在人類歷史上，這是全世界的武裝力量第一次面對共同的敵人。

常偉思將軍說：「同志們，這次與會的所有人，對目前情勢都有了基本的了解，用大史的話說，訊息對等了。人類與外星侵略者的戰爭已經開始，雖然在四個半世紀後，我們的子孫才會真正面對來自異星的三體入侵者，我們現下與之作戰的仍是人類；但從本質上講，這些人類的背叛者也可以看成來自地球文明之外的敵人，我們是第一次面對這樣的敵人。下一步的作戰目標十分明確，就是要奪取『審判日號』上被截留的三體訊息，這些訊息，可能對人類文明的存亡具有重要意義。

我們還沒有驚動『審判日號』，這艘巨輪目前仍以合法的身分行駛在大西洋上，它已向巴拿馬運河管理局提出申請，將於四天後通過運河。這是我們採取行動的一次絕好的機會，隨著情勢的發展，很可能不會再有這樣的機會了。現下，全球的各個作戰中心都在制定行動方案，這些方案將由總部在十小時之內選擇並確定一個。我們這次會議的任務，就是討論行動方案，最後確定一至三個最可行的上報總部。各位，時間很緊，我們必須以最高效率工作。

請注意，所有方案都要確保一點：保證『審判日號』上三體訊息的安全並奪取得它。『審判日號』是由油輪改裝的，船體上層和內部都增加了複雜的架構，據說即使是船員，在進入不常去的區域時也要憑藉地圖認路，我們對其架構的了解就更少了。目前，我們甚至不知道『審判日號』電腦資訊中心的確切位置，也不知道被截留的三體訊息是否儲存於電腦資訊中心的伺服器上、有幾個備份。我們要達到目標的唯一途徑，就是全面占領和控制『審判日號』，這中間最困難的，就是在攻擊行動中避免敵人刪除三體訊息。刪除這些訊息極其容易，敵人在緊急時刻不太可能進行常規刪除，因為以目前的科技很容易恢復，但只需對伺服器硬碟或其他儲存裝置打上一梭子，一切就都完了，這前後在十秒鐘內就能完成。而我們，必須在行動被覺察前十秒之內，使儲存裝置附近的敵人失去行動能力。由於儲存裝置的位置不明，備份數量也不清楚，所以必須在極短的時間內，在被目標覺察之前，消滅『審判日號』上的全部敵人，同時又不能對其內部的其他設施，特別是電腦資訊設備造成重大損壞。因此，這次任務十分困難，有人甚至認為是不可能完成的。」

一名日本自衛隊軍官說：「我們認為，唯一可能成功的行動，是借助於我方潛伏在『審判日號』內部，並對三體訊息的儲存位置熟悉的偵察人員，在行動前控制或轉移儲存設備。」

有人問：「對『審判日號』的監視和偵察一直是由北約軍事情報機構和ＣＩＡ負責的，有這樣的潛伏者嗎？」

「沒有。」北約協調員說。

「那我們後面剩下的，就是扯淡了。」大史插上一句，立刻遭到很多人的白眼。

史丹頓上校說：「消滅一個封閉架構內部的人員，同時對其中的其他設施又不造成損壞，我們首先想到的就是球狀閃電武器。」

丁儀搖搖頭：「不行，這種武器已廣為人知，我們不知道船體是否裝備了屏蔽球狀閃電的磁場牆；即使沒有，球狀閃電雖然可以保證消滅船內的所有人員，但也不能保證同時性；而且，球狀閃電進入船體內部後，可能還要在空中遊蕩一段時間才會釋放能量，這段時間短則十幾秒鐘，長就有可能達到一分鐘甚至更多，他們完全有時間察覺到襲擊並採取毀滅訊息的行動。」

史丹頓上校說：「那麼中子彈呢？」

「上校，您應該知道那也是不行的！」一名俄羅斯軍官說，「中子輻射不能瞬間致死，中子彈攻擊後，船裡敵人剩下的時間夠開一次我們這樣的會了。」

「另一個方案就是神經毒瓦斯，但由於其在船內的釋放和擴散有一個過程，也不可能達到將軍所說的目標。」一名北約軍官說。

「剩下的選擇就是震盪炸彈和次聲波了。」史丹頓上校說，人們都期待著他的下文，但他卻沒有接著說出什麼來。

大史說：「震盪炸彈是我們警方用的玩意兒，確實可以一下子把建築物裡的人震昏，但目前好像只對一兩個房間有用。你們有能一次震昏一船人那麼大個兒的嗎？」

史丹頓搖搖頭：「沒有，即使有，那樣大的爆炸物也不可能不破壞船內的設施。」

「次聲波武器呢？」有人問。

「還在實驗階段，無法用於實戰。特別是那船十分巨大，以現下試驗中的次聲波武器的功率，如果對整個『審判日號』同時攻擊，最多也就是讓裡面的人頭暈噁心而已。」

「哈，」大史捻滅抽得只剩下一粒花生大小的雪茄頭說，「我說過剩下的就是扯淡了吧，都扯這麼長了，大家記住長官的話：時間緊迫！」他壞笑著轉向譯員，一名一臉不自在的漂亮女中尉：「不好翻吧同志，意思到了就行。」

但史丹頓居然似乎聽懂了，他用剛剛抽出的一根雪茄指著史強說：「這個警察有什麼資格這麼對我們講話？」

「你的資格呢？」大史反問。

「史丹頓上校是資深的特種作戰專家，他幾乎參加過越戰以來所有的重大軍事行動。」一名北約軍官說。

「那告訴你我的資格：二十多年前，我所在的偵察排，穿插到越軍縱深幾十公里，占領了那裡的一座嚴密設防的水電站，阻止了越南人炸壩阻斷我軍進攻道路的計畫。這就是我的資格：我戰勝過打敗了你們的敵人。」

「夠了大史！」常偉思拍拍桌子說，「不要扯遠了，你可以說出自己的方案。」

「我看沒必要在這個警察身上浪費時間。」史丹頓上校輕蔑地說，同時開始點雪茄。

沒等譯員翻譯，大史就跳起來說：「泡立死（police），我兩次聽出這個詞了，咋的，看不起警察？要說甩一堆炸彈把那大船炸成碎末，那你們軍人行；但要是從裡面完好地取出什麼東西，別看你肩上扛著幾顆星，還不如小偷兒。這種事兒，要出邪招，絕對的邪招！這個，你們遠比不上罪犯，他們是出邪招的大師！知道那招兒能邪到什麼程度？我辦過一個盜竊案，罪犯能把行駛中的列車中間的一節車廂偷了，前後的其餘部分又完好地接起來開到終點站，用的工具只是一根鋼絲繩和幾支鐵鉤子。這才是特種作戰專家！而像我這樣兒在基層摸爬滾打了十幾年的重案刑警，受到了他們最好的培養和教育。」

「說你的方案，否則就不要再發言了！」常偉思指著大史說。

「這兒這麼多重量級人物，我剛才怕輪不上我，那樣老領導您又會說我這人沒禮貌了。」

「你已經沒禮貌到家了！快些，說你的邪招！」

史強拿起一支筆，在桌面上畫了兩條彎曲的平行線：「這是運河。」又拿起菸灰缸放到兩條線之間：「這是『審判日號』。」然後，他探身越過桌面，一把扯下了史丹頓上校剛點燃的雪茄。

「我不能容忍這個白痴了！」上校站起來大叫。

「史強，出去。」常偉思厲聲說。

「等我說完，就一分鐘。」大史說著，向史丹頓伸出另一隻手。

「什麼？」上校不解地問。

「再給我一支。」

史丹頓猶豫了一下，從一個精緻的木盒中又拿出一支雪茄遞給史強，後者將第一支雪茄冒煙的一頭按到桌面上，使它豎立在桌子上畫的巴拿馬運河岸邊，將另一支的一頭弄平，立到「運河」的另一邊。

「在運河兩岸立兩根柱子，柱子之間平行地扯上許多細絲，間距半公尺左右，這些細絲是汪教授他們製造出來的那種叫『飛刃』的奈米材料。」

史強說完，站在那裡等了幾秒鐘，舉起雙手對著還沒有反應過來的人們說：「完了，就這些。」說完轉身走出了會場。

空氣凝固了，所有人像石化般一動不動，連周遭電腦的「嗡嗡」聲似乎都變得小心翼翼。不知過了多久，才有人怯生生地打破沉寂：

「汪教授，『飛刃』是絲狀的嗎？」

汪淼點點頭：「用我們現有的分子建築技術，只能生產出絲狀的材料，粗細大約相當於頭髮絲的十分之一……。這些史警官會前向我了解過。」

「現有的數量夠嗎？」

「運河有多寬？船的高度？」

「運河最窄處一百五十公尺，『審判日號』高三十一公尺，吃水八公尺左右。」

汪淼盯著桌上的雪茄，粗略計算了一下：「基本上夠吧。」

又是一陣漫長的沉默，與會者都在試圖使自己從震驚中恢復過來。

「如果儲存三體訊息的設備，硬碟、光碟之類的，也被切割呢？」有人問。

「機率不大吧。」

「被切割也問題不大，」一名電腦資訊專家說，「那種細絲極其鋒利，切口一定很齊，在這種狀態下，無論是硬碟、光碟，還是積體電路儲存體，其中的訊息絕大部分都可以恢復。」

「還有別的更可行的方案嗎？」常偉思看看會場，沒人說話，「好，下面就集中討論這個方案，開始研究細節吧。」

一直沉默的史丹頓上校站了起來，「我去叫警官回來。」

常偉思揮揮手示意他坐下，然後喊了一聲：「大史！」史強走了進來，帶著那一臉壞笑看了看眾人，拿起桌上「運河」邊上的兩支雪茄，把點過的塞到嘴裡，另一支揣進口袋。

下面的討論主要是在海軍軍官和航海專家們之間進行了。

有人問：「『審判日號』通過時，那兩根柱子能承受『飛刃』嗎？會不會柱子首先被割斷呢？」

汪淼說：「這個能解決，有少量片狀的『飛刃』材料，可以用作細絲在柱子上固定處的墊片。」

「『審判日號』是巴拿馬運河能通過的最大噸位的船隻了，吃水很深，所以還要考慮奈米絲在水下的布設。」

「水下部分比較困難，如果時間來不及倒是可以放棄，那裡主要放置發動機、燃油和一些壓艙物，噪音、震動和干擾都很大，環境惡劣，電腦資訊中心和類似的機構不太可能設在那個位置。倒是在水上部分，如果奈米絲的間距再小一些，效果肯定更好。」

「那在運河的三個船閘之一動手是最好的了，『審判日號』是巴拿馬尺型船*，通過時正好填滿船閘，

---

*為通過巴拿馬運河的三十二公尺寬船閘，相當一部分大型海輪被設計成三十一公尺寬，稱為巴拿馬尺型。

『飛刃』絲的長度只需三十二公尺左右，間距可以很小，立柱子和拉絲的操作相對也容易些，特別是水下部分。」

「不行，船閘處情況複雜，船在閘中要由四台軌道機車牽引通過，速度很慢，而這時也肯定是『審判日號』上最警覺的時候，在切割過程中時極有可能被發現。」

「是否可以考慮米拉弗洛勒斯船閘外面的美洲大橋？橋墩就可以用作拉絲的柱子。」

「不行，橋墩的間距太寬，『飛刃』材料肯定不夠的。」

「那麼我們就確定下來，行動位置是蓋拉德水道*的最窄處，一百五十公尺寬，算上建支柱的餘量，按一百七十公尺吧。」

汪淼說：「要這樣，拉絲的間距最小就是五十公分，再小材料不夠了。」

「那就是說，」大史吐出一口煙，「得想法讓那船白天過運河。」

「夜裡船上的人睡覺啊，都是躺著的，五十公分的空檔太大了，白天他們就是坐著或蹲著，也夠了。」

「為什麼？」

響起了零星的幾聲笑，重壓下的人們感到了一絲帶著血腥味的輕鬆。

「你真是個魔鬼。」一位聯合國女官員對大史說。

「會傷及無辜嗎？」汪淼問，他的聲音中帶著明顯可以聽出來的顫抖。

一名海軍軍官回答：「過船閘時要有十幾名接纜工人上船，不過船通過後他們就下去了。巴拿馬引水員要隨船走完八十二公里的運河，肯定要犧牲掉。」

一名CIA官員說：「還有『審判日號』上的一部分船員，他們對這船是幹什麼的可能並不知情。」

「教授，這些事現下不用想，這不是你們要考慮的事情，我們要取得的訊息關係到人類文明的存亡，會有人做出最後決定的。」常偉思說。

散會時，史丹頓上校把那個精緻的雪茄木盒推到史強面前：「警官，上好的哈瓦納，送給你了。」

四天後，巴拿馬運河蓋拉德水道。

汪淼沒有一點兒身處異國他鄉的感覺。他知道，西面不遠處是美麗的加通湖，東面則是壯麗的美洲大橋和巴拿馬城，但他都無緣見到，兩天前他乘坐飛機從國內直接飛到巴拿馬城附近的托庫門軍用機場，然後就乘直升機直接來到這裡。眼前的景色太平常了，正在進行的運河拓寬工程使兩岸山坡上的熱帶雨林變得稀稀疏疏，坡上露出了大片黃土，那色彩真的使汪淼感到對這裡很熟悉。運河看上去也很普通，可能是因為在這一段它十分狹窄的緣故。這段水道是在上世紀初由十萬人一鍬鍬開鑿出來的。

汪淼和史丹頓上校坐在半山坡一座涼亭的躺椅上，兩人都穿著寬大的花襯衣，大草帽扔在一邊，看上去就是兩個普通的遊客。在這個位置，下面的運河盡收眼底。

就在他們下方的運河兩岸上，分別平放著兩根二十四公尺長的鋼柱，五十根一百六十公尺的超強度奈米絲已經按約零點五公尺的間距連接在兩根鋼柱上，只是每根奈米絲靠右岸的一端還連接了一段普通鋼絲，這可以使奈米絲隨著繫在上面的墜物沉入河底，這樣做是為了讓其他的船隻通過。好在運河上的運輸並不像汪淼想像的那麼繁忙，平均每天只有四十艘左右的大型船舶通過。兩根鋼柱的一端都與活動鉸結相連，只有等待「審判日號」前面的最後一艘船通過，才能拉回普通鋼絲，把奈米絲在右岸鋼柱上做最後固定，然後鋼柱才能立起來。行動的代號是「古箏」，這是很自然的聯想，而奈米絲構成的切割網則被稱為「琴」。

一小時前，「審判日號」已由加通湖駛入蓋拉德水道。

＊巴拿馬運河的主要人工開挖部分，河道狹窄。

史丹頓問汪淼以前是否來過巴拿馬，汪淼說沒有。

「我在一九九〇年來過。」上校說。

「是那次戰爭吧？」

「是，但對我來說是最沒有印象的一次戰爭，只記得在梵蒂岡大使館前為被包圍的諾瑞加總統播放傑克遜的搖滾舞曲〈無處可逃〉，那是我的主意。」

下面的運河中，一艘通體雪白的法蘭西郵輪正在緩緩駛過，鋪著綠地毯的甲板上，有幾名穿得花花綠綠的遊客在閒逛。

「二號觀察哨報告，目標前方已沒有任何船隻。」史丹頓的對講機響了起來。

「把『琴』立起來。」史丹頓命令道。

幾名頭戴安全帽工人模樣的人出現在兩岸。汪淼站起身來，但上校拉住了他：「教授，你不用管，他們會幹得很好。」汪淼看著右岸的人利索地抽回連接奈米絲的普通鋼絲，把已經綳緊的奈米絲在鋼柱上固定好。然後，兩岸的人同時拉動幾根長鋼索，使兩根鋼柱緩緩豎立起來。為了偽裝，兩根鋼柱上都掛了一些航標和水位標誌。他們幹得很從容，甚至看上去有些懶洋洋的，像是在從事一件平淡乏味的工作。汪淼盯著鋼柱之間的空間看，那裡看上去一無所有，但死亡之琴已經就位。

「目標距琴四公里！」對講機裡的聲音說。

史丹頓放下對講機，又繼續剛才的話題：「我第二次來巴拿馬是一九九九年，參加過運河主權交接的儀式，很奇怪，當我們來到管理局大樓前時，看到星條旗已經降下了，據說是應美國政府要求提前一天降下的，以避免在眾人面前降旗的尷尬場面出現……。那時以為是在目睹一個歷史性的時刻，現下想想，這些事情是多麼地微不足道。」

「目標距琴三公里！」

「是啊，微不足道。」汪淼附和道。他根本沒有聽清史丹頓在說什麼，世界的其餘部分對他來說已經不存在，他的全部注意力都集中到還沒有在視野中出現的「審判日號」上。這時，早晨從大西洋東海岸升起的太陽正向太平洋西海岸落下，運河中金光粼粼，更近的下方，死亡之琴靜靜地立著，兩根鋼柱黑乎乎的，反射不出一點兒陽光，看上去比流過它們中間的運河更古老。

「目標距琴兩公里！」

史丹頓似乎沒有聽到對講機中的聲音，仍在滔滔不絕地說著：「自從得知外星人的艦隊正在向地球飛來後，我就得了失憶症。很奇怪，過去的事都記不清了，我指的是自己經歷過的那些戰爭，都記不清了，像剛才所說的，那些戰爭都那麼微不足道。知道這件事以後，每個人在精神上都將成為新人，世界也將成為新的世界。我一直在想，假設在兩千年前或更早的時間，人們知道有一支外星入侵艦隊將在幾千年後到達，那現下的人類文明是什麼樣子？教授，你能設想一下嗎？」

「喔，不能……」汪淼心不在焉地敷衍著。

「目標距琴一點五公里！」

「教授，我想您將成為新世紀的蓋拉德*，我們期待著您的『巴拿馬運河』建成。不是嗎？太空電梯其實就是一條運河，像巴拿馬運河連接了兩個大洋一樣，太空電梯將地球和太空連接起來……」

汪淼現下知道，上校嘮叨著這些無意義的廢話，其實是想幫他度過這一艱難時刻。他很感激，但這作用不大。

「目標距琴一公里！」

---

*設計建設巴拿馬運河的工程師，蓋拉德水道就是以他的名字命名。

「審判日號」出現了，在從側面山脊上照過來的落日光芒中，它是河面一片金波上的一個黑色剪影。這艘六萬公噸級的巨輪比汪淼想像的要大得多，它出現時，彷彿西邊又突現了一座山峰，雖然汪淼知道運河可以通過七萬公噸級的船舶，但目睹這樣的巨輪在如此窄小的河道中行駛，確實有一種奇怪的感覺。與它的巨大相比，下面的河流似乎已不存在，它像一座在陸地上移動的大山。適應了夕陽的光芒後，汪淼看到「審判日號」的船體是黑色的，上層建築是雪白的，那面巨型天線不見了。巨輪發動機的轟鳴聲已經可以聽到，還有一陣「轟轟」的水聲，那是它渾圓的船首推起的浪排衝擊運河兩岸發出的。

隨著「審判日號」與死亡之琴距離的縮短，汪淼的心跳驟然加速，呼吸也急促起來，他有一種立刻逃離的衝動，但一陣虛弱使他已無法控制自己的身體。他的心中突然湧起了一陣對史強的憎恨，這個王八蛋怎麼會想出這樣的主意?!正像那位聯合國女官員所說，他是個魔鬼！但這種感覺轉瞬即逝，他想到如果現下大史在身邊，那自己的情況會好得多。史丹頓上校曾申請大史同來，但常偉思沒批准，那邊現下更需要他。汪淼感覺到上校拍了拍他的手。

「教授，一切都會過去的。」

「審判日號」正在過去，它在通過死亡之琴。當它的艦首接觸兩根鋼柱之間似乎空無一物的平面時，汪淼頭皮一緊，但什麼都沒有發生，巨輪龐大的船體從兩根鋼柱間徐徐駛過。當船體通過一半時，汪淼甚至懷疑鋼柱間的奈米絲是不是真的就不存在。但一個小小的跡象否定了他的懷疑，他注意到船體上層建築最高處的一根細長的天線從下部折斷了，天線滾落下來。

很快，奈米絲存在的第二個跡象出現了，而這險些讓汪淼徹底崩潰。「審判日號」寬闊的甲板上很空蕩，只是後甲板上有一個人在用水龍頭沖洗纜樁，汪淼從高處看得很清楚，當船的這一部分從鋼柱間移過的瞬間，那人的身體突然僵硬了，水龍頭從他手裡滑落；與此同時，連接龍頭的膠皮水帶也在不遠處斷成兩截，水從那裡白花花地噴了出來，那人直直地站了幾秒鐘就倒下了，他的身體在接觸甲板的同時分成兩截。

那人的上半部分還在血泊中爬行，但只能用兩隻半條的手臂爬，因為他的手臂也被切斷了一半。

船尾通過了兩根鋼柱後，「審判日號」仍在以不變的速度向前行駛，一時看不出更多的異樣。但汪淼聽到發動機的聲音發生了怪異的扭曲，接著被一陣雜亂的巨響所代替，那聲音聽起來像一台大馬達的轉子中被扔進去一個扳手，不，是很多個扳手——他知道，這是發動機的轉動部分被切割後發出的。在一聲刺耳的破裂聲後，「審判日號」的船尾一側出現了一個破洞，這洞是被一個巨大的金屬零件撞出的。那個飛出的零件旋即落入水中，激起了高高的水柱，在它一閃而過之際，汪淼看出那是船上發動機的一段曲軸。

一股濃煙從破洞中湧出，在右岸直線航行了一段的「審判日號」就拖著這道煙尾開始轉向，很快越過河面，撞到左岸上。汪淼看到，衝上岸坡的巨大船首在急遽變形的同時，將土坡像水那樣衝開，激起洶湧的土浪。與此同時，「審判日號」開始散成四十多片薄片，每一片的厚度是半公尺，從這個距離看去是一片片薄板，上部的薄片前衝速度最快，與下面的逐級錯開來，這艘巨輪像一疊被向前推開的撲克牌，這四十多個巨大的薄片滑動時相互摩擦，發出一陣尖利的怪音，像無數根巨指在劃玻璃。在這令人無法忍受的聲音消失後，「審判日號」已經化作一堆岸上的薄片，愈靠上前衝得愈遠，像從一個絆倒的服務生手中向前傾倒的一落盤子。那些薄片看上去像布片般柔軟，很快變形，形成了一堆複雜的形狀，讓人無法想像它曾是一艘巨輪。

大批士兵開始從山坡上衝向河岸，汪淼很驚奇附近究竟在什麼時候什麼地方隱蔽了這麼多人。直升機群轟鳴著沿運河飛來，越過覆蓋著一層色彩斑斕的油膜的河面，懸停在「審判日號」的殘骸上空，拋灑大量的白色滅火劑和泡沫，很快控制了殘骸中正在蔓延的火勢，另外三架直升機迅速用纜索向殘骸放下搜索人員。

史丹頓上校已經離開了，汪淼拿起了他放在草帽上的望遠鏡，克服著雙手的顫抖觀察被「飛刃」切割成四十多片的「審判日號」。這時，它有一大半已被滅火粉劑和泡沫所覆蓋，但仍有一部分暴露著。汪淼看到了切割面，像鏡面般光滑，毫不走形地映著天空火紅的晚霞。他還看到了鏡面上一塊深紅色的圓斑，不知是不是血。

三天以後。

審問者：妳了解三體文明嗎？

葉文潔：不了解，我們得到的訊息很有限，事實上，三體文明真實和詳細的面貌，除了伊文斯等截留三體訊息的降臨派核心人員，誰都不清楚。

審問者：那妳為什麼對其抱有那樣的期望，認為他們能夠改造和完善人類社會呢？

葉文潔：如果他們能夠跨越星際來到我們的世界，說明他們的科學已經發展到相當的高度，一個科學如此昌明的社會，必然擁有更高的文明和道德水準。

審問者：妳認為這個結論，本身科學嗎？

葉文潔：……

審問者：讓我冒昧推測一下：妳的父親深受妳祖父科學救國思想的影響，而妳又深受父親的影響。

葉文潔：（不為人察覺地嘆息一聲）我不知道。

審問者：現下告訴妳，我們已經得到了被降臨派截留的全部三體訊息。

葉文潔：喔……伊文斯怎麼樣了？

審問者：在對「審判日號」採取行動的過程中，他死了。

（伊文斯被「飛刃」切割成三段。當時他身處「審判日號」的指揮中心，他用上半身向前爬行了一公尺多，死的時候雙眼盯著爬向的那個方向，正是在那個方向的一台電腦中，找到了被截留的三體訊息。）

葉文潔：訊息很多嗎？

審問者：很多，約二十八G。

葉文潔：這不可能，星際間超遠程通訊的效率很低，怎麼可能傳送這麼大的訊息量?!

審問者：開始時我們也這樣想，但事情遠遠超過了所有人的想像，即使是最大膽、最離奇的想像。這樣吧，請妳閱讀這些訊息的一部分，妳將看到自己美好幻想中的三體文明是什麼樣子。

三十三、監聽員

三體訊息中沒有包含對三體人生物形態的任何描述，人類要在四百多年以後才能真正看到三體人。在閱讀訊息時，葉文潔只能把三體人想像成人類的形象。

一三七九號監聽站已經存在了上千年，像這樣的監聽站，在三體世界中有幾千個，它們全神貫注地聆聽著宇宙間可能存在的智慧文明的訊息。

最初監聽站中有上百名監聽員，但隨著科技的進步，現下只有一個人值守了。監聽員是一個卑微的職業，他們雖然身處恆溫且能保證生活供給的監聽室中，在亂紀元中不必脫水，但他們的生命也就在這小小的空間中流逝，能夠享受到的恆紀元的快樂比其他人要少得多。

一三七九號監聽員透過小小的窗子看著外面的三體世界，這是亂紀元的黑夜，巨月還沒有升起來，大多數人都處於脫水的冬眠中，甚至植物也本能地脫水了，成了附著於地表沒有生命的一束束乾纖維。星光下，大地看上去像一大塊冰冷的金屬。

這是最孤寂的時刻，在靜靜的午夜，宇宙向它的聆聽者展示著廣漠的荒涼。一三七九號監聽員最不願意看的，就是顯示器上緩緩移動的那條曲線，那是監聽系統接收到的宇宙電波的波形，無意義的噪聲。他感到這條無限長的線就是宇宙的抽象，一頭連著無限的過去，另一頭連著無限的未來，中間只有無規律無生命的隨機起伏，一個個高低錯落的波峰就像一粒粒大小不等的沙子，整條線就像是所有沙粒排成行形成的一維沙漠，荒涼寂寥，長得令人無法忍受。你可以沿著它向前向後走無限遠，但永遠找不到歸宿。

但今天，當監聽員掃了一眼波形顯示後，發現有些異樣。即使是專業人員，也很難僅憑肉眼看出波形是否攜帶訊息，但監聽員對宇宙噪聲的波形太熟悉了，眼前移動的波形，似乎多了某種說不出來的東西，這條起伏的細線像是有了靈魂，他敢肯定，眼前的電波是被智能調製的！他衝到另一台主機終端前，察看電腦對目前接收內容識別度的判別，發現識別度是紅色十！在這之前，監聽系統接收到的宇宙電波，識別度從未超過藍色二，如果達到紅色，波段包含智能訊息的可能性就大於百分之九十，如果是紅色十，就意味著接收到的訊息包含著自譯解系統！解譯電腦在全功率工作著，它發現了訊息中的自譯解系統並成功地利用它，很快顯示譯解完成。監聽員打開結果檔案，三體人第一次讀到了來自另一個世界的訊息：

向收到該訊息的世界致以美好的祝願。

透過以下訊息，你們將對地球文明有一個基本的了解。人類經過漫長的勞動和創造，建立了燦爛的文明，湧現了豐富多彩的文化，並初步了解了自然界和人類社會運作發展的規律，我們珍視這一切。

但我們的世界仍有很大缺陷，存在著仇恨、偏見和戰爭，由於生產力和生產關係的矛盾，財富的分布嚴重不均，相當部分的人類成員生活在貧困和苦難之中。

人類社會正在努力解決自己面臨的各種困難和問題，努力為地球文明創造一個美好的未來。發送該訊息的國家所從事的事業就是這種努力的一部分。我們致力於建立一個理想的社會，使每個人類成員的勞動和價值都得到充分的尊重，使所有人的物質和精神需要都得到充分的滿足，使地球文明成為一個更加完美的文明。

我們懷著美好的願望，期待著與宇宙中其他文明社會建立聯繫，期待著與你們一起，在廣闊的宇宙中創造更加美好的生活。

在令他頭暈目眩的激動中，監聽員看著波形顯示，訊息仍源源不斷地從太空中湧進天線，由於自譯解系統的存在，電腦已經可以實現即時譯解，接收到的訊息被立刻顯示出來。在以後的兩個三體時中，監聽員知道了地球世界的存在，知道了那個只有一個太陽，永遠處於恆紀元中的世界，知道了在永遠風調雨順的天堂中誕生的人類文明。

來自太陽系的訊息結束了，譯解電腦開始無結果地運作，監聽系統所聽到的，又是宇宙荒涼的噪聲，但監聽員可以確定，剛才的一切不是夢。他也知道，分布在世界各處的幾千個監聽站，也都收到了這三體文明期待了億萬年的訊息。二百輪文明爬行在漆黑的隧道中，現下終於在前方看到了一線光亮。

監聽員又一遍閱讀來自地球的訊息，他的思緒在地球那永不封凍的藍色海洋和翠綠的森林田野間飛翔，感受著那和煦的陽光和清涼的微風的撫摸，那是個多麼美麗的世界啊，二百多輪文明幻想中的天堂居然真的存在！

激動和興奮很快冷卻下來，剩下的只有失落和淒涼。在過去那漫長的孤寂時光中，監聽員不止一次地問過自己：即使有一天真的收到了外星文明的訊息，與自己又有什麼關係呢？那個天堂不屬於自己，自己這孤獨而卑微的生活不會因此有絲毫改變。

但我至少可以在夢中擁有它……。監聽員想著，讓自己進入了睡眠。在嚴酷的環境中，三體人進化出睡眠的開關功能，可以在幾秒鐘內使自己立刻入睡。

但他並沒有得到自己想要的夢，藍色的地球確實在夢中出現了，但在一支龐大的星際艦隊的砲火下，地球美麗的大陸開始燃燒，蔚藍的海洋沸騰蒸發……

監聽員從噩夢中醒來，看到剛剛升起的巨月把一束冷光投進小窗。他看著窗外寒冷的大地，開始回顧自己孤獨的一生。現下，他已經活了六十萬個三體時，三體人的壽命一般在七十至八十萬個三體時，其實大部分人早在這之前就失去了工作能力，這時他們就會被強制脫水，脫水後的乾纖維軀體被付之一炬，三體社會是不養閒人的。

現下，監聽員突然又想到了另一種可能：說收到外星訊息對自己沒有影響是不確切的，在目標確定後，三體世界必然會裁減一部分監聽站，而自己所在的這種落後的站點肯定是在首批裁減之列，那時他將面臨失業。監聽員的技能很單一，只是一些程式化的操作和維護，很難找到別的工作。如果在五千個三體時之內還找不到工作，他也將面臨著強制脫水後被焚燒掉的命運。

逃脫這種命運的唯一途徑是與一名異性結合。這時，構成他們身體的有機物質將融為一體，其中三分之二的物質將成為生化反應的能源，使剩下的三分之一細胞完成徹底的更新，生成一個全新的軀體；之後這個軀體將發生分裂，裂解為三至五個新的幼小生命，這就是他們的孩子，他們將繼承父母的部分記憶，成為他們生命的延續，重新開始新的人生。但以監聽員卑微的社會地位、孤獨封閉的工作環境，又到了這個年紀，能有哪個異性看得上自己呢？

在老之將至的這幾年，監聽員千萬遍問自己：「這就是我的一生嗎？」他又千萬次回答：「是的，這就是你的一生，這一生所擁有的，只有監聽室這小小空間中無盡的孤獨。」

他不能失去那個遙遠的天堂，即使是在夢中。

監聽員知道，在宇宙尺度上，對於來自太空的低頻電波，因為沒有足夠長的測量基線，只能確定發射源的方向，卻無法知道其距離；在那個方向上，可能是遠距離的高功率發射源，也可能是近距離的低功率發射源；那個方向有億萬顆恆星，每一顆都以遠近不同的星星匯成的星海為背景，不知道發射源的距離，根本不可能確定位置座標。

距離，關鍵是距離！

其實，確定發射源距離的方法十分簡單：給對方回覆一個訊息，如果對方在收到這個回信後短時間內回答，由間隔時間和光速就可以得知距離。問題是：對方會回答嗎？或者在延遲很長時間以後回答，使三體人無法確定電波信號在路上消耗的時間有多少。但既然這個發射源主動向宇宙中發出呼喚，那他們接到三體世界的訊息後有很大可能會回答的。監聽員可以肯定，現下三體政府已經發出了指令，向那個遙遠的世界發出訊息，引誘他們回答。訊息也許已經發出，也許還沒有。如果是後者，那麼他就有了使自己這卑微的生命燃燒一次的機會。

同地球的紅岸基地一樣，三體世界的大部分監聽站也在同時向太空中發射訊息，呼喚可能存在的外星文明。三體科學家也早就發現了恆星對於電波的放大功能，遺憾的是半人馬座的三顆太陽在架構上與人類的太陽有很大差異，存在著很大的外圍等離子氣層（正是這個氣層使三體世界的太陽在一定的距離上突然變成飛星或由飛星顯形），這種氣層對電磁波有很強的屏蔽作用，使得到達太陽能量鏡面的電波功率有一個極大的閾值，因而不可能把太陽作為天線發射訊息，只能用地面天線直接向目標發射。否則，人類早已得知三體文明的存在了。

監聽員撲到操作螢幕前，在電腦上編輯了一條簡短的訊息，並指令電腦譯成與收到的地球訊息相同的語言。然後，他將監聽站的發射天線指向地球訊息來源的方向，發射按鈕呈紅色的長方形，這時，監聽員的手指懸在它上面。

三體文明的命運，就繫於這纖細的兩指之上。

毫不猶豫地，監聽員按下了發射鍵，高功率電波帶著那條簡短但可能拯救另一個文明的訊息，飛向黑暗的太空：

這個世界收到了你們的訊息。

我是這個世界的一個和平主義者，我首先收到訊息是你們文明的幸運，警告你們：不要回答！不要回答！不要回答！

你們的方向上有千萬顆恆星，只要不回答，這個世界就無法定位發射源。

如果回答，發射源將被定位，你們的文明將遭到入侵，你們的世界將被占領！

不要回答！不要回答！不要回答！

我們不清楚三體世界元首的官邸是什麼樣子，但可以肯定它與外界之間有厚厚的隔牆，以便適應這個世界的嚴酷氣候。「三體」遊戲中的金字塔就是一種猜測，另一種可能是它建在地下。

元首在五個三體時前就得到了收到外星文明訊息的報告。兩個三體時前，他又得到報告：一三七九號監聽站向訊息來源方向發出了警告訊息。

前者沒有使他狂喜，後者也沒有令他沮喪，對那名發出警告訊息的監聽員，他也沒有什麼忿恨。以上這些情緒，還有其他的所有情緒，諸如恐懼、悲傷、幸福、美感等等，都是三體文明所極力避免和消除的，因為它們會導致個體和社會在精神上的脆弱，不利於在這個世界惡劣的環境中生存。三體世界所需要的精神，就是冷靜和麻木，從過去二百餘輪文明的歷史中可以證明，那些以這兩種精神為主體的文明是生存能力最強的。

「你為什麼這麼做？」元首問站在他面前的一三七九號監聽員。

「為了不虛度一生。」監聽員冷靜地回答。

「你發出的警告訊息，很可能使三體文明失去一次生存的機會。」

「但給了地球文明這樣的機會。元首，請允許我講這麼一件事：大約在一萬個三體時前的亂紀元中，監聽站的巡迴供給車把我所在的一三七九號站漏掉了，這就意味著我在之後的一百個三體時中斷糧了。我吃掉了站中所有可以吃的東西，甚至自己的衣服，即使這樣，在供給車再度到來時，我還是快要餓死了。上級因此給了我一生中最長的一次休假，在我隨著供給車回城市的途中，我一直被一個強烈的欲望控制著，那就是占有車上所有的食物。每看到車上的其他人吃東西，我的心中就充滿了憎恨，真想殺掉那人！我不停地偷車上的食品，把它們藏在衣服裡和座位下，車上的從業人員覺得我這樣很有意思，就把食品當禮物送給我。當我到城市下車時，背著遠遠超過我自身體重的食物……

「當然，後來我從這種精神變態中恢復了，但那種強烈的占有欲望給我留下極深的印象。三體文明也是一個處於生存危機中的群體，它對生存空間的占有欲與我當時對食物的欲望一樣強烈而無止境，它根本不可能與地球人一起分享那個世界，只能毫不猶豫地毀滅地球文明，完全占有那個行星系的生存空間……。我想得對嗎？」

「對，消滅地球文明還有另外一個理由：他們也是好戰的種族，很危險。當我們與其共存於一個世界時，他們在技術上將學得很快，這樣下去，兩個文明都過不好。我們已經確定的政策是：三體艦隊占領太陽系和地球後，不會對地球文明進行太多干涉，地球人完全可以像以前那樣生活，就像三體占領者不存在一樣，只有一件事是被永遠禁止的：生育。現下我要問：你想當地球的救世主，對自己的文明卻沒有一點責任感？」

「三體世界已經讓我厭倦了。我們的生活和精神中除了為生存而戰就沒有其他東西了。」

「這有什麼錯嗎？」

「當然沒有錯，生存是其他一切的前提，但，元首，請看看我們的生活：一切都是為了文明的生存。為了整個文明的生存，對個體的尊重幾乎不存在，個人不能工作就得死；三體社會處於極端的專制之中，法律只有兩檔：有罪和無罪，有罪處死，無罪釋放。我最無法忍受的是精神生活的單一和枯竭，一切可能導致脆弱的精神都是邪惡的。我們沒有文學，沒有藝術，沒有對美的追求和享受，甚至連愛情也不能傾訴……。元首，這樣的生活有意義嗎？」

「你嚮往的那種文明在三體世界也存在過，它們有過民主自由的社會，也留下了豐富的文化遺產，你能看到的只是極小一部分，大部分都被封存禁閱了。但在所有三體文明的輪迴中，這類文明是最脆弱、最短命的，一次不大的亂世紀災難就足以使其滅絕。再看你想拯救的地球文明，那個在永遠如春的美麗溫室中嬌生慣養的社會，如果放到三體世界，絕對生存不了一百萬個三體時。」

「那花朵雖然嬌弱但是絢麗無比，她在天堂閒適中感受著自由和美。」

「如果三體文明最後占有那個世界，我們也可以創造那樣的生活。」

「元首，我懷疑。金屬般的三體精神已經凝固到我們的每一個細胞中，您真的認為它還能融化嗎？我是個小人物，生活在社會的最底層，沒有人會注意到我，孤獨一生，沒有財富，沒有地位，沒有愛情，也沒有希望。如果我能夠拯救一個自己愛上的遙遠的美麗世界，那這一輩子至少沒有白活。當然，元首，這也讓我有緣見到了您，如果不是這個舉動，我這樣的小人物也只能在電視上景仰您，所以請允許我在此表達自己的榮幸。」

「毫無疑問你是有罪的，你是三體世界所有輪迴的文明中最大的罪犯，但三體法律現下出現一個例外——你自由了。」

「元首，這怎麼行?!」

「對你來說，脫水燒掉真是一種微不足道的懲罰。你老了，也不可能看到地球文明的最後毀滅，但我至少要讓你知道你根本拯救不了她，我要讓你活到她失去一切希望的那一天。好了，走吧。」

一三七九號監聽員走後，元首喚入了負責監聽系統的執政官。對他，元首也避免了惱怒，只是例行公事而已。

「你怎麼能讓這樣的脆弱邪惡分子進入監聽系統呢？」

「元首，監聽系統有幾十萬名從業人員，嚴格甄別是很難的，一三七九號畢竟在那個監聽站工作了大半生都沒出錯。當然，這個最嚴重的失誤責任在我。」

「在三體世界的太空監聽系統中，與此相關的責任人還有多少？」

「我初步查了一下，由上至下各個層次，大約六千人吧。」

「他們都有罪。」

「是。」

「六千人都脫水，在首都中心廣場燒掉——你，就當引火物吧。」

「謝謝元首，這讓我們的良心多少安定了一些。」

「這之前，我再問你：那條警告訊息能傳多遠？」

「一三七九號是一個小型監聽站，發射功率不大，大約能傳一千二百萬光時（約一千二百光年）吧。」

「夠遠了。你對三體文明下一步的行動，有什麼建議嗎？」

「是否向那個外星世界發送經過仔細編製的訊息，設法引誘他們回答？」

「不，這更有可能弄巧成拙。好在那條警告訊息很短，我們只能希望他們能忽略或誤解它的內容……。

好了，你去吧。」

監聽執政官走後，元首召見了三體艦隊統帥。

「首批艦隊最後完成啟航準備，還需要多長時間？」

「元首，艦隊的建設還處在最後階段，具備航行能力至少還需要六萬時。」

「我將請執政官聯席會議審議我的計畫：艦隊建成後立刻啟航，就向著那個方向。」

「元首，在那樣的接收頻率上，即使方向的定位也不是太準確。要知道，艦隊只能以百分之一光速航行，而且其動力儲備只夠進行一次減速，也不可能沿那個方向進行大範圍搜索，如果目標距離不明，整個艦隊最終的結局就是墜入宇宙深淵。」

「但看看我們星系的三顆太陽吧，其中任何一顆的氣層隨時都可能膨脹，吞沒我們這最後一顆行星。所以，沒有別的選擇，這個險必須冒。」

三十四、智子

八萬五千三體時（約八點六個地球年）後。

元首下令召開三體世界全體執政官緊急會議，這很不尋常，一定有什麼重大的事件發生。

兩萬三體時前，三體艦隊啟航了，它們只知道目標的大致方向，卻不知道它的距離。也許，目標處於千萬光時之外，甚至在銀河系的另一端，面對著前方茫茫的星海，這是一次希望渺茫的遠征。

執政官會議在巨擺紀念碑下舉行（汪淼在閱讀這一段訊息時，不由得聯想到「三體」遊戲中的聯合國大會，事實上，巨擺紀念碑是遊戲中少數在三體世界中真實存在的事物之一）。

元首選定這個會址，令大多數與會者迷惑不解。亂紀元還沒有結束，天邊剛剛升起了一輪很小的太陽，隨時都可能落下，天氣異常寒冷，以至於與會者不得不穿上全封閉的電熱服。巨大的金屬擺錘氣勢磅礴地擺動著，衝擊著寒冷的空氣，天邊的小太陽把它的影子長長地投射到大地上，像一個頂天立地的巨人在行走。

眾目睽睽之下，元首走上巨擺的基座，扳動了一個紅色的開關，轉身對執政官們說：

「我剛剛關閉了巨擺的動力電源，它將在空氣阻力下慢慢地停下來。」

「元首，為什麼這樣？」一位執政官問。

「我們都清楚巨擺的歷史意涵，它是用來對上帝進行催眠的。現下我們知道，上帝醒著對三體文明更有利，它開始保佑我們了。」

眾人沉默了，思索著元首這話的涵義。在巨擺擺動了三次之後，有人問：「地球文明回電了？」

元首點點頭，「是的，半個三體時前我得到的報告，是回答那條警告訊息的。」

「這麼快?!現下距警告訊息發出僅八萬多時，這就是說，這就是說……」

「這就是說，地球文明距我們僅四萬光時。」

「那不就是距離我們最近的那顆恆星嗎?!」

「是的，所以我說：上帝在保佑三體文明。」

狂喜在會場上蔓延開來，但又不能充分表露，像被壓抑的火山。元首知道，讓這種脆弱的情緒爆發出來是有害的，於是，他立刻對「火山」潑了盆冷水：

「我已經命令三體艦隊航向這顆恆星，但事情並不如你們想像的那樣樂觀，照目前的情況看，艦隊是在航向自己的墳墓。」

元首這話使執政官們立刻冷靜下來。

「有人明白我的意思嗎？」元首問。

「我明白。」科學執政官說，「我們都仔細研究過第一批收到的地球訊息，其中最值得注意的是他們的文明史。請看以下事實：人類從狩獵時代到農業時代，用了十幾萬地球年時間；從農業時代到工業時代用了幾千地球年；而由工業時代到原子時代，只用了二百地球年；之後，僅用了幾十個地球年，他們就進入了資訊時代。這個文明，具有可怕的加速進化能力！而在三體世界，已經存在過的包括我們在內的二百個文明中，沒有一個經歷過這種加速發展，所有的三體文明的科學和技術的進步都是均速甚至減速的。我們世界的各個技術時代，都需要基本相同的、漫長的發展時間。」

元首接著說：「現實是，在四百五十萬時後，當三體艦隊到達地球所在的行星系時，那個文明的科技水準已在加速發展中遠超過我們！三體艦隊經過那麼漫長的航行，中間還要穿越兩條星際塵埃帶，很可能只有一半的飛船到達太陽系，其餘的將損失在漫長的航程中。到那時，三體艦隊在地球文明面前將不堪一擊——我們不是去遠征，是去送死！」

「如果真是這樣，元首，還有更可怕的……」軍事執政官說。

「是的，這很容易想到。三體文明的位置已經暴露，為了消除未來的威脅，地球的星際艦隊將反攻我們的星系。很可能，在膨脹的太陽把這顆行星吞沒之前，三體文明已經被地球人消滅了。」

光明燦爛的前景突然變得如此黯淡，使會場沉默了好久。

元首說：「我們下一步要做的，就是遏制地球文明的科學發展。早在收到第一批訊息時，我們就開始制定這方面的計畫。現下，實現這些計畫出現了一個很有利的條件：我們這次收到的回答訊息，是由地球文明的一個背叛者發出的，那麼我們有理由猜測，地球文明的內部存在著相當多的異己力量，我們要充分利用這種力量。」

「元首，談何容易，我們與地球的聯繫細若游絲，八萬多時才能完成一次應答。」

「也不盡然，同我們一樣，地球世界得知外星文明的存在對整個社會來說是一個巨大的衝擊，將對文明內部產生深遠影響。我們有理由預測，地球文明內部的異己力量將匯集和增長。」

「那他們能做什麼呢？進行破壞嗎？」

「在長達四萬時的時間跨度上，任何傳統的戰爭和恐怖活動的戰略意義都不大，都可以得到恢復。在這樣長的時間跨度上，要想有效遏制一個文明的發展，解除其武裝，辦法只有一個，殺死它們的科學。下面，請科學執政官簡單介紹一下我們已經制定的三個計畫。」

「第一個計畫代號『染色』。」科學執政官說，「利用科學和技術產生的副作用，使公眾對科學產生恐懼和厭惡，比如我們世界中科技發展導致的環境問題，想必在地球上也存在，染色計畫將充分利用這些元素。第二個計畫代號『神蹟』。即對地球人進行超自然力量的展示，這個計畫力圖透過一系列的『神蹟』，建造一個科學邏輯無法解釋的虛假宇宙。當這種假象持續一定時間後，將有可能使三體文明在那個世界成為宗教信徒的崇拜對象，在地球的思想界，非科學的思維模式就會壓倒科學思維，進而導致整個科學思想體系的崩潰。」

「如何產生神蹟呢？」

「神蹟之所以成為神蹟，關鍵在於它是地球人絕對無法識破的。這可能需要我們向地球異己力量輸入一些高於他們現有水準的科技。」

「這太冒險了，最後誰會得到這些科技？簡直是玩火！」

「當然，輸入什麼層次的科技來產生神蹟，還有待於我們進一步研究……」

「請科學執政官停一下！」軍事執政官站起來說，「元首，我想表明自己的看法：這兩個計畫對殺死人類的科學，幾乎起不到什麼作用。」

「但做總比不做強。」科學執政官搶在元首回答前爭辯道。

「也僅此而已。」軍事執政官不屑地說。

「我同意你的看法，『染色』和『神蹟』兩個計畫，只能對地球科學發展產生一些干擾。」元首對軍事執政官說，然後轉向所有與會者，「我們需要一個決定性的行動，徹底窒息地球的科學，使其鎖死在現有水準。在這裡，我們需要抓住重點：科學技術的全面發展取決於基礎科學的發展，而基礎科學的基礎又在於對物質深層架構的探索，如果這個領域沒有進展，科學技術整體上就不可能產生重大突破。其實，這並非只是針對地球文明，也是針對三體文明要征服的所有目標，早在首次收到外星訊息之前，我們就在做著這方面的努力，近期的步伐大大加快了。各位請看，那是什麼？」

元首指指天空，執政官們向那個方向抬頭仰望，看到太空中的一個圓環，在陽光中發出金屬的光澤。

「那不是用於建造第二支太空艦隊的船塢嗎？」

「不是，那是一台正在建造的巨型粒子加速器。建造第二支太空艦隊的計畫取消了，其資源全部用於智子工程。」

「智子工程?!」

「是的，在場的人至少有一半不知道這個計畫，我現下請科學執政官把它介紹給大家。」

「我知道這個計畫，但沒想到已經進行到這個程度。」工業執政官說。

文教執政官：「我也知道，但感覺那像個神話。」

「智子工程，簡而言之就是把一個質子改造成一台超級智能電腦。」科學執政官說。

「作為一個廣為流傳的科學幻想，這大家都聽說過。」農業執政官說，「但要成為現實，還是太突然了些。我知道，物理學家們已經能夠操控微視世界十一維架構中的九維，但我們還是無法想像，他們能把一把小鑷子伸進質子，在裡面搭建大規模積體電路嗎？」

「當然不行，對微視積體電路的蝕刻，只能在巨視中進行，而且只能在巨視的二維平面上進行。所以，我們需要將一個質子進行二維展開。」

「把九維架構展開成二維？面積有多大？」

「很大，您會看到的。」科學執政官微笑著說。

時光飛逝，六萬個三體時又過去了。在太空中的巨型加速器完全建成後的兩萬個三體時，對質子的二維展開將要在三體行星的同步軌道上進行。

這是一個恆紀元風和日麗的日子，天空十分純淨。同八萬個三體時前艦隊啟航的時候一樣，三體世界的人們都在仰望著太空，看著那巨大的圓環。元首和全體執政官再次來到了巨擺紀念碑下，巨擺早已靜止，擺錘如一塊穩定的磐石凝固在高大的支架間，看上去很難相信它曾經運動過。

科學執政官發出了二維展開的啟動命令。太空中，圓環周遭有三個立方體，那是為加速器提供能量的融合發電站，現下，它們那形狀像長翅的散熱片漸漸發出暗紅色的光。科學執政官向元首報告展開正在進行，人們緊張地仰望著太空中的加速器，什麼都沒有發生。

十分之一個三體時後，科學執政官捂著耳機聽了一會兒，說：「元首，很遺憾，展開失敗了，多減了一個維度，目標質子被減成一維。」

「一維？一條線？」

「是的，一條無限細的線，從理論上計算，它的長度有一點五千光時。」

「哼！」軍事執政官說，「花費了一支太空艦隊的資源，就得到這麼個結果？」

「這是科學實驗，總有個調試的過程，這才是第一次展開實驗嘛。」

人們帶著失望散了，但事情並沒有完。本來認為被一維展開的質子將永遠運行在行星的同步軌道上，但由於太陽風暴產生的阻力使其減速，一部分一維絲還是落入了大氣層。六個三體時後，來到戶外的人們發現周遭有奇怪的閃光，那些閃光呈細絲狀，轉瞬即逝，出沒不定。他們很快從新聞中得知，這是被展開成一維的質子在引力的作用下飄落到地面上來了。雖然這些一維絲是無限細的，但它的核力場還是能夠反射可見光，還是能夠被看到。這是人們第一次看到不是由原子構成的物質，它們本身只是一個質子的一小部分。

「這些東西真討厭。」元首不斷地用手拂臉，此時他正同科學執政官一起站在政府大廈前寬闊的台階上，「我總是感到臉上癢。」

「元首，這只是您的心理作用。所有一維絲的質量之和也就相當於一個質子，所以它們對巨視世界幾乎不產生任何作用，當然也沒有任何害處，就像不存在一樣。」

但空中落下的一維絲愈來愈密，在陽光下，地面附近的空間中充滿了細小的閃光，太陽和星辰看上去都圍著一圈銀色的絨邊。外出的人們身上纏滿了一維絲，走動時拖著一片細小閃光。他們回到室內後，一維絲在燈光下閃亮，只要他們一活動，細絲的反光就在他們周遭描繪出被他們擾動的空氣的形狀。雖然一維絲只能在光線下看到，不產生任何觸覺，但這也夠令人心煩意亂的了。

一維絲的豪雨整整下了二十多個三體時才停止，這並非因為細絲都落到地面上，它們的質量雖然令人難以想像的微小，但還是有的，所以在重力下的加速度與普通物體一樣，但一進入大氣層，就立刻完全受氣流控制，永遠也不會落下。但在一維展開後，質子內部的強互作用力大大減弱，使得一維絲的強度不大，漸漸斷裂成小段，反射的光肉眼看不見了，人們就感覺它們消失了。一維絲的塵埃在三體世界的空間中是永遠飄浮著的。

五十個三體時後，質子的二維展開第二次進行。這一次，地面上的人們很快看到了異兆，當融合發電站的散熱片發出紅光後，在加速器的位置上，突然出現了幾個巨大的物體，都呈很規則的幾何形狀，有球體、四面體、立方體和錐體等，它們的表面色彩很複雜，細看發現原來是根本沒有色彩，幾何體的表面都是全反射的鏡面，人們看到的只是被映照的行星表面扭曲的圖像。「這次成功嗎？」元首問，「這就是被展開成二維的質子？」

科學執政官回答：「元首，這次仍不成功，我得到加速器控制中心的報告，這次少減了一個維度，目標質子被展開成三維。」

巨大的鏡面幾何體以很快的速度繼續湧現，形狀也更加多樣化，有環類和立體十字形，甚至還出現了一個類似於莫比斯環的扭環。所有幾何體從加速器的位置飄移開去。約半個三體時後，這些幾何體布滿了大半個天空，像是一個巨人孩子在蒼穹中撒了一盒積木。幾何體反射的陽光使地面的亮度增加了一倍，且閃爍不定，巨擺的影子在這投到地面的天光中時隱時現，左右搖擺。接著，所有的幾何體開始變形，漸漸失去了規則的形狀，像受熱融化似的。這種變形愈演愈烈，變化的形狀愈來愈紛亂複雜，現下天空中的東西不再使人聯想到積木，更像是一個巨人被支解後的肢體和內臟。由於形狀的不規則，它們散射到地面上的陽光均勻柔和了一些，但其本身表面的色彩卻更加怪異和變幻莫測。

在布滿天空的這些雜亂的三維體中，有一些引起了地面觀察者們的特別注意，首先是因為這些三維體極其相似，再細看時，人們辨認出了它們所表達的東西，一陣巨大的恐怖感席捲整個三體世界。

那都是眼睛（我們不知道三體人眼睛的形狀，但有一點可以肯定：任何智慧生物對眼睛的圖像都是十分敏感的）！

元首是少有的真正保持著鎮靜的人，他問科學執政官：「一個微視粒子，內部的架構能複雜到什麼程度？」

「那要看從幾維視角來觀察了。從一維視角看微視粒子，就是常人的感覺，一個點而已；從二維和三維的視角看，粒子開始呈現出內部架構；四維視角的基本粒子已經是一個宏大的世界了。」

元首說：「『宏大』這種詞用在質子這樣的微視物上，我總覺得不可思議。」

科學執政官沒有理會元首，自顧自地說下去：「在更高維度上，粒子內部的複雜程度和架構數量急遽上升，我在下面的類比不準確，只是個形象的描述而已：七維視角的基本粒子，其複雜程度可能已經與三度空間中的三體星系相當；八維視角下，粒子是一個與銀河系一樣宏大浩渺的存在；當視角達到九維後，一個基本粒子內部架構的數量和複雜程度，已經相當於整個宇宙。至於更高的維度，我們的物理學家還無法探測，其複雜度我還想像不出來。」

元首指指太空中那些巨大的眼睛：「眼前的事情是不是顯示，被展開的質子所包含的微視宇宙中，存在智慧生命？」

「生命這個定義，用在高維度微視宇宙中怕不合適，更準確些，我們只能說那個宇宙中存在智能或智慧。這樣的可能科學家們早已預測到了，那樣複雜宏大的一個世界，如果沒有演化出智慧這樣的東西反倒是不正常了。」

「它們為什麼變化出眼睛來看著我們？」元首仰望天空。那些太空中的眼睛是很精美的雕塑，栩栩如生，它們都看著下面的行星，目光似乎很詭異。

「也許只是想顯示自己的存在吧。」

「那些東西都會落到地面上來嗎？」

「不會的，請元首放心。即使落下來，與上次一維展開的細絲一樣，這些巨大的物體全部質量之和也就相當於一個質子而已，不會對我們的世界產生任何影響。人們要做的，只是使自己的心理適應這種奇觀而已。」

但這次，科學執政官錯了。

現下，人們可以覺察到，在布滿天空的所有三維體中，「眼睛」們的移動速度明顯地比別的幾何體快，而且它們都在向著同一點匯聚。很快，兩個眼睛相遇了，合為一體，合成後的形狀仍是眼睛，只是體積增大了。更多的「眼睛」加入合成體，後者的體積也在迅速增大。最後，所有的「眼睛」合為一體，這顆「眼睛」是如此巨大，彷彿代表著整個宇宙在盯著三體世界。它的眸子清澈明亮，中心映著一輪太陽，在廣闊的眼瞼上，繽紛的色彩如洪水般滾滾而過。時間不長，「巨眼」表面的細節開始變淡，漸漸消失了，「巨眼」變成了一隻沒有眸子的盲眼；然後，它的形狀開始改變，最後完全失去了眼睛的形狀，變成一個完美的圓。當這個巨圓開始緩緩轉動時，人們發現它並不是平面，而是一個拋物面，像從一個巨球上切下的一部分。

軍事執政官盯著空中那個緩緩轉動的巨物，突然悟出了什麼，喊道：「元首，快，還有其他人，快進地下掩蔽室！」他指著上方，「它是……」

「一面反射鏡，」元首冷靜地說，「命令太空防禦部隊立刻摧毀它，我們就在這裡看，哪兒也不去。」

反射鏡聚焦的陽光這時已經投射到三體行星上，最初光斑的面積很大，焦點的熱量還不具殺傷力。這個光斑在大陸上移動著，尋找著目標。反射鏡顯然發現了首都這個最大的城市，光斑向這裡移來，很快將首都罩在它的範圍內。巨擺紀念碑下的人們只看到太空中出現一團巨大的光亮，這光強得掩去了空中其他的一切。與此同時，人們感到了一陣酷熱襲來。籠罩首都的大光斑在迅速收縮，這是反射鏡在進一步聚焦陽光，太空中的光團亮度繼續增強，使人們不能抬頭，光斑內的人們則感到熱度在急遽增加。就在酷熱已不可忍受之時，光斑的邊界掃過了巨擺紀念碑，一切都驟然暗了下來。這裡的人們花了好一會兒才使眼睛適應了正常的光亮。他們抬頭首先看到的是一根頂天立地的光柱，呈倒錐形，太空中的反射鏡就是光錐的底部，光錐的頭部正刺中首都的中心，使那裡的一切都在短時間內變成白熾狀態，滾滾的煙柱從那裡騰空而起，被光錐的不均勻熱量引發的龍捲風則形成了另外幾根接天的塵柱，圍繞著光錐扭動舞蹈著……

幾團耀眼的火球在反射鏡的不同部分出現了。它們的顏色與反射鏡發出的光芒不同，是藍色的，這是三體世界太空防禦部隊發射的核彈在目標上爆炸。由於爆炸是在大氣層外進行的，聽不到聲音。當這幾團火球熄滅時，反射鏡上出現了幾個大洞，然後整個鏡面開始撕裂，最後破裂成十幾塊。與此同時，死亡光錐消失了，世界重新回到正常的光亮中，人們一時間覺得一切像月夜般昏暗。那些已失去了智能的碎塊繼續變形，很快與太空中其他的幾何體混在一起不分彼此了。

「下次展開實驗會怎麼樣？」元首帶著嘲諷的神情對科學執政官說，「會不會把一個質子展開成四維？」

「元首，即使這樣也問題不大，四維展開後的質子體積要小很多，如果太空防禦部隊做好準備，對其在三度空間的投影進行攻擊，同樣可以摧毀它。」

「你在欺騙元首！」軍事執政官憤怒地對科學執政官說，「你閉口不提真正的危險！如果，質子被零維展開呢？」

「零維？」元首饒有興趣地問，「那就是一個沒有大小的點了。」

「是的，奇點！一個質子與它相比都是無限大，這個質子的所有質量將包含在這個奇點中，它的密度將無限大！元首，您當然能想像出這是什麼東西。」

「黑洞？」

「是的。」

「元首，是這樣——」科學執政官連忙解釋道，「我們選擇質子而不是中子進行二維展開，目的就是為了避免這種危險。萬一零維展開真的出現，質子帶有的電荷也會轉移到展開後形成的黑洞中，我們就能用電磁力捕捉和控制住它。」

「萬一你們根本找不到它或控制不住呢？」軍事執政官質問道，「它就可能降落到地面上來，在途中吸進遇到的一切物質迅速增加質量，然後沉到我們行星的地心中，最後把整個三體世界都吸進去！」

「這事情不會發生，我保證！你幹麼總跟我過不去？我說過，科學實驗嘛……」

「夠了！」元首說，「下次的成功率有多大？」

「幾乎是百分之百！元首，請相信我，透過這兩次失敗我們已經掌握了微視至巨視低維展開的規律。」

「好吧，為了三體文明的生存，這個險必須冒。」

「謝謝元首！」

「但，如果下次還是失敗，你，還有參與智子工程的所有科學家，都有罪了。」

「是的，當然，都有罪。」如果三體人能出汗的話，科學執政官一定抹了一把冷汗。

對同步軌道上三維展開的質子的清理要比一維展開的質子容易得多，用小型飛船就能把那一團團質子物質拖離行星近地空間，避免它們進入大氣層。那些像山脈一樣的物質幾乎沒有質量，彷彿是巨大的銀色幻影，一個嬰兒就能輕鬆地拖動它們。

事後，元首問科學執政官：「在這次實驗中，我們是不是毀滅了微視宇宙中的一個文明？」

「至少是一個智慧體吧，而且，元首，我們毀滅的是整個微宇宙。那個宇宙在高維度上是很宏大的，可能存在的智慧或文明顯然不止一個，只是它們沒有機會向巨視世界表現自己而已。當然，在微視尺度的高維空間，智慧和文明的形態是我們絕對無法想像的，它們完全是另一種東西。還要說明：這種事可不是第一次發生了。」

「喔？」

「在漫長的科學發展史上，物理學家們用加速器撞擊過多少質子？又撞擊過多少中子和電子？可能不下一億次吧。每一次撞擊，對那個微宇宙中的智慧或文明都可能是毀滅性的。其實，即使在大自然中，微宇宙的毀滅也是每時每刻都在發生的，比如質子和中子的衰變，還有，進入大氣層的一束高能宇宙射線就可能毀滅成千上萬個微宇宙……。您不會為此多愁善感起來吧？」

「你很幽默。我要馬上通知宣傳執政官，讓他把這個科學事實向全世界反覆渲染，讓三體民眾明白，文明的毀滅，其實是一件在宇宙中每時每刻都在發生的再普通不過的事。」

「這有什麼意義呢？是讓民眾能夠坦然面對三體文明可能的毀滅嗎？」

「不，是讓他們坦然面對地球文明的毀滅。你也知道，在我們對地球文明的基本政策公布後，激發起一些極其危險的和平主義情緒。我們現下才發現，三體世界中像一三七九號監聽員這樣的人其實是很多的，必須控制和消除這種脆弱的情緒。」

「元首，這種情緒主要是由最近來自地球的新訊息引起的。您的預測實現了，地球上的異己力量果然在發展，他們建立了一個完全由自己控制的發射基地，開始源源不斷地向我們發送大量地球文明的訊息。我得承認，地球文明在三體世界是很有殺傷力的，對我們的民眾來說，那是來自天堂的聖樂。地球人的人文思想會使很多三體人走上精神歧途，三體文明在地球已經成為一種宗教，而地球文明在三體世界也有這個可能。」

「你指出了一個巨大的危險，應該嚴格限制來自地球的訊息流入民間，特別是文化訊息。」

質子二維展開的第三次實驗在三十個三體時後進行，這次是在夜間。從地面上看不到太空中的加速器圓環，只有旁邊融合發電站散熱片的紅游標示出它的位置。加速器啟動後不久，科學執政官就宣布展開成功。

人們仰望夜空，開始什麼都沒看到，但很快，他們發現了一個神奇的跡象：星空分成了兩部分，這兩部分中星群的圖案是對不上的，彷彿兩張星空圖片疊在一起，小的那張放在大的上面，銀河在兩者的邊界處被截斷。小部分的星空是圓形的，正在正常的星空背景上迅速擴大。

「那裡面的星座是南半球的！」文教執政官指著正在擴大的圓形星空說。

當人們正在窮盡自己的想像力，試圖理解在行星另一面才能看到的星空是如何疊印到北半球的夜空上時，一個更驚人的景象出現了：在那片擴大中的南半球星空移動的邊緣，出現了一個巨大球體的一部分，那個球體呈褐色，正在像一個速度很慢的顯示幕上的圖像一樣被掃描出來，那是一個大家都很熟悉的球體，上面清晰地顯現著熟悉的大陸形狀。當球體的顯示完成後，它已占據了三分之一的天空，其表面的細節可以看得更清楚了：褐色的陸地上布滿了山脈的褶皺，一片片雲層好像是緊貼著大陸的殘雪……。這時才有人說出了一個事實：「那是我們的行星！」

是的，太空中出現了另一個三體世界。

緊接著，天色亮了起來，在太空中的第二三體行星旁邊，擴大的南半球星空的邊界又掃描出了一輪太陽，這顯然是現下正照耀著南半球的那個太陽，但似乎只有它的一半大小。

現下，終於有人悟出了事情的真相：「那是一面鏡子！」

這面在三體世界上方出現的巨鏡，就是那粒正在被展開成二維平面的質子，這是一個沒有厚度的、真正意義上的幾何平面。

當二維展開完成時，蒼穹已完全被南半球的星空所覆蓋，天頂正中就是三體行星和太陽的鏡像。緊接著，周遭地平線一圈的星空開始變形，群星的圖像被拉長扭曲，像融化後流動一般。這種變形正由周邊向上發展。

「元首，質子平面正在我們星球的引力下彎曲。」科學執政官說，他接著指指星空中剛剛出現的許多光暈，就像有人用晃動的手電照著洞窟的頂。「那是從地面發出的電磁輻射，對平面的引力彎曲進行調節，以使得質子平面最後把我們的星球完全包裹起來，之後電磁輻射仍將持續發射，像許多根輻條一樣維持住這個大球面的穩定，這樣三體行星就成了一個固定二維質子的工作平台，在質子平面上積體電路的蝕刻就可以開始了。」

質子的二維平面對三體行星的包裹是一個漫長的過程，當星空的變形逼近天頂的三體行星映像時，群星從上至下依次消失了，已彎曲到行星另一面的質子平面擋住了星空。這時仍有陽光照進已彎曲成曲面的平面質子內，可以看到三體世界的映像在太空中的宇宙哈哈鏡裡已變得面目全非。當最後一縷陽光消失後，一切都隱入無邊的黑暗中。這是三體世界有史以來最黑的夜。在行星的引力和人工電磁輻射的平衡下，質子平面形成了一個半徑為同步軌道的大球殼，將行星完全包在球心。

嚴寒降臨了。全反射的質子平面將所有陽光反射回太空，三體世界的氣溫急驟下降，最後降到了曾導致多輪文明毀滅的三顆飛星同現時的程度。三體世界絕大多數公民脫水貯存，黑暗籠罩的大地上一片死寂。天空中，只有維持質子巨膜的電磁輻射激發的微弱光暈在晃動，偶爾還可以看到同步軌道上的幾點燈光，那是在巨膜上進行積體電路蝕刻的飛船。

微視積體電路的原理與普通積體電路完全不同，因為其基材不是由原子構成的，它本身就是一個質子。電路的PN結是對質子平面局部的強互作用力進行扭結而形成，導線也是傳導核力介子的。由於電路平面極大，所以電路的巨視尺寸也很大，線路都有髮絲粗細，湊近後用肉眼清晰可辨。如果飛近質子平面，就能看到一個由精細複雜的積體電路構成的廣闊平原，電路的總面積是其包裹於其中的三體行星陸地面積的幾十倍。

質子電路蝕刻是一個龐大的工程，上千艘飛船工作了一萬五千個三體時才最後完成，軟體的調試又用了五千個三體時，終於到了智子第一次試營運的時刻。

在處於地下深處的智子控制中心的大螢幕上，當冗長的系統自檢程式結束後，接著顯示系統的加載過程，最後，空白的藍螢幕上出現了一行大字：

「微智慧二．一〇」載入完成，智子一號等待指令。

科學執政官說：「現下，智子誕生了，我們賦予了一個質子智慧，這是我們能夠製造的最小的人工智慧體了。」

「可在我們現下看來，它是最大的人工智慧體了。」元首說。

「元首，我們將增加這個質子的維度，它很快會變小的。」說完，科學執政官在控制終端機上輸入一句詢問：

智子一號，空間維度控制功能是否正常？

正常，智子一號隨時可以啟動空間維度控制功能。

將維度收縮至三維。

這個命令發出後，包裹三體世界的二維質子巨膜迅速收縮，彷彿宇宙中的一隻巨手扯開了這個世界的蒙布，幾乎在一瞬間，陽光普照大地。質子由二維收縮至三維，變成了同步軌道上的一個巨球，看上去有巨月大小，它正處於星球黑夜的一面，但鏡面球面反射的陽光使黑夜變成白晝。現下，外部世界仍然處於極度嚴寒中，控制室中的人們只能從螢幕上目睹這一切。

維度收縮成功，智子一號等待指令。

將維度收縮至四維。

太空中，巨球迅速收縮，最後看上去只有飛星大小，在星球的這一面黑夜重新降臨。

「元首，我們現下看到的這個球體，不是真正的智子，只是其在三度空間的投影。它是一個四維的巨人，我們的世界是一張三維的薄紙，它站在這張紙上，我們只能看到它的腳底與紙相接觸的部分。」

維度收縮成功，智子一號等待指令。

將維度收縮至六維。

太空中的小球消失了。

「六維的質子有多大？」元首問。

「半徑約五十單位吧。」科學執政官回答。

維度收縮成功，智子一號等待指令。

智子一號，你能看到我們嗎？

能，我能看到控制室，看到其中的每個人，還能看到每個人的內臟，甚至還能看到你們內臟的內臟。

「它在說什麼？」元首驚奇地問。

「智子從六維空間看三度空間，就像我們看二維平面上的一張畫，當然能看到我們的內部。」

智子一號，進入控制室。

「它能穿透地層嗎？」元首問。

「元首，不是穿透，而是從高維進入，它可以進入我們世界中任何封閉的空間。這也是三維中的我們和二維平面的關係，我們能輕易從上方進入平面上的一個圓，而平面上的二維生物永遠不可能，除非它打破那個圓。」

科學執政官的話音剛落，一個鏡面球體便出現在控制室的正中，懸浮在半空中。元首走過去，看著全反射球面上自己變形的映像。「這竟是一個質子?!」他帶著驚奇和感嘆說。

「元首，這只是質子的六維實體在三度空間的投影而已。」

元首伸出手去，看看科學執政官並沒有阻止，就接觸了智子的表面。在他的手這輕輕一觸之下，智子被推移了一段距離。

「好像很光滑。它只有一個質子的質量，可我的手上竟有一點兒阻力感。」元首不解地說。

「空氣阻力作用於球體的原因。」

「能讓它縮回十一維，變成普通質子大小嗎？」元首問。他的話音未落，科學執政官就驚恐地對智子喊道：

「注意，這不是指令！」

智子一號明白。

「元首，如果縮回十一維，我們就永遠失去它了。當智子縮減到普通微視粒子的大小時，它內部的傳感器和I／O界面將小於所有電磁波的波長，這就意味著它無法感知巨視世界，也無法接收我們的指令。」

「可我們最終是要讓它恢復為一個微視粒子的。」

「是的，但那要等到智子二號、三號和四號建成。一個以上的智子，能夠透過某些量子效應，構成一個感知巨視世界的系統。舉個例子：假設一個原子核內部有兩個質子，它們相互之間會遵循一定的運動規則，比如自旋，可能兩個質子的自旋方向必須是相反的。當這兩個質子被從原子核中拆開，不管它們相互之間分離到多大距離，這個規則依然有效；改變其中一個質子的自旋方向，另一個的自旋方向也必然立刻做出相應的改變。當這兩個質子都被建造成智子的話，它們之間就會以這種效應為基礎，構成一個相互感應的整體，多個智子則可以構成一個感應陣列，這個陣列的尺度可以達到任意大小，可以接收所有頻段的電磁波，也就可以感知巨視世界了。當然，構成智子陣列的量子效應是極其複雜的，我這種說明只是個比喻而已。」

其後三個質子的二維展開都是一次成功，每個智子的建造時間也只有一號的一半。智子二號、三號和四號建成後，四個智子構成的量子感應陣列也順利建立。

元首和全體執政官再次來到了巨擺紀念碑下。在它們上方，懸浮著四個已經縮至六維的智子，在每個晶瑩的鏡面球體中，都各自映出了一輪正在升起的太陽，不由得讓人想起那些曾出現在太空中的三維體眼睛。

智子陣列，連續維度收縮至十一維。

指令發出後，四個鏡面球體消失了。科學執政官說：「元首，智子一號和二號將飛向地球，憑藉著儲存在微視電路中龐大的知識庫，智子對空間的性質瞭如指掌，它們可以從真空中汲取能量，在極短的時間內變成高能粒子，以接近光速的速度航行。這看起來違反能量守恆定律，智子是從真空架構中『借』得能量，但歸還遙遙無期，要等到質子衰變之時，而那時離宇宙末日也不遠了。

兩個智子到達地球之後，第一個任務就是定位人類用於物理學研究的高能加速器，然後潛伏於其中。在地球文明的科學水準上，對物質深層架構研究所採用的基本方法，就是用經過加速的高能粒子撞擊選定的靶標粒子，當靶標粒子被撞碎後，對結果進行分析，以圖找出反映物質深層架構的訊息。在實際的實驗中，是用含有靶標粒子的物質作為撞擊目標，物質的內部幾乎全是空的，如果一個原子有一座劇院那麼大，原子核則只是懸浮在劇院中的一個核桃。所以，成功的撞擊是十分罕見的，往往在大量的高能粒子長時間轟擊靶標材料之後才發生一次，這種試驗就像是從夏天的一場大豪雨中，找出顏色稍有不同的一個雨點。

這就給了智子一個機會，使它可以代替靶標粒子去接受撞擊。由於它具有很高的智能，透過量子感應陣列，它們能在極短的時間內精確判斷轟擊粒子的軌跡，然後移動到適當的位置。所以，對智子撞擊的成功率，是對普通靶標粒子的上億倍。當智子被撞擊後，它就會有意給出錯誤和混亂的結果。即使偶爾有對預定靶標粒子正確的撞擊發生，地球物理學家們也不可能將正確的結果從一大堆錯誤結果中分辨出來。」

「這樣，智子不是也被消耗了嗎？」軍事執政官問。

「不會的。質子已經是組成物質的基本架構，與一般的巨視物質是有本質區別的，它能夠被擊碎，但不可能被消滅。事實上，當一個智子被擊碎成幾部分後，就產生了幾個智子，而且它們之間仍存在著牢固的量子聯繫，就像你切斷一根磁鐵，卻得到了兩根磁鐵一樣。雖然每個碎片智子的功能會大大低於原來的整體智子，但在修復軟體的指揮下，各個碎片能迅速靠攏，重新組合成一個與撞擊前一模一樣的整體智子。這個過程是在撞擊發生後，碎片智子在高能加速器氣泡室或乳膠感光片上顯示出錯誤結果後完成的，只需百萬分之一秒。」

又有人問：「是否存在這種可能：地球人用某種方法將智子識別出來，然後用一個強電磁場將其捕獲，並禁錮起來？質子是帶正電荷的。」

「這更不可能了。要識別出智子，就需要人類在物質深層架構研究上的突破，但高能加速器都變成了一堆廢鐵，這種研究又如何進行呢？獵人的眼睛已經先被他要射的獵物抓瞎了。」

「地球人還有一個笨辦法，」工業執政官說，「他們可以建造大量的加速器，超過我們建造智子的速度，那麼，地球上總有某台加速器中沒有智子潛伏，會得到正確的結果。」

「這是智子計畫中最有趣的一點！」這個問題使科學執政官興奮起來，「工業執政官先生，您不必擔心建造大量的智子會使三體世界的經濟崩潰。我們不必這麼做，也許還會再建造幾個智子，但不會更多，事實上，有這兩個就足夠了，因為每個智子在行為上是多線程的。」

「多線程？」

「這是古老的串行電腦的一個術語，那時電腦的中央處理器每一時刻只能運作單一的程式，但由於其速度很快，加上中斷的調度，在我們處於低速層面的觀察者看來，電腦是在同時運作多個程式。你知道，智子能以接近光速的速度運動，地球世界相對於光速而言是一個很小的地方，如果智子以這個速度在地球上不同的加速器間巡迴，那麼在地球人看來，它就像同時存在於每台加速器中，能夠幾乎同時在所有加速器中製造錯誤的撞擊結果。

「我們計算過，每個智子可以控制多達一萬台高能加速器，而地球人建造一台這樣的加速器就需要四至五年的時間，從經濟和資源的角度看也不可能大量建造。當然，他們可以拉大加速器間的距離，比如說在他們星系的各個行星上建造，這確實能破壞智子的多線程操作，但在這樣長的時間內，三體世界再造出十個或更多的智子也不困難。

愈來愈多的智子將在那個行星系中遊蕩，它們合在一起也沒有細菌的億萬分之一那麼大，但卻使地球上的物理學家們永遠無法窺見物質深處的祕密，地球人對微觀維度的控制，將被限制在五維以下，別說是四百五十萬時，就是四百五十萬億時，地球文明的科學技術也不會有本質的突破，它們將永遠處於原始時代。地球科學已被徹底鎖死，這個鎖是如此牢固，憑人類自身的力量是永遠無法掙脫出來的。」

「真是太妙了！請原諒我以前對智子工程的失敬。」軍事執政官由衷地說。

「事實上，地球目前只有三台達到了可能取得突破性研究成果所需能級的加速器，智子一號和二號到達地球後將幾乎處於閒置狀態。為了充分利用它們的工作能力，除對三台加速器進行干擾外，我們還為智子安排了其他的工作，它們將成為實施神蹟計畫的主要技術手段。」

「智子能夠製造神蹟？」

「對地球人而言，是的。大家都知道，高能粒子可以使底片感光，這也是地球原始的加速器顯示單個粒子的手段之一，智子在高能態上每穿過一次底片，就在上面產生一個感光點，它們來回穿過，就可以將這些點連成一排字母或數字，甚至圖形，像繡花一樣。這個過程速度極快，遠快過地球人的相機拍照時底片的感光速度。另外，地球人的視網膜與三體人類似，這樣高能智子也能用同樣的模式在他們的視網膜上打出字母、數字或圖形……。如果說以上這些小神蹟能使地球人迷惑和恐懼的話，那下一個巨型神蹟足以把那些蟲子科學家嚇死：智子能使他們眼中的宇宙背景輻射發生整體閃爍。」

「這對我們的科學家而言也很恐怖，怎樣做到呢？」

「很簡單，我們已經編製了使智子自行二維展開的軟體，展開完成後，用那個巨大的平面包住地球，這個軟體還可以使展開後的平面是透明的，但在宇宙背景輻射的波段上，其透明度可以進行調節……。當然，智子進行各種維度的展開時，可以顯示更宏偉的『神蹟』，相應的軟體也在開發中。這些『神蹟』將製造一種足以將人類科學思想引上歧途的氛圍，這樣，我們可以用神蹟計畫對地球世界中物理學以外的科學形成強有力的遏制。」

「最後一個問題：為什麼不把已有的四個智子全部發往地球呢？」

「量子感應是超距的，即使四個智子分處宇宙的兩端，感應照樣可以在瞬間傳遞，它們構成的量子陣列依然存在。把三號和四號智子留在這裡，它們就可以即時接收位於地球的一號和二號智子發回的訊息，這樣就實現了三體世界對地球的即時監視。同時，智子陣列也使三體世界能夠與地球文明中的異已分子進行即時通訊。」

「這裡有一個重要的戰略步驟，」元首插話說，「我們將透過智子陣列，把三體世界對地球文明的真實意圖告訴地球人。」

「這就是說，我們將告訴他們，三體艦隊將透過長期禁止地球人生育，使這個物種從地球上消失？」

「是的，這樣做有兩個可能的結果：其一是使地球人拋棄一切幻想決一死戰，其二是使他們的社會在絕望和恐懼之中墮落、崩潰。透過對已經收到的地球文明訊息進行仔細研究，我們認為後一種可能性更大。」

不知什麼時候，初升的太陽又消失在地平線下，日出變成了日落，三體世界的又一個亂紀元開始了。

就在葉文潔閱讀三體世界的訊息時，作戰中心正在召開另一次重要會議，對被奪取的訊息進行初步研究。會前，常偉思將軍說：「請同志們注意，我們的會議現下可能已經在智子的監視之下了，以後，任何祕密都將不復存在。」

他說這句話時，周遭還是熟悉的一切，拉下的窗簾上搖曳著夏天的樹影；但在所有與會者眼中，這個世界已不同於以往了，他們感覺到了一雙無所不在的眼睛盯著自己，在這雙眼睛下，這個世界已經無處躲藏，這感覺將纏繞他們一生，連他們的子孫後代也無法逃脫。人類要經過許多年，才能在精神上適應這種處境。

就在常偉思說完這句話的三秒鐘後，三體世界與地球叛軍之外的人類進行了第一次交流，這以後，他們就中斷了與地球三體叛軍降臨派的通訊，在所有與會者的有生之年，三體世界再也沒有發來任何訊息。這時，作戰中心所有人的眼睛都看到了那個訊息，就像汪淼看到倒數計時一樣，訊息只閃現了不到兩秒鐘就消失了，但所有人都準確地讀出了它的內容，它只有五個字——

你們是蟲子！

三十五、蟲子

「看完那些，你一定想到了三年前因球狀閃電研究發現的宏原子，那可是你最輝煌的時代。」汪淼對丁儀說，他們此時正在丁儀家寬敞空曠的客廳中，兩人靠在那張撞球檯旁邊。

「是啊，我一直在建立宏原子的理論，現下受到了啟發：宏原子很可能就是普通原子在低維度的展開。這種展開是由某種我們不知道的自然力完成的，展開可能發生在宇宙大爆炸後不久，也可能現下仍然時時刻刻都在進行。也許，這個宇宙所有的原子在漫長的時間裡最後都會展開到低維，我們宇宙的最終結局是變成低維度原子構成的宏宇宙，這也可以看作一個熵的增長過程吧……。當時以為，宏原子的發現能給物理學帶來突破，現下看來根本不是那麼回事。」丁儀說，起身到書房去翻找什麼。

「為什麼呢？既然我們可以捕獲宏原子，難道不能繞開高能加速器，直接從宏原子中研究物質的深層架構嗎？」

「當初是這麼想的，」丁儀從書房中走出來，手裡拿著一個精緻的銀邊相框。「現下看來很可笑。」他彎腰從髒亂的地板上拾起一個菸頭，「還是看這個過濾嘴吧，我們說過它的二維面積展開來有客廳這麼大，但要是真的展開了，你能從那個平面上研究出過濾嘴曾經的三維架構嗎？顯然不可能，那些三維架構的訊息在展開時已經消失了，像打碎了的杯子不可能還原，原子在自然狀態下的低維展開是不可逆的過程。三體科學家的高明之處，在於他們對粒子低維展開的同時保留了高維架構的訊息，使整個過程成為可逆。而我們要想研究物質深層架構，還只能從十一維微視維度開始，也就是說，離不開加速器。打個比方：加速器是我們的算盤和計算尺，只有透過它們，我們才可能發明出電子計算機來。」

丁儀讓汪淼看那個相框中的照片。照片上，一名年輕美麗的少校女軍官站在一群孩子們中間，她目光清澈，動人地微笑著。她和孩子們站在一片修剪得很好的綠草坪上，上面有幾隻白色的小動物。在他們的後面，有一幢很高大的、廠房一樣的建築，牆上畫著色彩鮮豔的卡通動物，還有氣球、鮮花什麼的。

「在楊冬之前認識的？你的生活夠豐富的。」汪淼看著照片說。

「她叫林雲，對球狀閃電研究和宏原子的發現做出過關鍵性的貢獻，可以說，沒有她，就沒有這個發現。」

「我沒有聽說過她啊。」

「是啊，因為一些你同樣沒聽說的事情……。不過我一直覺得這對她不公平。」

「她現下在哪兒？」

「在……在一個地方，或一些地方……唉，她要是現下能出現有多好。」

對丁儀奇怪的回答，汪淼沒有在意，他對照片上的那個女性也不感興趣，他把相框還給丁儀，一擺手說：「無所謂，一切都無所謂了。」

「是啊，一切都無所謂了。」丁儀把相框在撞球檯上端正地擺好，看著他，伸手去搆桌角的一瓶酒……

當史強推門進來時，兩人已經喝得有八分醉了，他們看到大史後都很興奮。汪淼站起來摟住來者的雙肩：「啊，大史，史警官……」丁儀則晃晃悠悠地找了個杯子放到撞球檯上，給他倒酒：「你那個邪招還不如不出。那個訊息，我們看不看，四百多年後的結果都一樣。」

大史在撞球檯前坐下來，兩眼賊溜溜地看看兩人：「事情真像你們說的那樣，什麼都完了？」

「當然，什麼都完了。」

「加速器不能用，物質架構不能研究，就什麼都完了？」

「那你——說呢？」

「科技不還是在進步嘛，汪院士他們還搞出了奈米材料……」

「想像一個古代的王國，他們的科技也在進步，能為士兵造出更好的刀啊、劍啊、長矛啊，甚至還有可能造出像機關槍那樣連發的弓箭呢，但……」

大史若有所思地點點頭：「但如果他們不知道物質是由原子、分子組成的，就永遠造不出飛彈和衛星，科學水準限制著呢。」

丁儀拍拍大史的肩：「我早就看出來史警官是個聰明人，就是看著……」

汪淼接著說：「物質深層架構的研究是其他一切科學基礎的基礎，如果這個沒有進展，什麼都是——用你的說法：扯淡。」

丁儀指指汪淼：「汪院士這輩子還不會閒著，能繼續改進刀啊、劍啊、長矛啊。我他媽的以後幹什麼？天知道！」說著他把一個空酒瓶扔到桌上，撿起撞球丟過去砸。

「這是好事！」汪淼舉起酒杯說，「我們這輩子反正能打發完，今後，頹廢和墮落有理由了！我們是蟲子！即將滅絕的蟲子，哈哈……」

「說得好！」丁儀也舉起酒杯，「為蟲子乾杯！沒想到世界末日是這麼爽，蟲子萬歲，智子萬歲！末日萬歲！」

大史搖搖頭，把面前的那杯酒一口乾了，又搖搖頭：「熊樣兒。」

「那你要咋的？」丁儀用醉眼盯著大史說，「你能讓我們振作起來？」

大史站了起來：「走。」

「去哪兒？」

「找振作啊。」

「得了史兄，坐下，喝！」

大史扯著兩人的胳膊把他們拽起來：「走，不行就把酒拿上。」

下樓後，三人上了大史的車。當車開動時，汪淼大著舌頭問去哪兒，大史回答：「我老家，不遠。」

車開出了城市，沿京石高速向西疾駛，剛剛進入河北境內就下了高速公路。大史停下了車，把車裡的兩人拖出來。丁儀和汪淼一下車，午後燦爛的陽光就令他們瞇起了眼，覆蓋著麥田的華北大平原在他們面前鋪展開。

「你帶我們來這兒幹什麼？」汪淼問。

「看蟲子。」大史點上一根史丹頓上校送的雪茄說，同時用雪茄指指面前的麥田。

汪淼和丁儀這才發現，田野被厚厚的一層蝗蟲覆蓋了，每根麥稈上都爬滿了好幾隻，地面上，更多的蝗蟲在蠕動著，看去像是一種黏稠的液體。

「這地方也有蝗災了？」汪淼趕走田埂一小片地上的蝗蟲，坐了下來。

「像沙塵暴一樣，十年前就有了，不過今年最厲害。」

「那又怎麼樣？大史，什麼都無所謂了。」丁儀帶著未消的醉意說。

「我只想請二位想一個問題：是地球人與三體人的科技水準差距大呢，還是蝗蟲與咱們人的科技水準差距大？」

這個問題像一瓢冷水潑在兩名醉漢科學家頭上，他們盯著面前成堆的蝗蟲，表情漸漸凝重起來，兩人很快就明白了大史的意思。

看看吧，這就是蟲子，牠們的科技與我們的差距，遠大於我們與三體文明的差距。人類竭盡全力消滅牠們，用盡各種毒劑，用飛機噴灑，引進和培養牠們的天敵，搜尋並毀掉牠們的卵，用基因改造使牠們絕育；用火燒牠們，用水淹牠們，每個家庭都有對付牠們的滅害靈，每個辦公桌下都有像蒼蠅拍這種擊殺牠們的武器……。這場漫長的戰爭伴隨著整個人類文明，現下仍然勝負未定，蟲子並沒有被滅絕，牠們照樣傲行於天地之間，牠們的數量也並不比人類出現前少。把人類看作蟲子的三體人似乎忘記了一個事實：蟲子從來就沒有被真正打敗過。

太陽被一小片黑雲遮住了，在大地上投下一團移動的陰影。這不是普遍的雲，是剛剛到來的一大群蝗蟲，牠們很快開始在附近的田野上降落，三個人沐浴在生命的豪雨之中，感受著地球生命的尊嚴。丁儀和汪淼把手中拎著的兩瓶酒徐徐灑到腳下的華北平原上，這是敬蟲子的。

「大史，謝謝你。」汪淼向大史伸出手去。

「我也謝謝你。」丁儀握住了大史的另一隻手。

「我們快回去吧，有好多工作要做呢。」汪淼說。

三十六、尾聲・遺址

誰也不相信葉文潔能夠憑著自己的體力再次登上雷達峰，但她最後還是做到了，一路上沒有讓別人攙扶，只是在山腰間已經廢棄的崗亭中休息了兩次。她在毫不憐惜地消耗著自己已不可再生的生命力。

得知三體文明的真相後，葉文潔沉默了，很少說話，她只提了一個要求：想回紅岸基地遺址看看。

當一行人登上山時，雷達峰的峰頂剛剛探出雲層，在陰霾的霧氣中行走了一天，現下一下子看到了在西天燦爛照耀著的太陽和湛藍的晴空，真像登入另一個世界。

從峰頂上極目望去，雲海在陽光下一片銀白，那起伏的形狀，彷彿是雲下的大興安嶺某種形而上的抽象再現。

人們想像中的廢墟並不存在，基地被拆除得十分徹底，峰頂只剩下一片荒草，地基和道路都被掩於其下，看上去只是一片荒野，紅岸的一切彷彿從未發生過。

但葉文潔很快發現了一處遺跡，她走到一塊高大的岩石邊，撥開了上面叢生的藤蔓，露出了斑駁的鐵鏽，其他人這才發現「岩石」原來是一個巨大的金屬基座。

「這是天線的基座。」葉文潔說。地球文明被外星世界聽到的第一聲呼喚，就是透過這個基座上的天線發向太陽，再由太陽放大後向整個宇宙轉發的。

人們在基座旁發現了一塊小小的石碑，它幾乎被野草完全埋沒，上書：

紅岸基地原址

（一九六八～一九八七）

中國科學院

一九八九年三月二十一日

碑是那麼小，與其說是為了紀念，更像是為了忘卻。

葉文潔走到懸崖邊，她曾在這裡親手結束了兩個軍人的生命。她並沒有像其他同行的人那樣眺望雲海，而是把目光集中到一個方向，在那一片雲層下面，有一個叫齊家屯的小村莊……

葉文潔的心臟艱難地跳動著，像一根即將斷裂的琴弦，黑霧開始在她的眼前漫湧，她用盡生命的最後能量堅持著，在一切都沒入永恆的黑暗之前，她想再看一次紅岸基地的日落。

在西方的天際，正在雲海中下沉的夕陽彷彿被融化了，太陽的血在雲海和天空中瀰漫開來，映現出一大片壯麗的血紅。

「這是人類的落日……」葉文潔輕輕地說。

如果存在外星文明，那麼宇宙中有共同的道德準則嗎？往小處說，這是科幻迷們很感興趣的一個問題；往大處說，它可能關乎人類文明的生死存亡。

二十世紀八十年代的國內科幻作家們是傾向於肯定的回答的，那時的科幻小說中，外星人都以慈眉善目的形象出現，以天父般的仁慈和寬容，指引著人類這群迷途的羔羊。金濤的《月光島》中，外星人撫慰著人類受傷的心靈；童恩正《遙遠的愛》中人類與外星人的愛情淒美而壯麗；鄭文光的《地球鏡像》中，人類道德的低下，甚至把科技水準高出幾個數量級但卻懷有菩薩心腸的外星文明嚇跑了！

但是，「人之初，性本善」之說在人類世界都很可疑，放諸宇宙更不可能皆準。

要回答宇宙道德的問題，只有透過科學的理性思維才能讓人信服。這裡我們能很自然地想到，可以透過人類世界各種不同文明的演化史來同宇宙大文明系統進行類比，但前者的研究也是十分困難的，有太多的無法定量的因素糾結在一起。相比之下，對宇宙間各文明關係的研究卻有可能更定量、更數學化一些，因為星際間遙遠的距離使各個文明點狀化了，就像在體育場的最後一排看足球，球員本身的複雜技術動作已經被距離隱去，球場上出現的只是由二十三個點構成的不斷變化的矩陣（有一個特殊的點是球，球類運動中只有足球賽呈現出如此清晰的數學架構，這也可能是這門運動的魅力之一）。

我曾經陷入宇宙文明點狀化的這種思維遊戲中不可自拔，上世紀九十年代初，為打發時間，我常常編些無聊但自覺有趣的軟體，現下網上重新流行的電子詩人就是那時的產物。那個時期，我還編過一個宇宙點狀文明體系整體狀態的類比軟體，將宇宙間的智慧文明簡化為點，每個點只具有描述該文明基本特徵的十幾個簡單參數，然後將文明的數量設定得十分巨大，在軟體中類比這個體系的整體演化過程。為此我請教了一位可敬的學人，他是研究電網理論的，是建立數學模型的高手，算不上科幻迷但也是愛好者，他對我那個錯誤百出的模型進行了修正。軟體運作時最多的一次曾在十萬光年半徑內設定了三十萬個文明，這個用現下看來很簡陋的 TurboC 編的程式在 286 機上運作了幾個小時，結果很有趣。當然，我只是個工程師，沒有能力進行這樣級別的研究，只是一個科幻迷玩玩兒而已，從科學角度講得出的結果肯定沒什麼意義，但從科幻角度講卻極有價值，因為那些結果所展示的宇宙間點狀文明的演化圖景，不管正確與否，其詭異程度是很難憑空想出來的。

我認為零道德的宇宙文明完全可能存在，有道德的人類文明如何在這樣一個宇宙中生存？這就是我寫「地球往事」的初衷。

當然，《三體》並沒有揭示那個宇宙文明的圖景，其中的兩大文明自己也沒有意識到這個圖景，只是揭開了其面紗的一角。比如，既然距我們最近的恆星都有智慧文明，那這個宇宙一定是十分擁擠的，可為什麼它看起來卻如此空曠？但願有機會在第二部中繼續描述。

那個將在「地球往事」中漸漸展開的圖景，肯定會讓敬畏心中道德的讀者不舒服，但只是科幻而已，不必當真。

從《三體》連載中得知，國內科幻讀者喜歡描述宇宙終極圖景的科幻小說，這多少讓人感到有些意外。我是從八十年代的科幻高潮中過來的，個人認為那時的作家們創造了真正的、以後再也沒有成規模出現過的中國式科幻，這種科幻最顯著的特點就是完全技術細節化，沒有形而上的影子。而現下的科幻迷們已經打開了天眼，用思想擁抱整個宇宙了。這也對科幻小說作者提出了更高的要求，很遺憾《三體》不是這樣的「終極科幻小說」。創作《二〇〇一》式的科幻是很難的，特別是長篇，很容易成為既無小說的生動，又無科普的正確，更無論文的嚴謹的一堆空架子，筆者對此還沒有信心。

喔，這個設想中的系列叫「地球往事」，沒有太多的意思，科幻與其他幻想文學的區別就在於它與真實還牽著一根細線，這就使它成為現代神話而不是童話（古代神話在當時的讀者心中是真實的）。所以我一直認為，好看的科幻小說應該是把最空靈、最瘋狂的想像寫得像新聞報導一般真實。往事的回憶總是真實的，自己希望把小說寫得像是歷史學家對過去的真實記敘，但能不能做到，就是另一回事了。

設想中「地球往事」的下一部暫名為《黑暗森林》，取自八十年代流行過的一句話：「城市就是森林，每一個男人都是獵手，每一個女人都是陷阱。」

喔，最後說的當然是最重要的：謝謝大家！

全系列深度導析

彈星者與面壁者——劉慈欣的科幻世界

衛斯理大學東亞系助理教授　宋明煒

彈星者來到我們的星系，以太陽為樂器，演奏的樂曲以光速傳到所有的時空。彈星者彈奏太陽，與你何干？

面壁者只想隱藏自己，但需要辨明真偽，他的生存取決於博弈，對於面壁者來說，有彈星者存在的宇宙是零道德的黑暗森林*。

一、劉慈欣與中國新科幻

在中國科幻讀者心目中，劉慈欣給這一文類帶來前所未有的光榮與夢想。迄今為止，劉慈欣已寫作八部長篇小說†，三十餘篇中短篇小說，連續八年獲得中國科幻銀河獎。對於劉慈欣科幻小說的讚美，莫過於嚴鋒所說的這段話：「在讀過劉慈欣幾乎所有作品以後，我毫不懷疑，這個人單槍匹馬，把中國科幻文學提升到了世界級的水準。」‡他的最新長篇小說《三體Ⅲ：死神永生》出版之前在網路上引起的期待與興奮，使「三體」迅速成為流行文化的重要名詞。不誇張地說，劉慈欣之於中國新科幻的至高位置，已彷若金庸之於武俠。

科幻本來是中國文學中不發達的文類。王德威將晚清一代的科學小說稱為「科幻奇譚」（science fantasy），因其中雜糅烏托邦式的政治狂想與新異詭奇的科技描寫，在中國現代文學興起之初，一度形成「淆亂視野」（confused vision）。然而當時這種「淆亂視野」並未延展出更豐富的文化實踐，而是作為「被壓抑的現代性」之一種，很快在啟蒙吶喊與民族憂患構築的新文化空間中煙消雲散了。到了五十年代以後，在蘇聯文學體制的影響下，社會主義文學給科幻以正統的地位，曾出現鄭文光、童恩正、葉永烈等專業的科幻作家。但當想像力被政治正確的要求所束縛時，對未知世界的描繪並不能提供真正的差異性，而只是複製已被意識形態書寫完成的「現實」與「未來」。這個局面一直延續到改革初期，當時在科技現代化的政策號召下，中國科幻的形象凝聚在葉永烈塑造的「小靈童」身上：面對未來無憂無慮，洋溢著對技術的樂觀，這時的科學幻想幾乎等同於面對兒童寫作的科普文學。

直到九十年代，中國新科幻的浪潮開始形成——事實上，劉慈欣並非孤軍奮戰的科幻作家，在過去十多年間，他與王晉康、韓松、星河、潘海天、何夕等其他作家一起，共同創造出科幻的新浪潮。稱之為「新浪潮」（new wave），是借鑑美國科幻文學史的概念，指打破傳統的科幻文類成規、具有先鋒文學精神的寫作。在這個方面，中國當代的新科幻幾乎完全顛覆以往的科幻寫作模式，彷彿構建往事的思想觀念解碼本被揉碎了重新改寫、整合過，科學想像失去了小靈通式的天真樂觀，更多地呈現出曖昧、黑暗和複雜的景象；作家筆下的過去與未來、可知與未知、烏托邦與惡托邦之間，逐漸沒有截然可分的界限。這一點也植根於當代科學領域內的知識型的轉變。過去二三十年間，唯物主義決定論在改革後中國科學界的地位開始受到挑

---

* 「彈星者」與「面壁者」的形象均來自劉慈欣的小說，下文有具體分析。我在本文寫作過程中，與嚴鋒先生多次交談，受到許多啟發，特此致謝。

† 這八部小說是《中國二一八五》、《超新星紀元》、《球狀閃電》、《白堊紀往事》、《魔鬼積木》、《三體》、《三體II：黑暗森林》、《三體III：死神永生》。其中較早寫作的《中國二一八五》尚未在紙面媒體上發表。

‡ 見劉慈欣《流浪地球》與《魔鬼積木・白堊紀往事》封面（武漢：長江文藝出版社，二〇〇八年）。

戰，而量子力學、超弦理論、人工智慧等新潮科學觀念正在重新塑造世界的形象（這與人文領域中出現的先鋒派文化和批判理論有著有趣的同步性）：從有序走向混沌，從必然走向模糊，從決定走向啟示。

科幻文學曾在八十年代初「清除精神汙染」運動中遭到打擊，正是因為這一文類本身在文本與意識形態之間構成張力，往往誕生出「政治不正確」的幻象。直到十年之後，科幻文學再度興起，仍與主流意識形態之間有著緊張的關係，雖然這種情形隨著流行文化空間的多元化格局出現，已經得到很大改變。但就科幻的文類表徵符號而言，無論是外星人，還是異時空，更不用說新科幻作家（特別是劉慈欣）筆下頻頻出現的新潮科學意象（如量子幽靈、三體的混沌模式、高維宇宙等），都可能蘊含著正統意識形態所不能解釋的「另類」意義，而這些意義背後又有著「科學話語」的強大支撐，也無法被傳統的文學模式所輕易馴服。

在我看來，崛起於九十年代初期、在最近十年中日趨成熟的中國科幻新浪潮，已經發展為一種自成一格的文學想像模式。它其實不能算是晚清科幻的「嫡傳後代」，這中間的歷史隔膜太大，兩個世紀初的科幻文學雖然遙相呼應，尤其是對「新中國」的狂想，儘管話語有別，卻仍有可對話的餘地，但在這兩者之間畢竟無法畫出一條發展的直線。這裡還需要指出的是，我所界定的「新科幻」與近年來迅速走紅的奇幻文學有所不同，後者孕育於當前的流行文化，但「新科幻」更強烈地體現著對於中國現代性及其問題的反思，也因此有超越「文化消費」而介入到文化建構之中的努力。相比之下，中國科幻新浪潮與台灣七十年代之後出現的科幻文學潮流更為相似，都有著精英化的立場，也都對國家和歷史問題更為關注，但很難確定，張系國這一代作家對中國新科幻是否有直接的影響。

如果把韓松、劉慈欣、王晉康等看作新科幻的代表作家，我認為他們所直接汲取的文化養料，是八十年代文學中的開放精神與批判姿態。從九十年代至今，當主流文學消解宏偉的啟蒙論述，新銳作家的文化先鋒精神被流行文化收編，那些源自於八十年代的思想話語卻化為符號碎片，再度浮現在新科幻作家創造的文學景觀之中。也可以說，科幻文學處在主流文學格局之外，卻於當代文學已歷經嬗變、喪失活力的時候，以新奇的面貌將文學的先鋒性重新張揚出來。在這意義上，新科幻像是被放逐在正統文學體制之外的「幽靈」，它自由跨越雅俗的分界，漂浮在理想和現實之間，顯現出文學想像中豐富而迷人的複雜性。

以劉慈欣為例，他的創作開始於八十年代初期，但直到九十年代末才開始發表作品。他最先發表的一批小說如《帶上她的眼睛》所具有的抒情色彩、《流浪地球》體現的悲壯理想主義、《贍養人類》對於當代社會貧富分化的尖銳批判，都與正在消解浪漫、理想的當代文學形成強烈對比。閱讀劉慈欣的作品，令讀者可以在一個想像的空間裡，重返當代思想文化最激蕩的變動場景之中。劉慈欣寫作第一部長篇小說《中國二一八五》，時在一九八九年，其中以未來世界的虛擬空間為載體，將大尺度的未來幻想與迫切的現實危機感對接起來。這部小說寫的是未來中國的危機與重生：二一八五年，統治中國的女性最高執政官年僅二十九歲。在一個偶然的機會下，另一個年輕人潛入天安門廣場上的紀念堂，將偉大領袖的大腦用電腦類比再生，成為存在於虛擬空間中的一個思想實體。這對年輕的最高執政官來說，不啻造成一種潛在的威脅。但打擊卻並非來自偉大領袖的電子幽靈，而是同時被數位化的另一個普通人的思想。後者通過無限的自我複製，在網路中迅速建起一個華夏共和國。這個共和國的子民，全部是他自己的複製品，億萬同心的普通人幽靈以激進的觀念，威脅著現實中的政權，一場迫在眉睫的戰爭即將把虛擬世界和現實世界帶入衝突之中。最後，執政官果斷地拉斷全國電網，所有電腦癱瘓，華夏共和國遂灰飛煙滅。對人類來說，這個共和國只存在了幾個小時，但在高速的電子空間中，它的歷史已長達六百年，多少歷史興衰在其間上演。偉大領袖的電子幽靈僅是這場未遂革命的旁觀者，但他的政治人格卻以曲折的方式，完成了對年輕執政官的啟蒙教育，這預示著一個「新中國」的再度重生*。

---

* 劉慈欣對這部小說進行過多次改寫，這裡所依據的是中國科幻網上登載的文本，見 www.kehuan.com.cn。

這部小說迄今尚未公開出版，卻可視作為中國新科幻起源的座標之一。它以宏偉奇麗的想像，將八十年代知識精英的理想和困頓，重現於「另類歷史」的構想之中。小說有著自覺的「問題意識」，切入現實的角度尖銳而準確，同時也有意製造出批判的距離，將對現實的反思融入到對於一個異世界的整體性構想之中。在此之後，劉慈欣的作品始終保持著嚴肅的精英意識，在看似天馬行空的科幻天地裡，注入關於中國與世界、歷史與未來、以及人性和道德的嚴肅思考。他的許多作品不僅在科幻讀者群中已經變得膾炙人口，而且迅速成為公認的新科幻經典：從《球狀閃電》到《流浪地球》，從《鄉村教師》到《中國太陽》，從《詩雲》到《微紀元》，從《贍養上帝》到《贍養人類》，從《三體》到《三體II：黑暗森林》到《三體III：死神永生》，劉慈欣的創作逐漸形成獨特的個人風格，他的每一部小說都包含著精心構思的完整世界景觀，同時又兼有著切膚的現實感。可以說劉慈欣的寫作，使中國新科幻的發展有了堅實的「基石」*。

二、「像上帝一樣創造世界再描寫它」

但劉慈欣科幻小說的魅力，更來自於他獨特的美學追求和藝術風格。在中國新科幻作家中，劉慈欣被稱為「新古典主義」作家†，這可能不僅是指他的作品具有英美「太空歌劇」（space opera）或蘇聯經典科幻那樣的文學特徵，而且也因為他的作品場面宏大，描寫細膩，甚至令人感受到托爾斯泰式的史詩氣息：對於大場面的正面描寫、對善惡的終極追問、直面世界的複雜性，但同時保存對簡潔真理的追求等等。也有論者指出劉慈欣在經過先鋒文學去崇高化後的今天，給中國文學重新帶來了崇高或雄渾的美感‡。這種崇高美感在一定程度上來自於他對於宇宙未知世界心存敬畏的描述，在這個意義上，他的寫作在世界科幻小說的歷史發展中也自有脈絡可循。

劉慈欣心儀英國科幻作家亞瑟·克拉克（Arthur C. Clarke）——英語世界「硬科幻」（hard science

fiction）的重要代表作家。劉慈欣這樣描述自己在讀完克拉克小說後的感受：「突然感覺周圍的一切都消失了，腳下的大地變成了無限伸延的雪白光滑的純幾何平面，在這無限廣闊的二維平面上，在壯麗的星空下，就站著我一個人，孤獨地面對著這人類頭腦無法把握的巨大的神祕……。從此以後，星空在我的眼中是另一個樣子了，那感覺像離開了池溏看到了大海。這使我深深領略了科幻小說的力量。」◎

劉慈欣描述的正是經典意義上的康德式的「崇高」（sublime）：崇高是無形而無限的事物引發的主體感受。劉慈欣自稱他的全部寫作都是對克拉克的模仿，這種虔敬的說法也道出他從克拉克那裡學習的經典科幻小說的母體情節（master-plot）的意義——人與未知的相遇；劉慈欣在自己的作品中企圖要做到的，正是如克拉克那樣寫出人面對強大未知的驚異和敬畏。寫出《三體》系列的劉慈欣，應該與克拉克站在同等的高度，特別是閱讀《三體Ⅲ：死神永生》帶來的那種無邊無際、浩瀚恢宏的體驗，如同小說中描寫的人物在進入四維空間之後突然看到無窮的感覺：

＊這裡借用「中國科幻基石叢書」主編姚海軍的詞語。姚海軍〈寫在「基石」之前〉，收錄於劉慈欣《三體》（重慶：重慶出版社，二〇〇八年），第I頁。

†吳岩、方曉慶：〈劉慈欣與新古典主義科幻小說〉，《湖南科技學院學報》第二十七卷第二期（二〇〇六年二月），第三十六至三十九頁。

‡賈立元：《築就我們的未來——九〇年代至今中國科幻小說中的中國形象》（北京師範大學碩士論文，二〇一〇年）。

◎劉慈欣：〈SF教——論科幻小說對宇宙的描寫〉，轉引自賈立元：《築就我們的未來——九〇年代至今中國科幻小說中的中國形象》，第三十六頁。

人們在三維世界中看到的廣闊浩渺，其實只是真正的廣闊浩渺的一個橫斷面。描述高維空間感的難處在於，置身於四維空間中的人們看到的空間也是均勻和空無一物的，但有一種難以言表的縱深感，這種縱深不能用距離來描述，它包含在空間的每一個點中。關一帆後來的一句話成為經典：

「方寸之間，深不見底啊。」

但克拉克小說中的崇高感，保留著康德的超驗性的界定，即在崇高的感受之中，精神的力量壓倒感官的具體經驗。在這一點上，劉慈欣顯示出與克拉克的不同。克拉克的世界在描寫無限的未知時會著意留白，保留它的神祕感，使之帶有近乎於宗教的先驗色彩。如《二〇〇一太空漫遊》寫到打開星門的一瞬，對那個奇妙宇宙的描繪，止於主角的一聲驚嘆：「上帝啊，裡面都是星星！」這近乎神性的語言，或許回響著康德傳統下的大寫宗教理性，這在劉慈欣筆下很少看到。與克拉克相比，劉慈欣採取的描寫方式更具有技術主義的特點，但這會使他在驚嘆「方寸之間，深不見底」之後，進一步帶我們深入到宇宙（比如奇異的「四維空間」）中去認知它的「尺寸」。在描寫的鏈條上，這樣的層層遞進產生一種異乎尋常的力量，他在與無形無限搏鬥，試圖想要把一切都寫「盡」。或者說，他不遺餘力地運用理性來編織情節，讓他的描寫抵達所能想像的時空盡頭。用劉慈欣自己的文學形象來打個比方：他讓「崇高」跌落到二維，在平面世界中巨細靡遺地展開。

在《三體Ⅲ：死神永生》中，劉慈欣描繪太陽系的末日。來自未知世界的高級智慧生物「歌者」，飛掠過太陽系邊緣時，拋出一個狀如小紙條的儀器——「二向箔」，它更改了時空的基本結構，整個太陽系開始從三維跌落到二維平面之中。太陽系逐漸變成一幅巨細靡遺的圖畫：「二維化後的三維物體的無限複雜度卻是真實的，它的分辨率直達基本粒子尺度。在飛船的監視器上，肉眼只能看到有限的尺度層次，但其複雜和精細已經令人目眩；這是宇宙中最複雜的圖形，盯著看久了會讓人發瘋的。」

這段描述，以及它給「觀察者」（讀者）帶來的感受，可以用於描述劉慈欣的小說本身。他的科幻想像包容著全景式的世界圖像，至於有多少維度甚至時空本身是否存在秩序，在這裡並不重要。關鍵在於，它巨大無邊，同時又精細入微，令人感到宏大輝煌、難以把握的同時，又有著在邏輯和細節上的認真。它的壯觀、崇高、奇異，建立在複雜、精密、逼真的細節之上，可以說宇宙大尺度和基本粒子尺度互為表裡，前者的震撼人心，正如後者的令人目眩。

來自劉慈欣的科幻世界中的逼真感與奇幻性的並存，或者說是憑藉一種不折不扣的細節化的「寫實」來塑造超驗的「崇高」感受，打破了通常意義上的寫實成規。文學上的寫實成規，本來自有「模仿」（mimesis）傳統之下建立起的與現實世界之間的對應關係。但劉慈欣的寫作卻可能有著一種不同的目的，在他的筆下，對科學規律的認知、揣測和更改本身，往往才是情節的基本推動力；而他的「寫實」方式，即依循這些科學規律的變化而做出相應的細節處理，這有如在更改實驗條件之下所做出的推理和觀察。他的「寫實」面向未知，但以嚴格的邏輯推演來塑造細節，由此創造出迥異於我們日常世界的「世界」。

比如設想一下這些物理條件下的宇宙和人生：《山》設想在某個遙遠行星的內部有著一個封閉的「泡世界」，那裡的智慧生物生存在半徑三千公里的球形空間，他們仰望「天空」看到的只有固體岩石，「泡世界」的物理學家信奉密實宇宙論，劉慈欣所要處理的現實細節，是一代代的「泡世界」探險家如何通過不懈努力，來認知他們所在的宇宙的真相*。《球狀閃電》寫科學家發現「宏原子」，揭示出在這一新的物理規律下我們世界的面貌，「球狀閃電」指向飄浮在另一個「宏世界」的原子，它們構成的最微小物質比我們世界中的整個星系還要巨大。《微紀元》寫人類面臨滅絕性災難，為了生存而修改基因，將自身縮小到幾微米的大小，於是當太陽氦閃時在地層下面倖存下來，劉慈欣描繪出生動的「微世界」，其中的微人類身體幾乎

* 《山》收入劉慈欣：《時光盡頭》（石家莊：花山文藝出版社，二〇一〇年），第二二九至二五八頁。

沒有重量，他們生活也如兒童一般沒有重量，這對於政治和倫理都發生影響，微紀元是無憂無慮的紀元。劉慈欣的兩篇早期小說《微觀盡頭》和《宇宙坍縮》*，以激進的科學推理為支撐，展示出的宇宙更加奇異，前者寫夸克撞擊之後，宇宙整個反轉為負片，後者描寫宇宙從膨脹轉為坍縮的時刻，星體紅移轉為藍移，但更不可思議的是，時間開始逆轉，連人們說的話都倒過來了——在那個世界中，以上複述應呈現為這個樣子：「了來過倒都話的說們人連，轉逆始開間時，是的議思可不更但……。」這樣的例子在劉慈欣的小說中比比皆是，甚至在《三體》這樣的長篇巨製裡，宇宙規律本身的更改也是支撐起情節的最主要支點。

在這個意義上，劉慈欣在細節上的寫實恰是對於現實世界進行「實驗性」的改寫，在文學表現上懷有著與再現式的寫實文學傳統背道而馳的特點。這意味著強調出科幻小說作為「觀念」或「點子」小說的特質，在這方面，劉慈欣比當代其他科幻作家或許更有自覺意識。我不想把這種藝術特徵簡單地歸納到「幻想」（fantasy）的範疇——「幻想」與現實之間的關聯有著更加幽祕的路徑，如波赫士的「交叉小徑」，但劉慈欣並非波赫士式的作家。他對「世界」的把握，是「正面強攻」、「毫不討巧」的†，也是理性的。可以說他在科幻天地裡，是一個新世界的創造者——以對科學規律的推測和更改為情節動力，用不遺餘力的細節描述，重構出完整的世界圖像。正是在這個意義上，劉慈欣的作品具有創世史詩色彩，他憑藉科學構想來書寫人類和宇宙的未來，還原了現代小說作為「世界體系」（the world-system）‡的整體性和完整感。

在此認識基礎上，值得再探討「硬科幻」◎的問題，即科幻想像需要建立在合理、堅實的科學話語基礎之上。中國科幻界近年來開始流行「硬科幻」的說法，且不論是否真的有許多作家可以稱得上「硬科幻」，在中國文學的語境中，這種籲求旨在打破此前科幻創作的意識形態色彩。如果回顧歷史，我們不難發現，從晚清「科幻奇譚」到新時期的科幻小說，雖然讓讀者見識到從「賈寶玉坐潛水艇」（吳趼人《新石頭記》，一九〇八）到「小靈通漫遊未來」（葉永烈《小靈童漫遊未來》，一九七八）的種種科技奇觀，但這些描述往往將科學技術作物件化的處理，將其束縛在歷史或現實決定論的寓言框架之中。有論者提出，過去的科幻有著「人定勝天」的樂觀精神，宇宙的凶險在共產主義面前黯然失色，面對宇宙的未知已毫無懸念※。

但劉慈欣藉以構築世界的那些科學理論，在科學界也都屬於「先鋒」理念：從相對論到彎曲空間，從超新星到暗物質，從量子論到超弦理論，都在打破思維的決定論模式，設置出超越常識的可能性，推導出更加充滿懸念、引入更多面對未知的精細推理。也就是說，「硬科幻」並不是定義性的科普解說，而是恰好相反，它打開了文本中更加豐富的可能性和差異性。「硬科幻」的奇觀不是點綴性的，而是情節本身的邏輯依據，它與現代科學有著一致的精神，即在一定已知條件的基礎上，探索未知的規律與世界的多重走向。在這個意義上，與克拉克相似，劉慈欣式的「硬科幻」最基本的情節模式其實也只有一個，即人與未知在理性意

---

*《微觀盡頭》和《宇宙坍縮》收入劉慈欣：《微紀元》（瀋陽，瀋陽出版社，二〇一〇年），第一六一至一六九頁，第一七一至一八二頁。

†這個意思借用自嚴鋒為《三體III：死神永生》寫作的序言〈心事浩渺連廣宇〉，劉慈欣：《三體III：死神永生》，第III頁。

‡有關將小說定義為「世界體系」的觀念，參見 Franco Moretti, *Modern Epic: The World-System from Goethe to Garcia Marquez* (London: Verso, 1996)。

◎有關西方科幻文學中「硬科幻」的定義和闡釋，參見 Kathryn Cramer, "Hard Science Fiction", in Edward James and Farah Mendlesohn eds., *The Cambridge Companion to Science Fiction* (Cambridge University Press, 2003)，第一八六至一九六頁。事實上，一般意義上的「硬科幻」仍有很大的協商餘地，並非一定代表「科學主義」，而經常反過來對「科學主義」進行挑戰。

※賈立元：《築就我們的未來——九〇年代至今中國科幻小說中的中國形象》，第三十六頁。

義上的相遇，而且他要將這個假想中相遇的過程精心記錄下來。

在一個更曲折的意義上，劉慈欣的科幻世界延續著八十年代以來的文化精神，這既是要回到主體源頭的精神，同時也是面對世界保持開放性的想像。劉慈欣把「世界」作為可能性展示出來，面對崇高不止步於心存敬畏，而是要揭開世界與主體之間關係中的所有隱祕細節。相對於被他統稱為「主流文學」的個人化或內向化、碎片化的當代文學——也就是面對「世界」而無法再把握其完整感，從而喪失了與之搏鬥的主體精神的文學，劉慈欣本人這樣讚美科幻的力量：「主流文學描寫上帝已經創造的世界，科幻文學則像上帝一樣創造世界再描寫它。」（劉慈欣〈從大海見一滴水〉，《流浪地球》，二〇〇八）

三、彈星者與面壁者

我用「彈星者」和「面壁者」這兩個形象來概括劉慈欣科幻世界中的兩重意義：富有人文主義氣息的理想精神，與應對現實情景的理性姿態。這二個瑰麗的文學形象也是他所創造的世界中最基本的「人物」或概念，其中糾結著科學與人文、宇宙與現實、外部與主體之間錯綜複雜的關係。

「彈星者」的形象出現在一篇題為《歡樂頌》的短篇小說中，劉慈欣描寫宇宙間的高級智慧生物，來到太陽系，以我們的恆星為樂器，彈奏音樂，最後應人類的要求，奏響貝多芬的〈歡樂頌〉，樂曲以光速向宇宙傳播。這個作品是劉慈欣創作的「大藝術」科幻系列的一篇。同一系列的另一篇小說《詩雲》中，有著超級技術能力、視人類為蟲子的外星人，在毀滅地球文明之際，意外地迷戀上中國人的舊體詩，於是化身為「李白」，窮盡太陽系的能量來創作、儲存由所有漢字排列組合而成的一切「詩歌」（儘管這些詩歌百分之九十九以上都是無意義的漢字矩陣）。最終太陽系的能量被耗盡了，作為一切詩歌存儲容器的「詩雲」，處於已經消失的太陽系所在位置，變成一個嶄新的星系。

這兩篇小說中的宇宙形象，在展現超人類的巨大尺度的同時，也包含著濃郁的人文色彩。外星人「李白」是堅定的技術主義者，自信以窮盡一切的技術能力可以「寫」出古往今來以及未來所有的一切詩篇。但只有地球上的詩人、他的俘虜伊依，才能夠判斷什麼是「詩」。外星人的技術主義最終成功，他製造出直徑一百億公里、包含著全部可能的詩詞的星雲，同時他卻也失敗了，因為他無法從這些「可能性」中得到真正的詩。

無論《歡樂頌》，還是《詩雲》，都體現出劉慈欣科幻世界中最高端的藝術形象，它兼有著人類不可企及的宇宙的崇高感，與憑藉藝術方式本身傳達出來的人文主義信念。這一形象在科學和人文兩方面，都是超越現實的想像力產物，它既令我們對頭頂的星空產生無限敬畏，也對我們自身——人類文明保持理想主義的信念。我以「彈星者」來命名這一形象，也兼指其背後的想像主體。劉慈欣在《三體》系列中還描繪過另一種「彈星者」，那是通過彈撥自己的星球尋覓其他生物，貿然進入宇宙間殘酷的生存鬥爭的「低等」智慧生物，如人類中的葉文潔、羅輯。但在我看來，進入我們星系彈撥太陽的「彈星者」，與不明宇宙真相的卑微、無知的人類「彈星者」，其實具有相似的秉性，他們或者是已經超越了隱藏欺騙的本能，或者還未失卻人性的天真。他們的行為有著令人迷醉的光彩，因為幾乎完全超越我們生活中的現實世界。他們所在的精神層面，是純粹憑藉物理規律和人文信念建構的理念世界或意境，其中沒有那種視生存為一切要義的現實主義或犬儒主義的精神。「彈星者」的宇宙是光明的，彈撥太陽發出的聲波中蘊藏著理想主義和浪漫主義的交響。「彈星者」，也是作為科幻作家的劉慈欣，呈現給讀者令其陶醉的自我（創造者）形象。

但劉慈欣的科幻世界，還有另外一端迥異於「彈星者」的形象，幾乎在一切方面都是浪漫主義和理想主義的反面：最有代表性的，就是他在《三體Ⅱ：黑暗森林》中塑造的「面壁者」。「黑暗森林」是劉慈欣對零道德宇宙的命名，即有限度的宇宙空間中，所有的生命存在，都處在你死我活的關係之中，因此為了生存，需要「藏好自己，做好清理」，即不可以暴露自己的存在，同時要毫不留情地打擊已經暴露的其他文明。《三體II》描寫人類已經暴露自己的文明，即將面臨黑暗森林打擊，聯合國設計出戰略性的面壁計畫：「面壁計畫的核心，就是選定一批戰略計畫的制定者和領導者，他們完全依靠自己的思維制定戰略計畫，不與外界進行任何形式的交流，計畫的真實戰略思想、完成的步驟和最後目的都只藏在他們的大腦中……。面壁者對外界所表現出來的思想和行為，應該是完全的假象，是經過精心策畫的偽裝、誤導和欺騙，面壁者所要誤導和欺騙的是包括敵方和己方在內的整個世界，最終建立起一個撲朔迷離的巨大的假象迷宮。」

零道德的宇宙，看似與「彈星者」的光明世界完全不同，如同宇宙突然轉為負片，一切皆轉為猙獰殘酷。其實兩者應該有並行不悖的關係，從《歡樂頌》到《黑暗森林》，劉慈欣一直呈現出來的宇宙形象，本就是天地不仁的所在——彈星者來彈奏你的恆星，與你有何相干？但前者描寫宇宙與人類是相互認知的物件，為人類保留有尊嚴的主體空間；後者卻讓宇宙整個地傾覆在我們的世界之上，危機產生，即在於主體地位的喪失，有道德的存在被捲入零道德的生存競爭之中，不得不屈服於來自外部的遊戲規則。

在這個意義上，「面壁者」在宇宙中所處的位置是被動的，他所面對的世界對於主體有著無法抵抗的摧毀性。「面壁者」的生存，取決於降低道德自主性的犬儒思維，用欺騙和偽裝加入到宇宙的博弈之中。事實上，與「彈星者」高蹈的浪漫理想主義形象相比，「面壁者」具有鮮明的現實感。不僅在於「面壁者」在形勢制約之下須採取現實主義的態度，而且這一形勢本身與近代以來延至今日的政治現實有著直接的相關性。毋庸置疑的是，「黑暗森林」法則令人聯想到中國被捲入「千年未有之大變局」後所被迫接受的那種現代知識分子視為天演之道的「社會達爾文主義」，後者對中國道德傳統的摧毀，是中國知識界在向現代社會轉型過程中喪失主體意識的一個重要原因。同時，處在危機之中的人類，賦予「面壁者」以專制的絕對權力，這也點出了博弈之中的反民主色彩，即在與敵人殊死較量中有能力並敢於挪動棋子的，只有那些熟悉新型世界秩序的「精英」。

如果說「彈星者」將讀者帶入廣袤無邊的宇宙之中，但其內在意義仍延續著古典人文信念，「面壁者」

卻是重新構築起宇宙想像與現實世界之間的邏輯並行關係。《三體Ⅱ：黑暗森林》中唯一成功的「面壁者」是中國人羅輯，他是一個花花公子式的學術界「混子」，原本既無理想，也無鬥志，但卻在劣勢之中出奇制勝。羅輯的成功是一番驚心動魄的故事，比起人類與外星勢力之間正面戰爭的悲壯色調來，卻更具有環環相扣的真實感。事實上，小說裡並沒有寫到「戰爭」，人類在木星軌道建立龐大艦隊，以英雄主義的姿態迎戰敵軍，卻毀於三體世界送來的一顆「水滴」。但「面壁者」的博弈卻於無聲處改變了形勢。羅輯悟出「黑暗森林」中的生存法則，或者說從自身的人性弱點出發，以此捕捉到宇宙中一切生命的「人性」弱點——博弈中的無窮無盡的猜疑鏈，注定了博弈的雙方都會最終排除善意的可能。他明白這一點後，將與敵人同歸於盡的做法當作博弈的籌碼，最終威懾住三體世界。恰恰也正是在這種原本是弱勢的情形之下，「面壁者」用非道德的方式——這包括讓敵我雙方的文明整體滅絕，由此重構了主體的強大攻勢，但也真正地將人類從原本身在「黑暗森林」之外的天真漢，變成為其中的一員。

「彈星者」和「面壁者」是劉慈欣科幻世界的兩極，他並沒有明顯地對其中任何一種做出單一性的選擇。這使劉慈欣憧憬宇宙的浩渺無限、展示給我們看壯麗的時空畫卷的同時，也保持著低調的務實和理性，不憚於在光明中揭示出黑暗的一面。他的作品中交集著這兩種力量的衝突，這在《三體》系列中推動出波瀾壯闊的情節發展。

四、三體世界

劉慈欣寫作《三體》系列，用了五年的時間。隨著《三體Ⅲ：死神永生》的完成，他創造出一個完整的世界體系，並將一切都寫「盡」，抵達了時空盡頭。《三體》系列是中國新科幻的顛峰之作，也是中國文學中罕見的史詩性作品。小說長達八十八萬字，以眾多的人物和繁複的情節，描繪出宇宙間的戰爭與和平，以及人類自身對於道德的選擇困境。劉慈欣在其中精心建構的「世界體系」充滿驚人的想像力，嚴謹的科學推理令人嘆服（當然這並不意味著小說中借用的科學理論都有可證實性），而小說情節發展中高潮迭起，令人手不釋卷，而又發人深省。

如上文中已經引述的段落中所描述的那種不同維度的世界，無論是「方寸之間，深不可測」的四維空間，還是整個太陽系被二維化過程時壯麗而慘烈的景象，都使《三體》這部作品將中國科幻的想像力擴大到了前所未有的強度。劉慈欣對所有這些看似無法言傳的景觀，毫無保留地以全景細密的「寫實」方式加以刻畫，他的文字精準而結實，使幻想變得栩栩如生。面對這些壯麗的宇宙景觀和精妙的物理設想，我想說的是，我在讀完《三體》之後，有如劉慈欣本人讀克拉克小說後那樣，只想出門去看星空，那種感覺就像離開池塘見到了大海。

另一方面，科幻奇觀的驚異效果取決於陌生化（estrangement），但前提仍是它所描繪的世界似曾相識。或者說，優秀的科幻作品在呈現驚人的「差異」（difference）同時，魅力仍部分地來自與現實之間的相關性。劉慈欣的科幻小說能在科幻土壤貧弱的中國迅速獲得眾多讀者，除了輝煌的科學想像之外，也在於他創造的世界有著讀者可以認同的鮮活的歷史感和現實感。劉慈欣的科幻世界與現實之間的連接點，在很大程度上是「中國經驗」。

《三體》第一部中有一段精采的情節：地球上的三體組織為了讓人類理解三體文明面臨滅絕的危難處境，設計出一套網路遊戲，借用地球歷史中的人物和事件，重構三體文明的樣貌。在這套遊戲中，我們一上來就遇到周文王，他正走在去朝歌的路上，自信已經獲得三體恆星運行的規律，亂紀元快要結束，恆紀元馬上就要來了。這個在小說中具有功能意義的隱喻性情節，在指向「差異」的同時，卻是使用了我們熟悉的歷史材料。「差異」點在於，三體世界有三顆恆星，運行沒有規律，隨時會使這個星系中的文明遭遇滅頂之災。但此處表達「差異」的喻體，卻是借用讀者熟悉的中國商周歷史，由此與現實世界之間發生另一種更直接的關係：「亂紀元」的意象借自史書記載的生靈塗炭的紂王時代，對「恆紀元」的預測脫胎於周文王傾心嚮往的太平世。在接下來另一層遊戲之中，秦始皇時代製造出世界上第一台電腦，遊戲的隱喻指向三體文明對恆星運行規則的大規模科學運算。但秦始皇的集權政治，是這台電腦能夠運行的前提條件，因為電腦的運算零件是三千萬聽話的秦國士兵。

遊戲的這兩個層級不能代表劉慈欣全部的構想，這裡舉這兩個例子，是為了說明《三體》敘述語法的一個獨特而複雜的方面。情節層面對「三體世界」的隱喻表達，以歷史（或現實）為材料，而在這之後，這些材料引向更為直接的現實感：三體是一個危機重重、災難不斷的世界，為了渡過危機，求得生存，三體文明走向高效的集權社會。最終當我們讀到對那個孤獨的一三七九號監聽者在高度集權社會中感到生不如死的描寫時，已經很難分清三體世界與現實之間究竟誰是喻體。這個在整個小說中唯一得到正面描寫的三體人，與對自己的社會和物種感到絕望、最先發出信號將三體文明引向地球的葉文潔，互為映射。他對於地球美好世界的憧憬和愛護，與葉文潔對三體文明的盲目信仰如出一轍，都建立在對自身所處社會的不滿之上。他們所處的世界也互相映現，「三體世界」真的與我們的世界有那麼不同嗎？

除此之外，在《三體》的情節中有許多一望可知的現實因素：文革、最高領袖指示、軍隊現代化、大國之間的角力。但更為關鍵的一點，仍是關於社會制度的解決方案：處在黑暗森林中的人類集體，需要的是民主，還是集權？《三體II：黑暗森林》中令人難忘的人物之一是軍官章北海，他始終把自己的真實想法深藏不露，為的是在必敗的太空戰役中為人類保留最後的戰鬥力量。他的計謀使五艘星艦倖免於難，形成脫離地球的星艦文明。新文明誕生之際，章北海思考的是體制問題。大多數人認為應該保留軍隊體制，章北海反對，認為專制社會是行不通的。但當有人提出，星艦文明可以建成真正的民主社會時，章北海又搖搖頭：「人類社會在三體危機的歷史中已經證明，在這樣的災難面前，尤其是當我們的世界需要犧牲部分來保存整體的時候，你們所設想的那種人文社會是十分脆弱的。」章北海的憂思在小說後來的情節進展中不斷再現，例如《三體Ⅲ：死神永生》中寫建立了威懾體系的羅輯，擁有絕對權力，引發人民的不滿，他在人們心目中的形象從救世主變成暴君。關於這一情形，小說裡有這樣一段精闢的議論：

人們發現威懾紀元是一個很奇怪的時代，一方面，人類社會達到空前的文明程度，民主和人權得到前所未有的尊重；另一方面，整個社會卻籠罩在一個獨裁者的陰影下。有學者認為，科學技術一度是消滅極權的力量之一，但當威脅文明生存的危機出現時，科技卻可能成為催生新極權的土壤。在傳統的極權中，獨裁者只能通過其他人來實現統治，這就面臨著低效率和無數的不確定因素，所以，在人類歷史上，百分之百的獨裁體制從來沒有出現過。但技術卻為這種超級獨裁的實現提供了可能，面壁者和持劍者都是令人憂慮的例子。超級技術和超級危機結合，有可能使人類社會退回黑暗時代。

《三體》比劉慈欣的其他作品更具有深切的社會意識，小說中逐漸浮現出來的「宇宙社會學」，糾結在制度建構與人性道德的衝突之上，實際上也更為直接地將「中國經驗」此時此刻的難題投放在整個宇宙的尺度之上。可以說劉慈欣構思的「三體世界」儘管有上億光年的時空，其實卻並不遙遠。這部小說，起點是文革，終點是我們這個宇宙的終結，在這兩點之間竟有著不可思議的邏輯關聯。正是以這一現實情景為基點構想出的《三體》的宏大世界，明確地建立在道德追問之上：「如果存在外星文明，那麼宇宙中有共同的道德準則嗎？」更具體地說，《三體》中描繪了兩個層面的道德：零道德的宇宙本身——更高智慧如「歌者」向太陽系拋出二向箔，使太陽系整個二維化，人類文明從此滅亡，我毀滅你，又與你何干？但劉慈欣著力去寫的還有：「有道德的人類文明如何在這樣一個宇宙中生存？」這兩種假想條件放在宇宙背景中，看似是空想，卻深深地扎根在人被捲入歷史困境時的切身境況之中。

《三體》中多次寫到生死攸關的抉擇時刻，關係到文明的興亡、人性的存滅。這些時刻映現出與作者和我們都面對的現實歷史息息相關的道德困境。《三體》第一部寫文革中人與人之間的猜疑、迫害，使女科學家葉文潔對人類的道德感到絕望，她最先引來了四光年外三體文明的入侵，也發展出「黑暗森林」的宇宙道德模式，即所有文明之間的關係，是你死我活的戰爭。《三體II：黑暗森林》寫人類不得不屈服於這一模式，「面壁者」在此登場，將人類帶入「黑暗森林」的遊戲規則之中。其中還有另一段情節寫逃逸到太空中的人類飛船，在給養不足的情況下，指揮官必須決定是否先發制人，將同路人消滅，以使自己倖存下去。這樣的道德選擇在後來的故事中有了結果：倖存者知道，進入「黑暗森林」的人已不再是人了。《三體III：死神永生》的女主角程心與葉文潔不同，始終保持著對生命最大的善意，她在三體文明入侵的那一刻，成為威懾三體文明的防禦系統的「執劍人」，手握兩個文明的生死大權，卻最終因為內心的善良而失去行動力。但她充滿不忍的放棄，並不能給人類帶來善果，三體文明在瞬間已經開始打擊地球。人類被迫遷移到澳洲，所有物質供給被截斷，人類開始弱肉強食，自相殘殺，程心在這個時刻失明，她不忍再看這個世界。

由此，劉慈欣的情節構思糾結在兩個向度的道德上：一切為了生存的零道德，與有善惡之分的道德。他鋪展的宏偉敘述，最終展現的情節走向，是有道德的人類（或任何生命）無法在零道德的宇宙生存下去。《三體》跌宕起伏的故事線索，是人類一次次憑藉理想和理性為保存自身做出努力，最終「歌者」來臨，黑暗森林打擊到來。但劉慈欣讓程心一直活了下去，她成為三體和地球文明的最後倖存者之一。這個存亡攸關的宇宙史詩之中，整個物種和世界的滅亡，與一個人的保存構成了平衡。

可以說劉慈欣的小說中兼有著古典的浪漫人文理想，與冷酷無情的博弈理性。在當代語境中，後者或許比前者更具有現實感。「黑暗森林」是宇宙尺度上的博弈論，它更直接地令人聯想到文革以來人文理想愈來愈難以為繼的社會情境。《三體III》透露出的宇宙歷史，是不斷降低維度的過程，即從維度豐富的和平的「田園時代」，在宇宙戰爭中不斷向十維、九維、八維次第減落。當太陽系與宇宙其他部分被降至二維後，那些強大的文明仍將繼續將其降低到一維乃至零維。高維向低維的跌落，並非自然的宇宙過程，而是人為的結果，因為遵從「黑暗森林」原則的文明為了生存不惜以降低維度的方式打擊其他文明。博弈的終局不是你死我活，而是魚死網破。《三體》中有力量的人物都是現實主義者——葉文潔、羅輯、章北海、維德，他們在不同程度上將人類更深地帶入到「黑暗森林」之中，在生死攸關的時刻，他們會選擇博弈，哪怕最終結果是同歸於盡。

從劉慈欣把宇宙的初始狀態命名為「田園時代」來說，不難看出他的「懷舊心理」。就在《三體》情節之中，同時展開的另一場「博弈」是理性與情感之間的較量。但面對壓倒一切的生存問題，劉慈欣筆下的人物也許很難有懷舊的空間。服從「黑暗森林」的遊戲規則，才能獲得生存的權利。但劉慈欣仍留給我們另一個未曾敘說的想像空間：進入「黑暗森林」以前的世界，那個曾經存在的高維田園時代，是什麼樣的呢？也就是說，劉慈欣最終在「黑暗森林」和「死神永生」的宇宙（也就是零道德的宇宙）之外，暗示出降維之前的宇宙圖景是和平的景象。

這一描寫，近乎於讓人想到魯迅給《藥》的結尾增添「曲筆」，為了給人留有希望；但另一方面，這個暗示非常重要，它扭轉了整個《三體》故事中一直在推動情節發展的「零道德」理論，也即照亮了人類在認知宇宙零道德本質過程中的那些猶疑和不忍：葉文潔對人性惡的認知背後，本有著最富同情心的善良；羅輯成長為堅毅的「面壁者」，為的是以犧牲自己的方式來換得和平；章北海超越個人良知，不擇手段地實行自己密謀已久的計畫，但他在對其他星艦發起打擊之前，心中最後的柔軟使他有了幾秒鐘的遲疑，而最終喪生於太空；程心的天真與維德的凶殘形成鮮明對照，但她與維德實際上能互相諒解；甚至滅絕太陽系的「歌者」，當得知整個宇宙都將要二維化的時候，也感到莫大的悲哀。

《三體》裡沒有絕對意義上的光明世界中的「彈星者」，所有的生靈都忙著應對變局，參與博弈，被形勢拖著走，無限延伸的猜疑鏈使他們認一切存在為「惡」。所有人都是被動的「面壁者」，即便那看似威力無比的恆星滅絕者。但劉慈欣在希望之後寫出絕望，又在絕望中透出希望：那田園時代的高維宇宙是否存在呢？這希望也許還是虛妄，因為小說中的人物不知道「大宇宙」是否能重新進入高維時代，甚至即便當高維宇宙再度出現之後，恐怕又會出現「黑暗森林」的局面，它將不可避免地再度被降維。

但以上我的假想並非小說情節的終點，「三體世界」故事的真正終結，收於對「寫作」本身意義的顯現。劉慈欣寫到地球、太陽系、人類的終結，以至我們這個宇宙將要終結的時刻。當一切都終結以後，「未來」是完成時的，劉慈欣把他所有的敘述命名為「往事」。《三體》第一冊在中國出版時，封面印有「地球往事三部曲之一」的字樣。《三體Ⅲ：死神永生》在開頭有一段簡短的敘述者自白，把後面的記述稱為「時間之外的往事」，並說：「這些文字本來應該叫歷史的，可筆者能依靠的，只有各自的記憶了，寫出來缺乏歷史的嚴謹。其實叫往事也不準確，因為那一切不是發生在過去，不是發生在現在，也不是發生在未來。」

將未來命名為往事，將記憶從歷史中分離出來，將寫作放在時間之外；在此意義上的《三體》，回歸科幻寫作的意義。它打開通向「未知」的路徑，其意義不僅在於對「現實」和「歷史」的記錄、解釋和構建，而更多地在於啟示：仍有未曾發生的、時間之外的可能性。如《三體Ⅲ：死神永生》中那個「無故事王國的故事」，當一切都不可能的時候，仍「有可能」講述故事，講故事的人內心中有關切，所以無論他的故事多麼凶險叵測，其實卻有著焦灼的願望，將「現實」的祕密告訴你的同時，仍要為了向你證明，他的「講述」不只是為了追憶逝水年華，也是為了相信尚未發生的可能。「講述」或「寫作」，如《詩雲》裡耗盡太陽系的能量，存留下文字的世界，是在歷史的喧囂和現實的嘈雜之外，建立想像的空間。這想像的種子來自於心靈，可能如茫茫宇宙中的漂流瓶那樣渺小而虛弱，但它以自己的存在賦予世界以意義。

在《三體》的最後，當轟轟烈烈的太空史詩走到盡頭，大宇宙正在死滅之時，劉慈欣描述已經空寂的世界中一個寧靜的場景：

小宇宙中只剩下漂流瓶和生態球。漂流瓶隱沒於黑暗裡，在一千公尺見方的宇宙中，只有生態球裡的小太陽發出一點光芒。在這個小小的生命世界中，幾個清澈的水球在零重力環境中靜靜地飄浮著，有一條小魚從一個水球中蹦出，躍入另一個水球，輕盈地穿游於綠藻之間。在一小塊陸地上的草叢中，有一滴露珠從一個草葉上脫離，旋轉著飄起，向太空中折射出一縷晶瑩的陽光。

三體（全球銷售突破三千萬套燙銀簽名版）

作　　者　劉慈欣
責任副主編　王正緯（二版）
編輯協力　戴嘉宏
校　　對　魏秋綢、李鳳珠
版面構成　張靜怡
封面設計　邱宇陞
行銷統籌　張瑞芳
行銷專員　段人涵
出版協力　劉衿妤
總 編 輯　謝宜英
出 版 者　貓頭鷹出版 OWL PUBLISHING HOUSE

事業群總經理　謝至平
發 行 人　何飛鵬
發　　行　英屬蓋曼群島商家庭傳媒股份有限公司城邦分公司
115 台北市南港區昆陽街 16 號 8 樓
劃撥帳號：19863813；戶名：書虫股份有限公司
城邦讀書花園：www.cite.com.tw　購書服務信箱：service@readingclub.com.tw
購書服務專線：02-2500-7718~9（週一至週五 09:30-12:30；13:30-18:00）
24 小時傳真專線：02-2500-1990~1
香港發行所　城邦（香港）出版集團／電話：852-2508-6231 ／ hkcite@biznetvigator.com
馬新發行所　城邦（馬新）出版集團／電話：603-9056-3833 ／傳真：603-9057-6622
印 製 廠　中原造像股份有限公司
初　　版　2011 年 3 月
二　　版　2023 年 3 月／二十一刷 2024 年 4 月
定　　價　新台幣 360 元／港幣 120 元（紙本書）
新台幣 252 元（電子書）
I S B N　978-986-262-614-6（紙本平裝）／ 978-986-262-607-8（電子書 EPUB）

讀者意見信箱　owl@cph.com.tw
投稿信箱　owl.book@gmail.com
貓頭鷹臉書　facebook.com/owlpublishing

【大量採購，請洽專線】(02) 2500-1919

城邦讀書花園
www.cite.com.tw

本書採用品質穩定的紙張與無毒環保油墨印刷，以利讀者閱讀與典藏。

國家圖書館出版品預行編目資料

三體／劉慈欣著 . -- 二版 . -- 臺北市：貓頭鷹出版：英屬蓋曼群島商家庭傳媒股份有限公司城邦分公司發行 , 2023.03
面；　公分 .
ISBN 978-986-262-614-6（平裝）

857.83　　111022154